日記手札

珍稀日記手札文獻叢刊

玄樓日記

下

李静 撰

國家圖書館出版社

下册目録

玄樓日記（二）　李静 撰　稿本

李静 撰

玄樓日記（二）

稿本

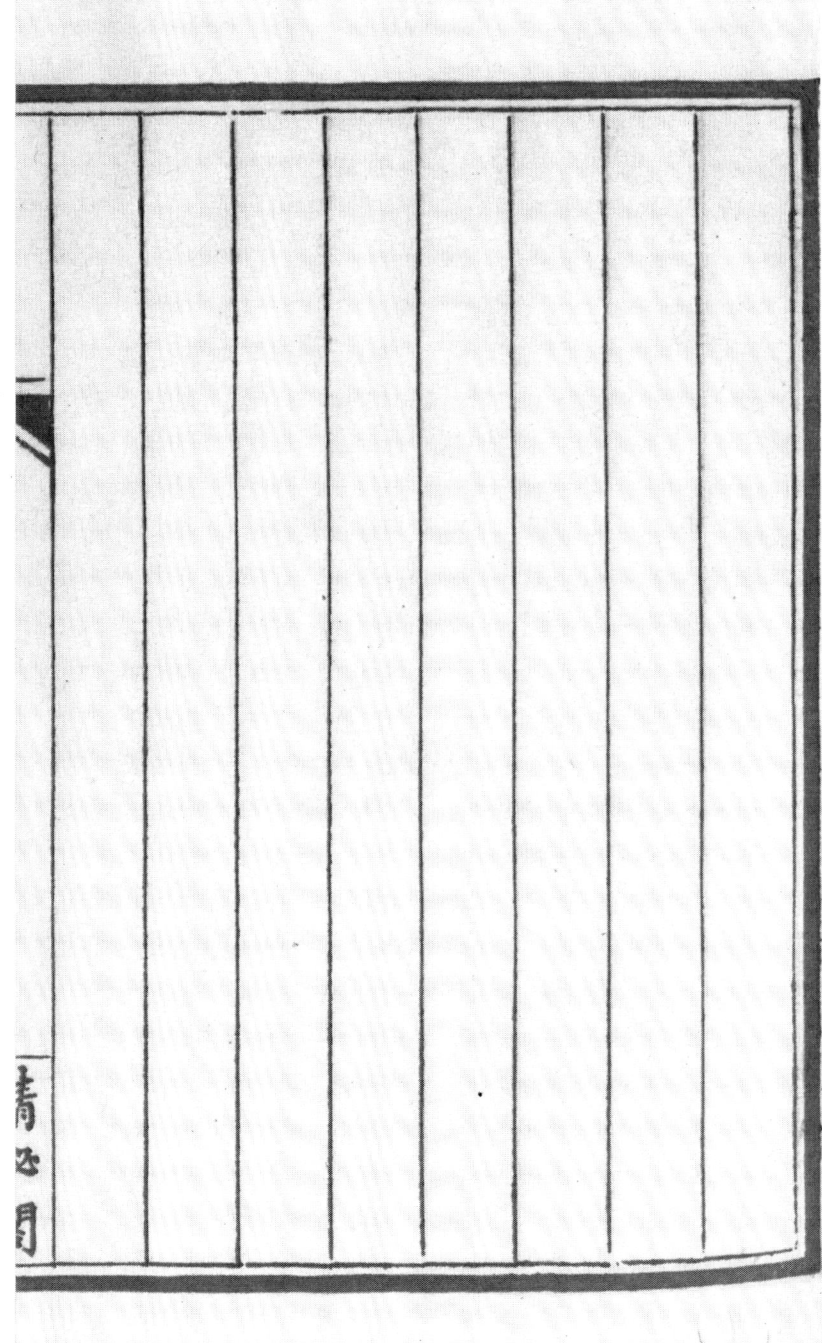

玄樓日記

二十年一月一日舊歷庚午十一月十三日昨夜雨雪晨起已滿

園往辭墨亭廳酬使午晨園同車過王軼羣旋訪慶

餘從次游市去歸小坐雀戲八川而歸晨後至自葫蘆島

二日雪午晨後從校事始知元冊警學校已改為陸軍學校

新招小學生四十名百年樹人不卜將作何果晚偕心恒赴

王千里之宴其妻善飲飯後從堅留觀戲歸園已加子矣

是日臨鄭文公碑二張點南齊書一卷明帝殊矯飾太宮

進御食有裹蒸帝曰我食此不盡可四片破之餘充晚食

天子之貴何至爾得二弟書

三日晴早起復二弟書并致書三叔爭北権此皆十年

前毋所逆料也臨鄭碑交南齋書來訪侯菊潘犯先

魄剣一隻直百七十萬虎魄之貴自古已然博物志言

松膏流地千年為茯苓虎魄則其貴也亦宜夜晴從星回

託買藥金罌一元合現洋二元矣夜翟戲帶家從及

梓洲夫人之死群相嘆惋余挽之云佳婿多情萬里雄

心悲矣！玲兒何時終天殤墓哭花江江老松花江

也謝夫人死于哈爾濱州有祭文云哀切兩女一子猶未勝喪

三哉回園居後病移寓中央飯店

四日晴閑居終日書課史課扣恒殊無興趣代吳莉生作

挽詩一首足之哭之其何能淑晏衡秋午來

五日晴得舜琴青島書

六日晴嚴寒閱報聞南都新狀自元日大赦政治犯獨

陳炯明閻錫山不赦又特錫榮寵四人為何應欽張學

良朱培德楊樹莊

七日 晴 晨園得家電其子病危甚近平以局務相委嘗謂尸位以印社之事嚴責局是真不成局面也

八日 晴 午王澤生丁内姪陳維彥自哈埠來投效中央軍官學校託覓保人夜為姪詒宋慶偉取保見灯燭輝皇始知以日為其生辰方在暖壽稍而馬雀戰小憩而歸

九日晴。得九疑山人書，復之。與魯衛同詣慶餘，夜深始歸。晚報載湘儉先生土地廟春聯云：男女平權，公說公有理，婆說婆有理；陰陽合曆，你過你的年，我過我的年。殊不似其口吻。

十日晴。代舜琴作挽詩一首。

十一日晴。寫大字三張。午後韋行嚴來，云將之上海，因偕往沈宅致礼。夜夢一友人柩停堂中，僧一俗二持香火繞棺，余亦隨之，咸口念阿彌陀佛三匝而醒，醒時猶念佛不置，吉乎？

出乎將與佛爲緣乎

十二日晴刁曰詩自哈埠來託人所薦餘事也隨暫住旅舍

夜訪韋行嚴歸讀聊齋難剝而以夢虜性有異香味

如蘭麝因念歸人有學問此所當去之

十三日晴寒少卻太平天國三年爲西曆一千八百五十四年丞

相巡何震川上言請開科取士遂定每二月初二日取信士一人

三月初三日取秀士二人四月初四日取賢士二人五月初五日取

省提學取俊士一人逢榮西兩年五月二十五日集新舊信賢

青俊士考拔每五十人取傑士一人逢子午卯酉年七月初七日省
提考中式者曰俊士無定額逢辰戌丑未年九月初九日正總
裁天試一甲曰狀元榜眼探花二甲曰國士三甲首名曰會
元以下曰達士每試前後三場其天試首題為天父七日造
成山海天王東操心勞力安義仁世人功德巍巍論立綱
常醒世莫教天堂鬼迷解天父造天生理人論四海之內皆
東王論真道豈与世道相同論此其數說淺陋殊下
笑

十四日晴，代張劭初作挽聯一付，復為書之。款人瑞二老共亭千秋史自有
書傳萊氏合縂素三軍同。午後代晨園往沈宅致祭
聲一哭我徒無淚如黃河
此真祭削寡人也
十五日晴，海軍學校招考小學生四十名，此之謂陪公子讀書
十六日晴，臨夏承碑，翻不若十餘年前有力，故無恒不可
作巫醫
十七日晴，代吾雲濤挽其鄉舍梁伯尹三丈，梁燕孫
齋梁任公之兄，舊詞林，今為選署參議者，其詞云

建業天龍寺世霸灩礼接閩鄰舍念若宴松柴六朝人句歎姑巧合夜得農園舜琴各一函

十八日晴　晚与魯衡同過慶餘、、次子魯衡長子均從入中央軍官學校，獨陳佐彥下第

十九日半往看陳維彥夜得二弟快信兩函，一云祖母病，一云祖母病危。祖母今年八十有四矣，以避共禍還桂，遠匹萬里，豈遂不能一面耶，悲痛不能自已

二十日早醒，念平生乃無一日有以報吾祖母者，痛

庚午十二月初一日

吳欲德電三叔問訊

二十一日雪

二十二日雨 冒後信居住葫蘆島赴站送之晚得舜賢青島電話代作祭文寄湊茂

二十三日晴

二十四日晴 得三叔電痛悉祖母於皓日戌刻棄養竟至報劉無日矣撫心飲泣自悔二十年來遠遊之非翻不若二弟不仕之能為家能盡孝也今以歸已無家更之亡老

夫復何憾，以見吾 祖母於九原耶。嗚乎痛矣。請假

二十五日 晴。寒甚。入夜晨園自平返。電滬桂

二十六日 晴。得三弟復電，請假歸。為二弟買了

二十七日 晴。夜夢至桂陽故廬，入門見二弟、三弟方共

控一大砲，擬射隔壁。余就砲口止之，以一圓彈衝出，抵

壁即落。砲鈷旋迴，約六寸吋口徑云。擊斃人也，余

以其類兒戲，趨入 祖母臥室，以 祖母擁衾臥，然瘦

削，余抱持 祖母，頻呼婆婆，心雁隨入，頻頻呼一婆

字余驚哭而醒 古之奔喪者見星而行見星

而止余乃逗留數日而心神已馳萬里之外嗟乎迴

憶前此別 祖母之時 祖母蓋於夢中送余之今

復於夢中見 祖母之愛余別已如余誠不孝之

大逆僕僕風塵將何為耶

二十八日晴 壯華舜琴健丁適等來

二十九日晴 擬當行李至旅行社購票往金

陵古者齋哀卬不用我欲行禮今則為簡矣夜發

新站之落成未幾，壯麗為全國各車站冠。一行六人，坐三等車中，送行者惟李孝先一人。蘇季子曰：勢位富貴，蓋可忽乎哉。亦見我之交游日減，漸即老境已。

三十日，絕早過天津。

三十日午後過濟南，吾所生地，念欽心生感，然欲涕。

二月一日，晴。晚抵浦口站，不欲夜行，下榻大東。沿途越仙殊不似客，松園時舊言之頗惆悵，然新言之又太惝也。雨殊不成，心力已盡，隨緣而已。擬進城看花，未（果）。

汽車費須七金，騎驢又太貴，不及。本年余二十餘年前

初到南京，偕祖母即騎驢入城，此情觸前塵，悲

今生乃邈已無。祖母殊痛哭不止。

二日　陰。搭汽車早發，如東水不結冰，此有條色，關外

那得此境。因謂漱六曰：余往年每到江南，見山水之表

風木之佳，必對之欣賞神馳，一若其中有一極不人呼之欲

出者然。今與卿同行之，已無此感，殆是極不人之已呼出

來也淑淑曰豈其然耶仍返寓然更衣隨之往
烟雲飄渺中也耶與一笑過蘇州淑淑下車歸寧
至不忍別余以方一二時無掛系然過崑山而後
動兒女之情非大耿耿也日暮抵滬寓東亞339
驅車至小萬柳堂看三弟入門無人院木殊靜
叩壁出二學生始知往靜安寺路延年坊26號
往延年坊叩門久之一女頭出隨開門呼大郎
聲聞之知三弟夫婦及瑶侄均出游因携瑶侄

迎東西与晚餐大三元中間茶飲略晰飯共加少時

十二時夜與怡樓同攜猶東西三弟隨樓隨至

是夜隨樓十八巳長成矣是夜偕樓中西文各

十行兩默心甚喜之枕上復為余背誦李太白詩數首

三日陰携樓至延年坊三弟婦叔雞於秦此之

謂客觀化粧長從器畫一部分家人之觀ホ

枕前且此時長沙之聚何可得耶祝倣弟樓

等看亞在寺備怡樓之飯也夜深方歸是日往

大中華弟吳生、蒯夫婦旋來答看新婚方
四日，亦佳偶也。
四日雨。早往延年坊，聚從半日，復与三弟携瑞(?)經至
新新公司等處購物。物價隨金票騰貴，以余
所購洋貨亦為東手，日内金價已漲至一百零六矣。夜
宿延年坊。
五日雨。午後搭車赴宿(?)，三弟及瑞(?)經車站上車後復中途
返。計入蘇城一視淑心，相見喜極，大有一日三秋之概。

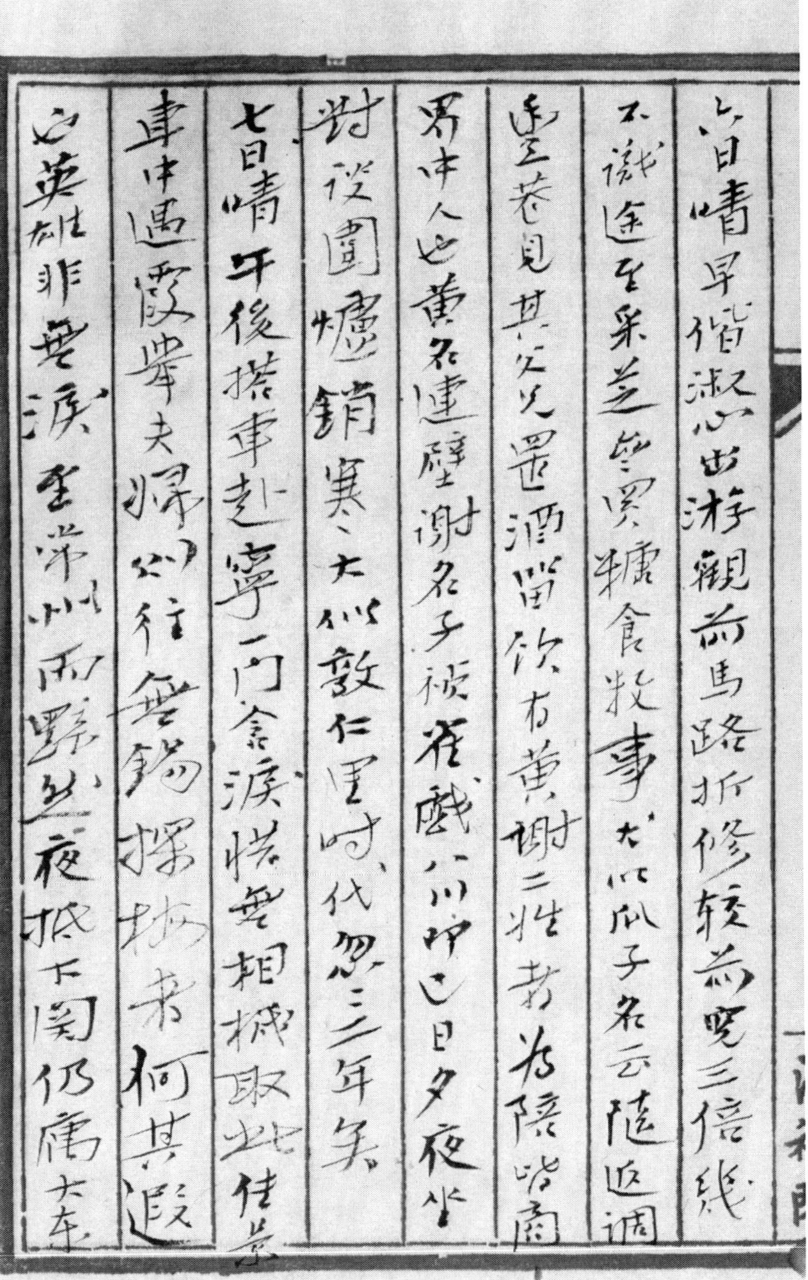
六日晴，早偕淑心出游，觀前馬路，折修較前寬三倍，綫不謬。途至采芝齋，買糖食數事，大小瓜子各二包，返調丞巷，見其父兄，置酒留飲，有黃謝二姓者，為陰陽商界中人也。黃名建壁，謝名子祓，在戲八川中，己日夕，夜坐對從圓爐銷寒，大小敘仁里時，代忽三年矣。
七日晴，午後搭車赴寧，一門含淚，悄無相識，取此佳景，車中遇霞舉夫婦，以行無錫，探撫來何其遐也。英雄非無淚，至常州雨驟然，夜抵下關，仍寓大本

那復可待來時熱鬧。是日立春。度越閩山路幾千，鼕鼕臘鼓待新年。離愁又逐春聲起，楚尾吳頭各一天。

八日　早膳后默念雜聲茅店月人跡板橋霜之句，茶庆敲門報洛陽丸已到〻，漱盥畢，將行李上船，往四號官艙〻〻，有兩榻，尚舒適。終日臥着西行記，中國寶庫乃在西北与東北，為天時所限，憚于經略，日以供外侮為事，江南信安樂矣，豈能長治久安耶。夜夢中門着白紙一張，左染青色，右書「苟延殘局大繁也」數字，其兆佳

何殊所不鮮

九日雨看西行記午後過九江〻〻近亡無佳瓷其陳釉

已為匪劫付〻一炬惜哉買甘蔗嗽〻味絶佳不當此物

又兩年矣甘蔗又名藷蔗亦曰都蔗夜阻雪黃州

十日小雨雪下午四時抵漢口寓抵揚子江飯店僅卯十條耳

前〻大旅館如翼時往來京湘當寓此館然有滄桑〻

感出散步購六朝冊浴而歸寓

十一日　雨　下午四時過江至徐家棚搭車赴湘　二等
室中共坐六人拮拘達旦
十二日　陰　早八時到長沙东站下車直往木牌樓廿
號二弟寓也　明姪已赴滬讀書　獨玥姪在家中
相見觀　午後至天鵝塘四號三叔寓也　均弟夫婦
方新婚　新婦出見　才望皆勝其夫　真内助也　李次
晶亦同寓　往看之　云即住　祖母所住室中　不禁感
然　旋陶臣叔至　談有家境　然云亦方新婚　飯後

同往西園看之園是風嘹麟角之膠少坐返木牌樓

十三日陰雨

十四日陰雨早起往搭汽車赴衡州入山人海求一票不可得因回木牌樓擬以夜車往及夜半又大風雷雨以雪北遊二十年乃不能冒此寒復止行已不壯矣

十五日晴玥玉出字畫一張掛之教之余所住室中為客廳出湘綺先生書小字四幅方楠木框玻璃裝

若翁先君舊藏明燈親懸之張之南壁
近床留餘地掛一畫幅則仕女所繪仕女本以為
陳日新先生者上有夏居士題詩其詞云萬古
心期指東海一彎眉黛壓西山治春四十年前夢不
把風情百韵刪乃在北京時日新先生索其題句云
少年時在四川有所眷鬢髮絲此圖之東壁懸
一聯為陳蘇石都御史所書詞是屬園林丙學
樂一時詩酒客同游陳翁祖母從先以念祖母

張之七聯之南掛一琴以獨幽也獨幽為王船山所
藏唐雷霄琴見湘綺樓日記歸余又十餘年
矣久密惜琴書喪失于此外十五年獨攜歸藏
蘼雲里舊廬去歲共榻時亦念之今幸無恙也又
教明玉將一幅時花菓剪貼為圓形置門楣上斗
室之中春如太古又如新名士書房矣明玉亦學
做詩家中自先父沒後已無讀書人然明玉獨好
大膽為之以書香之僅耳今以題其上作一絕然有

感想爲竊正牧寫云此月梅花是佛身長沙劫劫後隔天人可憐舊畫憐憐影一點成名又十春不勝感愴

十六日除夕雨寒夜半大雷雨諺云雷打雪雨不絕奈何奈何是日作祭祖母文既閉門獨泣彭叔六叟偕畢

十七日雨壬申元旦僅祭祖先停止慶祝

十八日雨雪如晶來共作雀戲

十九日陰早七時赴站搭汽車八時半出發午過沔至

湘潭下午四时抵衡陽由草潮橋门進城出瀟湘
過江东岸投往字五十八號李玉章寓玉章已
返桂過年獨其弟茂章在又出飲鄰家三叔舊
渾名牯子出見猴茂章招茂章歸始知飲于何
伯年家因偕訪之不遠入座暢話舊至夜下榻
成章寓中
初五日早八时搭汽車赴郴本宗李在仁方克司
機請送余行間　祖母去年避共禍歸即其兩送吾

鄉世重宗誼白下年抵郴投阜康公司以舊僕之
薦子供役廳门入見吳矩堂先生 先君少時創開
恒升錢店所聘為經理斩年逾七十矣鬚髮而童
顏精神殊健與余別又十有餘年相見悲喜交
集殺雞為黍如不勝情人生真一夢也阜康本
名桂新 先君三十年前擬開桂陽虎形山所設事
務因王祖墳妨止後與同縣李守中開采郴州礦北
仍用此名且銷行湖北矣南皮張督之幕索五千

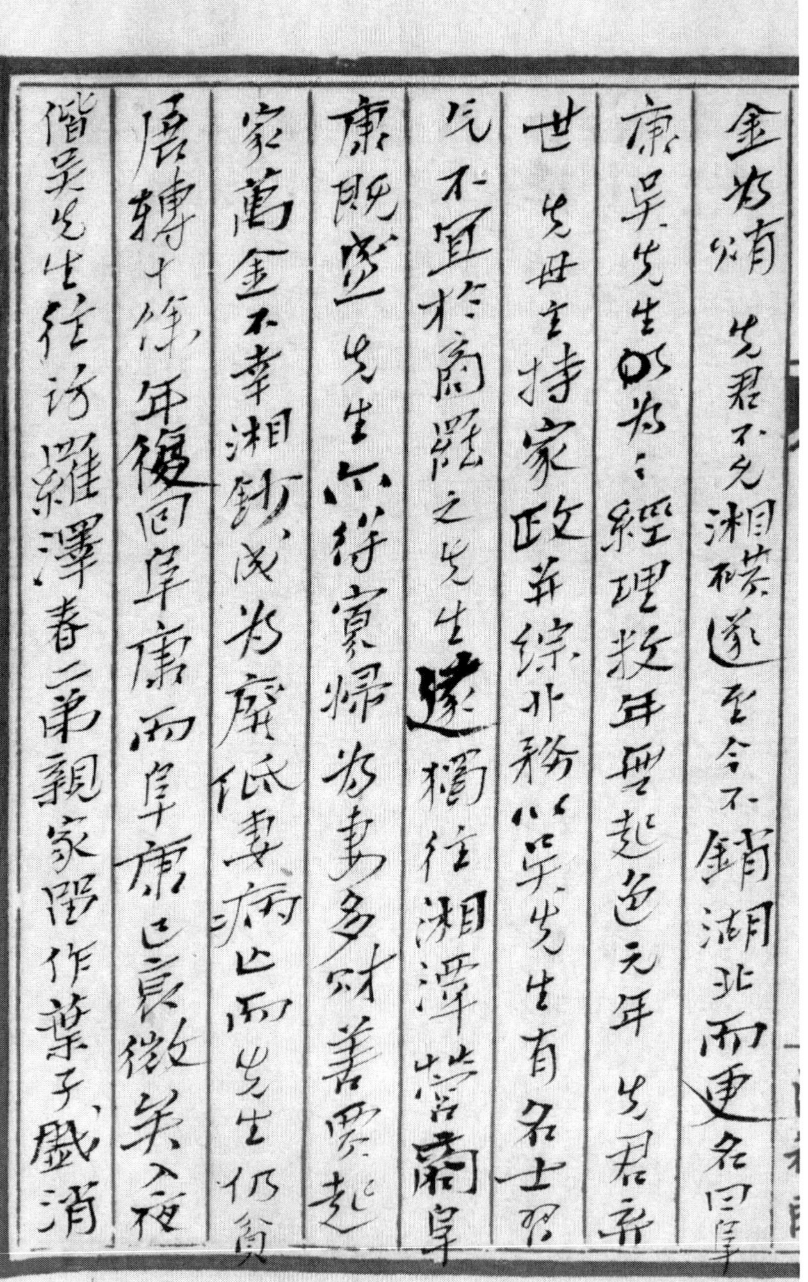
金於消有以　先君不允湘帳遂至今不銷湖北而更名曰阜
康。吳先生昕為之經理數年無起色元年　先君辭
世　先母主持家政並綜外務以吳先生有名士習
恐不宜於商賈之先生遂獨往湘潭營阜
康既遂先生亦得實歸為事多財善賈起
家萬金不幸湘鈔成為廢紙妻病亡而先生仍負
居轉十餘年復回阜康而阜康已衰微矣入夜
偕吳先生往訪羅澤春二弟親家留作葉子戲消

夜〻深回寓，康又與吴先生暢談往事，言姚雲娥女史事云：雲娥女史者，姑蘇人，光緒戊戌時年方十七八，美姿善歌，隸申江樂籍，而初露頭角者也。同州舉子夏午詒入都試禮闈，道滬上，見雲娥而悦之，戲謂如魁多士，必以金屋相待。雲娥亦心焉許之。及夏既會，進士殿試本擬置一甲一名，因誤書符爲苻，抑置二名，然已名滿天下矣。雲娥得見題名録，喜不自勝，謝客以待。夏歸，至滬，而若或忘之。當日固亦萍水戲言也。一日夏偶到天樂窩聽書，則雲娥方撥琵琶歌新曲，瞥見夏至泣其不該已而來此聽書疑其貴倦已啟前言神奪淚下不覺琵琶陡地哭失聲夏自知其為己大感動召狼㨗尉籍之卯過書廳條盜將納之歸漸習琴畫知禮儀更謂之無雙又十餘年生子女而夏之故妻已死遂立為正室洪憲時夏以内史當權又在北京取蘇妓從月樓為妾吳先生曰閩君亦取蘇女何桂陽人之將取妾且並將取蘇州人為妾也余曰此其風遠蓋自陳中丞之李蒨人納夫人以到閩李為蘇人遂貴蘇耶相與一笑而瞑

二十一日微雨早乘轎離郴山林巳條鳥音四起雖沿途濘泥而空氣清新使在北方直不知如何艱於行路難矣至七里鋪已日暮步行三里夜方抵家登堂哭踊不復成禮三叔二嬸及龍弟夫婦皆在家二弟亦隨至相對涕泣畢已細問病狀知為藥誤余遠游不歸淚不亦墜重耶余主速葬而三叔以八字過少擬擇佳城以非所敢知矣二弟邀余片若以村中住余不忍離祖母靈即偏祖母房榻亦為祖母

〻榻憶小時情景益增悲戚閉目思之歷〻如在也投

十年直一剎那

八月一日晴，以昨雨少涼，病益已愈，平與晨園過德義樓訪慶餘，同往大華赴余嘯秋之宴，烈日昇之，復熱不可當，獨至三多里二號，今日沿北公已歷無人回回。恩慶里鄺傳晚來，劉同至晚飯後，獻唐四川。是日侍三叔，以云已於郴桂孔道華塘鋪半里許覓得一大回龍祖廻龍祖獅子吊鈴形，以為丁可瀨千才穴有來，有旁貴而正印，麻延五世，湘鄉李南先亦言與其縣某公祖山無二，武貴之應可斷，聞府是誠從所

謂善人自得福地，天所有靈，豈不負吾仁慈之所
祖母也。余生不結善，死不結葬地，所有靈又非吾之所
得享。還願以期諸之弟侄耳。得吳矩堂先生柳函，
又云：精地付福，言爭界，民訟勘界大事乃妄遇出
而爭之。小女棒棒健長，增高於今，為慰焉。
二日，晴。從素九疑先生始懸琴之隨，余者四，獨此也
泉百衲萬壑松風也。金致淇來，彈平沙，西曲，指力頗勁，
自得楊氏父子之正宗。戰報。在友三處。東北軍勝。晚後，余肅口

秋將知其將將秋，秋來凡今之人未必優於之之稍長多
出東洋者少，多出西洋。洋洋學生北翰林班，東洋學生
北捐班，事實亦亦非自菲薄也。
三日　晴。晚赴晨園大雅之寄，拾得聚大公抱社諸公，有王佩
之、胡□之、張季直等十餘人，抱戴名伶孫菊仙，病已九十二
四日　晴。得昭將書，一派天真，令人難然。慶餘來戲
四川訪子訴不遇。
五日　晴。州海事稿畢，洋洋數千言，不知所云。晚得

九疑先生書有來津消息，喜甚。子沛來。

六日晴。作劇話二則，談松花江頗詳。慶餘來，觀四川晚報，攜漱以及小妹至中原看戲。馬艷雲演李娃，念詞無佳處，瘦削甚，不勝衣，然知美以壯為貴，而楊太真尚矣。發三函：謝濯友、濯居四載不得一友，所知皆南人也。何地無才，病在不求耳。此老年平生大病，亦即海軍界之通病。

七日晴。午後慶餘設餞，飯畢同出，購物穗之樓，遇姚秋武漢南開陸大兩校生為行事太米長山威海乃黑暗出人意表故帝制最爲病民實小憑藉之因其寵私肆無忌憚耶嗚呼知之未知之何矣夜遊南園三更有雨

八日晴看戰史夜來和園聽戲

九日陰晴午茶後林武過段淇買藕一段歸今年嘗此物夜游法國花園又至明星看電影歸臥漸雨夢醒已覺衾單

十日晴段張君泉獨幽兩琴絃夜段淇邀往鴻記

聽嵐曲以陶然亭彈詞最佳十年前曾於廣和樓
樓聽之甚久李寵年矣新旦麗世奇器有扮
桐珠失之木白口小生硬惟下海之票友白玉山唱做均得
戲情惜仍失之于野耳歸時大雨雷電交作
十一日晴看國聞週刊妝期丗字語一則下午訪靖述
十二日晴夜大雨報載石遺閘詩數首其宏劬詩云林
巔忽起老龍吟鬱鬱書生報國心正到窮途猶結客
風塵相賞值千金又剃頭店聯一首云磨礪以須問天

下頭獻幾許及鋒而試看老夫手段如何記少時

肄業蘭笙湍舍夏懷清先生方自罰中歸云見

某石崖上有石達開題詩云大盜亦非盜詩書所

不說金銀揮土肝膽硬如鐵打馬突絕崖彎弓

射明月人頭作酒杯食盡讐仇血此公才氣乃余

惜遇人之不淑耳

十三日陰雨報載石友三敗後自青島逃往大連孫光

前被捕衙脫逃將守兵槍殺其妻偕二女乘汽車至濟

沱河畔追兵且至，乃單渡河中流淹斃。張學誠

求改編云。

十四日　晴。看東方雜誌、比國閉國週刊為新，小畧有條理。夜觀電影，皇宮有聲，終勝無聲也。

十五日　晴熱。求不結下筆為衡言附近有存粹學校授古琴。又見無錫報載用正宮琴語二段，皆琴譜。也夜讀三汶淀之源出，易見方輿紀要。

十六日　晴熱。州巒語一則，看暹羅野史完訖。

十七日　晴　閱有終日人言蔣氏必倒中國第一人是段第二人是吳〻且為近今復辟派中堅人物殊不知何所見而云然

十八日　早晴午後大雨涼爽宜人上百衲琴絃

十九日　晴　早張振威自奉天來　晚農園宴同局於中原酒樓厥事酒肴略如廣東〻人才氣磅礴可愛人亦復爾〻宜乎廣東材閥〻不甘出浙江材閥下而軍閥遂軒然大波也　是日為舊歷七夕　散懿念秦少游鵲橋仙一首

二十日　晴　看世界史綱　復擬從事編譯海戰史也　夜泛舟

三汊從覺涼氣侵人小住遂即歸

二十一日陰雨 看國防史論 夜赴東車站大公報館胡政之君之宴 譯局開辦垂五年可無續爲紀 近擬移津 就大公報社印行 此余四年前舊計畫也 必待行而後知 何見解之遲耶 故孫中山曰知之維艱

二十二日 武漢水災 等于洪荒 各報呼籲賑卹 [illegible]

二十三日

二十六日晴 宣統元西宮奔逃 自國民軍驅溥儀出宮 遁跡津

门帝則自奉后擁而犯色罡逐見余其在宫時私暱蓄辟至
相 9 you 則犯結后譏字署之多合婚年十載常受制于后不
能嘗夕幽怨莫訴僅一妹得通庋中間聞及聞韋遇雲事後
與妹謀假出遊為詞走匿某飯店陸臨請返則出書告之曰
為謝皇帝勿復為念我而三律師者出面以法律語之臨之鼠
竄以歸溥儀惡之不敢告人也韋遇雲者本津京女伶美而
善歌所謂韋遇雲女士也去歲倪嗣沖之甥子以五萬金娶之至
大連待遇殊疏遂離近還津門受制兩大歸慢不欲生日君來

向大汽車走律師李光榮家，侍從槍擬其首，為巡捕扞衛，事涉法庭，卒以離異。信乎女權之張，雖帝王無以當之（倪宦去釋風於呼為倪王府）。人生行樂而已，何足怪哉。溥妃名蕙心，曩在故都時嘗從劇場中見之，丰姿色端麗，而眉目飛揚，不合法相，宜有今日也。

二十七日　孔子生日

二十八日　晴。早車赴北平，急所欲見九疑先生也。趨至延相乜胡同，歡喜無量，復及同社琴友，始知逸梅和尚

已物化，廣陵散等議已出板，乾然僅存，學生力
人。先生病後常喘氣，已不能彈琴矣。又聞琴
匠張虎臣亦病故，八十四歲。余所藏琴業所重
修，二重琴結保斷紋不壞者，惟見張虎臣一人
殊堪嘆息。匆匆告退，先生依依不捨也。過中國飯店
訪慶霖，上湖南館訪韵林，均不遇。回寓略覩小草，廢
看信。臣同至中央公園，如歸故園，坐柏斯聚藤柏下
飲橙水，清涼爽人，聽慢着處衣光花影，欲非昔比，讀

莫登假山臨水，欄循朱廊而出，此設朱廊爲新營，柳陰荷香，不用錢買，何處有此佳園耶。晚，鬯恩、闓居赴開明戲，荀慧生新譜香羅帶，哀哀欲絕，歌喉亦能似青衣，破曉黄澄，疾不在人世間耳。戲散，登屋頂舞台一瞻，即過慶子步坐，約明日同行。夜，時加丑，始別信臣。

二十九日　晴。早携球出，往北海旁新建圖書館一遊，北平以來偉構也。旋入公園，渡海而東，步至肉

赤中學為孫女納學費，予在齋二級，未結婚，教
任之天命，奈天生無此命何，在自為之而已
訪昌後，遇傅冠雄，少從倣昌後同至劉家，不遇
印過姜智生，云歸琴南歸，電偕同赴春華
樓午餐，從從移時，所謂一面相見，一面老也，四時與
慶搭車返津，八時抵寓，慶予以深夜東歸

三十日

三十一日　晴　州戰史八月稿畢

九月一日晴清理書籍約有兩架余自習琴以後不復備書故所藏無多今以並琴亦不能復備矣

二日晴夜聽李桂春秋香雲艷琴演驪珠夢全本卯梅龍鎮以雲艷琴飾有碩人其頎之致唱白俱學梅蘭芳白娘於唱而又非梅之丘不若雲矣逾子而歸

三日晴艸經語三則有土耳其人曰阿蘭佛者年已五百七十五歲嘗乘飛機下而稱曰美哉飛機信補不齊也余至今未一試飛機殊慚此老

四日晴得舜琴函云昨日將携麼摩登來津謂其相見也

五日晴文照太早至东瑞梅舜琴歸同晨園夫人亦携其子若八同來引至恩慶里晚至中原公司有法相不知其美點之燒鴨乃飯畢乃歸

六日晴邀黃劉二家午餐南園晚赴惠衡家湯餅會遇秋武夫婦日欲避免應酬而應酬日多此人之苦也是日重閱崑曲數年前學聞鈴一曲未半而止

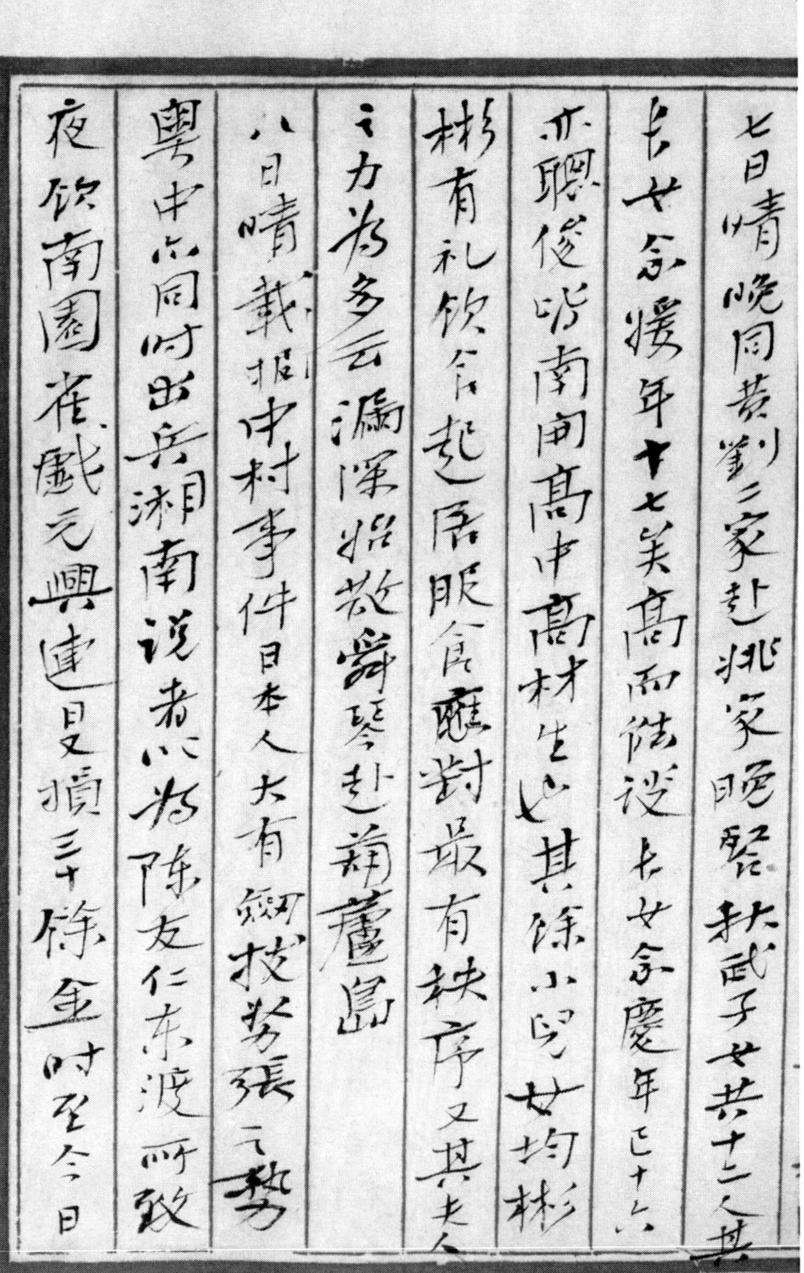

七日晴 晚同黄劉二家赴姚家晚餐 扶武子女共十二人其長女余媛年十七矣高而佳從長女余慶年已十六亦聰俊皆南開高中高材生也其餘小兒女均彬彬有禮飲食起居眠食應對最有秩序又其夫人之力為多云 漏深始散歸 琴赴蘭蘆島

八日晴 載報中村事件日本人大有劍拔弩張之勢 粵中亦同時出兵湘南 說者以為陳友仁東渡所致

夜飲南園 在戲元興建 見損三千餘金 時至今日

而仍作北京時代之酬酢環境，亡人百擺不脫來之何哉。

九日　晴　午攜淑心送黃太太赴站，旋步中街數里，在樓昇貨棧洋場。歸閱湘綺樓日記光緒五年八月十七日：游碧山、避虎丘，飯于月舫，拾僧閣雲彈琴三弄，上虎丘任閣，登望吳城平遠，繁華猶似舊都云云。雲閣和尚即枯木禪師之徒，善有琴譜，余所遇撥仁者尚即其弟子，師弟皆已物故。又前在北平遇龍泉丈方丈

梅知尚亦於今年羽化遂梅善畫梅以黄鉤之此学堪一
善梅花三弄
十日晴琢玉寄來所存先人遺稿及函件乃益其一
西嘆
十一日晴閱大公報留美漫談云音樂院教授甘貝爾
斯(Campbell)年七十將應中國某音樂校之聘東行
家中開茶會甫余妹特往從次教授出中國古琴相示余
詳問那得有此教授言得自香港值美金八百元云是

庚代物為撫琴蘭花操子吟二操余亦彈胡笳十八
拍答々云々渡渡為韓琴慧女士授稿自称童年學
於王心葵々々北大琴學教授所謂玉儼軒主人者也女士
有琴名曰暗香豈莊暗香琴耶　甘貝爾之琴曲例
云學自福建楊某々々此古調乃流傳異域他日或
與磁畫同重於世乎我國往美彈琴者亦有蕭竹
書陳筑山嵒黃勉之弟子

十二日晴　收書九疑山人

清秘閣

十三日晴夜夢獨入一室，室停一柩，白而未髹，旁有紅琴一床，大千退泉而斷紋尤古，余就而撫之，音韻極佳，俄而四絃中斷，猶不忍捨，彈五六七絃作平沙，聲微如絲，幽清不同凡響，俯而聽之，則喁喁如有人語，駭然而醒，不知是何祥也。

十四日晴午刻偕晨園出竟陵巡相示，羣憤不平，馮先電辭劉繼之，僕病未能，則亦士夫之羞也。原巡云有倘復沈湎酒色，溺于家庭，蕩檢逾閑，私而忘公，官氣

重重腐化畢露，以西君無政君之名，四海目錄無精
采，嗟乎何其手人以雜技示人以不廣，而使田園無華，
邦家安寧，罕當拂衣而去。

十五日　復電致慰真，黔數矣。

十六日　寄三弟函。

十七日　晴。晚攜淑至平安看人獸奔馳，以羣獅逐鹿
一幕為最佳，愛徵娜亦復可人。

十八日　晴。得雨田信。

十九日　晴　閱大公報，其最後消息有皇姑屯鐵路已斷說。午後，到周向翼之友電話，有日本在奉異狀，交通未斷說。入夜，各報大號外，知日軍已於今晨二時強佔瀋陽，楚據兇殺，肆無忌憚，主席臧式毅逃命日本領事館，參謀長榮臻全家被俘，各軍無一對抵抗者，一擊粉散，閱之慘然。又云八時即長春失陷，十時營口失陷，不下哀的美敦書，遽以軍事行動出之，此倭奴不獨眼中無

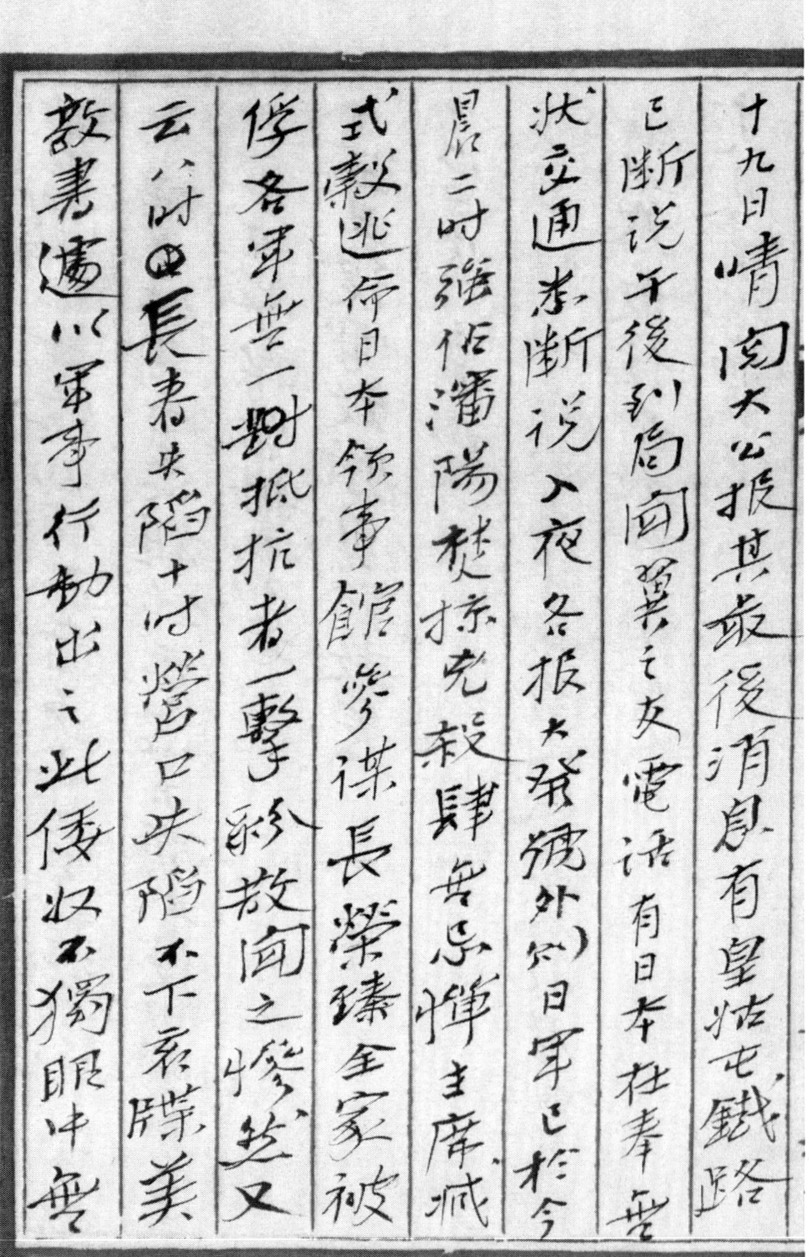

中國抑且無世界使無內亂何至乃使國防有人
又何至乃令坐以大好山河拱手而人讓之羅哉ミミ
二十日晴　倭侵佔吉林我軍殊有抵抗
二十一日晴　東北司令長官公署參謀長榮臻從此脫險
自瀋逃出過津赴平是日偕三弟及昭姪回
二十二日晴　寫書三弟
二十四日晴　倭將東省鐵路分別佔據
二十五日晴　早沈司令自瀋逃出到局相見至為感慟

縱從二時許云軍艦可廢而澤而不可不如今豈係上

從兵時耶　午后秋武家　晚閱國際聯盟警告中

日退兵　我將何退耶　偕三弟四弟三姊書

二十六日　中秋節　晴　拘守竟日　自烹雞鴨不佳　鴨不若吾

鄉者嫩耳　夜同心如踏月　看平安有聲影　如不知此國恨

者　竟不止我一人　奈何奈何

二十七日　晴　早高田由葫蘆島派人送衣箱四口來

害存　豈倭又西進耶　直如入無人之境　非倭之勇

我們甘地主義太好耶，午後出訪吉恩，請午餐後

時勢所學要已逾於和，張作相不計不援，急所抱勝而

哭馮閣均避之，吳已到甘，段作謝不能，又閣任張作相

為邊防長官，張景惠為吉林主席，劉鎮華為甘

肅主席，張作霖之下已為惡狀，所剝剝極，是日大風，夜

得蘭州瀋函。

二十八日　晴　早作致南蘭州函瀋陽

二十九日　晴　得約林函。

三十日 效鐘均赴北平

十月一日 晴 海軍下減薪令 迟三百者亦折計

二日 晴 國聯勸日撤日益深久擒之策已令熙洽組

織吉林省政府瀋陽亦由袁金凱輩組織維持會

三日 晴 得均弟函云在弘達中學又轉到此校函云

在本地青年會補習英文皆失學矣

四日 晴 閱薩拉米斯海戰史一節畢

五日 晴 看史記知亂世須結作戎治世須結作官結

作官作賊出後不能作事，當掌權之時得自
官賊以聖賢英雄行徑而能掌權做事者，今古無幾人。
聖賢英雄亦有行權時，行權便近乎官賊也。

六日　晴

七日　晴　微涼

八日　晴　東京報載有以黨後立國內外號召之
從此糾國際聯盟亦莫如之何矣，然阿斗何能爲希

九日 晴 日人抗議我國抵制日本貨 豈真武力萬能耶

十日 晴 雙十節 苦爲國慶 今國衰矣

十一日 晴 得三叔書 蔺生 松生自常熟來

十二日 晴 得慶予北平書 與舜琴送其愛人返滬

十四日 晴 粤寧議和 於上海開統一會議

十五日 晴

廿三日 大風 是日 得張劍初函并譯稿一件

廿四日　霜降　晨風頗凉

廿五日　晴　夜不成寐　明燈看小說

廿六日　晴

廿七日　赴平　下車即往看九疑先生　先生以病殊消瘦　不能

下床矣　歸看張丕召緘　均至云在宏達中學　夜過慶子寓

廿八日　晴　早訪鄭穎蓀　穎蓀多蓄異樂　有馬頭琴者　蒙

二鼓方出東城

古人所製以月琴而馬首　蒙以馬皮　絃以馬尾　聲至為蒼悅

晏奏君旋與共過信臣同寓某同番菜館別後獨往
中央公園看菊，菊已無存，但聞水榭人聲嘈雜，走趨視之，則
胡蝶方艷裝拍有聲電影，觀者如堵，或言大公子喜與共
舞，時馬占山方退守克山，因係以一絕云：淡淡蘆籬冠已滋，太陽樓
子遍東陲，可憐西目克山夜，猶是平城夢蝶時。與之亦相胡同
則九疑先生云琴已有主，約直三千金，僅留一天觀耳，不禁
悵然，取吹風蕉彈胡笳不絕終曲。先生同社絃彈此曲者
惟虞和欽與君二人，幸勿以之學，來殊不易也。余黯然遍行

迴宜寓館信伯邀至園飯店晚餐謁如同座加商上午返津已夜

盡矣

廿九日

十一月八日暴倭煽買便衣隊襲擊市府倭自其租界砲

攻終夜

自是津市倭寇彌月殊不欲记此長恨為之輟止舉筆

十五日重理風雷引

十八日得楊定山訃，則九疑先生以十五日病歿，正余彈風雷時也。此曲先生所忌彈，僅以授余，不謂平津阻隔在此，感痛也。

十九日挽九疑先生聯云：宗派開九疑，自有高名垂宇宙；追隨逾十載，愧無一曲繼瀟湘。

二十日寒去步詩於竹簃定寧也

擾擾人間世，夫妻道獨難。縱曲今心爲卷尚古

意何安。大象猶無準，良辰喜下弦。瑟琴真樂處，和好義鳴絃

莫紛紛先生以山人為丘公後身

山人最善彈[illegible]欸

二十四日 明經結婚

二十六日 卅 九疑山人琴事記 投北洋畫報

二十八日 代擬公祭九疑山人文 樂先礼生忘先礼壞礼樂

雅樂既亡 絕調斯放 秦火燼餘 樂惟琴在。從道污隆 綿綿

百代 能盡雅琴 於今有幾 丘公後身 先生獨偉 操成殘

形 材辨佳尾 樹絃安歌 感泣神鬼 春秋佳日 會友以琴 宣

和 情志遠 蒞知音 雲迴衡嶽 風振上林 漁歌欸乃 於焉誌心 閑邪

九疑閩社 萬流所宗 情移海上 道蘊曲中 聲傳落雁 目極

卌原作百

武鴻江傳書卌卷庸著縣桐琴德〻優窮獨無悶先生

衎〻詭譎嘉遯大隱維賢皈佛何困三疊厥心孝懷何恨

能樂知微遠騖風概徵子偈殷處士星落。少微南箕一星曰處士星又樂

琴杏江天。琴棗歸上海棠君驚絕霸部。病殁宣武門外丞相胡同寓宅泣薦生哭溯公

来格

玄樓日記

三十一年八月十二日夏歷七月初一日也 昨夜雨聲達旦

醒來涼甚 余以七月廿一日由桂陽抵郴寓于興中旅館去

家時小鵲病痢殘殆 而桂邑中葉(西)醫都無把握 忍別

到郴後聞惠愛醫院能治此疾 因劉老表回桂接來就

醫 以三日至奄奄一息 體溫至百零四度 住院至八日而愈 即

以九日送(桂)來 往均由淑及寵妹調護 幸救得一命 余亦以

是晚來東 之話小棧一宿 天明過河到會 會中往來僅黎

君善曦一人 四屬電徵冀足法定數 只得代(電)長沙稱疾

滑各友函分別復之 三弟七月二日函云已遣婦葉氏不

去則秦來不覺為之一喜寔亦勉之蘇軍欲續美攻所羅門英美逮捕甘地及尊尼赫魯盟機炸漢口兩竟日夜不止

十三日陰雨連綿饒有秋意夏舜琴亦寔内子閱水雷戰畢悦其大量機雷不斷伏水隱時以數十萬與順江流而下伏敵艘艦不知快哉閱昌後所編水中戰乃其先是吾三年前由零陵寄我者其中内容頗詳盡之昌後國有心人悦病癡未用也振戴六月間高麗志士蘇萬在日陸軍省門外以手槍殺其首相東條僅傷臂並中傷前首相廣田及某空軍少佐（韓國）蘇萬為衛兵

檢傷被捕亡國三十年猶有如垂根共人者在故春秋之義雖百世猶可以復讎言也

十四日　陰雨。是日為空軍節，當八一四敵空軍木更津隊之襲我杭州覓橋空軍學校也，我空軍起機迎敵，殲其六焉，而我以零對六，實為空軍戰史之美談，故以是日為節焉。代李石曾擬臨證陳母盧太夫人墓誌銘，詞曰：來安出姿，芷潛窩樵之，其銘云：彼瞻逮水，含嶺之美，有邑臨之，壽母斯生，積穗既恪，𦂶以成德，堪易俗，智周定傾，子孫翼翼，黨國干城，永保天祿，欽茲儀型。

十五日　陰微雨。草彭壽芝鏡美至法定牧尚差二人督陶詩作挽謝稱洲中將詩一首，其詞云：言念同門友。
斯人將軍獨秀羣（逸）。屠龍非帶箭。繡虎更能文。陣石
留琴島（青島本名琴島）。孤星下蜀雲。樓船誰請泣。四壁
秋燈如焚。得家信并書八信

財政部自七月十日起改訂定美匯及英鎊價格如下
每法幣一百元合美金五元又十六又三分之一
每法幣一元合英二片士又二十四分之一
銀行估價
法幣一百元合美金五元　法幣一元合英鎊三片士
其他外幣價格則比照改定

十六日　陰　午晴　農家一喜　稷已穗也　地中海大戰　德意攻馬耳大英航空母艦沈焉　德意喪潛艇三艘　讀陶詩述酒一章　得陶澍箋釋而益明　述酒者　述鴆酒也　乃劉裕一酉鴆恭帝于零陵之酒　不然　終篇了無酒意　何所取義哉

十七日　晴

十八日　晴　趙議長何委員毛委員來

十九日　晴　開駐会委員会　聽取省府報告

二十日　晴　三弟由桂陽來　來過河小聚

二十一日　晴　開会

二十二日晴。閒談會。午後赴張衛生處之宴，中途遇雨，是日閉會。

二十三日晴。與松園、陳伟聖、王三弟同車北下。三弟由衡陽下車。夜投湘潭對岸客棧，隱几而臥，甚苦。

二十四日晴。午至長沙，下榻松園家。其夫人春甫曾在衡陽一晤，賢淑佳偶也。地在打靶廠，十分幽靜，嘉木成林，館桃[illegible]為長沙今日不可多得之寓。吾家之長沙廿餘年，今乃毀成焦土，殊可慨也。

午後至市，下午入城訪譚生，不見五年，以視而老矣。

二十五日　晴　至封銑委員會晤陳弘森副主任
委員及湯主任參謀、劉副官，旋訪譚生，遇張振威。
二十六日　晴　入城，見太平門其上三年前圍牆又
拆毀矣。至會晤陳（朱）主任委員煥庭。
二十七日　晴　偕阿狗過河西土地灣省田佃戶段
氏一門，兒女亦與其堂劇稻，知農家之樂，斯時
為最。旋偕段老闆入城，結炊以存糧，往去七常
三之芳，僅得千元，即以五分計，才五十元，亡返毛
宅，已由吏定將湖如水樹皆毀盡，令人痛念
南林經之營之，乃如夢耶。

三十日由長沙搭粤南旋，下午乘湘潭乘火車

赴郴，夜半下榻郴州。

三十一日到桂陽，小愼已愈，十分快慰。

九月一日高臥家中竟日

二日訪福各處

三日 四日

五日赴郴 六日離郴北行 七日到湘潭 訪

过河入城至福音堂看玥璇

七日回長沙，訪唐毛家 十七日步至嶽麓祖嶺一祝 嶽麓雲里坡址，土堆砲壘，排徊悵然，君久之，歸已暮矣。

十八日復沈郡長函，并函張松生，下午段老兩来

十九日晴　早七时至農事試驗場謁見伯陵
長官面辭江西之行，來而見允。垂老無壯心，亦實
無力培錢也。午刊會見朱主任委員面言之，
並介紹軍校十七期生羅君紹庭隨同補一上
等侍令兵。阿蔔者，朱炳椿也，浙江人，為往來
時小汽車夫，避難東隨來，忽之王載人患而
患仍不過，當一兵亦云苦矣。寄家書。
二十日晴　早刊會，午過李尚瑩餐，圍棋敗局
負多勝少，而以其友張楊君為優。坐中遇王市
長力航、謝局長錚，皆湖南湘潭漂亮人才也。向夕歸。

二十一日晴　王聖武來談時事甚久而去　夜与松

園入城訪聖徵　聖徵邀訪其友胡作東　燜之

遊那下擱焉

二十二日晴　羣居終日　夜入城覓衣一套呢制服

需二千元　新布面棉外套八百元

二十三日晴　早看墨子其修身一章　因作座

右銘　尚同則今日主義之說也　飯後到会作

書分寄雯桂符八叔已復之

入城看澤生同訪楊雅澤佐所寓　為壽記陳力心

堂廠址　其秘製神麯甚佳　佐使人謂之力曲相待

廠內有井以其水製麯則佳他井水則否製法不傳人惟侍子與婿雖女不能窺其祕也聞之福建某店製麯絕佳謂之建麯初某店飼雞生旦輒失所在一日伺雞声陰察之則旦赫然一巨蛇方吞旦也主人恨之以木作旦形俟旦下卵以木旦置其間蛇聞而至果然吞如故少選知為人所算急奔出就一山崖采藥食之俄而蜿蜒以去遂木旦已之於藥化也方蛇之出亡人尾之至山崖見其采藥自醫狀知藥之足以治胃疾遂采歸製藥餅以濟病者其效如神故曰神麯則未可

趨之方是否侍之福建耳。寔為佳此。

二十四日晴。是日中秋節也。午赴朱主任之宴，同座遇費子彬先生，孤兒院院長也，為湖南知名之士，今始見之，名下無虛。夜月尚佳，以客寓人離，對之無歡娱，掩帷早臥。

二十五日晴。得裔陶書，又得王季思函，將來矣。

二十六日晴。得三弟書，云將來也。午訪費子彬。

二十七日晴。赴藝園長克虎之宴，同席為張銘西夫婦。北界商周桂林者，去夏初游桂林，爲一談甚篤，其處之人所謂治陶丈毅家。處為此館聯襟，前日曾工兵，今為九區工兵團團長也。飯前畢，而三弟至，始知偕樂寓費先生來同往此菜。

於社論順樊先生，先生為般山弟子，與先公先後同學

侍公筆家言精妙，與樊季家文純乎儒者

二十八日陰。與三弟請樊先生同往上北山，山在梨江之

北平嶺。先母墓地廿五年二弟以其不佳遷葬桂

陽之清和墟，今僅昭從葬此。外舊有曹姓墓廬一所，為

柳陳二家外居。樊先生步視一周，云遷葬亦好，此間（惟穴前之為原注提葬穴後左又為開挖兩傍亦已修整）

並無地，山中溜之一步。飯後即歸，即風大冷，到城已暮。

二十九日晴。於桃園定樊先生。余問先生余像云何，曰：一生

聽輒以自樊太陷，惟好處在骨，而尤以眉骨雖不貴，余

問鼻骨端徵紅，遮莫損財。曰：已過去，要閔宏旨。又問兩

鬚髮皆白，而不必留，並老境亦佳。所言與叢年在洛陽
擒滑者指点頗同（洛陽相言亦然，十後入閣）。足無心問世，自信
日薄（西山），尚何言哉。降壽足安之矣。
三十日，晴。與樊先生步至營盤街訪湘倚樓舊
廬，雜居不堪，僅存庭樹，為之慨嘆者久之。又同詣
澤生，乃知其明習地理，請其一說祖塋形勢而回。
二日，三弟至，澤生因邀飲于徐長興，吃燒鴨。余與先
生談春秋大義，先生約至（適）西商権。余族黃種而憂
狄亡，必辨其狄之內種而中國之，而中原之一統。先生極
稱之。是夜晚，余自宴至先生生于松園家中，薄

蓉入城与之同游甚多所啟發 余問何以為學則
益曰為道則益損曰道不可為〻〻非道 余曰得非由
道法自然耶曰然
三十一日晴絕早起床別樊光生及三弟烽烟
遠東叟〻〻弟攜不禁悽然獨歸廣小憩
十月一日晴晚晤張振威
二日晴至金線街看私人生土
三日晴振威來手談移夜
四日晴累有小雨
五日陰晴晚赴胡濟原之宴席設天心閣北居

士林佳喜園同庠有周處士者談及近有降乩詩句切近狀其詞云八月涼風浴桂花香天香浮動鬱鬱雲霞偶從嶽麓山頭過又見長沙百萬家問仙人為誰曰棋仙二字問戰局若何速者百萬家者三兩止亦異事也豈抄錄耶周君又出一長方形紙三疊而三折之分別排構十字凡字圖日本等字謂之分識繼復結識日本完了四字又成1937四字又成中國領土完正等字不事添減何巧一至此耶　學庵識

是散席已夜遂循南城

六日　陰　早作至毛家嘴鄉小憩，此係借其内兄羅某閣至喜出，特此係病形手乞閱之，知患胃炎後為一憂。小坐即同入城，余特至市政府查土地登記事，晤楚楚孫科長彭去社會科，晨為介紹為科長熊人，到至登記處，又為介紹沈科員仲勤字吉，沈出圖相示，則尚上此哉。歷第一坊月字號方三十一丈前係逝錦十後進住宅，後沽市李滌善堂及李佑仁字樣，於廿七年登記之收據經大火遺失，為補查此土地，該圖列三坐，而補請登記，未長一齋此事

粗得跋徐叔明作亦爲土地登記來告向之所不
願者今乃念之不忍未取亦國相翻思二頃因
東詩人早已送破既之爲人必所不免也
七日晴 詣澤生出示藏畫以沈石田仿智源山水爲
最佳 擬付趙伯貴强使留惲南蘋女史畫牡丹過
肖南回 畫瓶梅 有翁學吴只詩 咏絶妙 邀澤生并約李合邀有王克虎羅之蘭皮
好畫均將出售 亦爲可惜 夜宿南城 叔作
八日陰 將肉子寄毛織衣 試之合身 不畏秋風矣 到
會 出席會報 偕叔明往訪紫紀達之 本廿餘年前
草康司事 時值余病痔 款爲懈倦極 其忠勤

後毋親查覺其侵蝕事，毅然去之，今已作布
商，足衣食，見之情殊冷淡，此輩明係非之。余曰
人情固自爾，何足怪。正彼非因章康起家者，將
蔣別時，便返毛家。之來一父湘陰人，告郭松園極
袁與之周旋，而松園夫人處非善，數防之，亦微
其人既以至者遣去，松園夫婦竟因此事以角，
至于亦然，各持一理，理各有是，與袁王二君力勸
排解。余只好高臥，以夫妻爭持，旁人決不能調處，
解鈴繫鈴，為二人事，大抵前之夫者必先屈耳。

夜雨

九日雨 松園夫婦已和好言事。晚餐時余曰民衆應謝君夫婦，問何故曰兩月不雨，夜非君夫婦動噪遂霄有雨耶。樹与古英開德人諷諾

第二次世界大戰論

第一章　經緯

(1) 波蘭之役只十八天

(2) 挪威戰役連西線大戰等在一起，從德自奥斯陸登岸起至法國失敗止只二月半

．而已

(3) 自一九三九年九月起至一九四一年春止合計僅

三月係為積極而具有決定性之戰鬥

(4) 德非為經濟利与戰略收穫而戰，乃為世界霸权与先发制人以摧毁一切可能的抵抗

作心而動作

(5) 今日兵力已不在西歐而在中歐与东歐，以前霸权至一九三五年已結束——魏诺说——

(6) 同盟吃戰略之失敗，係守舊觀念之、盲目無知及未能了解國際軍事发展

(7) 戰争理二種，(英法舊、蘇德新)——魏思戰争(雷诺说)

(8) 陸軍大戰在蘇聯，海軍大戰在太平洋

(9) 戰史應在戰爭進行中寫出

(10) 法國錯誤在以經濟戰代軍事戰——貝當說

(11) 經濟戰——軍事戰　物質戰——運動戰

現在物質戰已為運動戰所代替——主要

是機動力

(12) 一九三九年歐各大國約共有戰鬥機二万五千

架·坦克車二万五千輛

一九四一年　英蘇美德　共有戰鬥機八万

架　坦克車五万輛　若戰事延至一九四三

年將有戰鬥機十五万架　坦克車七万

兩

(13) 德蘇戰爭—閃擊戰（一九四〇年五月十八日二個月半）

對法對法為德蘇戰—閃擊戰必是以強凌

弱方為有效—尚須得天時地利着對方力

量相等則不能施行之

(14) 陸地戰—海洋戰

海戰不能決定戰果

(15) 一線作戰—兩線作戰

波蘭戰係只是一度插曲　兩戰作戰是誤

為歷史觀念（俄以西）掀動起來的戰線

德國戰略自上一世紀的七十年以來〔戰爭〕便在計劃兩線作戰趨勢一時不免

蘇德協定為對此作戰略背後插上一刀

軍事戰—政治戰　戰鬥人員不因機械化而減少因而增加

軍事情況在廣義的意識之下是由政治因素決定之　故賴伐爾與厥萊對于法之失敗之素至少應與甘末林魏剛相等

第二章　軍事準備

（1）一九三八—一九三九—八個月間的軍事准備

四、德國各種力量的連（聯）繫關係
德之準備其有三方面的成功：1、組織一支
大量軍力；2、造成一宗大量物質儲藏；3、
訓練一批高度技術化的軍「國防軍」（Reichswehr）
(2)德戰時陸軍共三百師—有訓補充軍一百
至一百五十師—德之平民軍事化，自十
六歲起即至六十歲止，役者必歸後備軍訓練，
故除國防軍與後備軍外，尚有半軍事組
織的「協同軍」（Wehrverbände）共六百萬人
(3)德最新式飛機—一九三九年—為「LU—88」式

與「DO－一二五式」兩種　速力三百哩以上　航續力二千哩　機體三架

十日晴　雙十節　舉市歡慶為閩戰以來長沙未有之盛　可見人心之思治也　諾澤生為余推命云必得其壽　二何足貴　徒自苦耳　晡後同劍南市看熱鬧　竟擁擠不能出市外（還）猶正大　清慈禧生日為陰曆十月初十日

十一日雨　登旺民日報　声明登記收據（遺失）

十二日雨　寓家

十三日雨　至市府請補發登記收據

十四日 兩閘門看完 日 題 劉蒼三委員來

十五日 兩閘 二次大戰論

(4) 第一次大戰之大拜沙砲(Big Bertha) 長馬

斷砲(Long Max)

(5) 降落傘於十秒鐘內第一批傘兵十二名不佔

第一機上降落 同時武裝軍需亦降落(岡)

取到武裝集合第二批隨之而下……(傳)

續之形 僅數分鐘各軍作集合(分)析作據

特殊降地圓形(超)擴越大

快(東)新隊

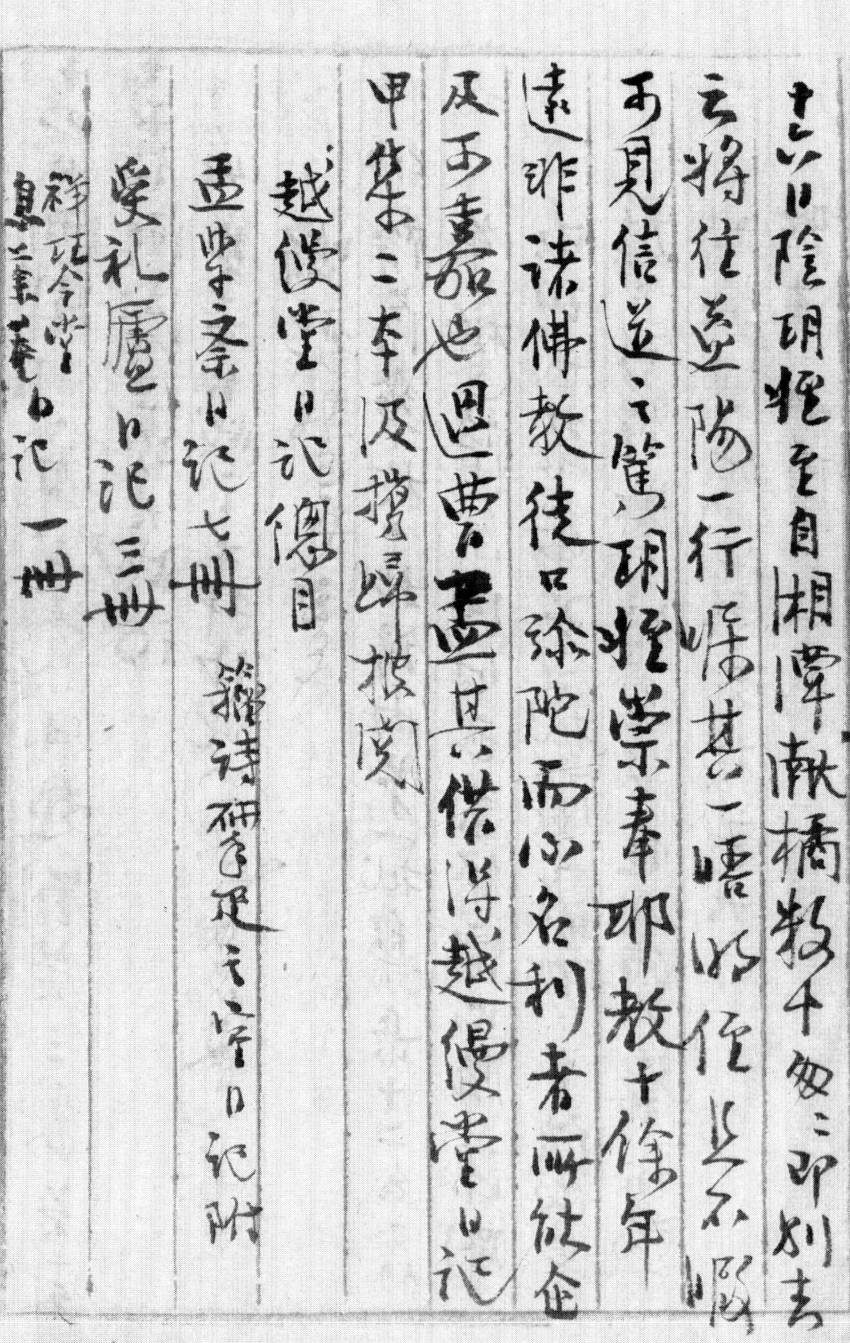

十六日陰。明經至自湘潭㵾橋，數十要之即別去，
云將往益陽一行，渠甚一嘻以傳長不厭，
可見信道之篤。明經崇奉耶教十餘年，
遠非諸佛教徒口誦陀而心名利者所能企
及，可畫也。回贈晝，其借得越縵堂日記
甲集二本，及携歸披閱。

越縵堂日記附目

孟學齋日記七冊　雜詩稿早定之日記附

受禮廬日記三冊

祥琴室
息荼庵日記一冊

桃花聖解盦〃記十冊

〃〃〃〃〃〃〃〃第二集十冊

荀學齋〃記二十冊

凡五十一冊

以此校讎探求以成字

蕘莊雜號　王撰謝撰太常卿　蔣刊容臺

容台　漢書太常徐生善為頌語（頌古容字）是容台之名起于六朝，惟為祠部尚書之稱

唐以后盛用之，六部指禮部　上尚書之省

不通言台卿寺不得言台也

與丞郎同節　十〃之稱起于唐，謂尚書左右丞六部侍郎也

鳳掌秘以兼丞郎

同

漢以丞郎為郎

印一方文曰蘿菴芙蕖院宅

為珊士評点篆喜堂詩集七言近體秋風

來葉院落花影月過落階添兩痕烟外字

痕明野店柳芽邊燈影畫山城貓頭筍錢

連泥賣雀舌茶新帯雨烘過雨湖光明

蘼麥村溪山影在桃花林空天光明

馬背雪消山色上鴉翎梅開故國頻添夢

春到他鄉倍近人一湖煖翠東風墮半明

桃花半酒人一晌北風涼不定紅羅扇底

春潮生青鞵孤舫初三月翠被春寒

一宵秋逐花氣歇，紫逐月小若相思已更
耳皆不入摘句圖
昔國至東京六月初一日至初九日輯寫進攻神
策門下閱一卷
林雲山集　細氏之薛荔带雲懸古木
擷擷春月出秋泉　主春部行之玉更雪
声拔角底一春烟景竹節初
十六日　陰雨　美英於卅十部自動宣布解除在華不平等條約
十七日　晴　与降生同往羅輝女士處相命　設
余相与降生八字均大致不差　以為余壽可

遇七十有材而不能守平生地处每逢凶化吉
而得二子從必至第三妻方結宜室宜家
畢生官資文筵但只是助人而不得主官
之力近走官運正為欽袖皆言從微中也其
術為其父華直所傳人亦少艾不俗不知何
以亦落風塵廿度其所得月逾千金小道
而觀此亦謂乎梳裝所從即返毛庸
十八日雨九早作日出天紅因乘阿爾往法西
迭遜即行至敢宗大屋訪他戶桂生已他出午
餐後返遜遇桂生略晤去買浴還遜雜筆亭

冒雨入城，至毛宅已暮矣。

法空軍隊長冒險自越飛渝，據云在平暴倭

謂越之法人反倭者居百分之七十，中立者百分

之二十五至二十八。

廣州陸隊學設捐金一百五十萬元。

十九日　陰雨，道路濘泥，不敢出門，披閱遠步齋卜

記。

陽猶庵〔修業字〕校吉高集（有鄭業侍信錄八卷）〔鄭董卷鄭侍為鄭鄤申雪大力〕

有鄭峚陽冤獄辨五首。

自來名士取禍之酷，無過峚陽，且峚陽以猘

魏閹削官而得此禍于思陵時大而孩思之

北界栽竹每號至及三千八百刀之事 又言

四滸雯閣京師肆中競買之以五十年節

業文章之身一旦盡為藥料 謔涉諧戲

然此言未殊之之入心

日 東萊羅云升所校穆天子傳

新化鄧湘皋字叔緩讀書偶識雜寫

本未刻每葉紙心題執著述五字

言書並稷事爲丹朱為雜朱之借字據山海

經雜朱即雜蛫非堯之子丹朱

戴东原字慎修一字东原　洪榜　精地理

洪氏以后当推徐先伯氏而熟究会通者精

于西北陲

焦氏（雕菰）左传补疏　焦氏之学周易孟子为最

礼学次之算学尤为专门

杜预之解春秋来析等之伪造竹也

周官仪礼为一代之书　礼记万世之书

补疏抉摘杜预作集解之私尤为快论　其序

云杜预为司马懿之婿受私以父幽州刺史恕

与懿不相能遂以幽死故预久不得调及[illegible]

主預尚昭妹，起家尚書郎，轉參相府軍事
蓋知昭有篡弑之心，收羅才士，遂以妹妻預而
使參府事。預出鎮外，於是岳父怨而讒之
於司馬氏，既目見昭有之事，將有以爲昭飾
且有以爲鬱師飾，即用以爲己飾，此左傳春
秋集解所以作也。鬱師昭，臣弑君也，賈充
成濟，鄭莊之祝聃、祭足而趙盾之趙穿也
王凌、毋丘儉、李豐、王經，則仇牧、孔父之倫也
昭弑高貴鄉公而歸罪於成濟，正儼然記
于本而罪免于反不討賊之識，師逐君，昭弑

君詩假太后之論以稱君羅紂師曠所謂甚君
實長史墨所謂君臣無常位者本有以假
之孫假其說而暢衍之射之中肩所抑於
歸也而類以為鄭志在前矣王討之非縱謂
商書討昭之非而昭御之為志在前矣矣
師昭而後若裕若從若衍若霸以若歟
洋若表若望他於不帝而閱符望於昭
成風而左氏付杜氏集解遂為之使故其說
大行于晉宋於是陸之世唐宋祖之于陸
德明魏晉後昭故用類說作正義而晉服

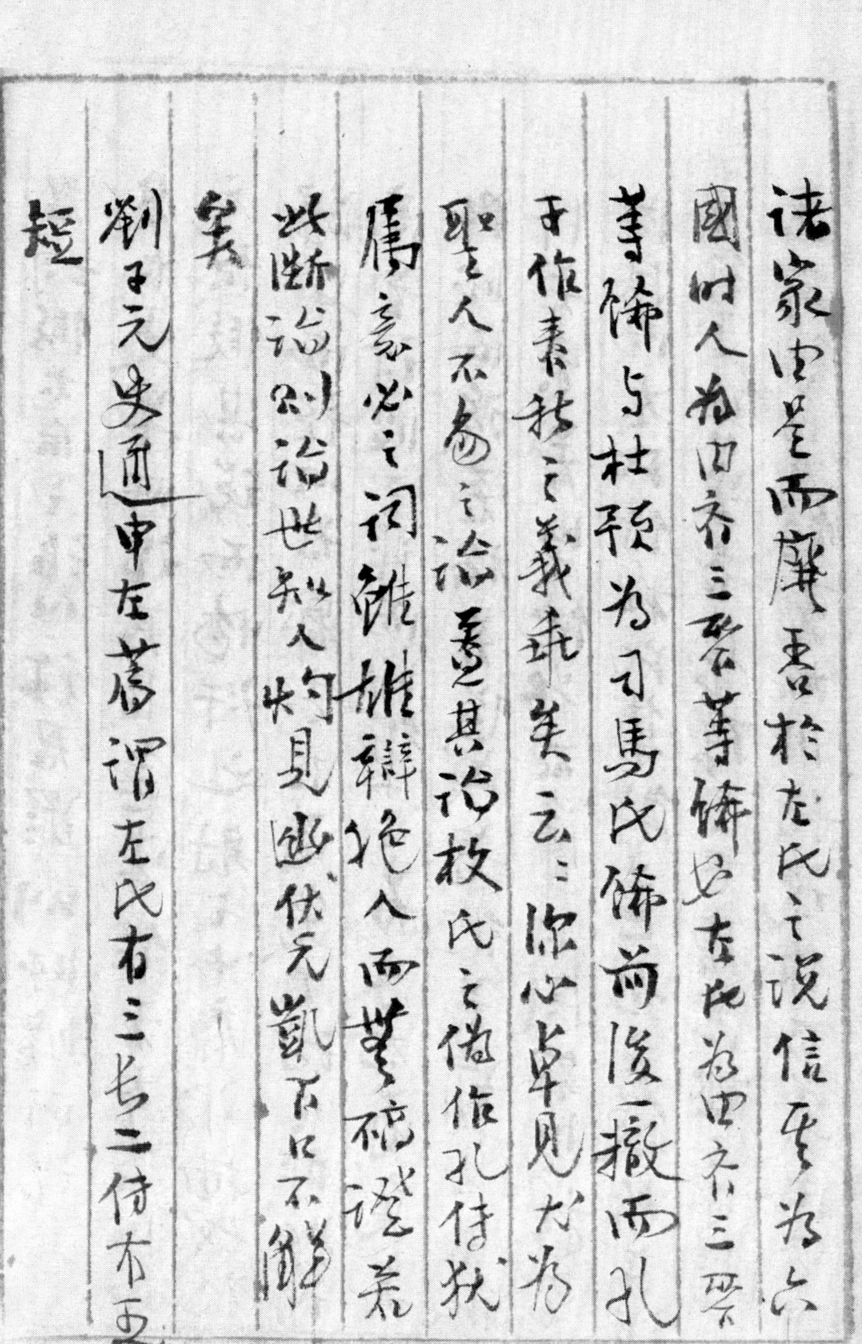
諸家皆是而廢吾於左氏之説信其為六
國時人為田齊三晉篡弒皆左氏為田齊三晉
篡弒與杜預為司馬氏篡前後一轍而孔
子作春秋之義乖矣云云深心卓見尤為
聖人不為之論蓋其論枚氏之偽作孔傳狀
僞竄之詞雄辯絕人而叢確證羞
此斷論則論世知人均見幽伏无凱不可解
矣
劉子元史通申左篇謂左氏有三長二傳有五
短

汪容甫左氏春秋釋疑一篇

呂伯恭春秋左傳續說云左氏亦有三病除此三病便十分好左氏生于春秋時親周室如列國如說周鄭交質此一病也又好以人事付会災祥此二病也記管晏之事則盡精神說聖人便無氣象此三病也

先讀江氏鄉黨圖考為讀注疏之地

夏昕心伯檀弓辨誣三卷

東坡云樂事可慕苦事可畏此是未至時心尔及苦樂既至以身履之求畏慕者初不可

福不可得况既過之後復亦何物

所累者也所最未盡

學究十三經注疏及史漢三通鑑便是矣

目入

代南城相國挽潘仲素端敏聯

畫策在江淮身去功成千載猶思韋太傅

哀榮備彝冊子先母老九原遙恨李臨淮

苦穎謂佳則佳矣然太簡恐請更易之改撰云

名揚台府功在江淮更喜餘年付令嗣

史炳丹青廟崇俎豆只憐臨奠有高堂

苦穎 荃之

自記云先後傳走識者自能辨之特記于此以示為貴人作文字之法

臥室春聯

餘事祇修文苑侍

閒身且署戶曹郎

金縷曲　癸亥送寵戩作

爆竹聞堪起。又家家花飾桃馬，郭禪行矣。局從春明崇寓食，五載一瓢而已。總不見釜魚甑粒。絕倒平津成久客，祇閑平首蓿煩料理。禪鉢送，為君禮。年時最憶家園裏。簇團欒生盤餘勝，母良兄弟。飣

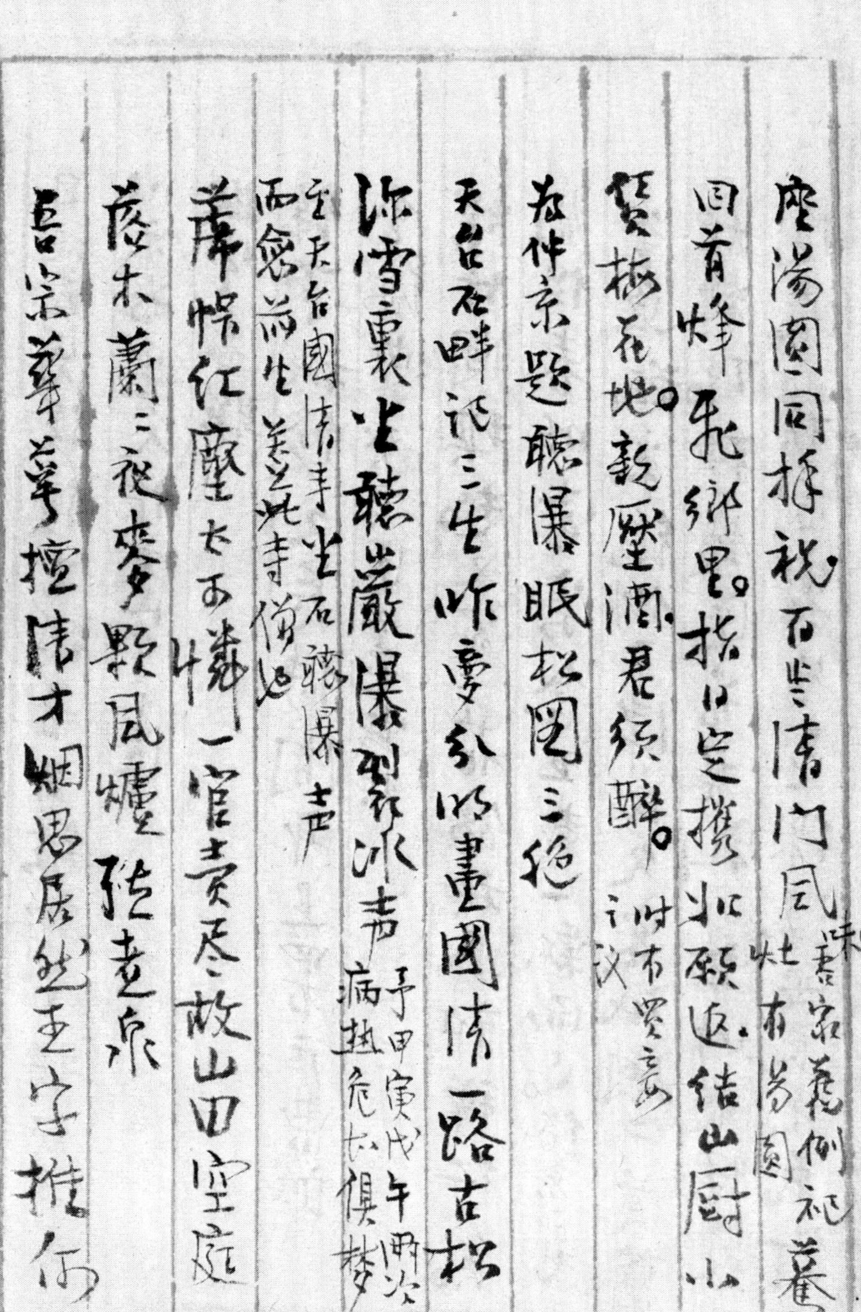

日相從拔劍去把峯頂上留壽來。仲高宋定峯 前為三江游記
予崇嶽觀峯觀濤詩

二十日　陰　早作別會慕欽閎公文與李名甫主任，稍談會務，留府函學與日記。

送玉溪出宰粵西

碧玉青羅桂海邊，蠻荒萬里勝登仙。
雲深賀嶺啼猿路，木落灕江叫雁天。蒼
千里歸期慈母札，玉溪家寓粵東梅花春屋。令居
船陸家片石初心在，早辦城西二頃田。

歸安葉閎（佩蓀）所著易守凡三十二

二卷前有張侍郎師誠潘文恭公太傅兩序
佩蘅字冊顯闈泚其別號也乾隆十九年進
士官至湖南布政使以事降知府遂告歸子
紹棨字琥琴柯乾隆五十八年進士官至
廣西巡撫紹本字絅之號筠潭嘉慶六年
進士官至山西布政使左遷臚少卿業氏
父子三人俱以文學政績致位通顯闈泚于易致
力畢生朱文正作墓志言之極詳王述菴亦相
備重之道光壬辰筠潭始刻以行世云集
依經詮次彖象[illegible]各繫于卦爻之下章解

句釋每卦之終，更標舉大義，參互衆說以為之證，而不及雜糅諸說卦於附卷首，又列為總論一卷，抉全經之要旨，明諸卦之定位，其學兼綜衆理，而書之去納甲卦氣爻辰卦變太極河洛之說，亦費鄭荀虞及程朱皆所不滿，而致詰荀虞為尤，於此經之學殆為樸實，際當自成一家者矣。然予謂吾世說經總以名家法者為貴，蓋亦物之了學漢儒之學之說定人不通，擬拾掇供義理之學宋行亦已盡之之後，人不及通，推演至儒條分之講家數者漢家法也講理蘊者宋家法也王鄭之分僅漢之別子以宋亦足比家後世亦述未或漢或宋皆所不祧而少其為宋不若為漢何以宋儒說分之太甚在元明更推闡之其理已明無取屋下架屋因漢儒之書已失其目王厚之拾遺掌墜睇闢畢僅之寶亦未盡歷之以古之長以而摭綴之實為古學首功是所謂篤信謹守者也棄遺所付豈無詭雜鄭虞之文亦有支離許失並存之偽儒術近何若東

氏棣漢之大宗張氏惠言其繼大宗者矣
姜李文氏宋之嫡子朱文端其嗣嫡子者
矣我朝前此有林の家治經注來便之
以宋之一代至于毛氏奇齡以支子挺生焉
氏循以孝宗遷衍不守師承各有所得取
備一說而耳　葉氏比之与胡氏鳴之亞也差等
而識力出胡氏之上故持說較確常例較嚴
年其透蒙之習而自信過之棄取大決故亦
不獲胡氏之尚未從朱家諸公中精言名論
多所得陰陽消息之理不能長載似以為

昭代一家之書自不可廢蓋亦猶孔子之待

刊書未敢信也

追昔之作最宜以小令寫之而懷江南大天

然慢調然必習於富貴歡娛或久厂湖湖

未方結言之生色

此人固生豐本重陽節懷江南八百六

新秀星豐圓險譎善行其詩詞亦嘉

為押邪猥褻之言然佳處實不可沒者

山市康伯可保有清才而論世者以為從八文

柳三變之流人物哉

詣甚園棋三局二勝一負還日記复借三册
歸燒燭閱洋燭一枝五元所不惜也
記喫牛乳一盃北地洋燭繳維夏間燈飲
冰飲而他時無人知者乎饱此味幾十年今
日始在海堂禪板間對病作摩詩中遊
蜜味矣
予生性及平生遭際頗與尊先生略同特文藝
殊遠耳如飽且好牛乳好肉食慕書畏事不喜北京十餘年
學術不喜詣人有腦病便秘已愈脫肛等病及久宦
撝廬母舅教不偶大抵相類先生自言為

先生三十起為部中會三十六作科長先生在京為母稱壽予亦在京為祖母稱壽

國清寺僧後身乎豈先生後身耶然此等而與

此以本愧先生萬二一而論而而泉風慕遠書之

買珠皮袍掛一用紙數一冊二十六金先付二十金

耶

癸亥生日作是日立春入東祝事

生日逢春正高堂慰情一官陸左户

廿載要諸生史散初四祿

御園慚身 是以所抄報杭州之捷 況逢元麻始將母祝昇平

王粲
萬古[illegible]
指宗[illegible]
老始老郎

閱漁洋楚詞尾集詩戲補其銅雀伎一首

繐帳凄弦鄴水旁可憐宮裏已催粧玉官
死晚將誰怨阿母從今不授床

○平津館尸子集本

身者繭也食而不治以知行腐蠹（誤）
孔子曰自娛于檃括之中直己而不直人
匹夫愛其宅不愛其鄰諸侯愛其國不愛
其敵
商容觀舞墨子吹笙　戰如鬥雞勝者先鳴
養由基射蜻蛉拂左翼

秦王乞聽琴聲而死，召渥人鼓琴，琴聲曰：羅縠
單衣，可掣而絕；八尺屏風，可超而越；鹿盧之
劍，可負而拔。
宮些三千五多叔，凶些三千五多暴，叔卻也善也。
越從容任嘉兒手，當時任君　秋仲五木云与
沁娘情好，素畏先聞不育
奉尊才能而思用世，以此嗟説
玲瓏四犯　三月初九夜過舊院感遊
淡月幽坊，又練墨丁簾、鈿窗相映，第一門
前還認舊時燈影。網帳廚冷，靈簫怨

去後更無人，凭只晚風猶在，梨花挂得畫欄宵静。記曾同倚紅芙鏡，怪東風一樣消損。紗窗睡起，殘妝香落，掠牡丹夢鬢。誰遣别後生疏，寞彩箋頻傳芳訊。最惱人脉脉銀河，依約語低香近。

余辛巳三月三日詞云：“柱門外東風又三更，殘人共攀殘一夢斷。”寄君讀之，顰眉曰：“此語不祥，殆將為讖矣。”嗣余累以金書避，不與君相見。至秋以病，病中聞越語，益致懺。君屬遣奴子問病狀，且欲來視，予力阻之。壬午以后益疏，君每見余同人，必屬致余近狀，以余貧病為念。是年冬，余偶過之，伏君頰間，平凉中清去，表感。是予酬以儷頭，拒不受，自君從來素諳，依君由是以此累君耶？予内愧，終不敢腆顔就君，至去年

石談

手稿

三言鉄雅

弱冠十五

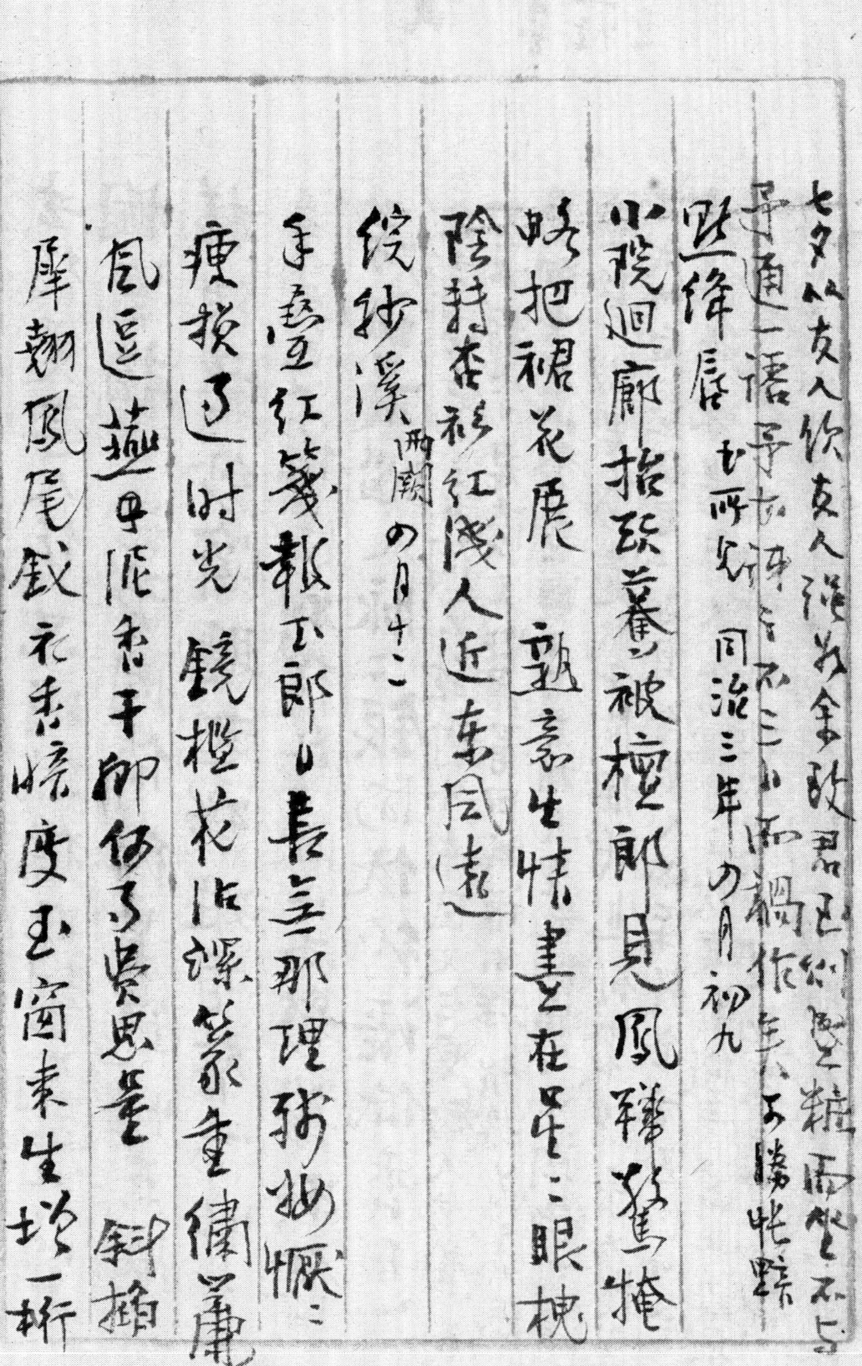

薗蕭畫　漠漠樹陰鋪小院，悄悄欄曲上蒼

苔，斜陽立盡又餘迴

斌姑芷儂正月（芷儂漢游圖畫時此為當時第一）

生小江南玉樹花，春收争妒玉鴉叉，摩訶

池上年前月，一曲淋鈴記內家

子晉吹簫合是仙，芳風猶月想華年　簫

花連愛真珠字，多上吴綾稱墨箋　芷儂往作字處

入山桃

桃葉桃根總出群，幽家綠索廣場聞

月明風細人声定，誰聞當年白練群　芷儂　芷秋

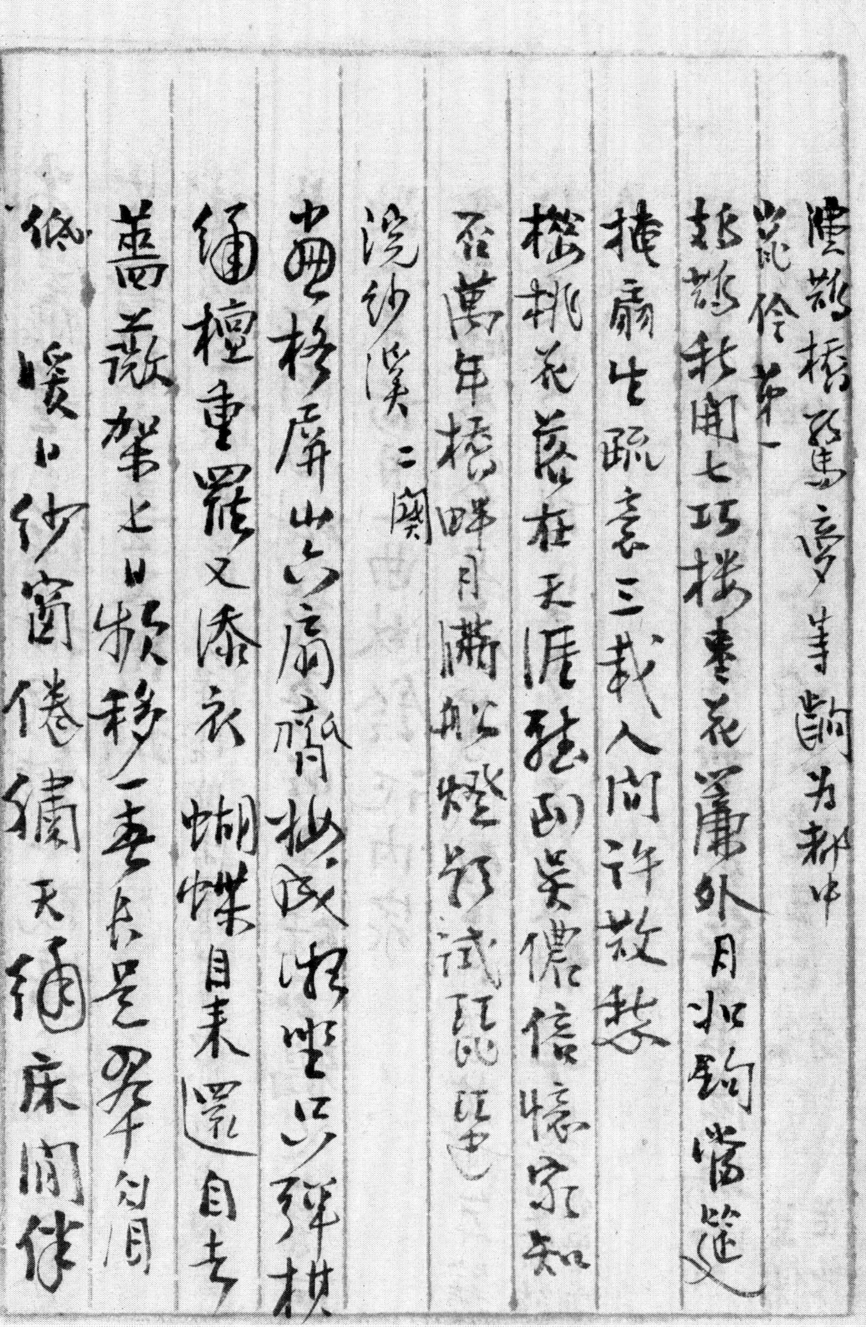

玉狸眠氍依一面鈿花鈿　睡起美人春
更穿沈沈簾影閣鐙烟忽若聞敲陸
簷前
瓶中新插紅梅花三枝
江湖倦夢落誰家簾西過此日影斜
柏子羅重朵未熟且款秋容花
消暖湖
宋落郡居少住罷天涯扎見多游然之懷
中年淚後三年刺鄉後桑麻一頃田有本枝
家住北若爲耗換擬筆抒懷何時得

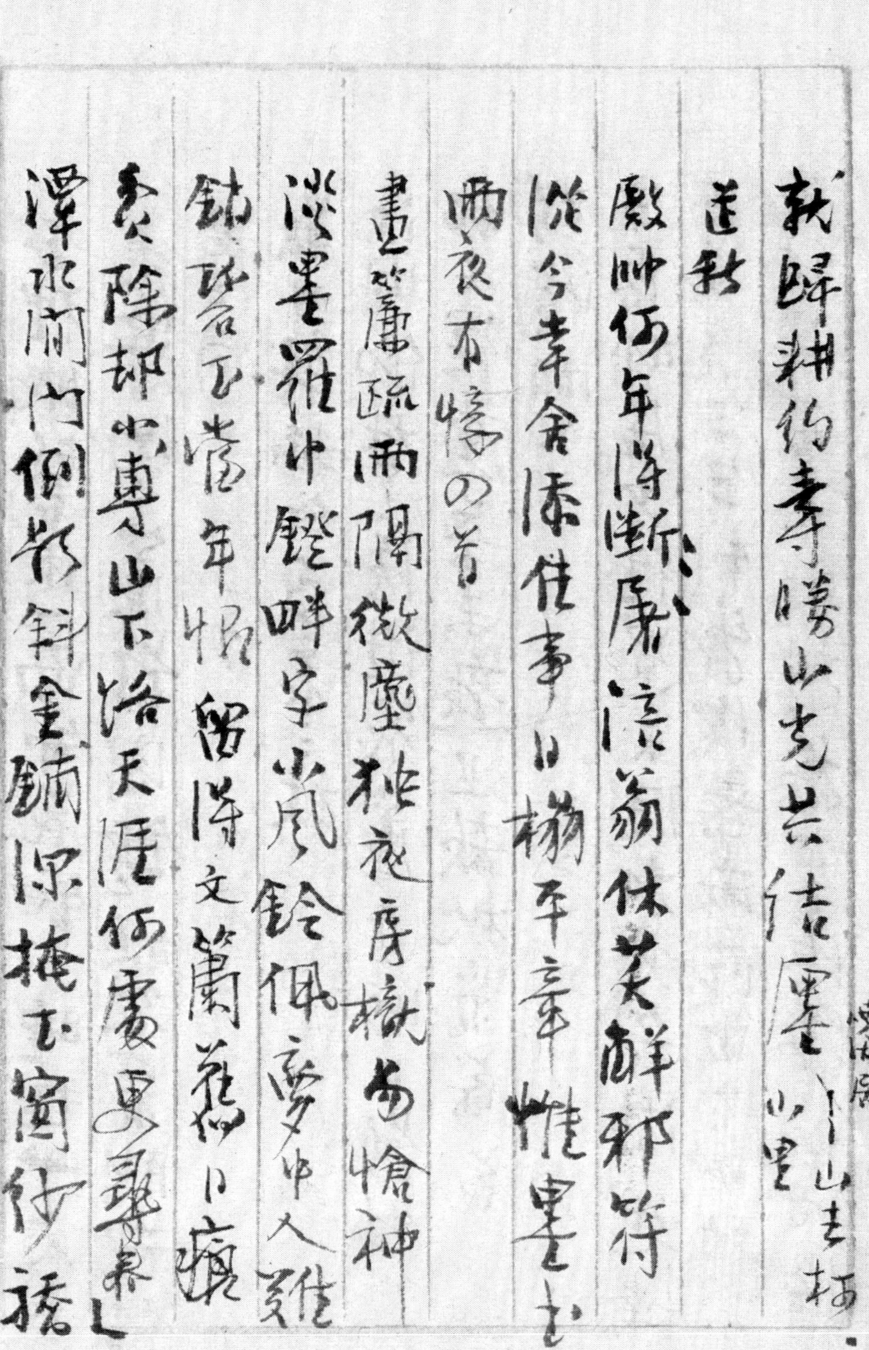

總日夕倚知隱乳燕來何處家銀燭
帳礙三五月銅壺低隔一分花江湖倒懸
遠詞客長年年減舊華
小別東風不自由香車油壁幾回留雜佩
手塞紫簾芙誰送識眉滿鏡愁黛譏遊
屏人傍瑣蛛絲小樓月當樓銀河有信誰
相待洄作瀟瀟暮雨秋
隨尺素寄便斷閑從她花葉落朝雲
錢薇秋扇留殘痕雨後春衫斷蹊故畫樓
柳長如牽恨物蘼蕪無新芽識愁文多

同治三年甲子

廬終古院湘水翠被蘭舟慰鄭君

六月十六日晴 曾叮峯李臣典蘭卿洄等奏克

復江寧 洪秀泉先子五月間服毒死

謝生行贈德夫

陳生氣雄萬夫敵李生棱棱骨山立大朋

帝有光再遇壓海港冥題入識今年花

月天街側九門車馬奔如雷謝生狂呼爭索

生燈毬小杖清春來杜牧結歡善材病

欲抱澡遍三五回踪忽見槐花黃努力窮

經各閑六人生不得行胸意難遂得失

何有武漢亡已足惜晚卷何物先冊埋學

埃金陵偏安大奏捷十年鍾虡一朝將剸

廷王等廣行興賞百司爭特階級

兩生循將何所求非吏非隊金門移告身

去將博一醉雅抱蒼生根本憂　此与君同治漢也

將進酒

將進酒要不言滿桃溪繁白玉鮮妝翠

羽列四筵話罷不來心情然琵琶錦樓

停莫舞笙簫外琤瑽作風雨楚天環佩

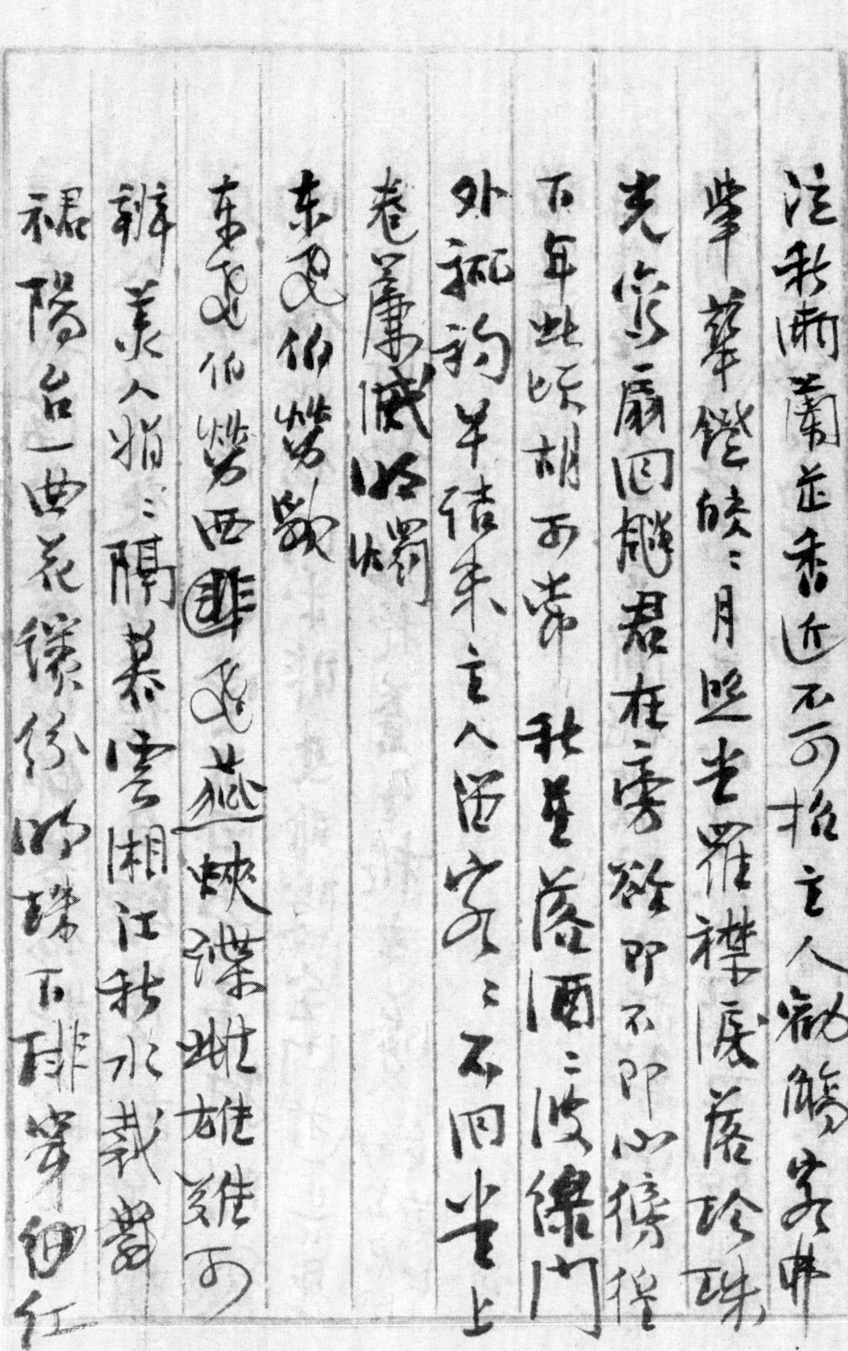

偶快意傾寡要買君顧原君至歡聚時
誌雙雙趨蹌趄是何驚豈際際浮錦波
人生會少離別多仰勞之感遜去今年
行

秋日西窗述懷
簿酒侵幽幌，桐陰穿地長。細簾
杯底語，影見年時。紗研螢生微潤，瓶
花蓋猶香。芷蘭秋不敵，何日罷思量。
甲子中秋夜推以舊月至三更始罷，凄然
成詠

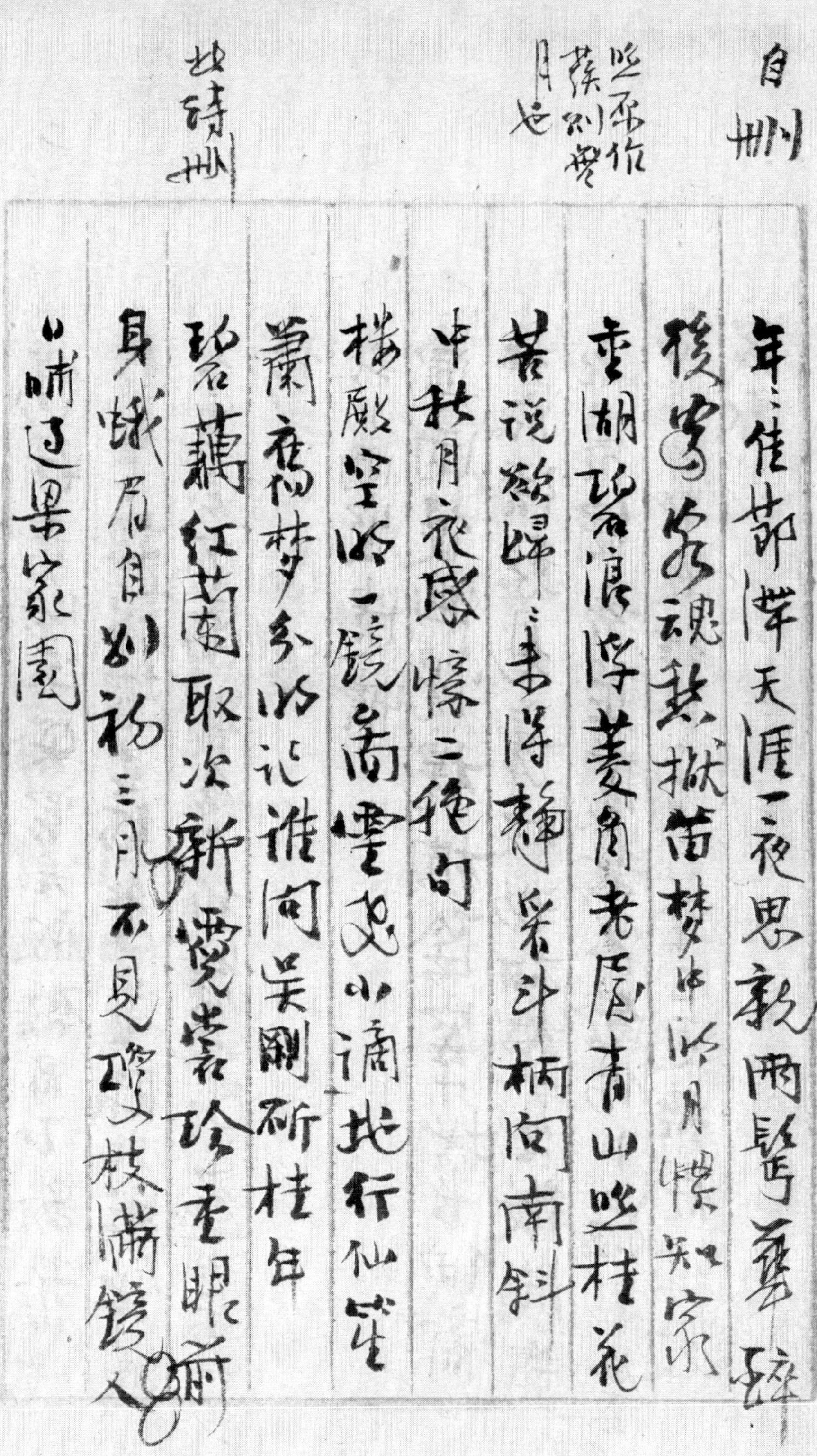

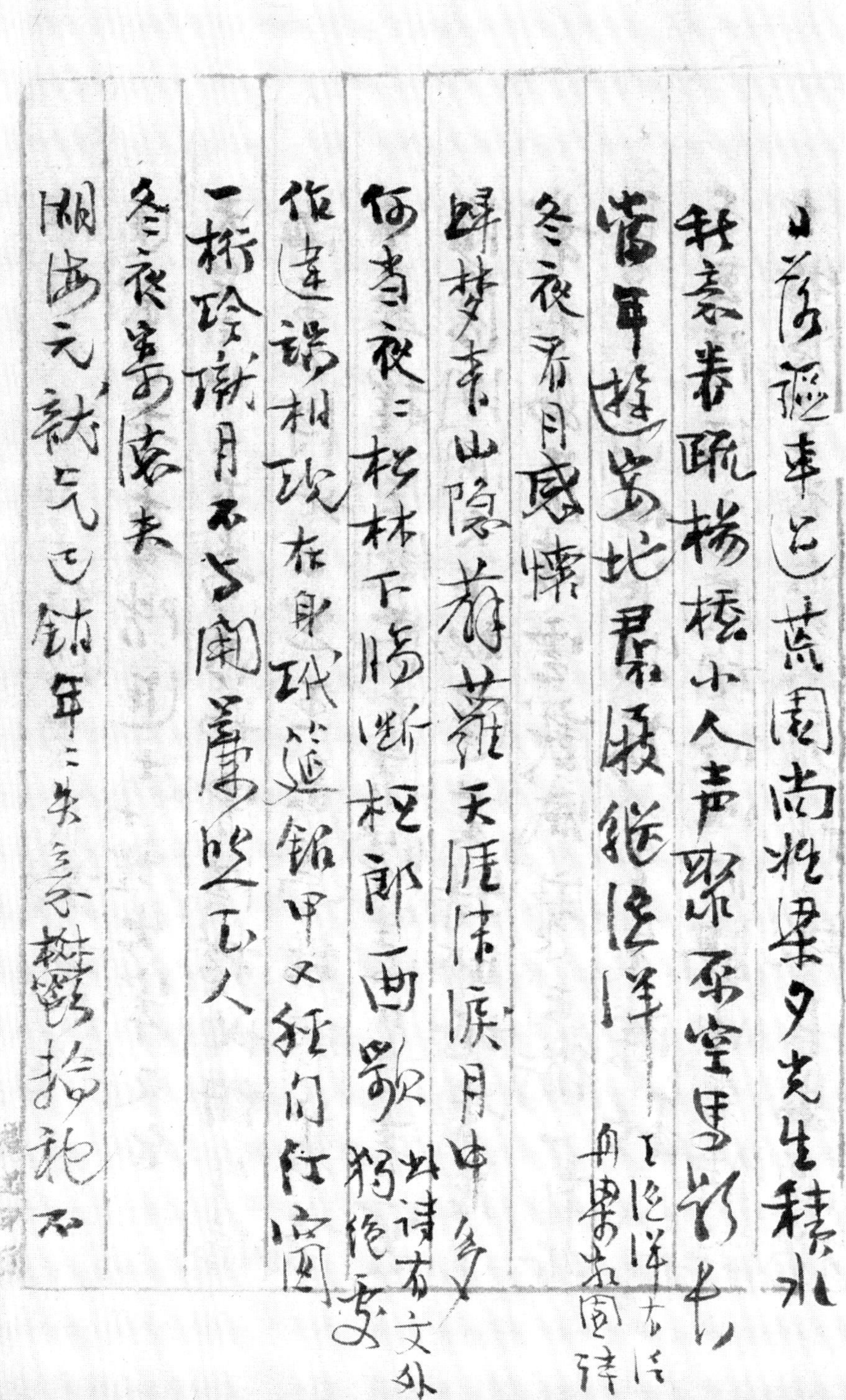
小菴遜東近蓝園尚想梁夕先生積水
秋來巷陋楊樹小人声聚笑空馬影車
當年接遇安比君親緣從洋
冬夜看月感懷
歸夢青山隱薜蘿天涯清淚月中多
何當夜夜松林下腸斷柯郎西畔歌　此詩有文外獨絕處
作達踏相從在身玩遊鉛甲又經同紅窗
一樹玲瓏月不与閑著吹玉人
冬夜寄懷夫
湖海元龍氣已銷年年失意樹鶴搶飛不

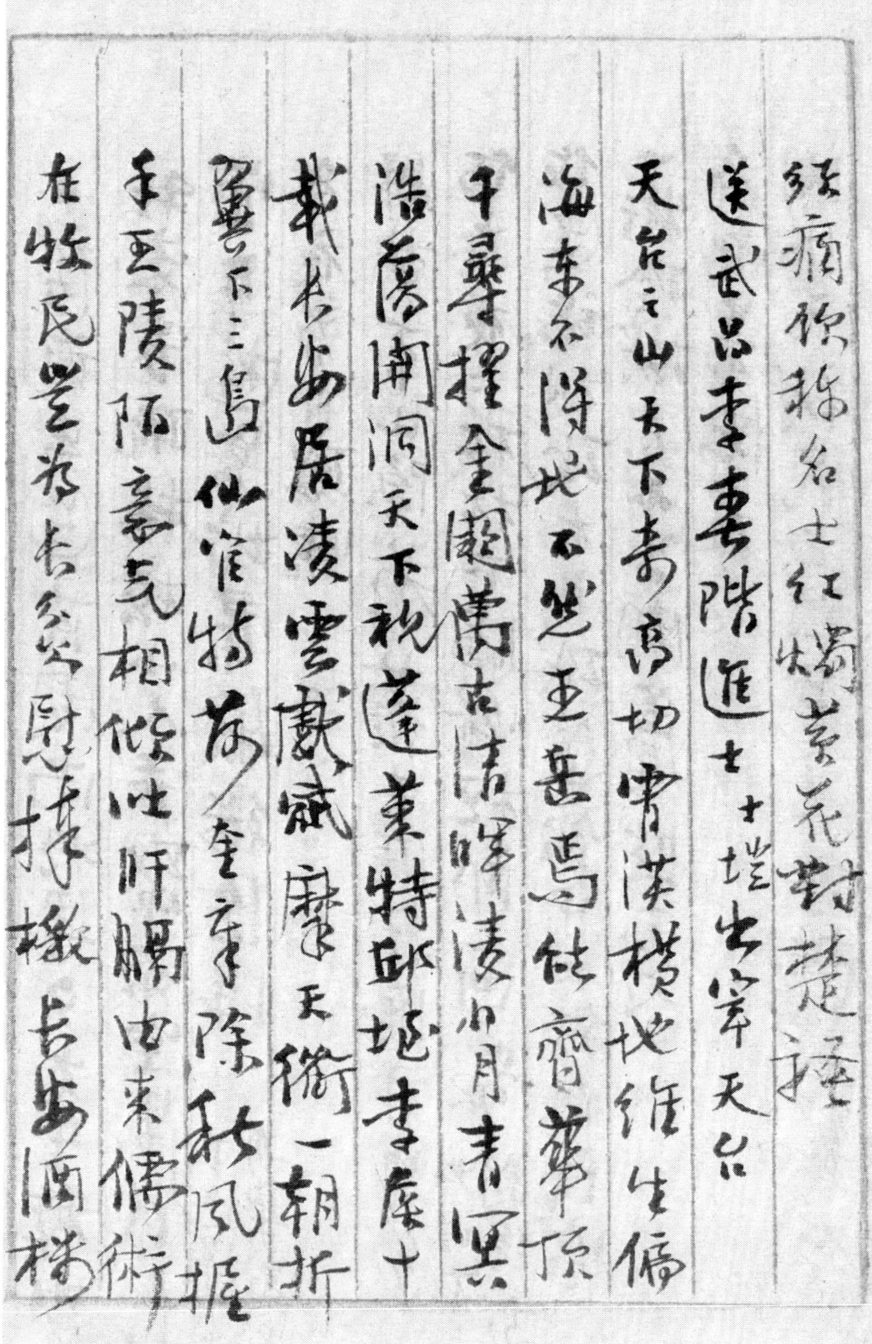

經癖頗稱名士紅燭黃花對楚騷

送武昌李東階進士士塏出宰天台

天台之山天下奇高切雲漢橫地維生偏

海東不得此不然五岳焉能齊華頂

千尋攫金闕萬古青暉凌小月青冥

浩蕩開洞天下視蓬萊特坵垤李侯十

載長安居凌雲獻賦摩天衢一朝折

翼下三島仙宦特從金庭除秋風握

手五陵陌豪氣相傾吐肝膈由來儒術

在牧民豈爲長公慰摽擬長安酒樓

十里送玉缸萬斛銀蒲桃吴兒剪綵
倚樓笑明灯一曲生辰商里管红瑶过
重九宿醉未醒忽分手行壯歲年擔烟
雲挂馬首雪花大如斗佐杉淅右羊康
惡荒城氣從入烟踪采君擿備起淵敝
麥苗春雨陰耕東神仙作吏赤城紫
術還讀書對岩巖望闕羞學哭窮亂
世泉時見瑤花印床前我出名山坎大
風以國依舊梦ㄚ伲三生的手年母
擕從弟同鶴松間布松聲

不雜于哀思譬語而雜于言外自然迭
起迭落不煩倔削作詩到此地步亦
非脩然性情不含者家安白見之乎撥筌
亦甚爲而之風華婉曲亦甚神而之
沈寘宕闊亦甚易而之姸宕夫復亦其
蒳而之闌諸伽陵亦甚格而之潔至
此事自亦容悉甚不敢多譔
二十一日晴　二十二日晴　昭侄來段老圃來借
穀二十五石價共二千七百五十元還昭侄五百之
二十三日晴　宗長張澤生不値

二十四日晴早晚已有寒意午诣澤生刘云以明日將往南嶽是以往返郴校園安客陳壽瑕來揮陳方中家談良調任任總指揮處之某新任機關也

二十五日晴冷甚加毛繩衣赴紀念週不及到會聞山從公之畢即與謝君家同詣胡將君不他又到處看衣均不就一款需錢二千之內外皆不做耶歸閱正史字之日記

太白七古超秀之中自饒雄厚不善學之使陸麋陳故七古終以少陵為正宗學者未當

於精實中討消息趣而不沈東坡之病也

素而不實東川之敝也　七古若山谷之健

放翁之秀道園之簡淵[illegible]歟之老西厓之潔

牧齋之蒼六名家矣乃其病在不深成

不精實故皆不能超妙

大格待秀才吳茅裳為郎刻一小印兩殺取下耳撲

毋忘弓身刻一小玉印以繼肉子鷄頌特

素

又進里堂雕菰樓集

茆根

林斗耀侍

戲鈔宋人絶句。宋人此事固多名作，東坡石湖

放翁白石之外，尤多清遠，遠過唐人，然僅得劉

文房、錢君平止耳。求如秋標、太白、李十郎

者竟不可得。即晚唐許丁卯之集，亦李玉

谿之幽豔，錢冬郎之濃至，亦皆不及此。固時

為之耶。元人此種苦無極軌耳，其新秀

卻勝宋人。予最愛袁昕太一絶云：

湧金門外柳如金，三日不來成緑陰。我折

一枝入城去，教人知道已春深。　空雲題抄

奉覽

東城論當紙爲先

華卓之鶴齋詩遂已

使家市二頃田十間屋必當終身不出

惆悵四絶句

永新一曲出梅前進酒爭誇妙舞妍別

有悲腸清淚落、自有淚珠彈不向郎

數入喉梅枝數

浪說黃金鑄著身仙家十樂本非真

鈞天夢醒琅都內不識多情只識眞

眉語爭誇一晌歡雪中無見錦衣郎

伊州舞罷闌干靜與舊分攜翠袖寒」
愛菊三生記前度青山明月本無塵論
魔言坐俱禪悅留得桃花悟後人
晚晴簃諸人寵持研席間
王漁洋論詩標絕古今尤善兗州
晚來程垂陽之詩黃子秉之文李右衡
之畫已稱三絕
劉楚遠不及陸西星
阮閣宗劉為一派左太沖劉越石郭景
三公氣骨之二陸三張概乏風骨

宋以謝康樂為絕調，遠愈于顏
延年。齊代謝元暉獨步一代，王元長輔
之。梁以江淹、何遜為雄傑，詩勝
沈約遠勝也。
又謂晉人推陸機，惟景陽差勝付
元嘉什篇多而可錄極少。
又謂嚴滄浪詩話云：黃初之後，惟阮公詠
懷極為高古，有建安風骨。晉人阮嗣宗
陶淵明外，惟左太沖高出一時，陸士衡獨
在諸人之下。又云：顏不如鮑，鮑不如謝，与子

意同、

唐人五七言詩未能免俗，惟先生載詩

多秋序鈔錄王氣田園樵牧詠懷諸篇文

選關於一切事情杜甫八家詩鈔僅收古

絕少而另載卸選之詩可選者多不可

選者少老杜甚不可者也雜白樂天詩

可選者少不可選者多存其可者亦

雜元白選元之集中取捨放翁陸游詩擇錄

惟初盛人尤不可殺之萬楚王子範

仗詩最為宗要滄溟詩選取之殊

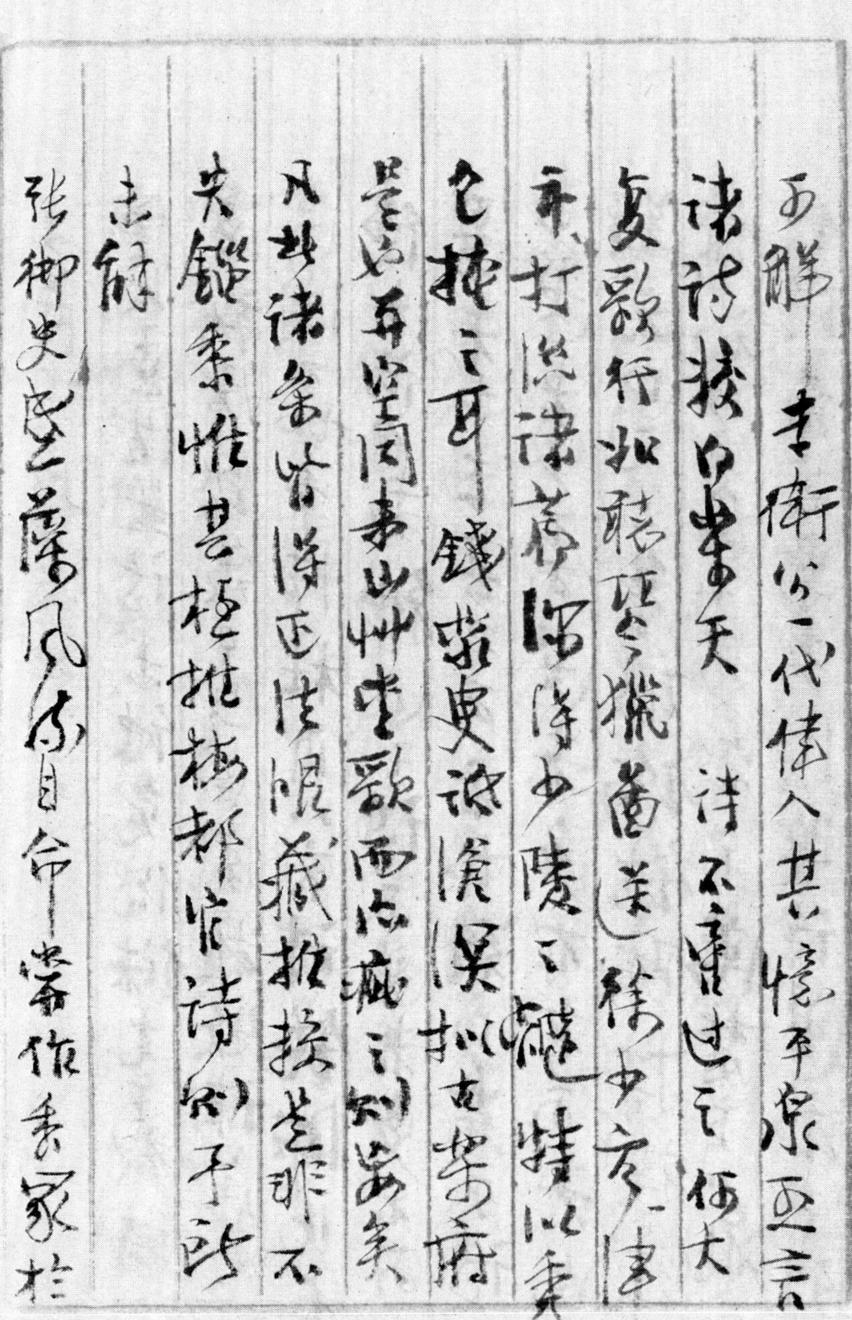

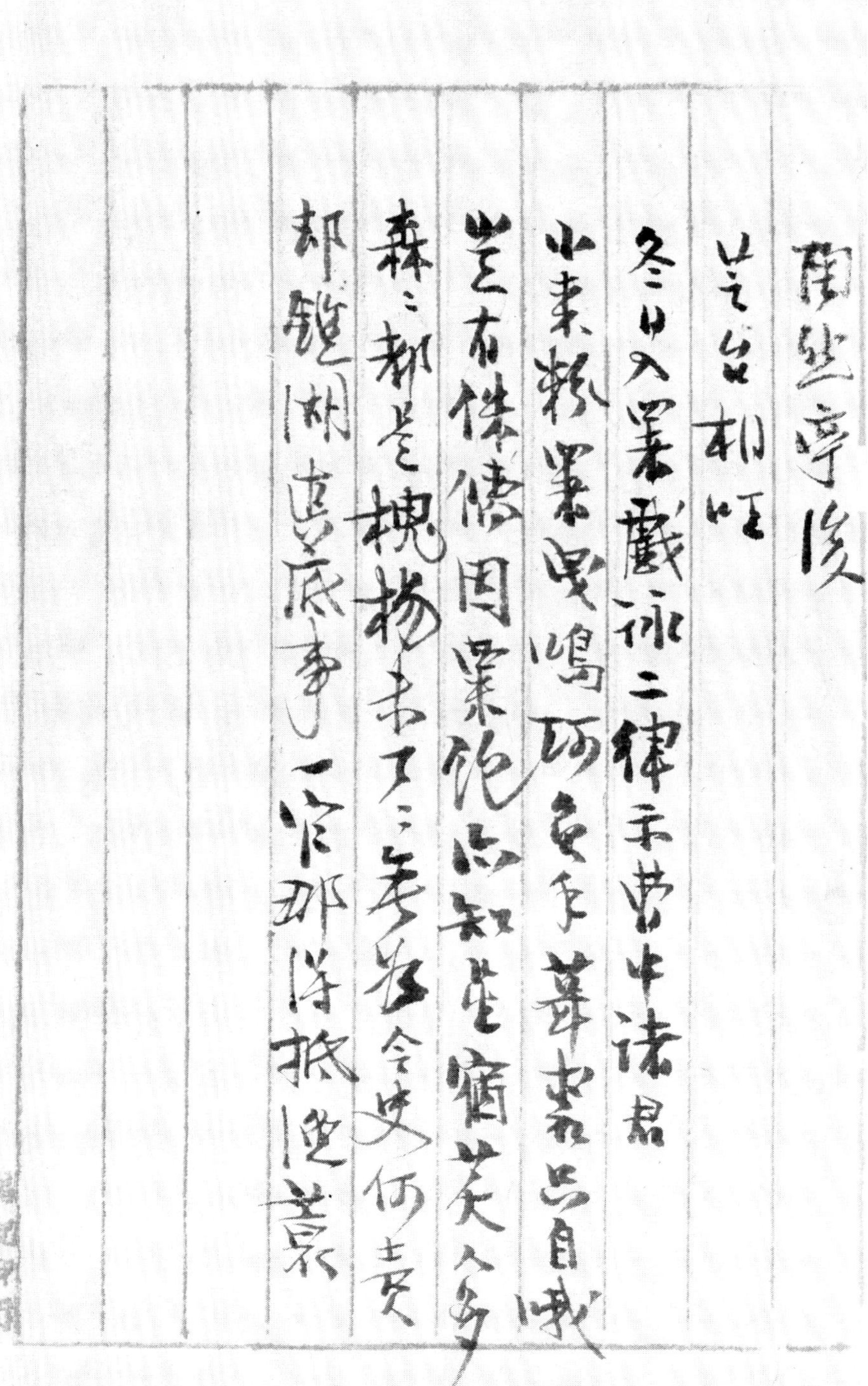

抄花閒日到江南

漫诺靈鷲問姓名係出蒼梧歷少殷其香秀
低眉話先稿等擬鼻你熬動官
妹排信情流爭些些絕憐數殷良平
生贊郭豈是相形意多為凌雲識手
陵如

二詩所謂罔不及而笑未以醒藉出之
故未雅人深致
出無可行之路歸無可隱之山
均無所隨之歡外無應求之雅
庭正南山雲屬出門為臨水月光來

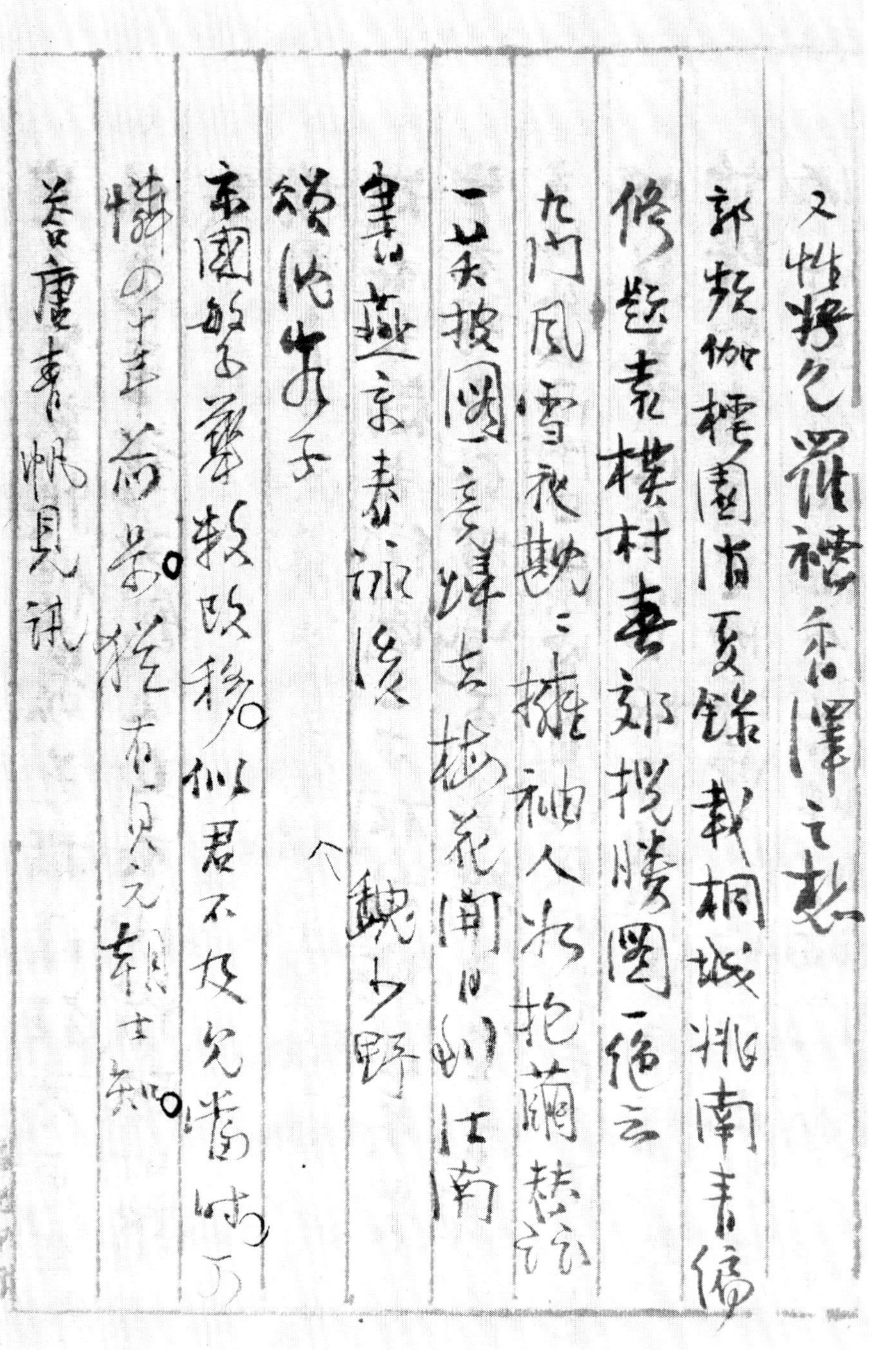

寥秀写就慨慷歌為振狂老更多
依舊書櫺雙鬢上白衣沙帽醉時歌
默
換周青士
短衣長劍去鄉國三寸桐棺瘞寞累
生不埋名死埋骨可憐猶未負青山
京師外城西門曰廣寧自明及明朝因之而人皆
呼彰義以金時西城有此門也周青山集
竹垞曾言之至初城西門曰宣武後指于
明明朝仍之而今皆呼順治門揣之時

此門本曰順承門，明時業被時[illegible]清[illegible]築城，設東西兩，其西門曰順治，不知何以諸移至此，草草問之路人，亦[illegible]疏以[illegible]之，亦不宜多問，遂一笑辭去。

牡丹亭是楚辭支流，條適不得以尋常曲子視之。

流夫出殘試寺，病不能送，夜坐聽風凄緒，口絕句：

丹桃蕭蕭出近郊，故人懷殘對候寒荒臺。
殘雪鐘声動，出世情深第一宵。

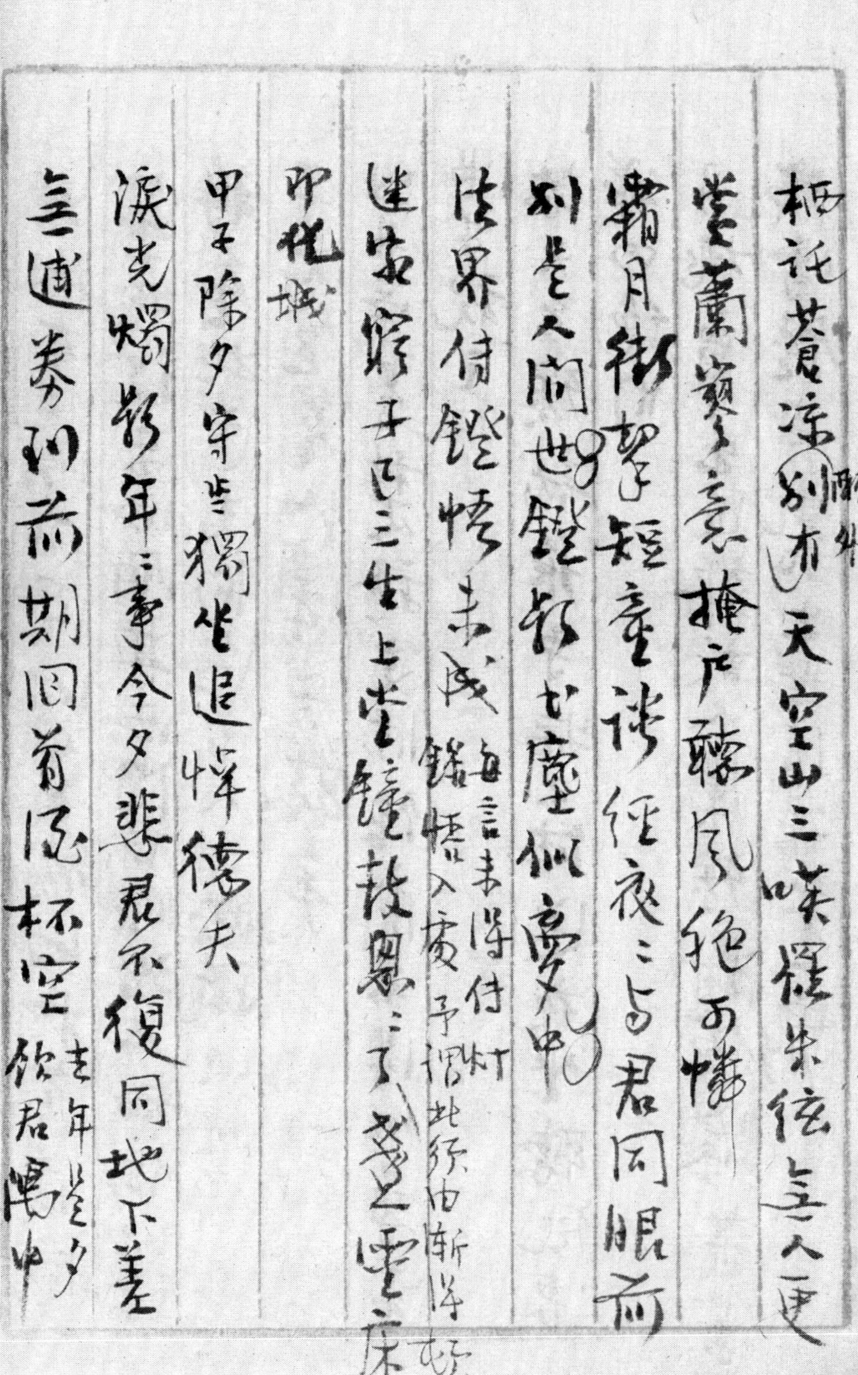

栖託蒼涼别有天，空山三嘆碧朱弦，三人更
堂蘭寥寥意，掩户聽風絶可憐。
霜月街聲短童謠，經夜夜與君同眼前。
別是人間世，錢數七塵做夢中。
法界侍鐙悟未成。每言未得侍燈，鐙悟入處予謂此須由漸得悟。
迷安修子已三生，上堂鐘鼓恩恩了，寂寞雲床。
印化城
甲子除夕守歲獨坐追悼傳夫
淚光燭影年年事，今夕悲君不復同，地下羞
無通券利前期回首隱，杯空。去年是夕飲君隅中生憎夜急千家雪，賺得西邊聲萬里風。等是窮途人兜判，[illegible]將孤憤仰蒼穹。

乙丑元旦作

手撥冬鑪火罷之，止之又除[illegible]青[illegible]映新曉。紅燭搖初來，老漸[illegible]為窮[illegible]然而寒熱三年叫兜食（周禮兜食鄭注謂留諸道上來差使以時尚未放，治之若令尚書之屬給食更寒例放理之——）婦作太平民

乙丑人日寄曉湖

梅花人日年年[illegible]花久窮途老[illegible]信自憐者

錄

有天涯兄弟契幸逢鄉里亂離年酒香
兼茗嫩鼓鄰談社灯影青山雪裏船
為語東風歸計準南湖煙月正君先

同治四年正月十日 三十七叠

車中七所見

翠翹珊珞錦貂求車壁深深映綠油
欲捲珠簾羞卻攏為君看君側面
春風流

長記科頭小住時御街雖得馬蹄遲李
花宮隸事先生紅纜陪談第一枝

秘辛軼事出楊升菴僞撰　蕭教一段

自是六朝佳致

色相正錯因緣不滅水枯石爛證此情根

讀書不博又堪畏漸致擢色而廢日食

朕而獻崇神秘刻病無深形授刑發遂

幟急匡自發言何为非人

花朝日夜飲浣江館懷懷大直手其弟蕭遠

夫醢尹鵬

曬大風明月趁花朝搖節付杯不自惜華

几案香容語近矮窗鐙影向人搖夜

浮巳欺年陳季歎舞何結遣仇剗又是作懷遠

天涯寂聊行業人間地下可憐宵

李生人材雖未羞翁之絕俗超群。要亦

英雄記中所不容見沒者也。壯繆亦知也

儻纏綿歟

念奴嬌 乙丑除夕夜從阮江君飲和稼軒韻

病懷無賴又歸期耽誤禁烟時節。點點輕

陰留薄醉，羅袖夜來寒怯。燭底新妝

夢爲私語一日都難別。東風心事，流鶯多

半能說。還記昔年初逢，小庭今夜正映微微

朝不出
燕不興

月降排桃花回昨夢恨多眉頭重疊
燕子光陰杜牧身世鄉里懸把垂楊折
相憶南望吳山天際如髮
見楊柳條條綠矣

三月燕台楊柳新風前語重蕉心臨身
天涯淪落傷春去旅枕月攀條憶故人

一枝花

小別憑眺闌叵耐連宵風急海棠開殘
又吹落了梧桐葉辜負青春何間
幾青綠綠燕子歸來為誰搖動鈴

裏鑄就黄金鋘舌是年年歌舞
裙歌扇底悲飄泊一樣鏡前獨自嘆前
宵寒吹徹梅花角陣陣深寒吹來都
在簾幕

秋波媚

玉簫慢憶鳳城東春事夢雲中無端
撫撫昨朝微雨今夜狂風 多愁多病
還多別緒計從恩恩今年花落明年花
誰知後誰同

琴調相思引

似似輕寒小被遲　正怕烟重卷簾遲

市誰憐伏擁病過花時　燕子泥香休

承小綠楞風軟見游絲小欄紅煞廿地

甚相思

潛研堂答問　吳氏說文二卷尤為精深

昔人謂人生不可行無益之事作無益詩

用無益錢

〇刻霞川花隱詞

文山筆話十四卷　粵西藤人王錄時學數之業

玄廬日記

予自束髮受書 先君子即命以日記自課數十年來時作時輟無恒之弊遂靡成就嘗閱湘綺樓日記及越缦堂日記均寒暑無間殫見洽聞一代大儒詎敢希冀然泰岱嵯峨心向往之今尚閑暇力補所闕雖日月已逝或庶境漸甘積所無之知為一己之鑒備亦為之猶賢乎已歟民國三十一年十一月一日仙仁識于長沙

十一月一日舊歷九月二十三日 晴暖如夏早作至文藝中學參加紀念週知所羅門羨日海戰日本

英却英之空優于日也蘇德之戰蘇軍以拒守斯城之一部旋到会主持小組会議殊似當季教諭宣講聖諭矣僕病未能也指陳壽亞新任經作戰處長亦由省參議員調任者為三本所推重少談即返毛郎与松園同赴羅絡慈徐肅君訂婚之宴陶然而歸晚復与松園至沈家長談歸時已午夜矣不能成寐燒燭臥看越縵堂日記以備自費盡其院本者亟欲一竟其書予所藏為續刻收到為郎以後所記以其平生遭際出處性質志趣患与予同惜予投筆未有造詣耳

茲舉其所同者如次：好讀書，作京曹甚久，不喜參
與諸人及過問地方事，涉足花叢，而高自標置，所
事鉅公皆非知己，有脫肛、腦漏病，重擬之子君為贊
郎，我宦損產耳。嘗一應童子試，不第。君三試猶洋
秀才，十一試方舉孝廉，後雖登詞林，作御史，較耳
今猶官止少將為優，然其堅苦篤學，百倍于耳，乃
知不患無位，患所以立之說，信乎安身立命之大本也。
富貴浮雲，奚足道哉。

二日 晴。飯後散步至沙河街閱舊書肆，購清宮詞及
元穆日記各一部。旋往下崗宮街，得淑心函電，急電

郴桂阻其北來方謀歸也返毛邸蘭　垂云來談及越縵

學殖有過湘綺處可謂淵博誠過之神解弗如也傍

晚夏與松園入城余獨先返夜雨摘録越縵堂論説

文解字注匡繆元和徐承慶謝山箸匡金壇段氏

注之繆者也書共四冊凡分十五科一曰便辭巧説

破壞形體如改皇作皇而謂从白改朔作朔而謂

从月𠂤兆為即兆字删八部也夫聲之訓而謂卜部之

𠧞兆皆後所增𠂤鎦為即劉字改其篆作鎦

而謂當从小徐因力詆田之説𠂤及改㱿為㱿改傺

德改蒉為蕢改棟為欄改朵為本改末為末改

睍為睍[illegible]夯為夯改鍚為錫改餧為餧改暉為

暈改卒為卒改魂為䰟改詞為司言改恬為恬

改懦為㬉改恨為忺改継為繼之數二曰肌決事

輒詭變正文如上之古文丄改作二而已上為篆文

下之古文丅改作二而以丅為篆文已及改牛之說解

為事也理也改鷖之說解為鳥有文章貌　案段此據毛傳其說

也　徐鍇謂古有鷖鷖無鷖鷖鷖為後出字毛傳隨文釋義鷖

為鳥名又為物羽文故鳥有文者亦謂之鷖說文引書有偁其詞

而非即上文說解之義未此例甚多如芼嗥噍說等字下引詩皆

與上詞義不貫是也其說較段為通

改讀之為媟擬書也改鞭之解為毆也改帬之解為繞領

也改臥之解為伏也改髮之解為頭上毛也　徐謂原作根也意指如髮

改縋之解為縋也之類又如隹部增雔呂忱徐增入鬼部為非而訓為如小熊
肉部增𦟝以大徐增𦟝為非而兔部增㝃兔訓為肥兒又云从兔不見義案段訓兔為逸
其說穿鑿徐引錢氏大昕說謂兔有兔音廣雅兔脫也論衡
兔去皮膚兔與脫同義說文無兔字兔即兔也兔華語逃逸失借
為脫兔字有兩音而非兩字漢隸偶缺一筆世人遂歷而二之其說迂
通如段解與逸下之訓何異此並訂正段失
之類三曰依他書改本書凡它書引說文與本書不同者不加審察必以本書為誤改從它書四曰以它
書亂本書據它書與義改本書又黃氏紛紛約會所五曰以意
說為得理增易者概指為小徐原本而曾易之如蘇桂荏也莧莧菜也之類謂許氏原本下篆文下
又複寫隸字後人以刪之而未盡又如蘆之
謂說文有三六曰擅改古書以成曲說如改齵下齵不正也為齵
字一例之例七曰刪為異說誣罔祖
轡下轡束也為轡輪也之類謂以與律改之
聯綿者許氏以為速文為訓
䜌如𩏑下謂伏羲文王作𩏑孔子作𩏑八曰敢為高論輕侮道
𩏑為卦名𩏑為卦德之類

衍如謂參下商星也當作晉星也之類 九曰信是而非 如謂皆字本不从臣作姤字本不从户丈章之文當作矽
芟薙之薙當作雉以及岵山有屮木也當依毛傳作有屮岵之音嬴瘠岵有
陽道故以言父岵山是屮木也當依毛傳作有岵之音荧繇也岵有陰
道故以 十曰不知闕疑 如謂鎮博壓也博或作鑄之壓者如今埭
言毋錢者之有檮也之類 檮又不知何謂疑今之所謂校也
十一曰信所不當信 十二曰疑所不當疑 十三曰自相矛盾 十四曰
檢閱疏 十五曰菲于體例 如所作音均表十七部之音載入
之後系以分案抉擿段氏之書幾無完膚而未倒其 說文注中每字下用大徐切音
某部
訂正不依據者篆文如蘧籧遽謚梟破桀瀿瓷戲
巇中甓嬴與曆鼓鼎識鬭蚘譜壢黊等
二十四字刪謚肇踞三字增鼎字說解如曉趍遣
詾㬎誾薡雇監篝傳中萫亂遷逢䆁

善笙犛馬騶叒蘄美邮悲郇鄰邱郯檿
林㕒縷鍊舒㝵䚒鐖矦榦彙秝㲉鬣髟剝娃沛契
悾溱豚頍頍䡌蹴载縩娟颩㮚斞等六十一條謂
其考覈訂正之功卓尒不偭又詆其說持注用其師東
原戴氏說之謬且并詆其所作古文尚書撰異為偽古
訟寬而頗稱其六書音均表謂此書作于中年極為精
覈不倨注說文時老將至而耄及之也段氏之學博綜
深思本休甯之精而廣之戒恃其獨到往往失坚僻
其說文之注宏通博奧兼苞衆經縱横
[illegible]為考名物訓詁未之淵藪非僅為功于許書也

其學輒自用動事更易識次兆川注之體當叶竹汀錢氏已屢規其失自後鈕氏樹玉匪石箸書識之者不一然皆未如其詞徐氏笠甫宗鄴君家法不薄視南唐二徐義據確然特為嚴謹凡所攻擊皆中其疵書味廣價錢少詹事云云蓋是竹汀弟子故說經必有師法惟必立名目類亦甚短且多加以惡譏毒詆一若汗訟切齒之辭此如吳縝糾繆陳耀文正楊之餘習箸書所宜深戒也」予小時初入塾子讀書先君手寫說文於方竹小塊上正面篆文背面解說以授之惜僅授三分之一而塾師所授不求音義未

卒其業。記當時所習者，即為段氏說文。近閱書肆有段氏說文，是乾隆板，頗佳。欲買之，以值昂未果。因摘錄越縵日記所載者於此，以資參證，不下問有季讀說文〃否。

三日 晴。到會新派陳和為督察長，因移座請費函其還書。借去又夏手跋，是日領薪俸三百二十元，生活補助費五十元，主食費十四元，特別費一百元，共四百八十四元。扣伙食六十五元，黨印費一元另四角，另捐一百八十元，僅餘二百三十七元三角六分。日入回寓。閱越縵堂日記：〃費曉樓云：汪子開以湖人費丹旭依舊卅幅遺稿見贈。丹旭字曉樓，以書畫名，道光間尤

工於仕女稿僅一卷詩百餘首詞十闋丹旭未嘗讀書而所作
頗有婉逸可取者如題仕女畫云舊夢分尋陌上家。
東風何處問年華。小紅橋畔春如許。吹滿一池楊柳花。
朝來三款鷓鴣啼。舍北邨南霧欲迷。新種陌頭桑樹
小。比來剛與阿儂齊。為人題玉臺畫圖云生綃一幅
擬徐黃。硯北香南子細商。笑我山妻隨薦鏡。只知晴雨
較農桑。夢回云夢回紙帳小窗明。積雪還留已放晴。疑
是曉妝人乍起。冰簷時有墮釵聲。斷句云鑪香未盡
烟猶裊。窗紙新糊雪有聲。菩薩蠻云畫羅裙換
秋紋褶。齊紈扇底秋痕淺。歸夢卜秋期。釵頭燕子

瘦鞋弓窄窄，太近闌干側。惆悵晚來風，海棠花未紅。點絳

唇詞云：袖底涼生翠幕，雨過池塘晚。越紗新換，髻墮香

雲綰。金鳳花枝，不妒釵頭燕。分明見，水晶雙釧，自把

湘簾捲。皆有風致。予遊宦北京時，嘗買曉樓仕女畫

一幅，朱衣手斂蓋，紅綫把卒懸懸，至今室戲封曰護卒

將軍，今不知落誰手矣，一嘆。

同治　年閏五月十五日記云：寄食北舍久矣，擬釜之嫌

賢者不免。尺布斗粟，理何可長。昨還下福，訊舊居

傳毛氏宅，且請少昇價，月已錢三千，既成言矣。麃不擇

音，鳥長繞樹，露車可宿，將效王尼曲突未黔，誰憐

廣雅如鈞均也

墨翟悠悠身世吾其濟乎

孝乎惟孝詠歎之詞古讀皆如是　此書[illegible]疑論語法言習乎習辰乎辰

才乎才句法皆一例不從集注讀孝乎為句之誤

如其仁如其富如其富如其智如均也　如其仁即[illegible]其仁　民到于今受其賜

錄之諾慈說

六月初九日記　偕姬人自西亭遷居錦鱗橋下黃鶯衖

小舟一鑑破篋數卷主人之面瘦如削瓜侍姬之鬢

亂如懸標倚身一襆入霉欲斑傳家片氈與裹衣俱從

病僕傴背傭婢出門庚楼[illegible]若[illegible]字丁倒盎盎折足

之几半墨積塵缺耳之鐺尚餘隻飯風吹帷而皆裂衣

月穿紙而崇空君子固窮道寡皆歎
文選學理八卷錢唐汪師韓之門撰又補一卷文選考異
四卷皆仁和孫志祖詒穀撰注書外撰人書目舊注訂誤
補闕辨論未詳評論質疑九門自撰人至未詳皆卽李注
舊錄以便尋檢評論兼採自唐宋迄國朝之論文選及
注者質疑則汪氏自記所見以訂注文之誤其於選學
可謂篤信謹守實事求是者矣名曰理學權輿者
以此為窮理通選學之權輿也孫氏為補輯評論一卷於汪
氏書中亦時訂正其舛異則據潘稼堂何義門錢圓
沙三家勘本而更為參證異同致備詳慎補闕正李

李注失古義湛然精嚴不爲世之讀古文選者固當以此爲津逮矣

國呂氏春秋乾嘉以來諸儒專心攷訂周秦古籍粲然具明一洗明刻之陋其最以校勘名者盧抱經顧澗蘋兩家蓋非六朝以後人所及它若惠松厓江叔澐以堅守古文攷失之晦孫淵如洪筠軒則思搜僻書攷失之雜王石渠伯申父子則喜爲通論攷失之專然太百純而一疵戴東原之校經邵二雲錢竹汀之校史段懋堂嚴鐵橋之校說文尤專門名家之學其餘如何義門余仲林沈沃田錢十蘭任芑田謝金圃紀曉嵐丁小雅金璞園周書倉臧在東

孫頤谷錫味辛黃武承蕘圃莊葆琛張古香秦敦
夫汪蘇潭吳山尊李尚之陳簡莊吳兔牀周芚
兮松靄李杏邨次白張月霄任夢華鮑以文錢警言
石諸家皆學精此事鈕數罷生平嘗謂古書至于明季
滅裂殘缺為厄運之極故斷興於國朝至乾嘉而極盛
乃未五十年遭此大亂板籍燬者十九此學人之不幸而
尤之妄人乃謂乾嘉已來學術多歧以致此亂何其悖言
視古籍而蔑之之甚耶諸家所刻叢書者以抱經堂
經訓堂雅雨堂岱南閣四家為最善經訓堂中以呂氏春
秋及釋名兩種為最善釋名為江叔澐校本此則盧抱經校

李也自來類書實以此為祖而淮南子繼之故所存古義獨
夥而此從於秦火呂覽殷周佚說賴以僅存尤可寶貴畢
氏沅序謂此與淮南又同出高誘注正相參證而淮南以
以莊知縣浙江取道藏足本刊于西安故不更及案淮南
為浙中逵吉所刻是正寥寥實遠不如此書[illegible]云
閱明儒學案南雷此書用力尤勤識有以一代道學之囊
然其意專主陽明之學故雖先時之薛河東吳崇
仁同時之羅太和羣推為程朱適嗣者亦致不滿之詞
然陽功業文章自足照耀千古其於理學別提良
知二字獨闢宗門雖事由心悟非取新異且以救正末流

亦非橥功譽成其一家之言，則可標以為千聖之的彀，不可并入論陽明，惜其多講學一節，固非定論，吾獨惜其說之太多耳。其與羅整菴書力伸其說，謂朱子之失不可曲護回推，言孟子之比楊墨於洪水猛獸，蓋特言楊墨非無可取，孟子欲正其末流而為已甚之詞，未嘗儕朱子於洪水禽獸也。而國朝陸稼書遂乘此間以為口實，至反其言以相詆，當湖固不足道，不可謂非陽明授之隙也。蓋自南宋以後，儒者皆不喜實學而喜空言，遂各標一說，以思自恣，於是性情之字出主入奴，理氣之篇殫麻竭竹，心意忽先而忽後，知能忽合而忽離。究其

指歸要在真得其實而入聖合智與愚則論語之
居敬大學之慎獨孟子之養氣三言已盡之矣危哉
彼必衍支蔓之浮詞師禪宗之語錄徒形扞格遺隆機
鋒而積習相沿賢者莫免雖以陽明之傑出猶入太極
之圈中而豈知傳周孔曾孟之道統者朱子以前則漢儒
授受端緒不絕而鄭康成氏集其成傳朱子之學者
宋則有黃直卿黃東發王厚齋元則有金仁山吳幼清而
有明一代則出傳周程之學而傳朱子之學者在一人焉若
李見羅之陽奉陽明而陰詆陽明觀其處置鄭陽之
案真所謂諸葛亮來矣此學案中所最錄矣

康爺衡語多天然恍惚有會心如天地之喻此指大帽子習氣

四日　晴復陰有微雨飯後入城訪范一鳴不值過九如齋買糖果有一種餅乾味絕雖西點不是過也買狗頭牌手電灯泡一顆值七元五角此物近亦已不易得物稀則貴三豆弗用乎戒奢去侈是以貧耳稍閱書肆閱段氏說文價若二百五十元薛經堂阮光緒初年板有王念孫序返寓已薄暮飧後松園夫人自沅江歸夜閱越縵堂日記載清帝詔御史德泰請修園庭並稱內務府庫守貴祥有擬收車程五條……該庫守請於京外各地方按

户按畝按郎鱗次收捐如此擾害閭閻尚復成何政體前
以加餉派餉以致民怨沸騰國事不可復問我列祖列
宗屢次引為殷鑒……德太所陳懸蓮彝訓剝削小民動
搖邦本……袁以病狂莫此為甚德太著即革職貴祥革
職發往黑龍江給披甲人為奴以為莠言亂政者戒云云
按所謂鱗次收捐與今日登記土地收稅及田賦徵實徵
購合一曾何以異甚至過之而今之民不致怨者彼為一宮庭
之私此為救亡圖存之必也又德太等必窺西后有規復園
庭之意故出此奏或先隱揆意（而即加巡幸）以未可知汗雄故智西后
本優為之不然何以移海軍經費以修頤和園哉

今士夫名刺上二十八月儷刺後三月儷禪不知何說

內長文—文無害—兩肆赦　忘憂

夜大雨

五日陰芸會晚赴朱陳二主任之宴返寓已昏幸無雨

耳夜閱息柰菴日記趙優同治　年記也摘錄

閱方式濟龍沙紀略其辨混同江之源出長白山即松阿里江

西北汴三千（徐）大百里始與黑龍江合黑龍江出俄羅斯境與

諸山之南而金志誤云混同江一名黑龍江又誤松阿為宋瓦

為松花皆得之目見有功史學

康半農氏大學說極言朱子補格物致知之非

茨邨詠史新樂府上下二卷山陰胡介祉著介祉字存
仁號循齋阜城人注下云忠賢生前作壽臧壯麗併
陵寢國變後名下奄猶葬其衣冠今在碧雲寺浣
衣局注下云客氏每歸私第大學士沈漼与有私人皆指
爲豬相故客氏数歸二未日忠賢必矯旨召入客氏
亦不知書而強記猶勝忠賢二用挿紅紗繡花鳥作
大幔与客氏密語其中夜宴畢閱廷臣章奏細商
責處當否移時方就寢客氏常令美女數輩各
持梳具環侍欲掠鬢則捲諸女口中津用之言此方傳自
嶺南祁異人名曰羣仙液令人至老無白髮

寶應陶徵故宮詞云慈寧宮樹老莓苔元日鑾輿侍法從東上下閤簾邊拜畢六龍還輅一時回自注故宮人左氏遭李自成亂流落爲民間浣衣婦今年五十餘矣嘗言懿安皇后居慈寧宮元日烈皇朝后后必答四拜垂簾邊密不相見也向祉以此爲許承欽言烈皇盜嫂之誣

汪某盾鼻隨聞錄痛詆道州何氏謂其通賊於尚書淩漢編修紹基父子極口醜詆纖不遺蓋仇怨之詞然編修實不學而狂徒以善書傾動一世敢爲大言高自標置中實柔媚逢迎貴要以取多金蓋江湖招搖之徒而世人無

識干謁所主爭相迎奉卑寄疾之以為此夫國家之禍亂之所由生也

同治九年九月十五日順天鄉試揭曉廿第二十四名五十年夏四月二十八日天寧寺同座有湖南王孝廉闓運

六日晴過正大晤張振威諸君其兄翯已在桂林物故并與談售地事遺業攸關雖非所顧而宜遊損產實雜自全歸寓終夜弗寐

七日晴到会請假二十天入城晤振威以二九之值處分之然仍太不安返寓惶惶如有所失以與約明日定局也

八日晴援筆艸契不能成文引氣假寐王漢臣忽叩門入問地事并何前事以之相屬棄去之搨云可過四千余深怪其何以不早來因中止張約更與王約(拔)載北非英勝南太平洋美勝斯城戰退

九日晴早作忽來一聯將來與問地事云可出三六不先不後亦可謂也待窮秋亦得貴說亦閱越縵日記一錢恩元吳門補乘 恩元字宗上一字止菴乾隆時吳縣諸生學詩于沈歸愚其邑人韓廷之徵之作付言所著尚有易詩書禮春秋論語孝經緯攟及吳門拱記吳門扶事止菴隨錄止

菴聞見錄止菴日記怡菴隨錄等書共十卷
撰錄吳縣長洲元和三縣故實為府縣志所遺者
而首冠以巡典補別為一卷所載甚雜多采小稗
不知其書之體 其吳下方言一條予采最錄于此
呼婦人曰女客 為高唐之客 高唐娃妾巫山之女也 打台謂之敲 左傳執其
戈以敲之 刺亦謂之擉 莊子冬則擉鱉江干 折花曰拗花 元微之詩今朝
誰是拗花人
言人迷獨見而多忤者曰㑋㑋 音如列的 漢書言人之一一而言志鄙
所西匿而多笑貌者曰墨㐅 音如迷癡 出列子力命篇 言人胸次
耿耿曰怡儗 音如熾 賦司馬相如 嫌佗以一一 言人無用曰不中用 史記
秦始皇本紀始皇怒曰吾收
天下書不中用者去之

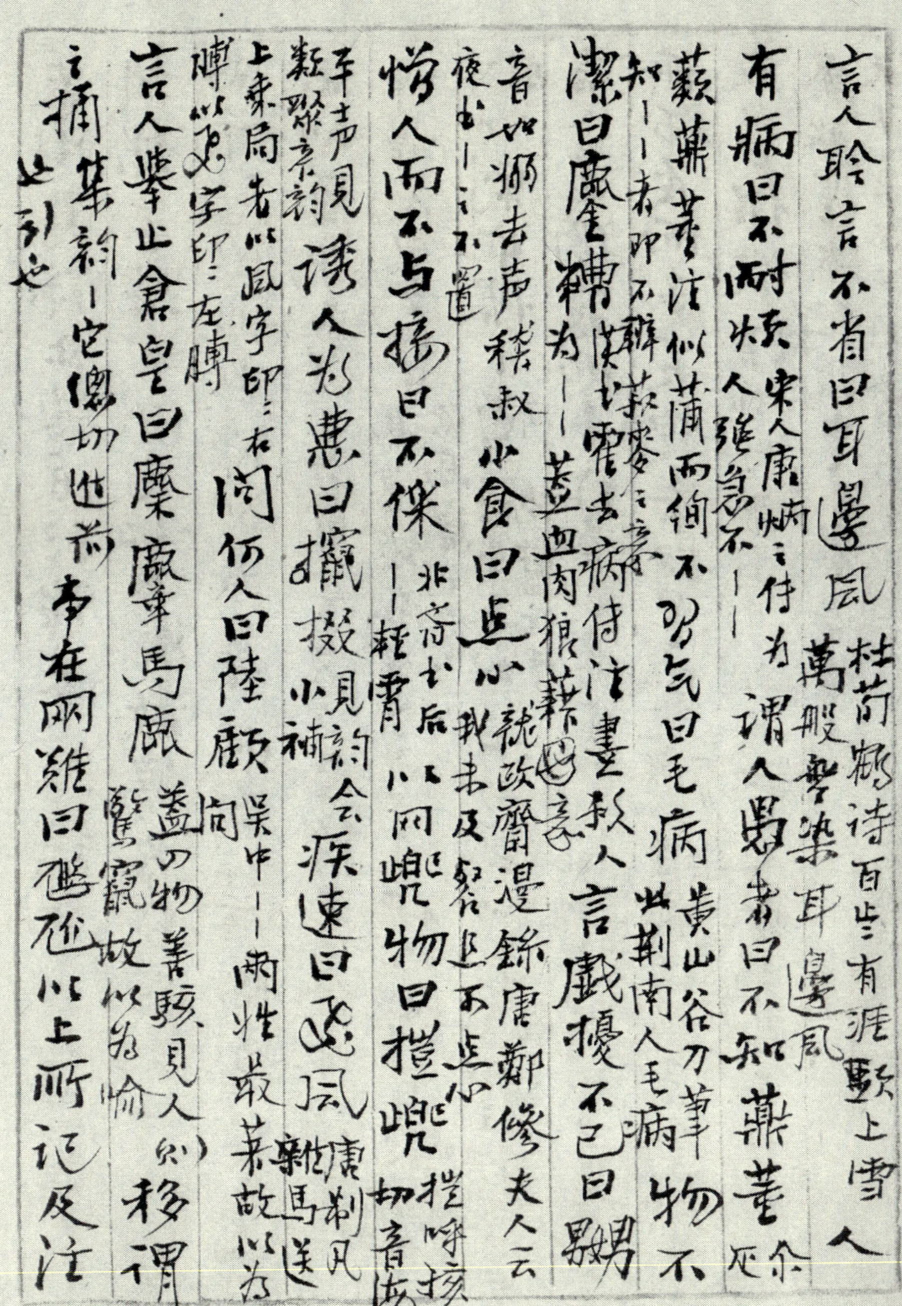

言人聆言不省曰耳邊風 杜荀鶴詩百歲有涯頭上雪萬般無染耳邊風 人

有病曰不耐煩 宋人康煩之付為 人强為不—— 謂人愚者曰不知蘋薑 亦疋

蘇蘇萋注似蒲而細不明氣曰毛病 黃山谷刀筆 出荊南人毛病 物不知——者即不辨菽麥之意

潔曰麼糟 為—— 蓋血肉狼藉也 漢書霍去病付注 畫叔人言 戲擾不已曰嬲

音如㶚去声 穆叔 小食曰點心 飛政齊漫錄 唐鄭傪夫人云

夜者——之不置 非齊也 后以我未及餐且可點心

惱人而不与接曰不睬 ——輕胃 以网與物曰擓與 擓呼核切 音海

年声見 誘人為惡曰攛掇 見詩会 小補 疾速曰遄凨 唐荊凡 雜記 馬迷

類聚京詞 上乘局者以凨字印之右 問何人曰陸觀 吳中——兩姓最著故以為

問 暷以凵字印之左暷

言人擧止倉皇曰麇麇亂麕馬鹿 蓋四物善驚見人則移 謂驚竄故以為喻

之摘集詞 它總切進前 事在兩維曰兩碰 以上所記及注

此引也

白札

西游記以蘇州元妙觀道藏借鈔

未知邪本蒼雅説文推究其義，且引書亦多出稗販，与原書不符。元朝秘史及李志常長春真人西游記皆張石舟所校，二書自錢竹汀氏始備之，謂足以訂正元史。長春真人即邱處機，字通密，登州栖霞人，元太祖称之曰神仙。志常即其弟子，自称曰真常子，其書末記侍行人又備通元太師。元史作李真常，以元太祖辛巳從處機由萊州出野狐嶺……出鐵門抵大雪山（今和羅三托山）見太祖于行在，甲申歸至燕京，住大天長觀，以丁年而處機殁，真常皆記所目較。

午刻王來言，受之須俟其弟由渝返方能定事。下午蔚然來回信又加一百是日報載美在北菲大勝英俘軍又菲西登岸開闢第二戰場 晚與松園夫婦至惠濟橋迎看園 右側全二十二大市太平之望矣

十日晴 兩相閒 午後與松園夫婦王鳳吾張段城、同至市民食堂議定明夏止此亦不快 日已暮美儒正大

十一日晴 午松園招飲譚九思夫婦及其女均至座客有王黎蕙三秀女共為手談日入始散 九思（皆作相）為湖建設（缺）長前年始識之于香花嶺現在衡陽主安正中報 夜閱越縵堂日記

璞川吳氏經學叢書之其章水經流考一卷不著撰人姓
氏書中稱禮從大學士富陽董公校閱庫書知是
乾隆間人名札而未知其姓所考章水經流實為
三江而發大略言江右豫章之水蘇氏軾定為禹
貢之南江即祖鄭康成岷江至彭蠡并與南合
始得備中江之說因證以今豫章江出南安之聶
都山奔流直下凡一千九百八十里以與彭蠡為匯
至尋陽而始合大江故鄭氏遂得經而以班固書略
郭璞顧炎武諸家之說均非其辭亦辯今案其中
有云吾江右及司鐸南安語則仕籍皆不詳當時

之江西人也　律呂惟乾隆庚辰纯粹　海鹽之
俞湛持浩　西域攷古錄共十八卷
本司書吏來告以小奏留引見並呈堂官考語
日人精以办事練達向來部吏奏留例出七字考
也京察一等　照例升補纵皆八字
十二日晴閱桃花聖解盦日記　聽秋聲館詞話の
卅二十卷三錫　丁紹儀杏舲選　丁於詞學用力頗深然
書所校萬紅友詞律之誤朱氏詞綜王氏以詞綜國
朝詞綜陶鳧薌詞綜補遺　諸書之闕漏及所裁
宋元以還然有裨益後者甚難　古今同人論

世亦近世之佳書也」

十三日晴　十四日陰　終日臥桃花聖解盦日記

十五日黎明即興　方整裝待發　雨勢甚大　及雨止將

行　警報復起　以歸心已動　乃繞道出小西門

搭輪赴湘潭　未刻始到板塘鋪　即搭火車赴耒　入

夜抵耒站　住一小棧房　極不堪　起處壹房兵丁言　昨日

耒站附近發生搶劫　擊斃官兵五人云

十六日晴　早起過河到省參議會　會中晤彭秘

書長少安　黃秘書讓安　程主任士文　晌後領到九、十

月份生活費六百元　一至十月份補助費四百元除

開銷外共得八百七十一元七角二分天擲(?)俩即過河
至二聖祠訪晤張松如(?)於慶壁(?)季和書叔又晤
楊枝安琴舫同棧至暮夜九時搭車南旋抵鄉
橋已十二時將下車遇范一鳴同下榻與以幣
十七日陰晴早過蘇仙橋看略(?)佳夫婦略談
即返中與與一鳴搭汽車回桂抵家入門則鳴
喜失蹤此類人應遠劫即作婢以上禧已
十八日晴飯後范一鳴周子謙來少談別去余(?)
淑以出訪各處過芷灣談良久夜往凌家子談
一局而歸

十九日陰午后小雨早聞閔温如三伯於昨晚病歿
年七十又五矣湘弟从郴住漏夜奔歸已不及一
訣予与化鵬叔至新华哭臨入歛畢方歸三伯
為一醕儒不事異端平生廉正自持表率十一
鄉少时頗攻制藝尤長史學屢挑而未售
而好學至老不倦教子及孫各有所成慶湘
粵黔浙贛皖三省府秘書一任壽縣現任
郴縣均有政績桂陽民國以來推福命者
蓋莫如三伯也其自挽云古时乏死果如
何秦皇漢武皆夢想殁世名稱事非易業

父許由盜虛聲其人生觀可見一斑
二十日晴 作挽三伯聯云先吾父半年而生後
吾父卅年而逝國迫痛流離擇席搓棺傷皓
念成儒家一代之學垂儒家百代之範德全
延禧慶大郎作郡比涇清陽皓小序孝子
行役思念父母也侍云國迫而救侵削役守大
國父母兄弟離散而作是詩方當國破引用
之又代三弟作挽詞云夢想疑是仙南州野
哭醻儒者廬聲薄處士吾族永侍君
于人下午詣省行機處縣府警局及党部等

處或他或不他歸來憶也

二十一日　晴　芷濬來少談即去終日高臥

二十二日　晴　飯後偕湫心携三牲詣新寨弔祭

日夕歸過牛巷口背跳龍蓋鄉人儺之遺

風也　劉錫菴來未遇

二十三日　晴　午飯後至大北關贊錫菴𢑥攸

㕘敵の十元　復詣玉岩及子佳入城詣芘一鳴

不他即歸

在桂盤桓至十二月七日始偕湫心過郴二遇危

參議員芭實約同行為留一日八日由郴搭

東北發與芑賓車中暢談下午過耒陽芑賓

下車夜抵板塘鋪

十二月九日陰早發板塘鋪買舟渡至湘潭搭

輪下午抵長沙下榻平安商號即走訪澤生

略談即返寓

十日晴飯後以會晤日期未定遇逢會根同（移寓澤生家中即下山至官街）

出席會散即歸晚赴澤生醒園之宴宴畢同

遊八角亭遇松園夫婦約至正大陽振威

十一日晴飯後散步訪松園夫婦留餐而歸

得模園書云擬放洋海軍學生一百名檢驗及格

書僅九十の人

十二日至十八日又擱筆未記

十九日雨寒仍困守寓廬終日答王蘭生重慶書

入夜與澤生圍爐話舊澤生言洪秀全有一妃攜女〔譯〕避

長沙母死獄一兵蘇姓者為妻出其金器珠寶設一

典當頗富裕顧蘇嗜賭賭輒負斷炊舍典當而為

小商復由小商降而為攤販仍肆賭如故一日大負氣

結以憤自縊死于賭場遺妻〔洪〕及子女妝人愈窘以自

給洪乃身為替頭婆因其子與人口角出而庇護

牽聯至官衙衙吏掌之洪憤憤不抑來吾家哭訴

吾母曰衛吏何物伙吾父王不放者彼能一面吾耶因
知其為秀全女詢以宮中事尚記述東王治第之址
為劉基舊廬掘地得一碑刻欲甚東王府何必毀
劉基來時呖呖笑去時血滿衣襟今歷歷如在目前云
二十日雨羅太太母女來
二十一日陰晨起方作書致曹雲松而其子敏求適
至亦一巧事也夜至中和將金線街出脫計每方四千乙
百五十元共十萬零三百又七元均憂外患寔逼處此不
圳三地一身挂矣歸寓已二更
二十二日陰雨冬至蛮華味齋佳飯后至中和取欵存

歀夜与澤生暢談

二十三日　陰　上午至會办理優待證及領衣領米等事計得眷米六十斤價十三元衣太小退去待換下午与悌出游遇丙大手談夜歸

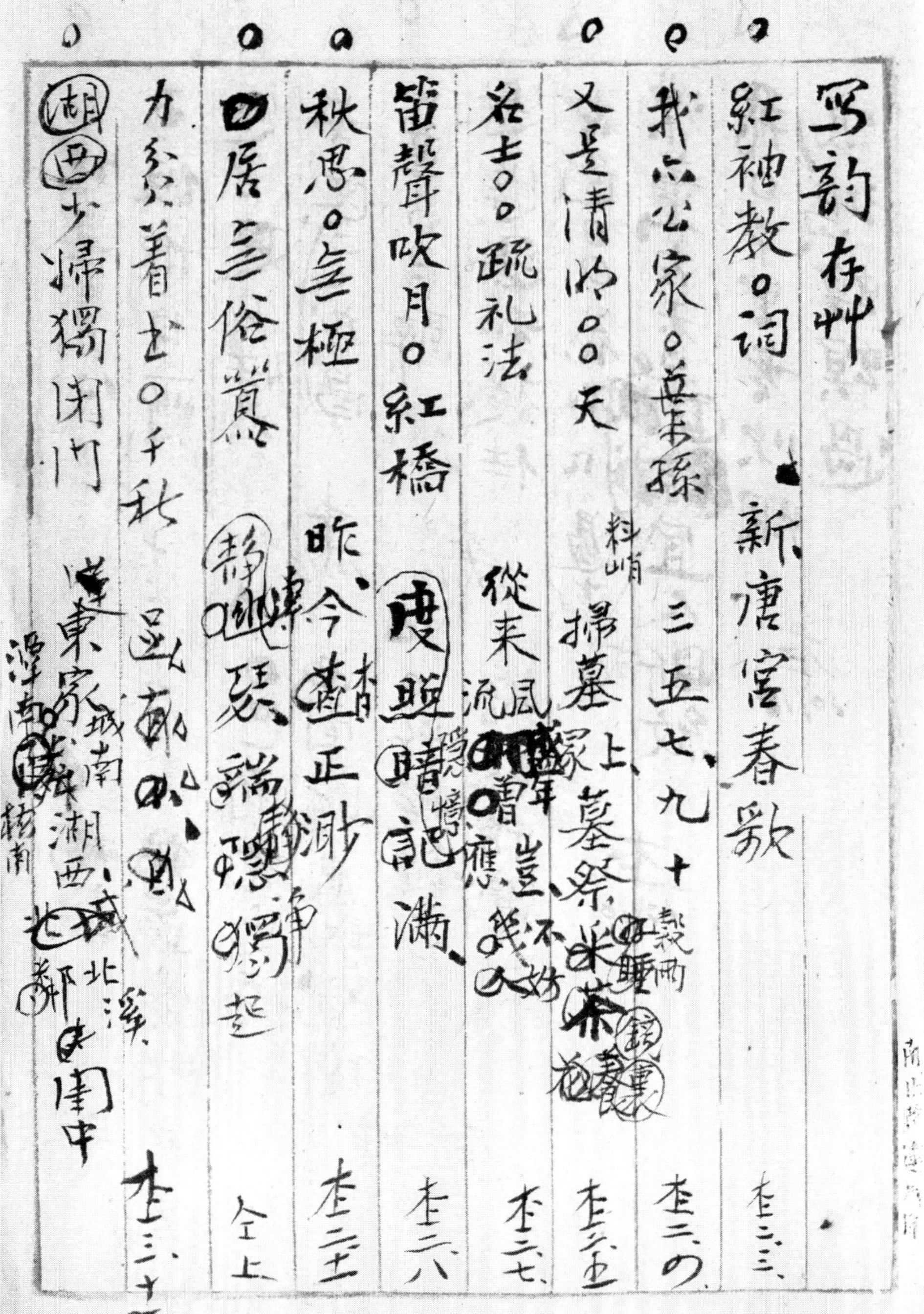

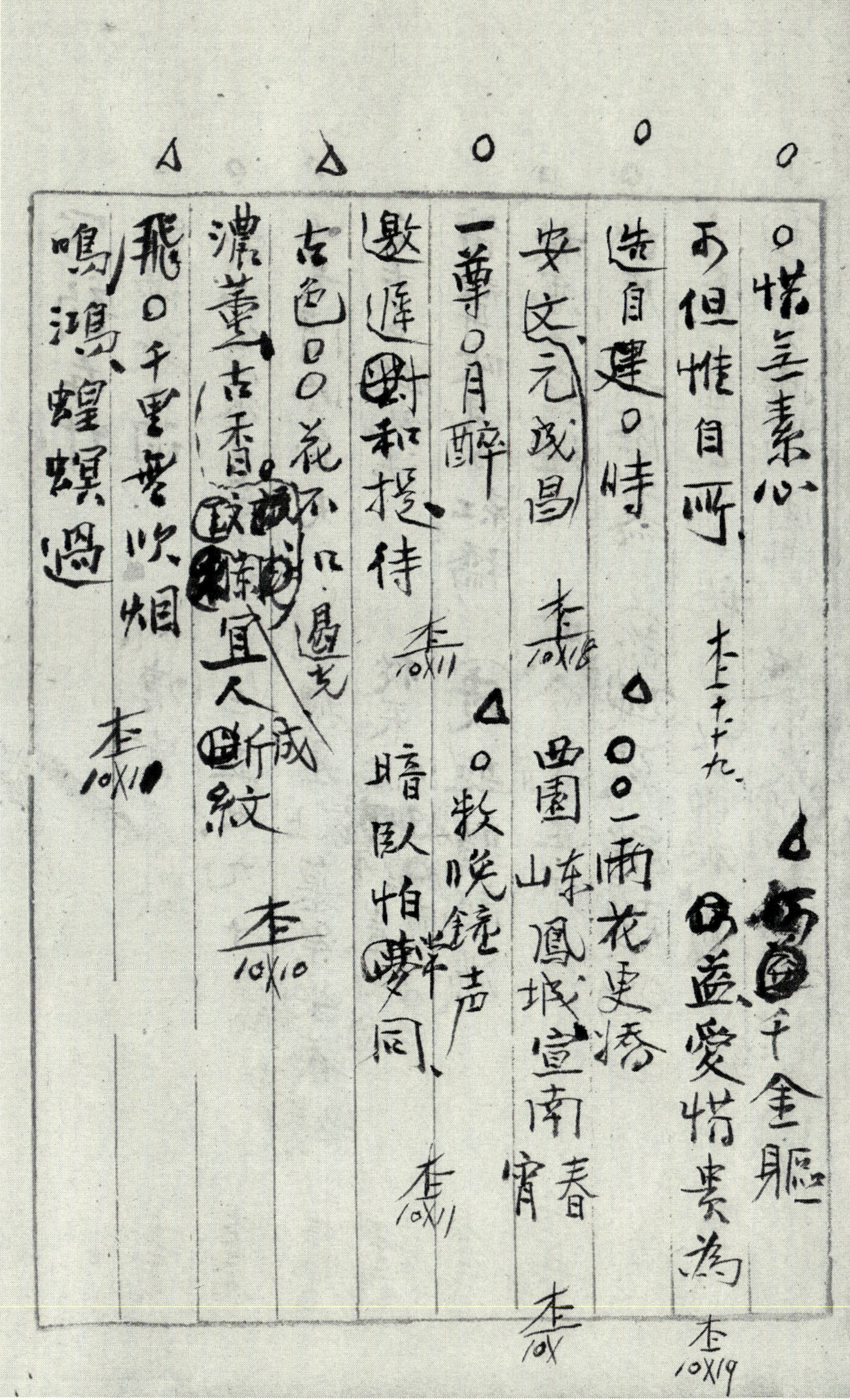

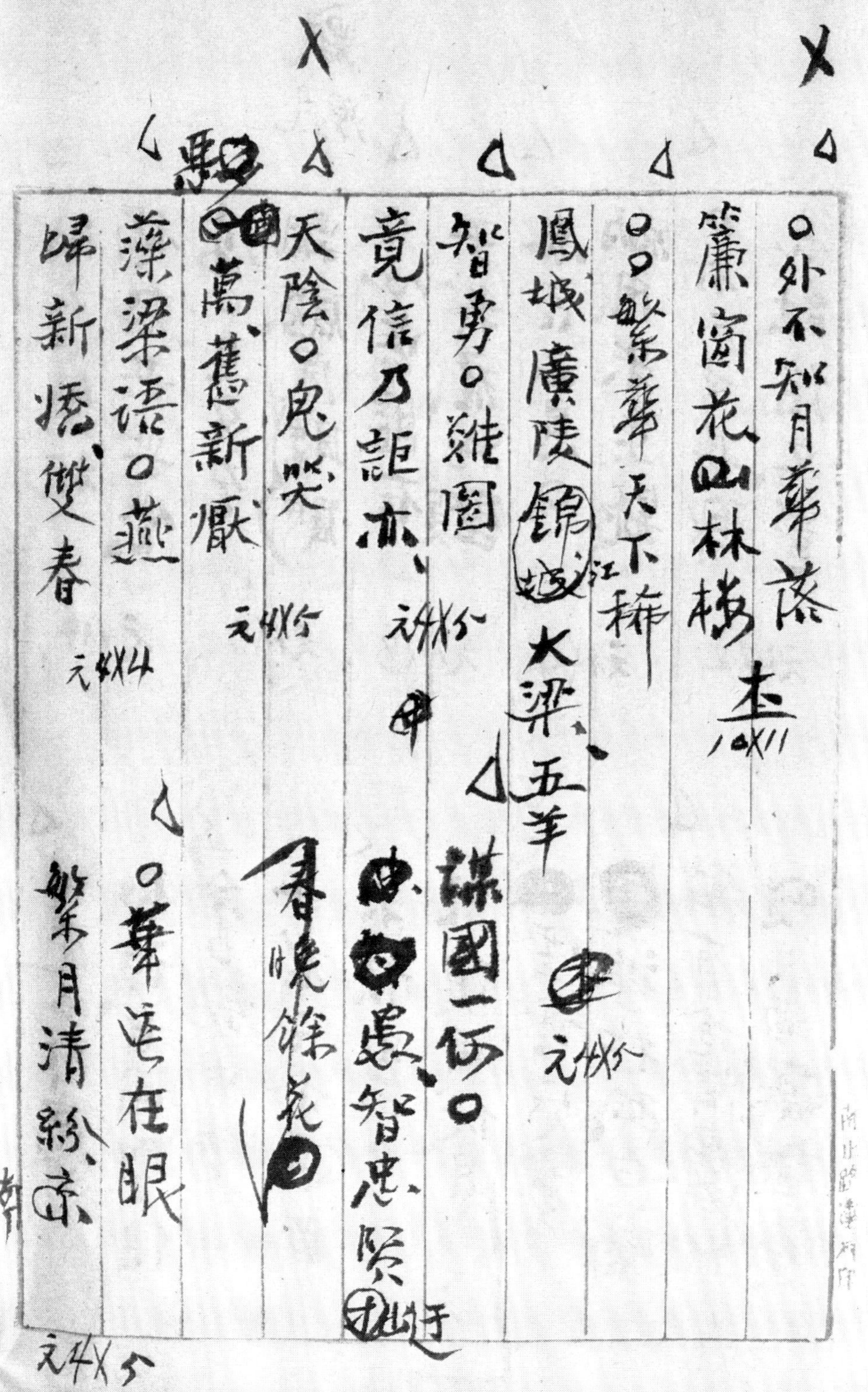

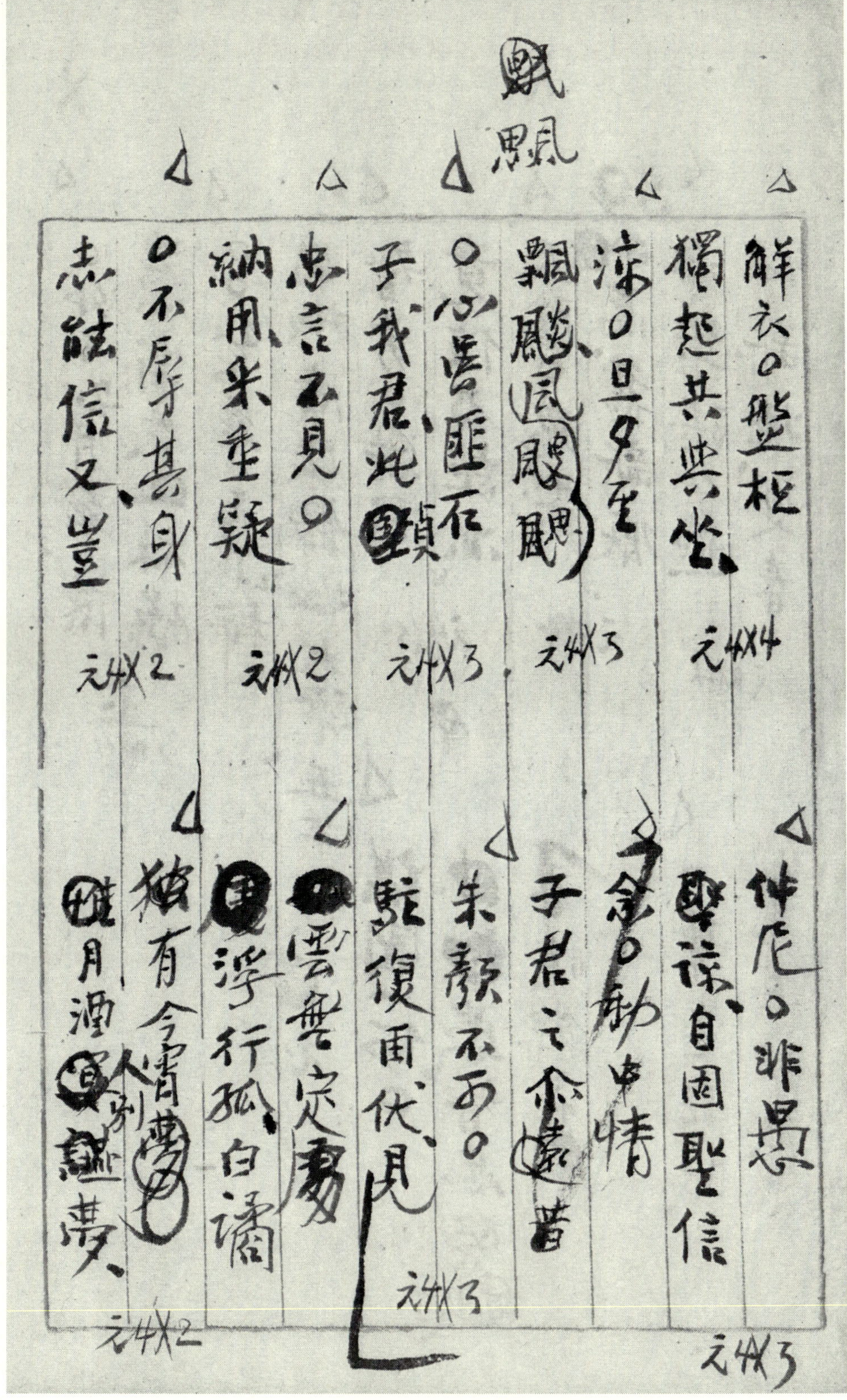

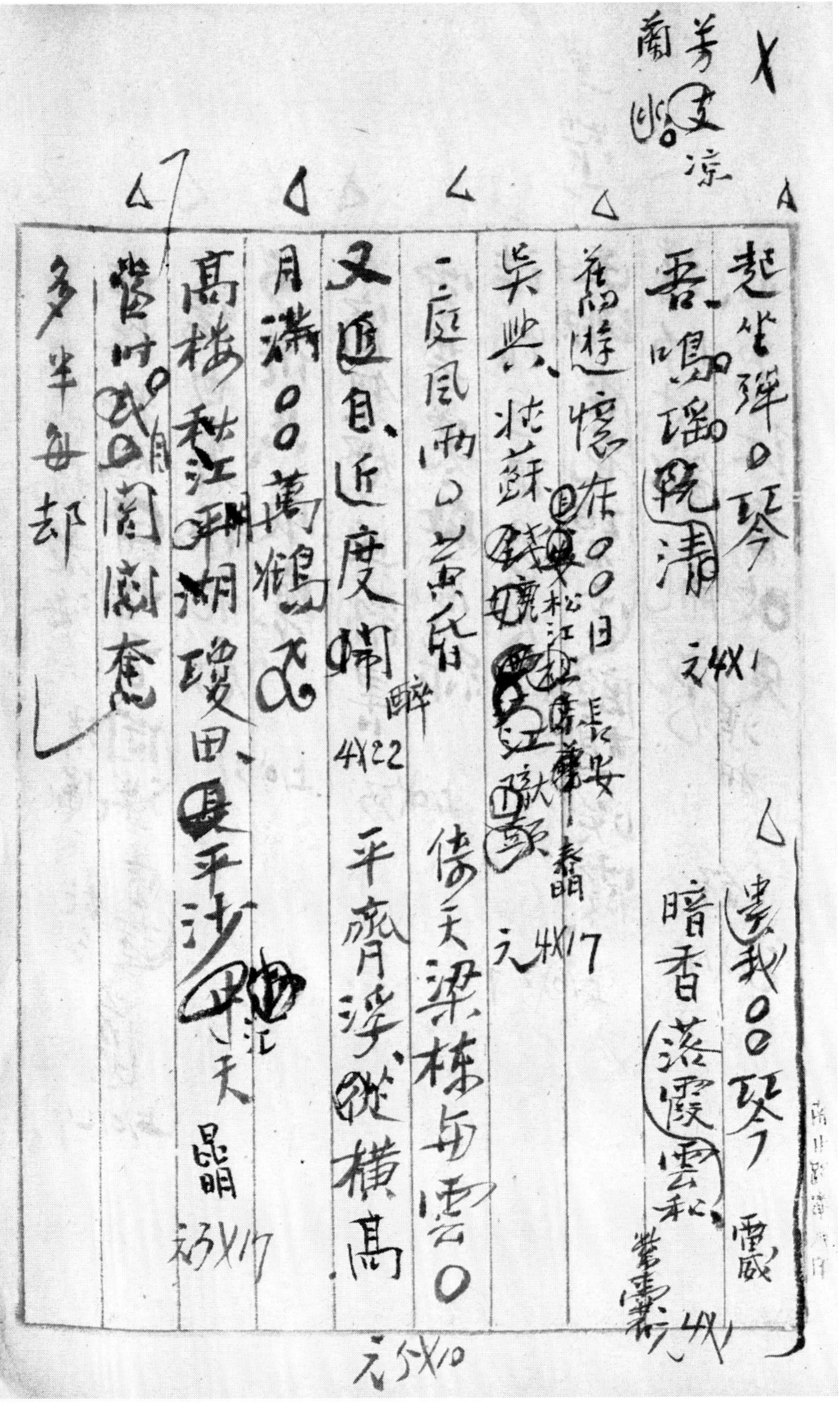

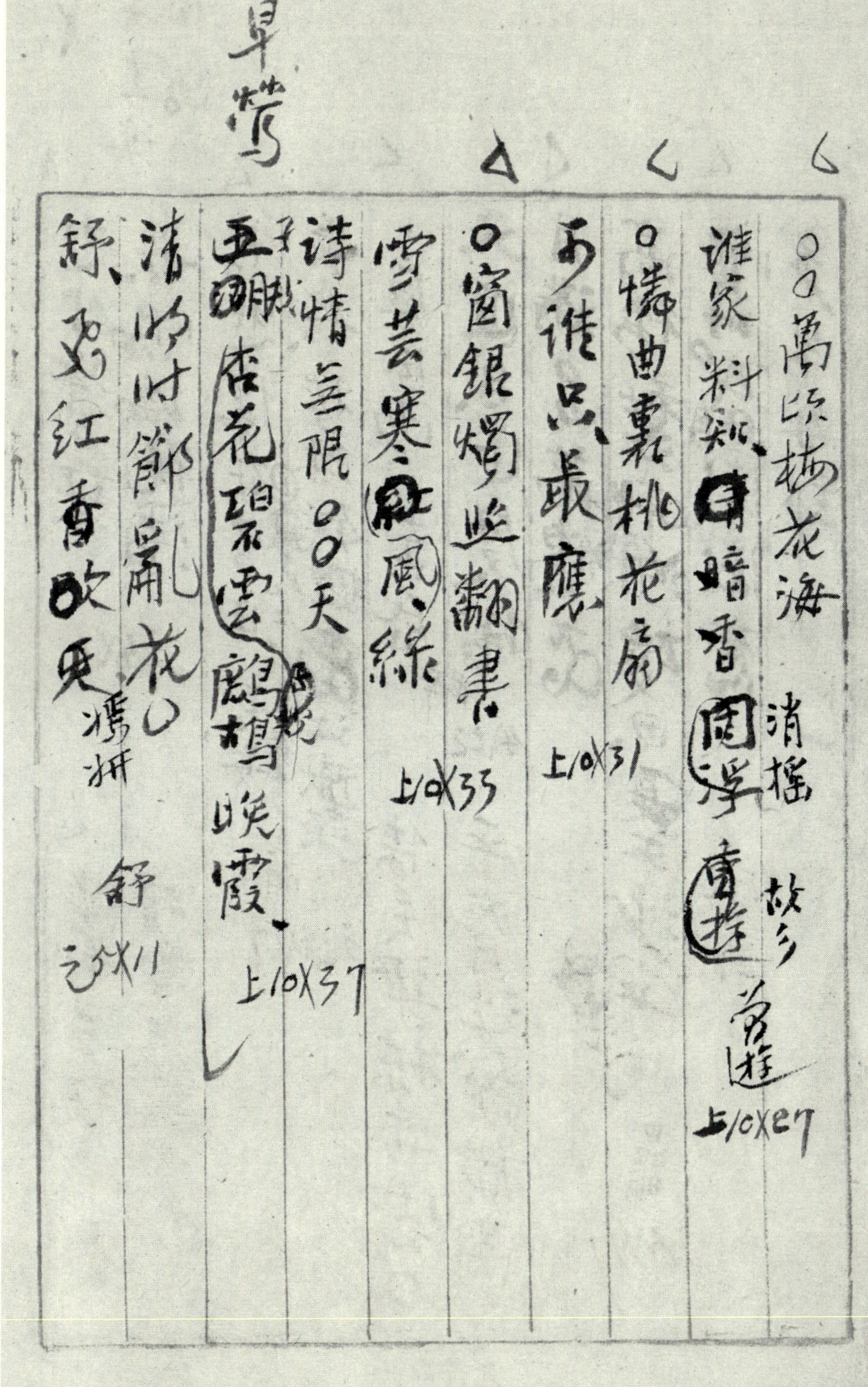
早鶯

○○萬頃梅花海
誰家料峭風暗香浮動 消搖 故乡
○情曲裏桃花扇
可憐只最應
○窗銀燭照翻書
雪芸寒風風、絲
詩情無限○○天
五湖杏花碧雲鷓鴣晚霞
清明時節亂開花
舒、飛紅香吹來 憑拼 舒

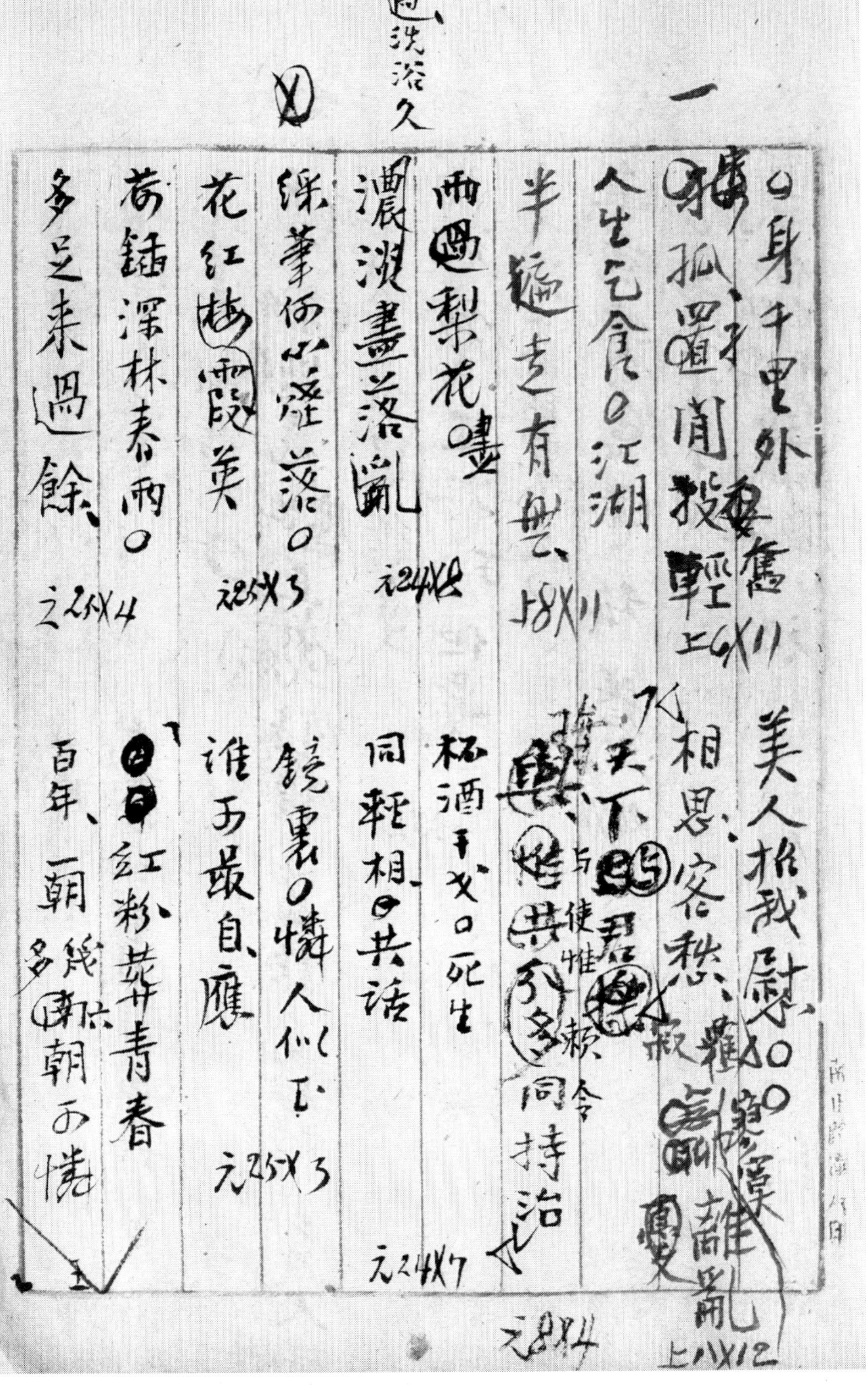

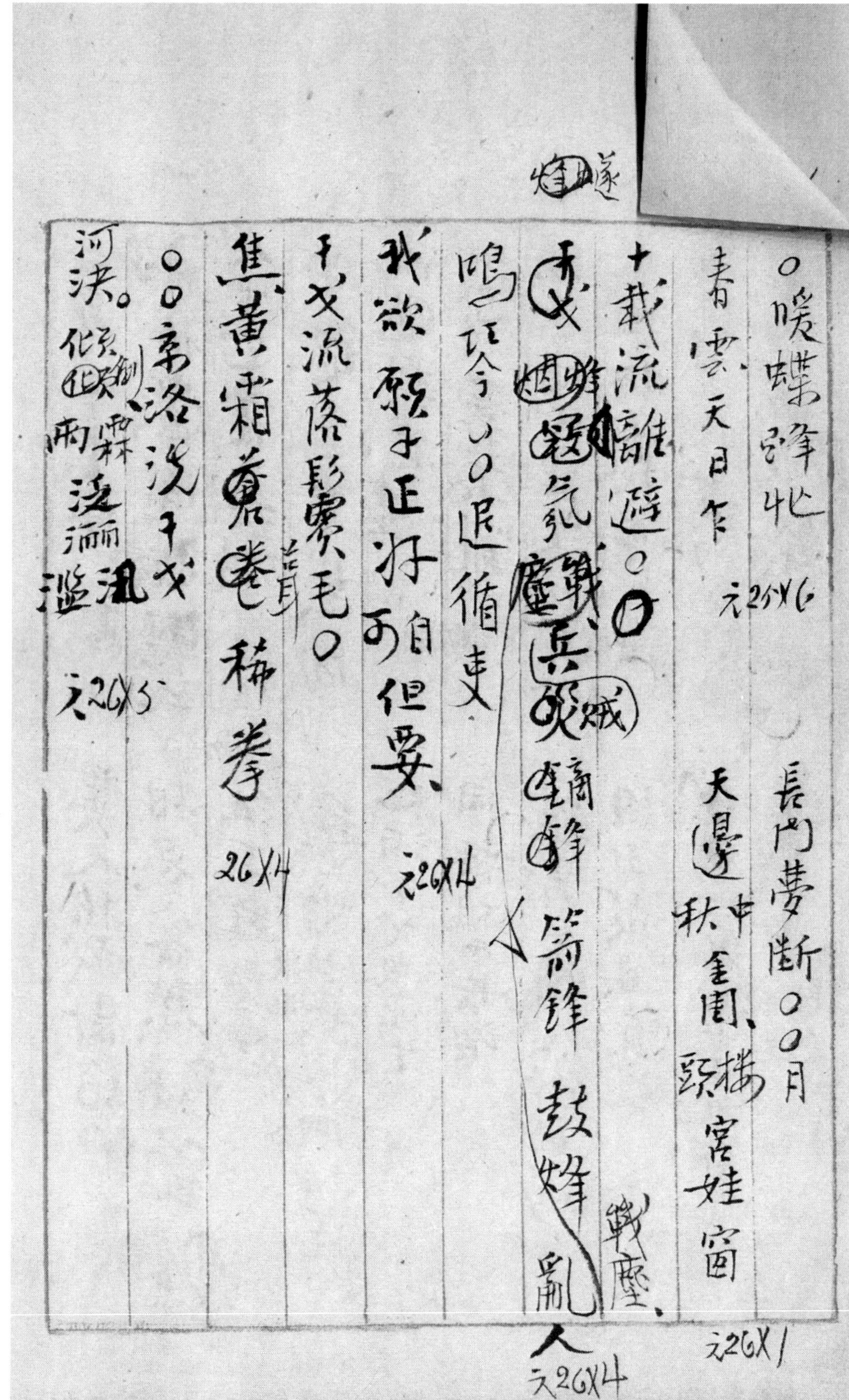

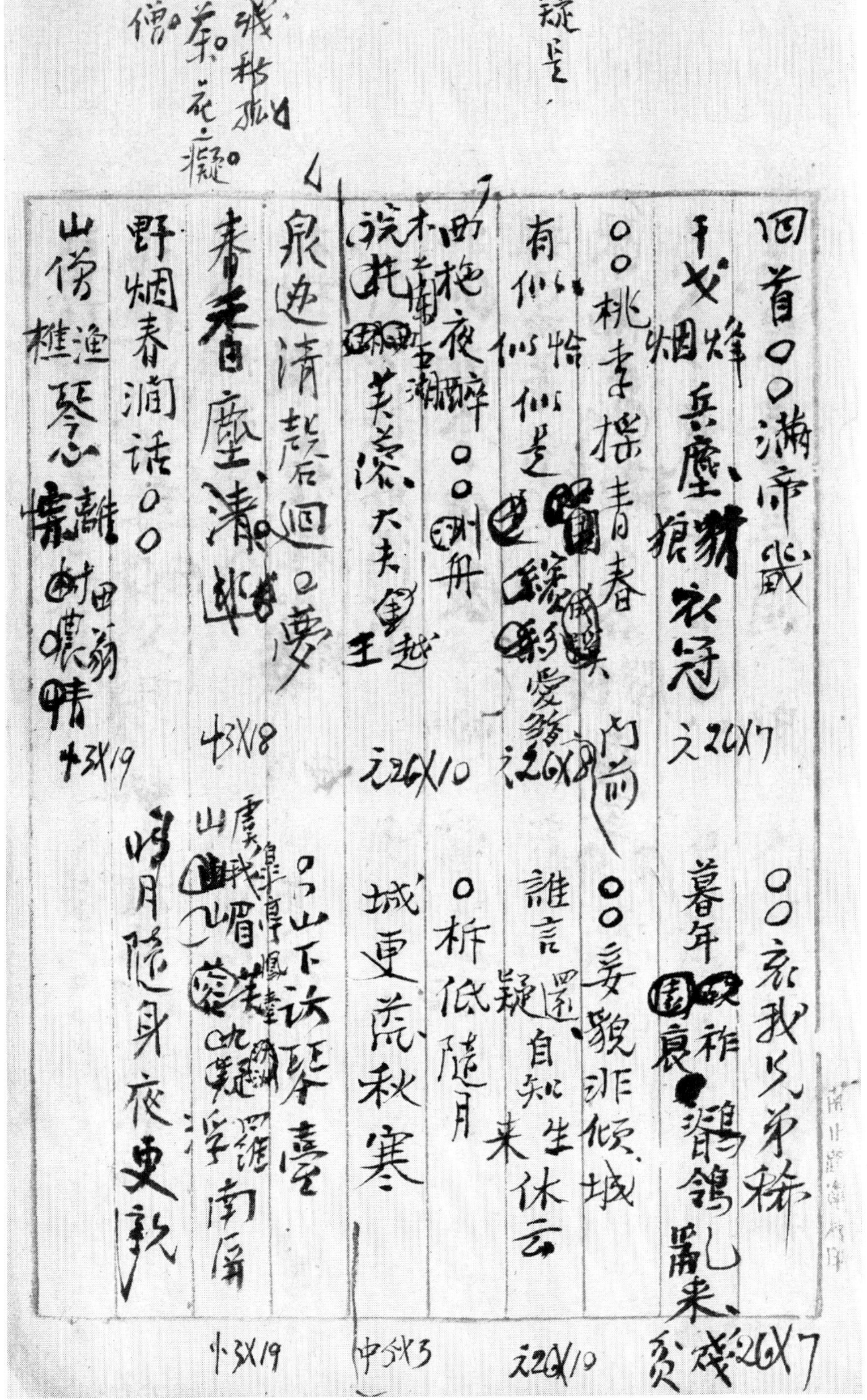

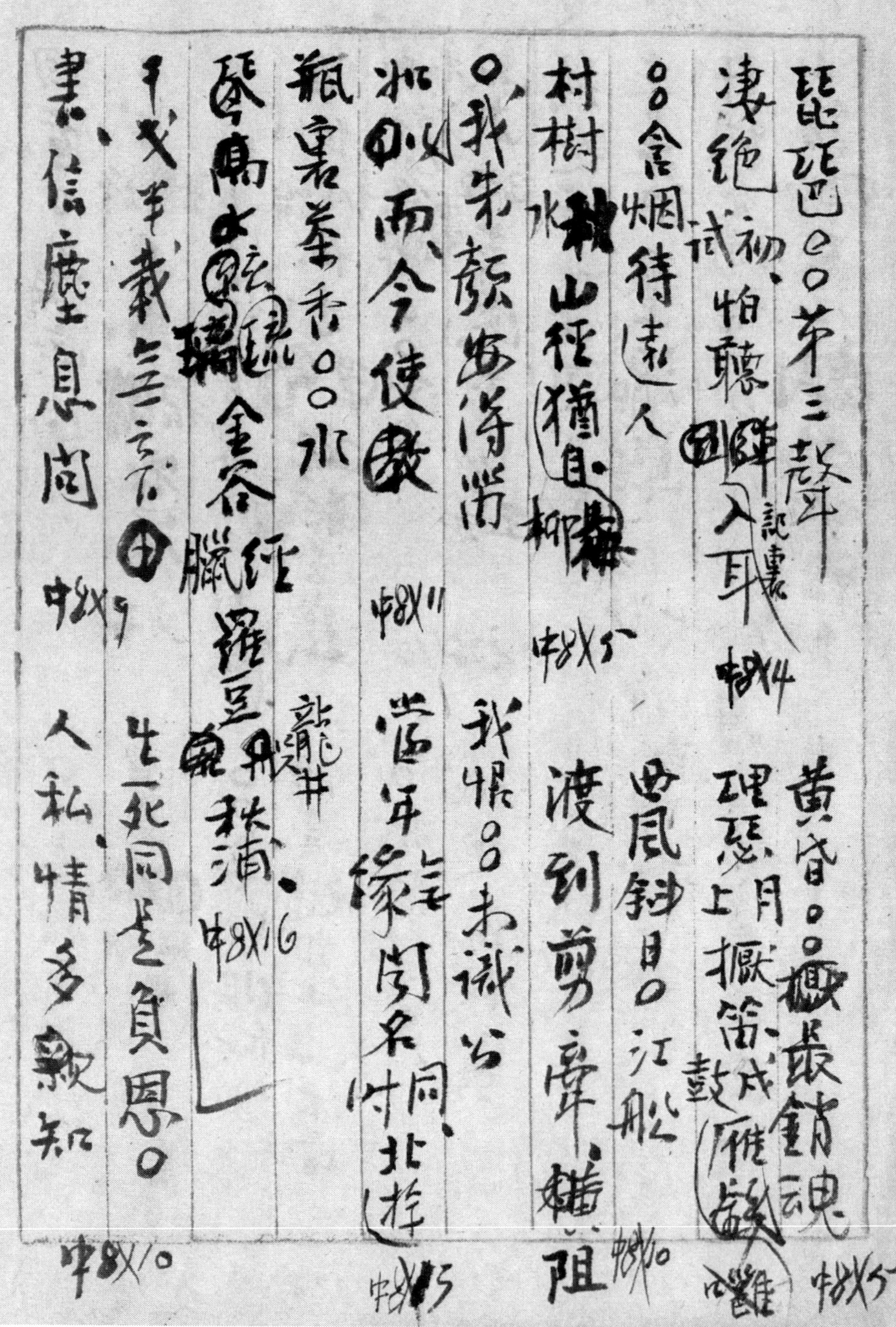

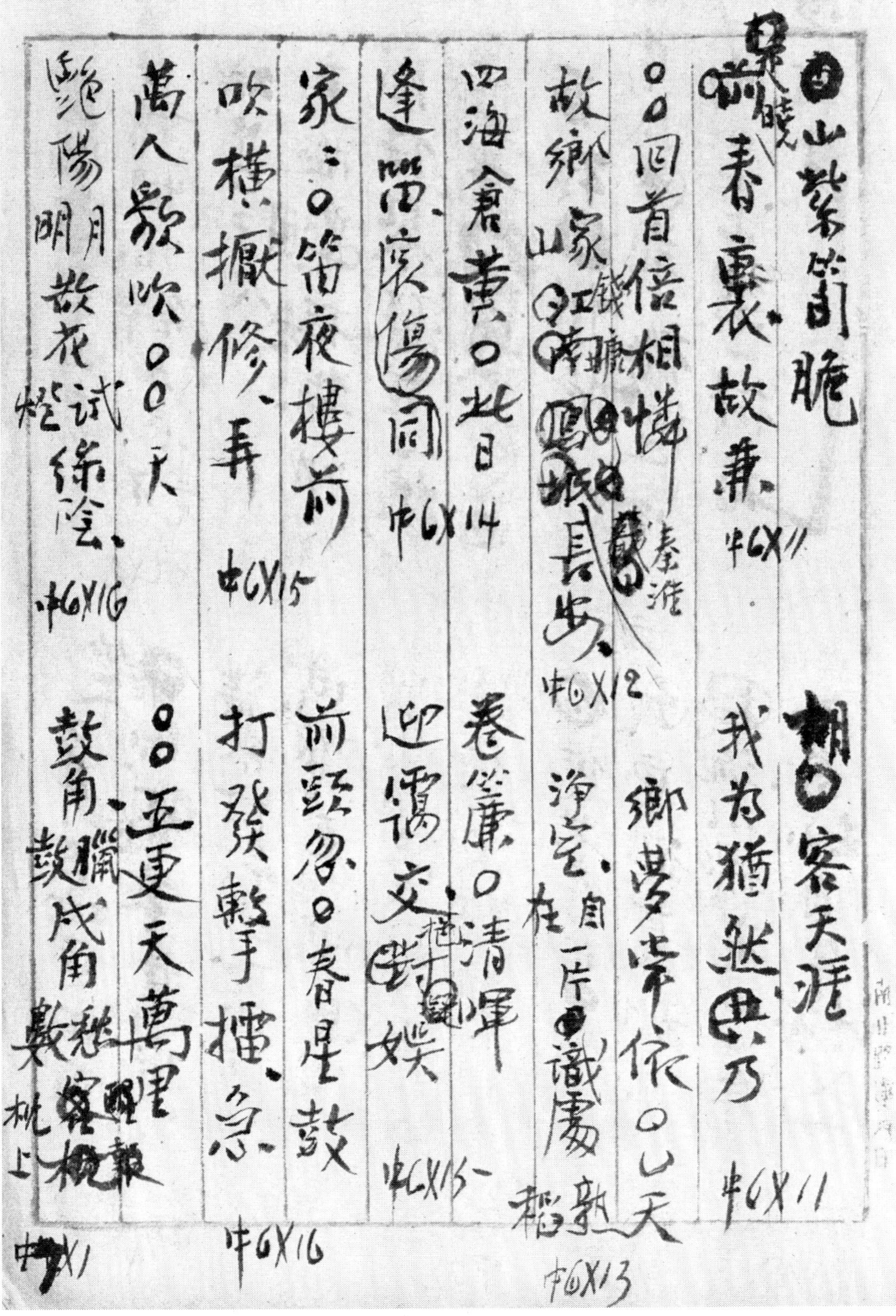

璦高朱
歎翻
西東
藤
湿

○○風塵老此身
甘載惆悵洛京太息不覺　中七又2
鐵中○主人
有陷聲拜猶　中7又
風侍琵琴瑟在○樓
蘭庵　贈西　中7又
百戰田州地
藤蘭瓜神荊桃檀　中7又
雨○堂梨一樹花
湿打後

○身天地更何求
非側項田委隻寄
滿船灯影○琵琶
試撥弄唱曲譜
篩老鬢客琴事○○
避征遊鞭策　屠釣漁樵
○使蒼茫○破
誰致更欲莫却
桃流水桃花○○年
知歲似去自年不計又一

中7又2　中7又10　中7又　古1又9　古1又15

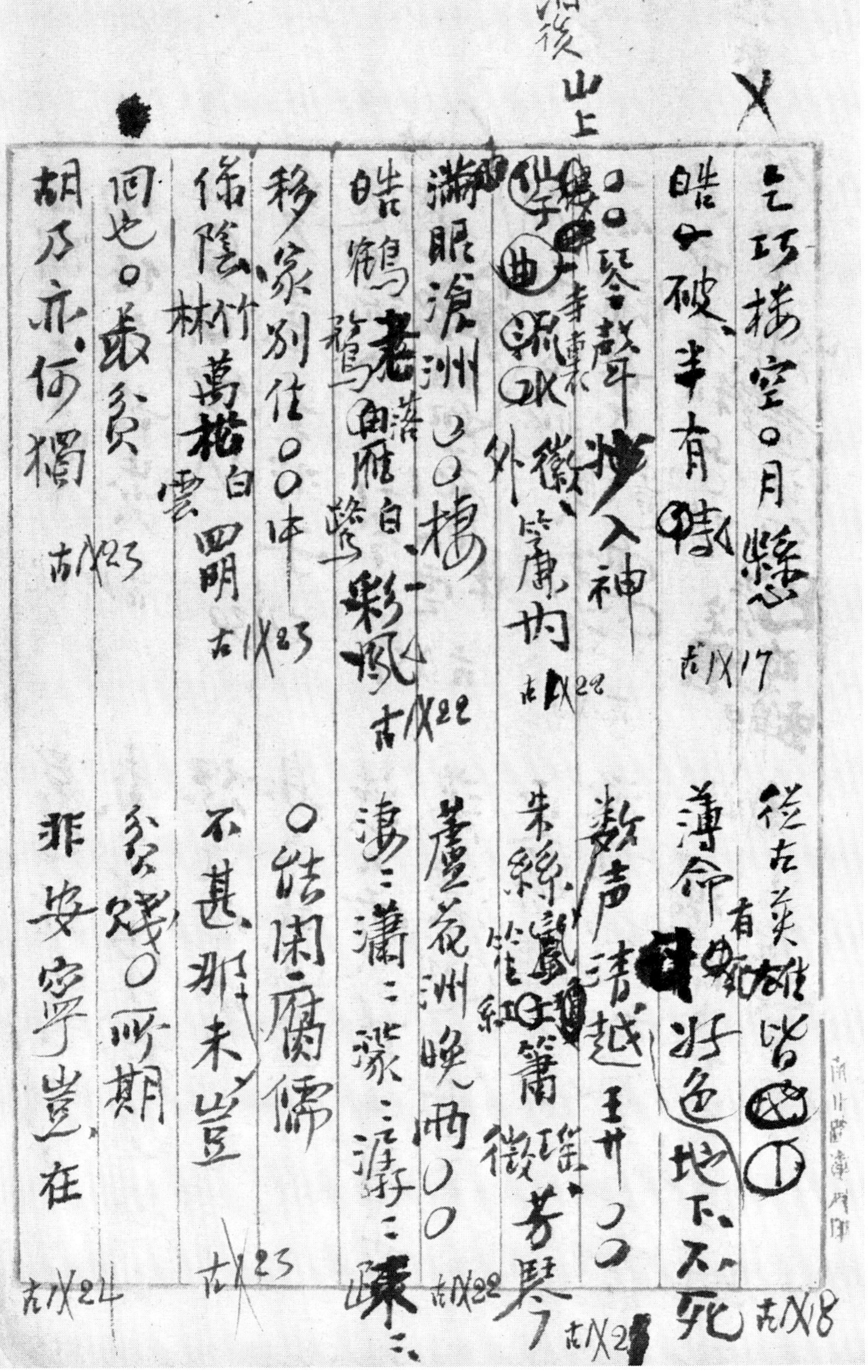

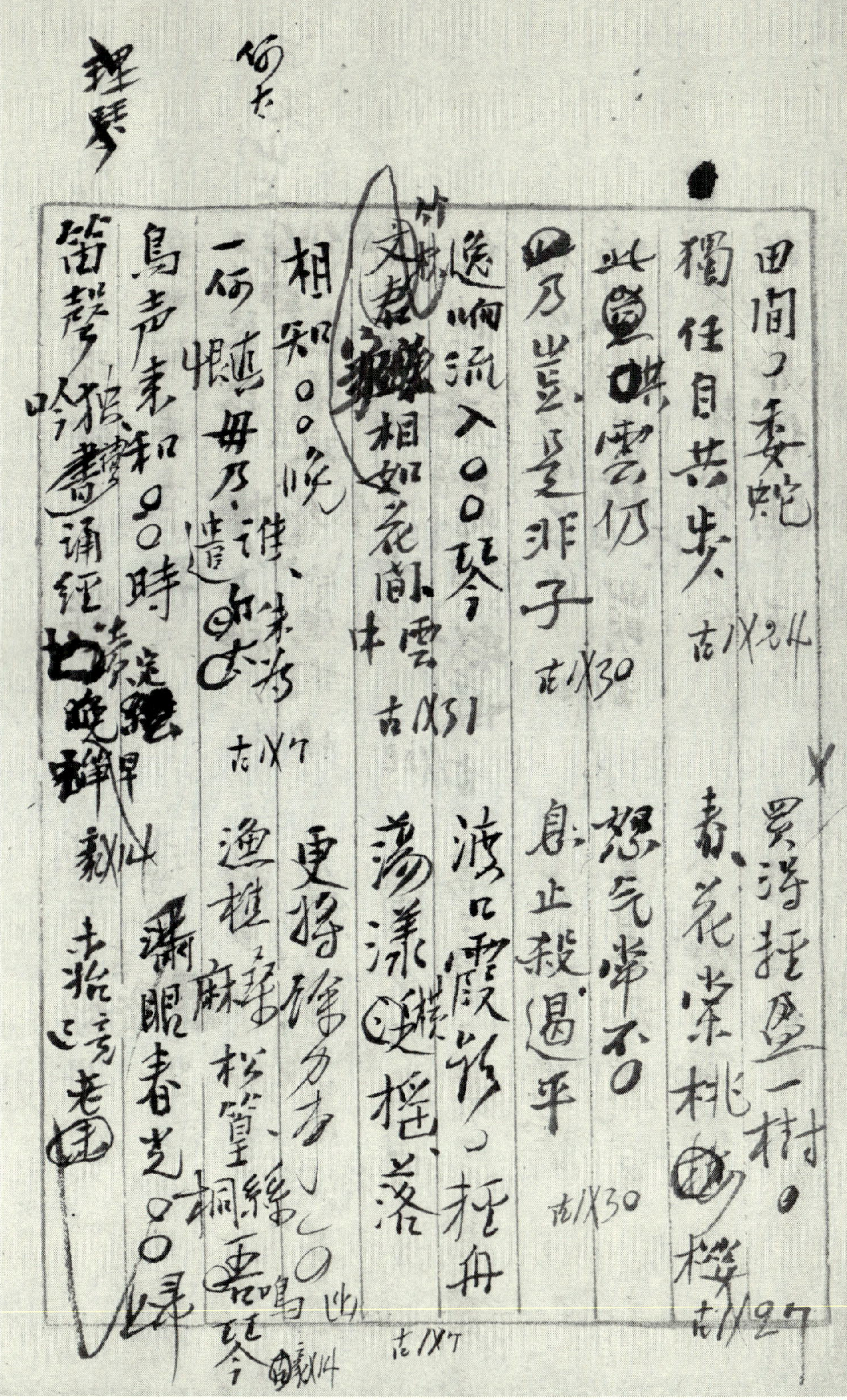

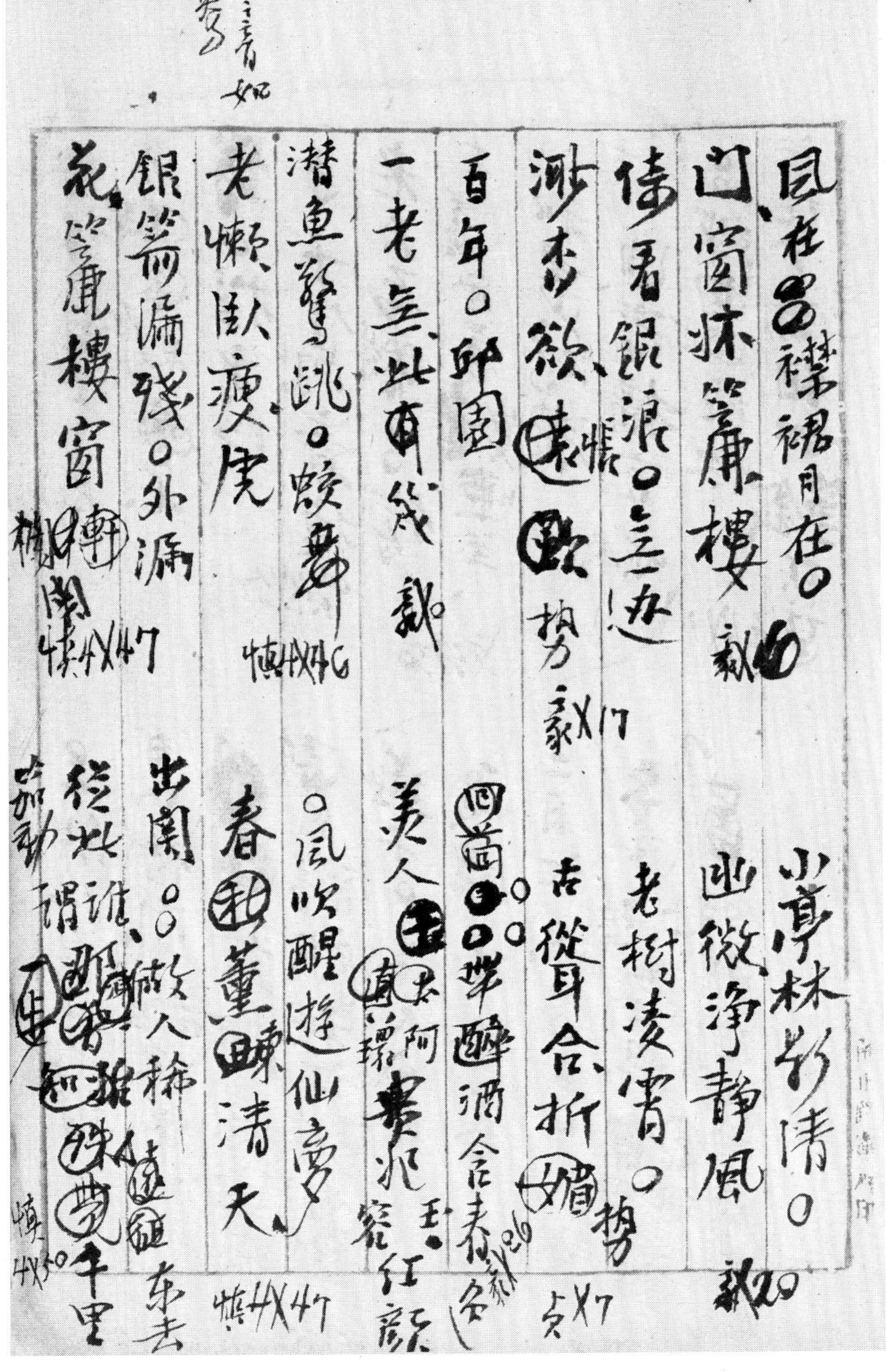

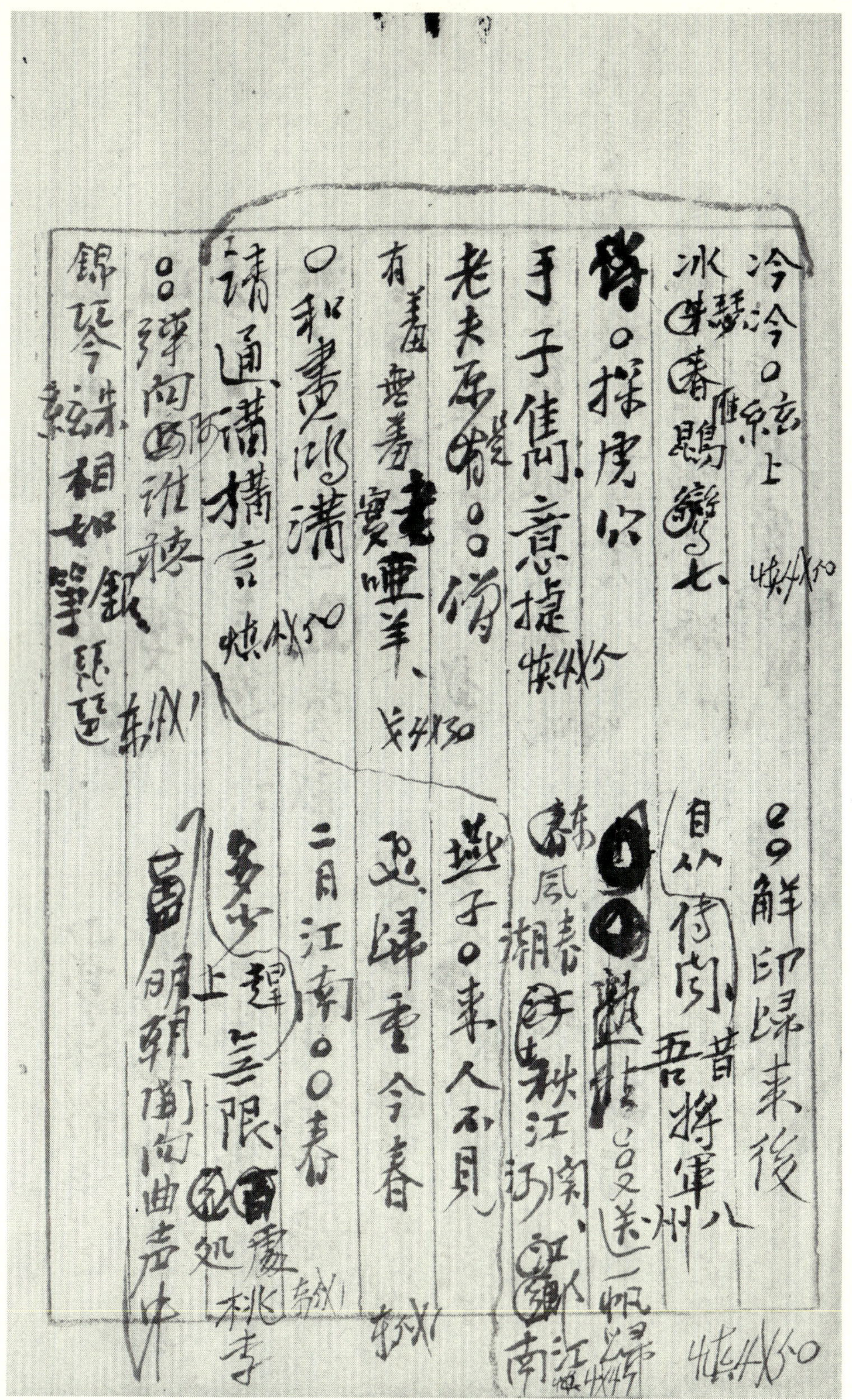

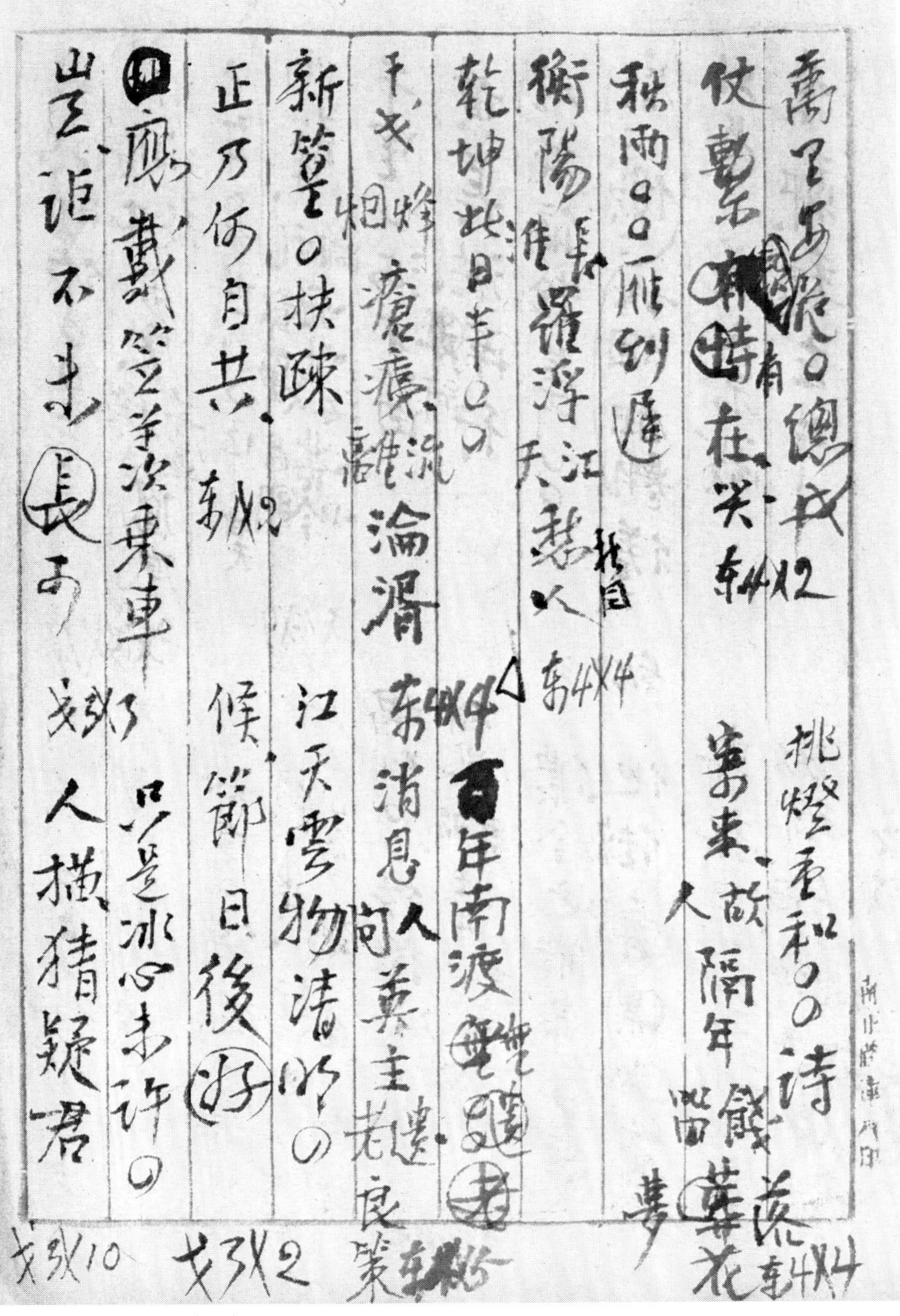

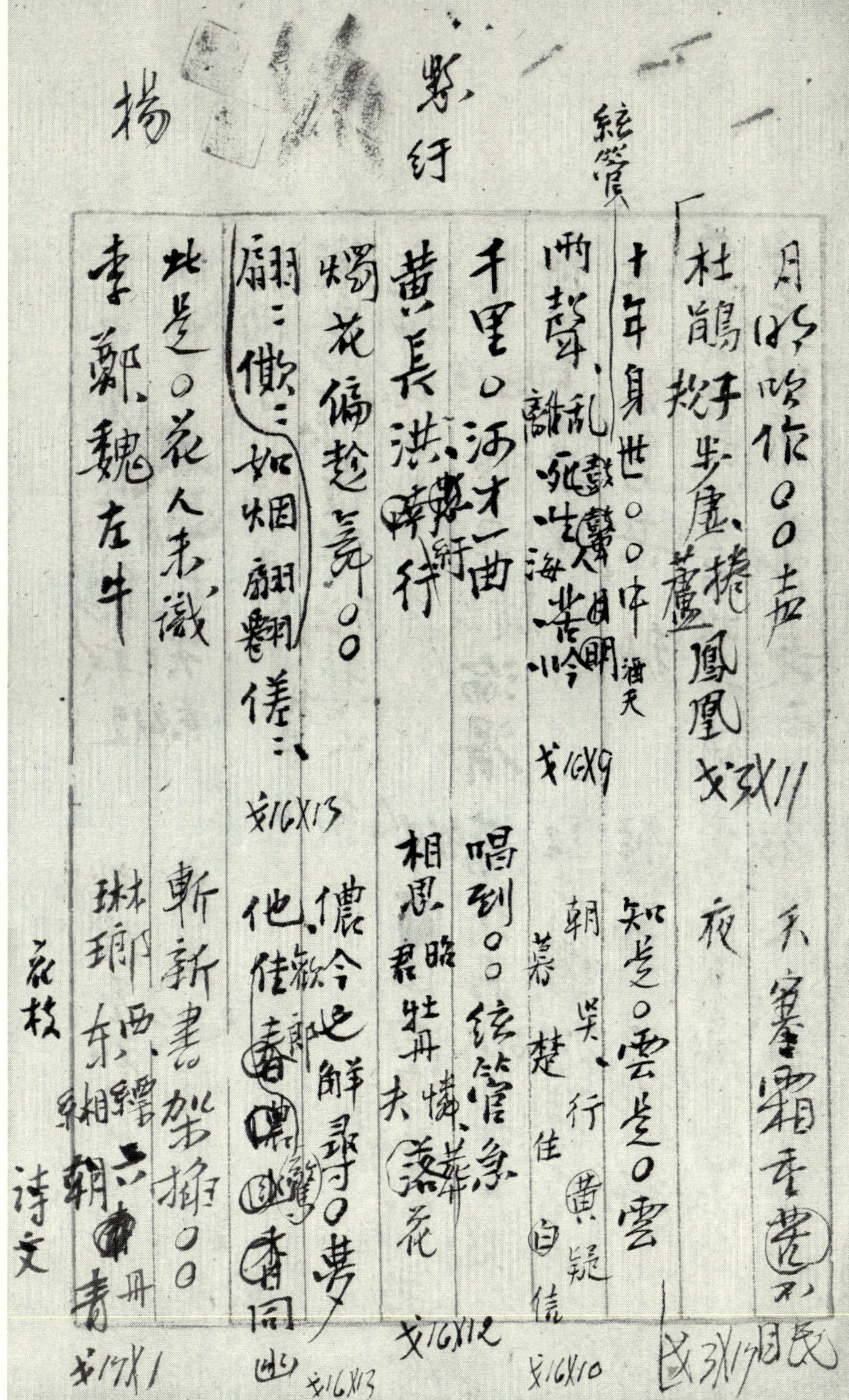

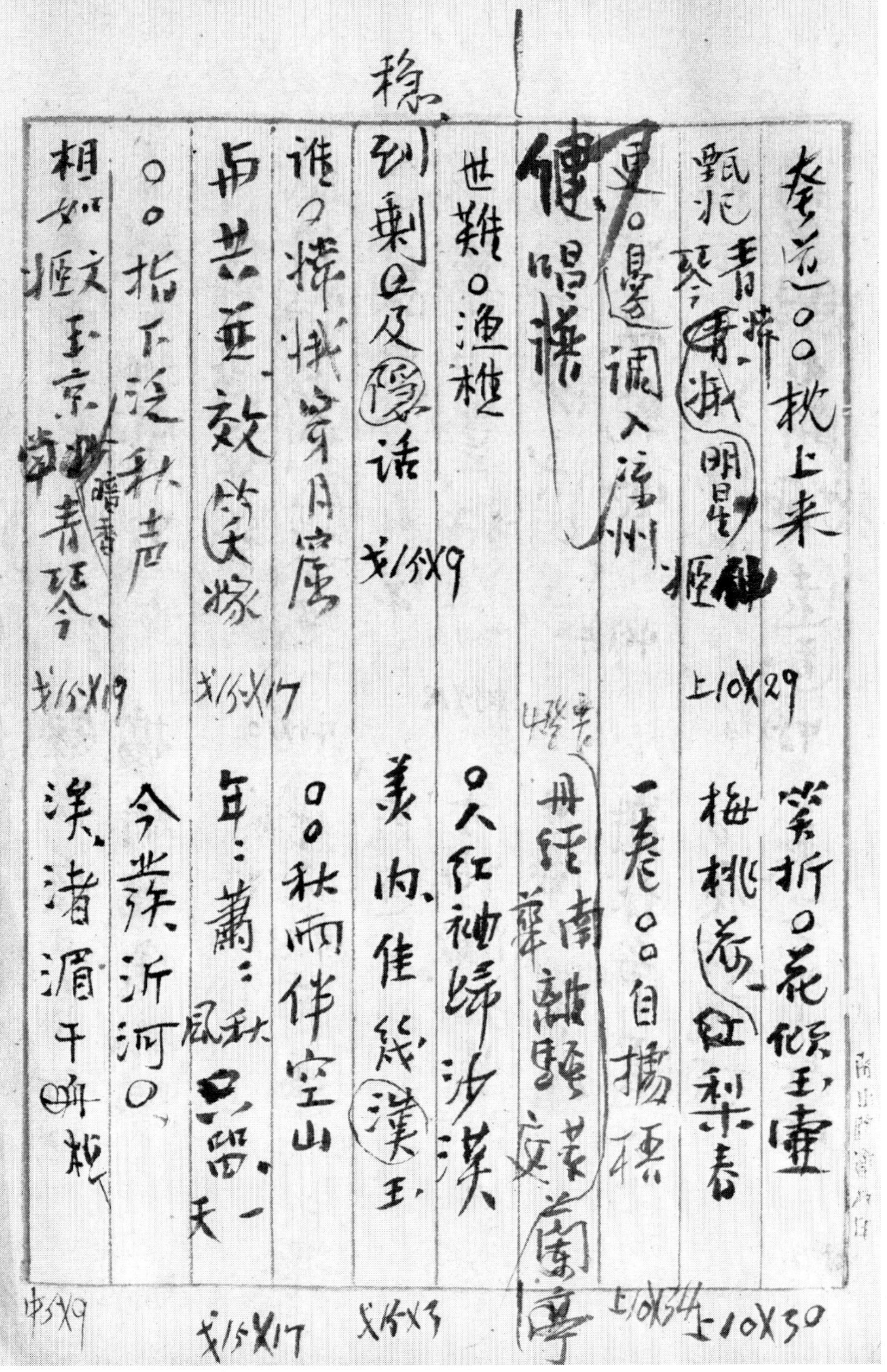

疑是太古○

春積、石物壁綠

○○虛名滿宇藏

巖[illegible]將字只剩有空羞說、

人生翻覆○有常

安、寧詎豈耶

一病西風添淚○

懸漣枯乾零

烽烟○○雖歸得

萬里[illegible]未不斷西地遠道、

鐘鼓落日看數山

據雕短金孤歸

○○故鄉何處是

[illegible]樹首回送遙夢望南為指、

窮途○○侍徑誤

方悔敢謂始覺漫說不豈是

世險○營祿、

雖休爭還空

○夜神魂擾

五、子午北昨

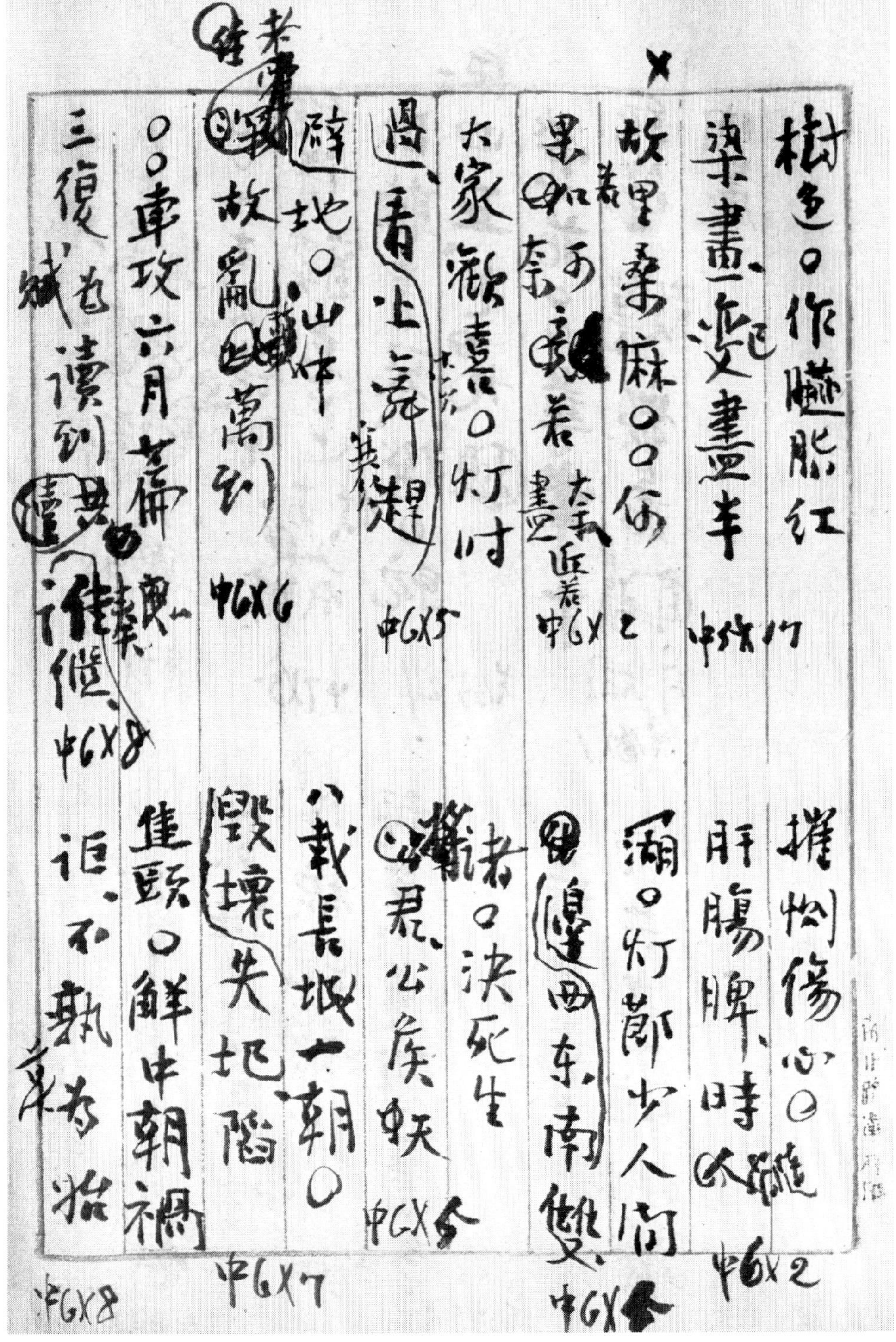

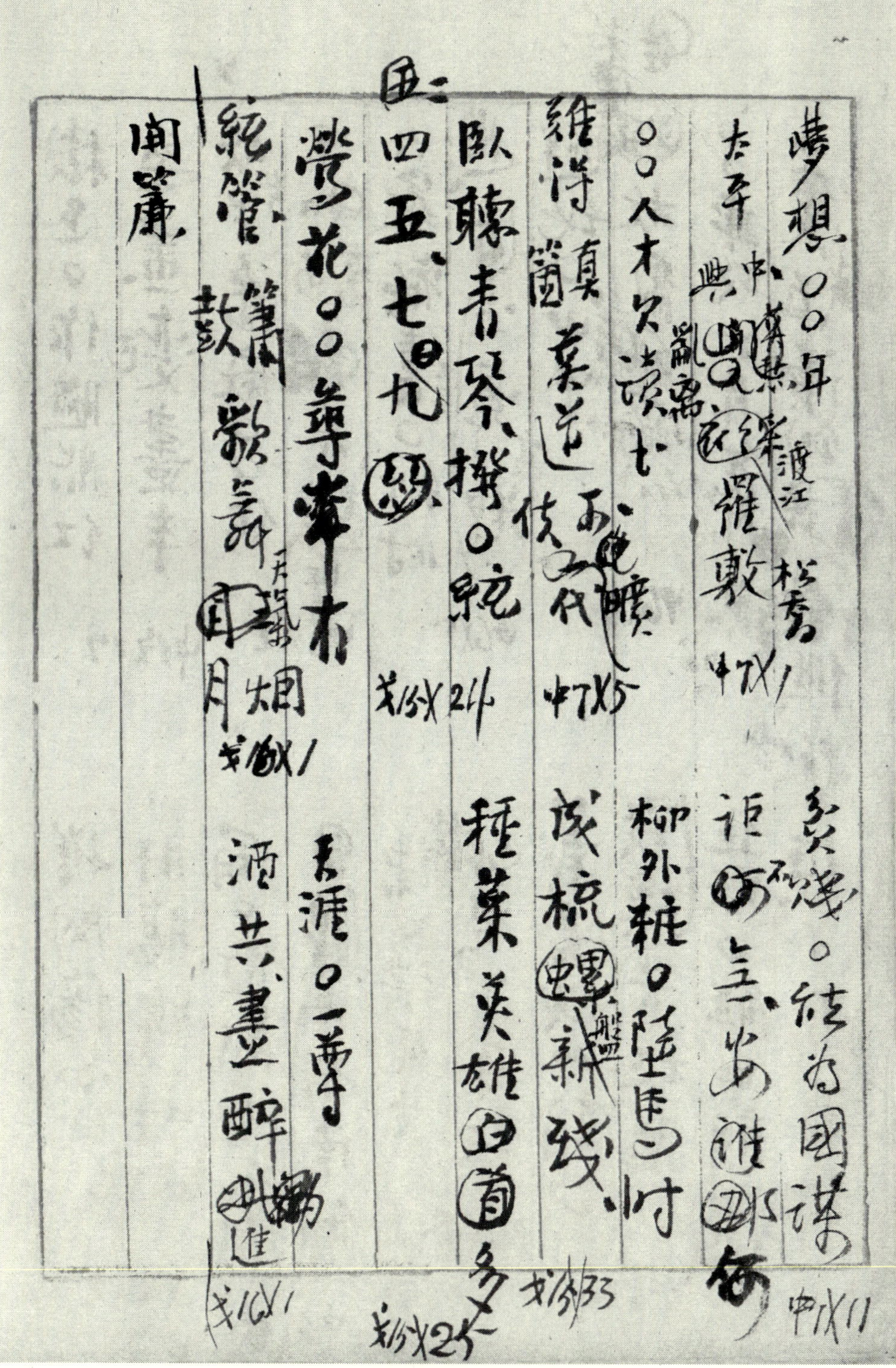

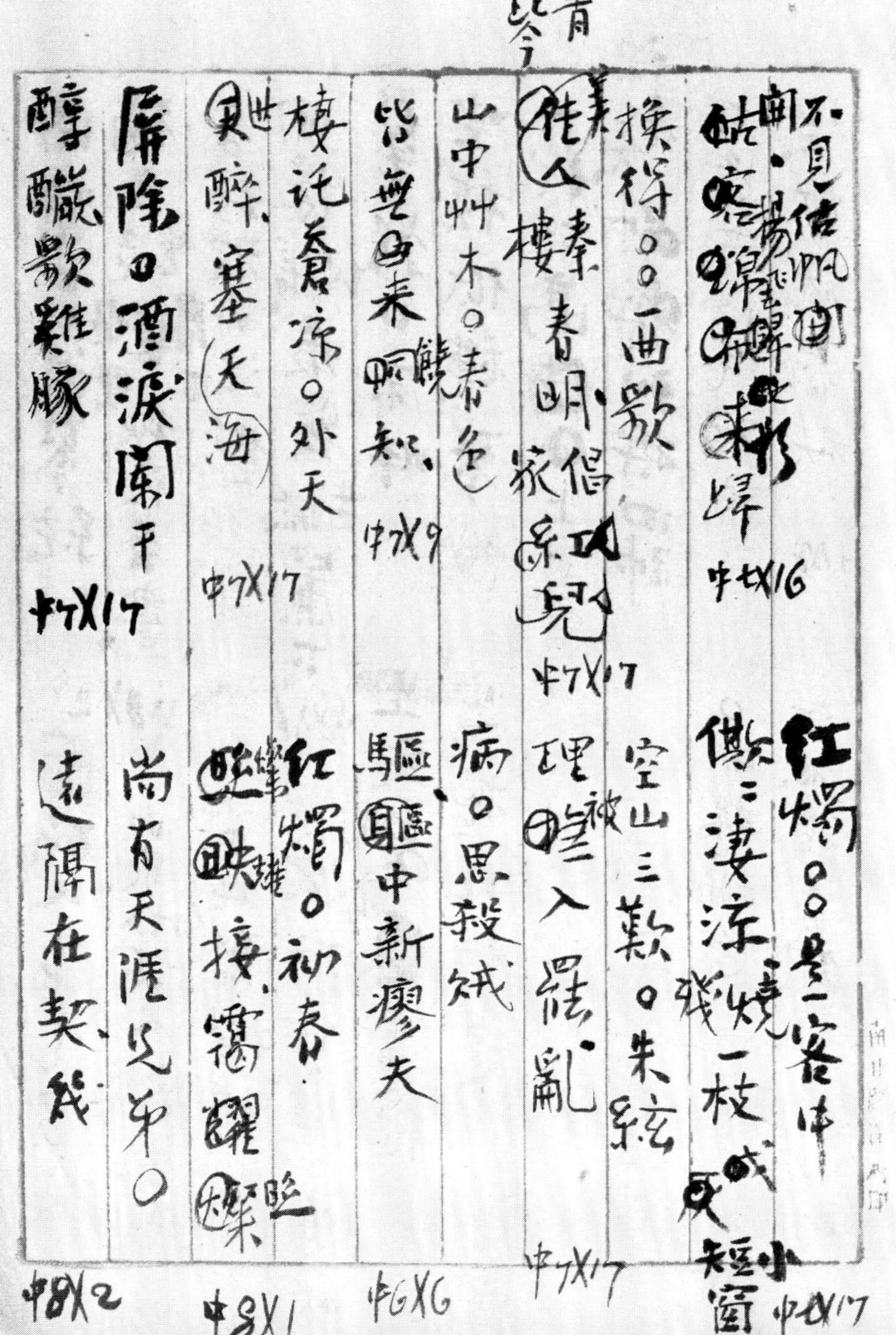

高齋○○調琴絃 路人道是○○妝

獨自坐危樓 秋夜春晝 中8X2 内家 時入内人後宮 勝花

○○秋波小注時 ○比碧擲捐

回憶江長 最愛去臨簾下 中8X1 愛玩寳 共考

髭鬚影○床畔 罡頭器闍府○ 專征

空横低禪琴 中8X4 寄擅任待是

一代功高○○上

諸鎮帥將列將四帥

相逢共說氣壯○ ○城楊柳色

雲虹就春秋 十N8 江石渭春風 中1X8 ⑦

中8X10 中8X5 中8X2

○○攬秋十萬程　忽比○瑤琴

孤雁陣雁鵰鷄、老鷲鵬翥　小X9　理搖響動、鼓　放X2

一川○漲夕　○○元住雪迹崖

春潮初秋紅、放X2　老我家知羨二仙有　吾君倘　放X2

○風吹落面荊詩　先生○外意

清乾、罡秋烈　放X3　言琴花醉詩　吟　放X4

○○重懷舊江山　○○拂袖歸來是

令人酣夢回感、傷悲來、放X5　當年时及見錢、他饒十分、放X6

揮軒○惜落紅多　○○乾坤古復今　放X8

更、應丏誰人　放X7　浩二納二渺二靄二俯仰

詩於唐宋○先後　放10

孔有偶、定[illegible]判

○絃調急難藏恨

聽七哀朱鷗、　放12

英雄○但[illegible]名

美女名得失敗紋　豪傑　放12

夜深寒月過○檐　放13

聰山空[illegible]疎[illegible]

琴不相隨仍○憾

縱枚伴[illegible]駕　放18

時來近富貴　早曉夜春　放11

細與蘭郎認○痕

去指舊淚月　放12

不怨[illegible]○夜長　秋風征人　桐梧　佳声　放12

亡國為西施

飄云[illegible]吴王　放14

閑逾閒庭○○花

君子女[illegible]官樣　放19

女節　待女　佛鉢　無塵

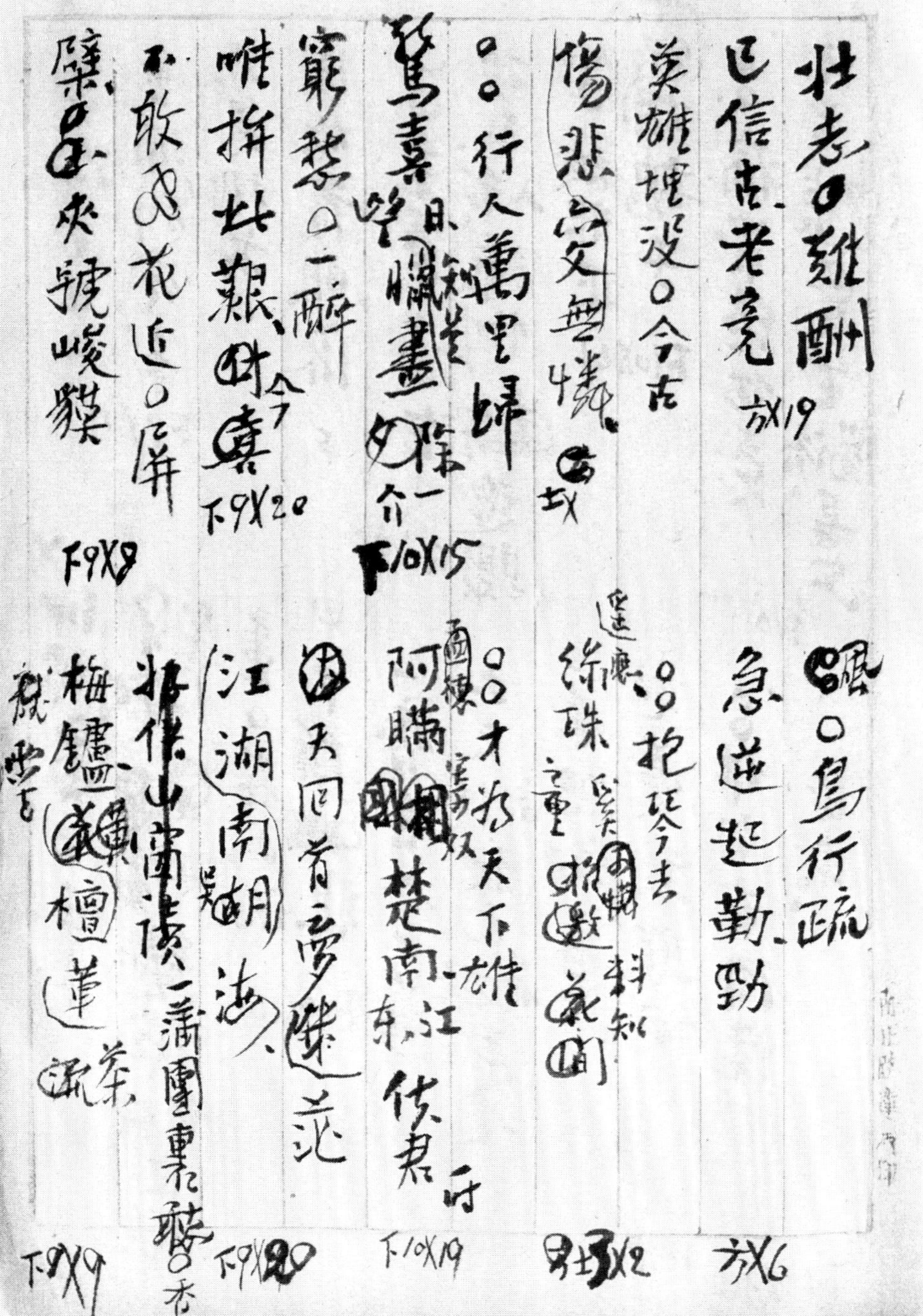

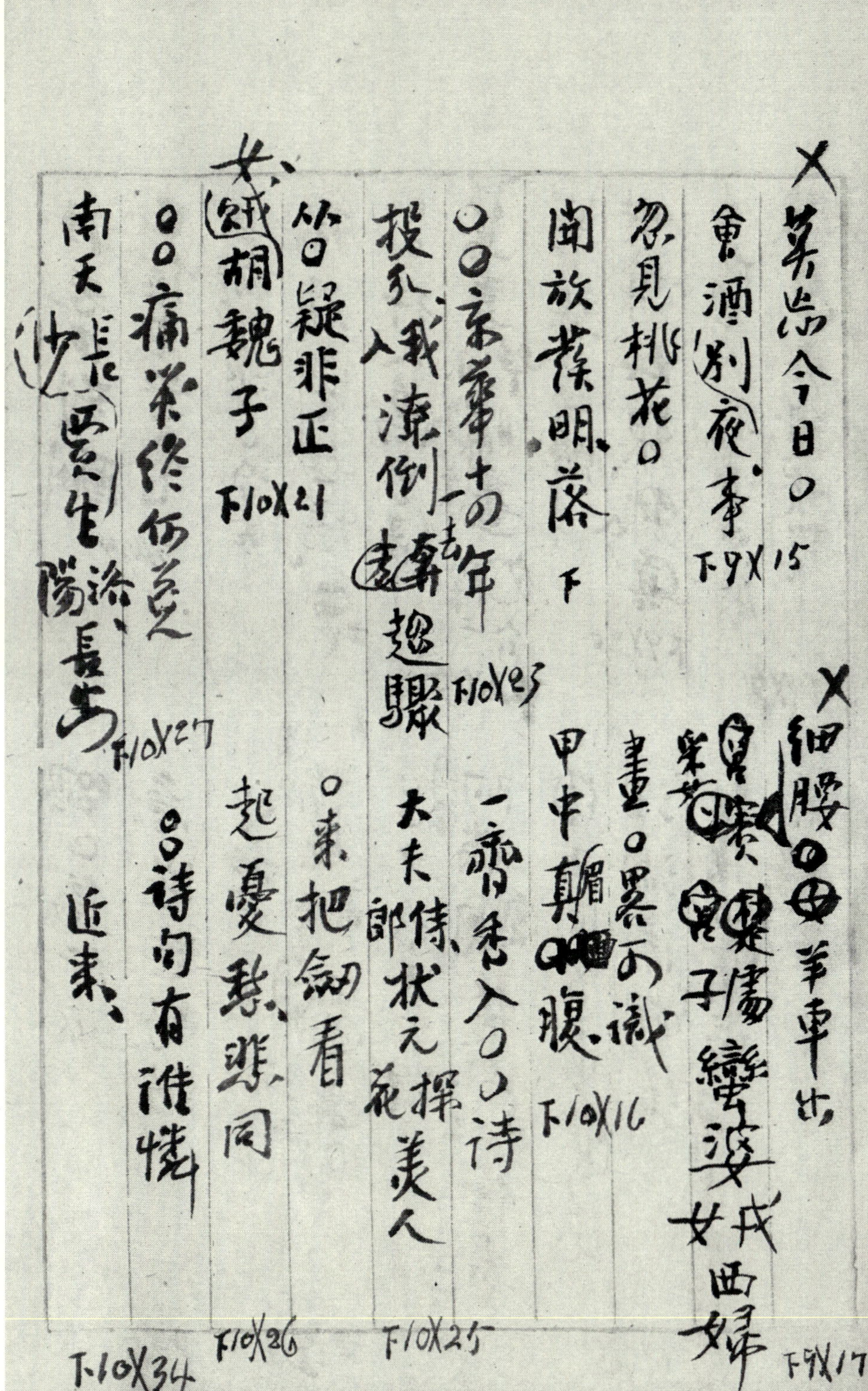

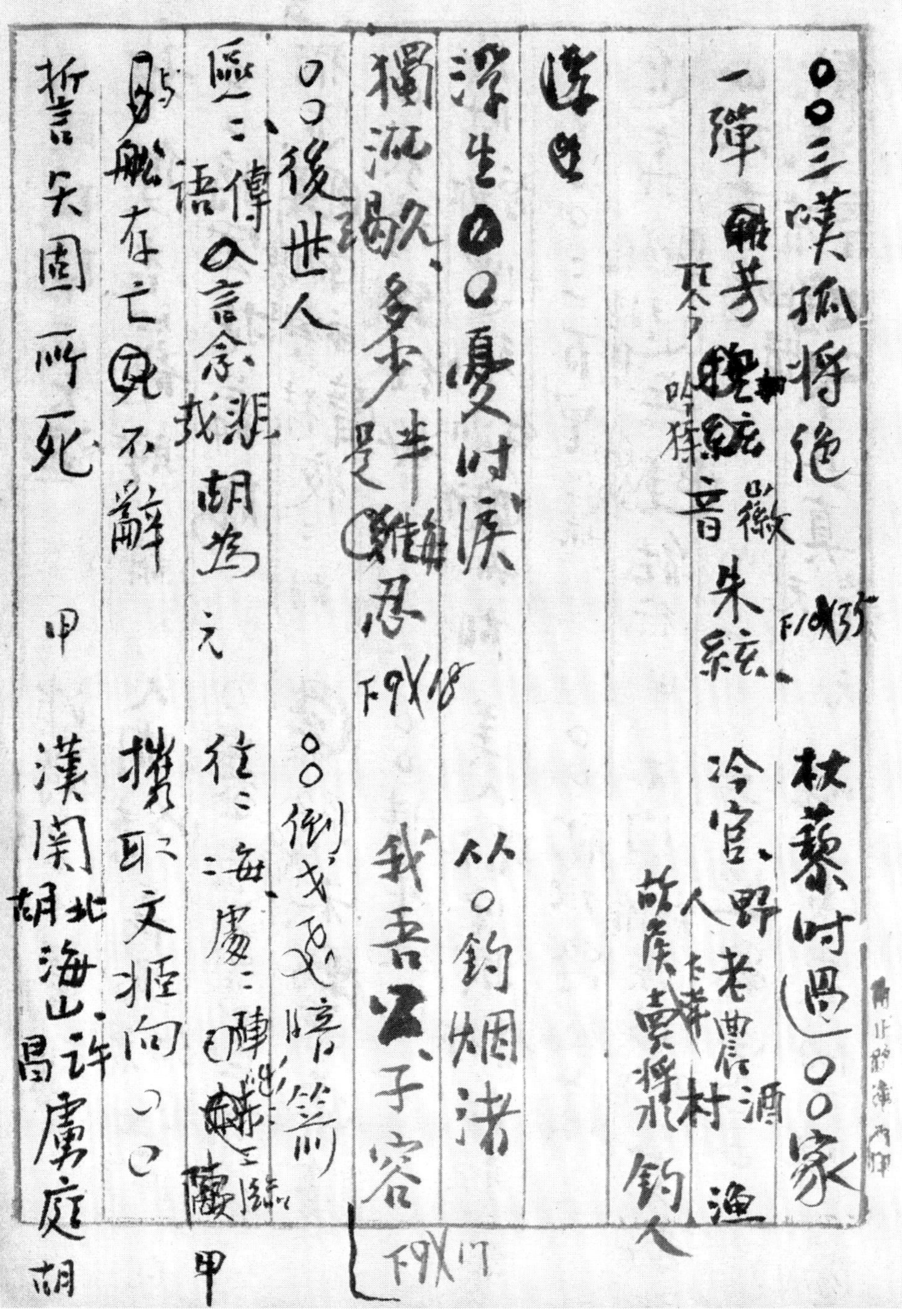

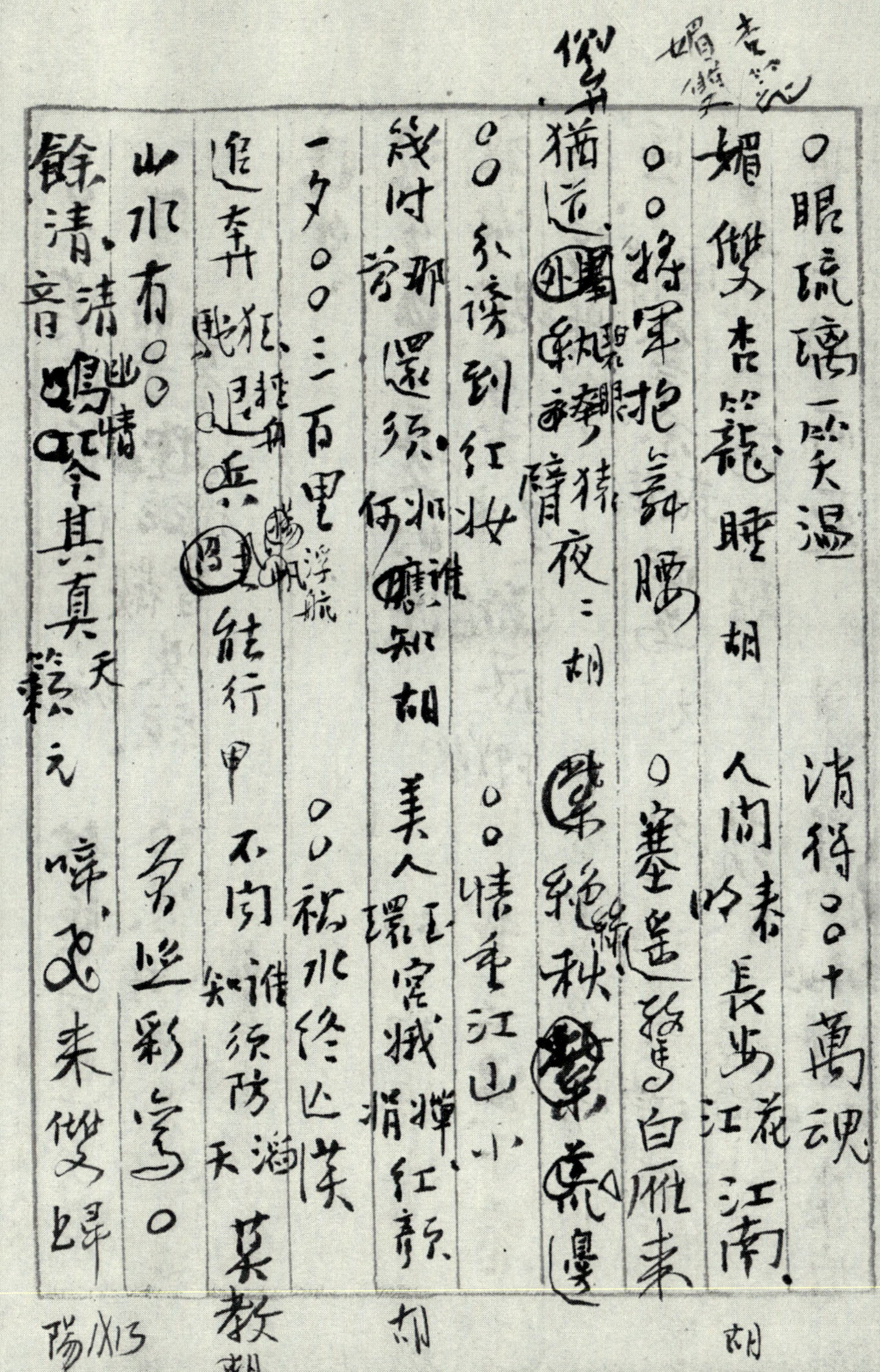

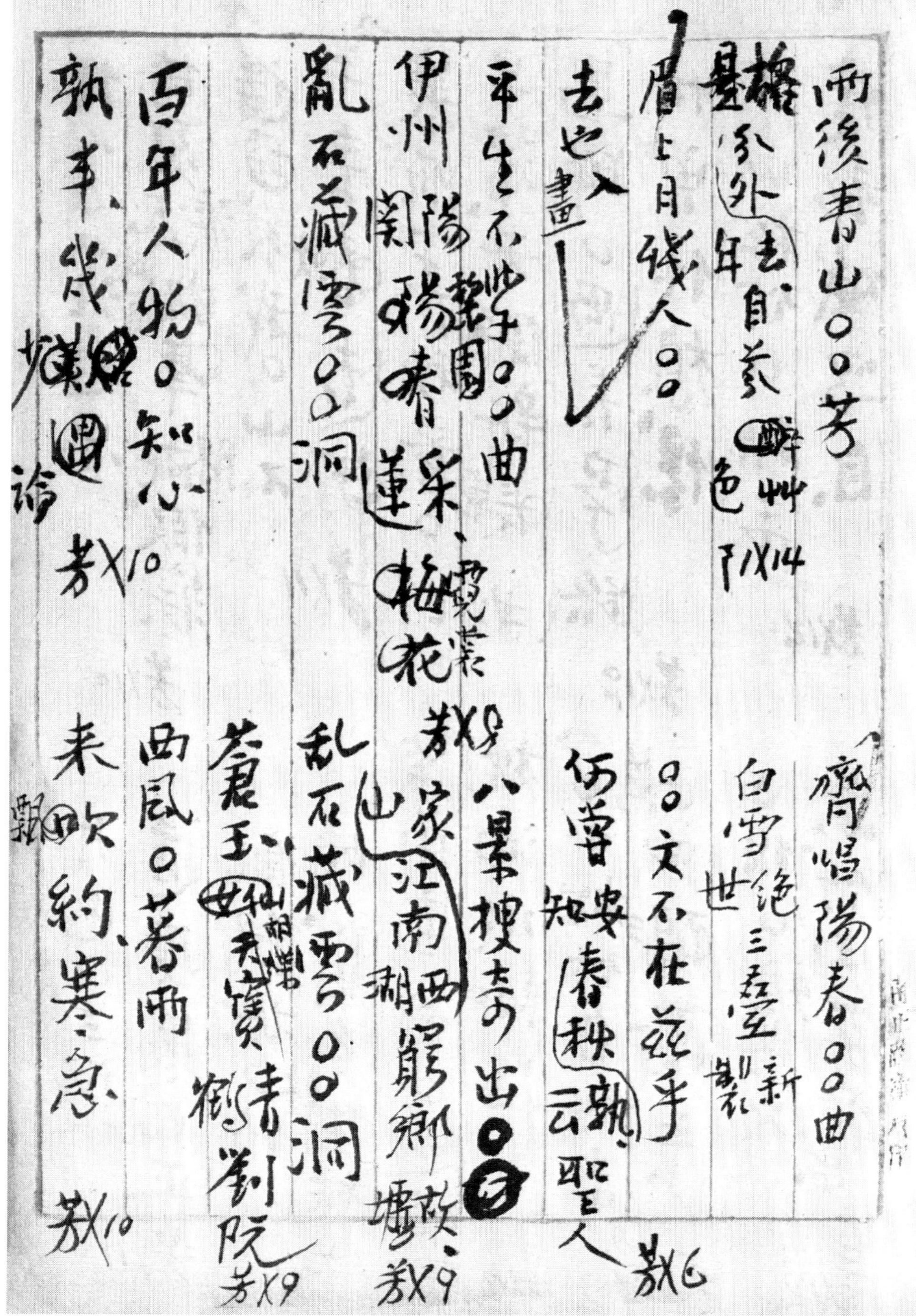

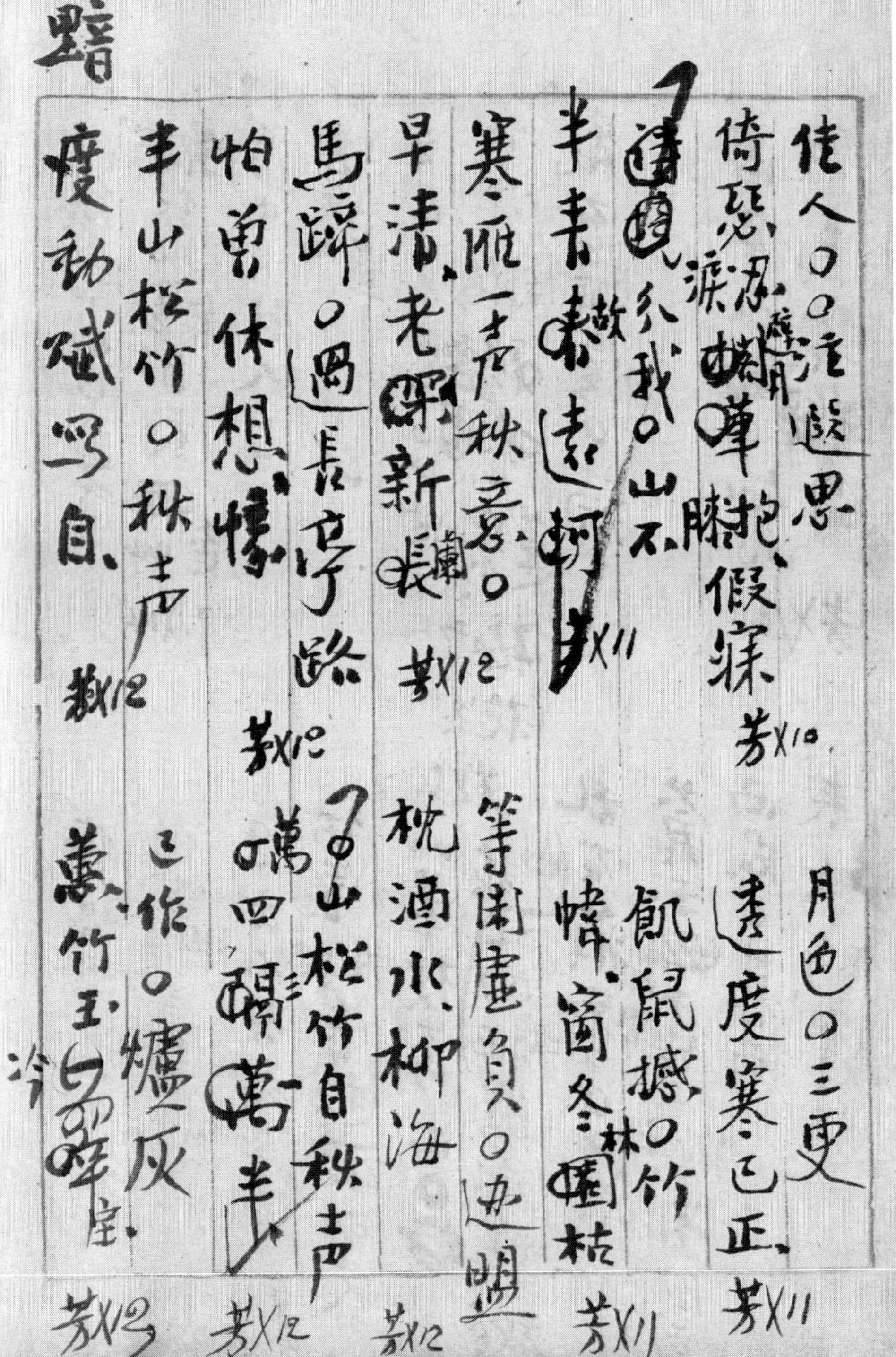

櫻桃

星河○靜夜

横、懸落明鵲渡 数×15

未了○○一朵花

金莖、牡丹紅蘭 太平 鳳凰 朝

○雨老黄花

久秋甚、積一 数×16

斷腸○○美○○怨

人謨詐難聲曲裏詩賦替寫、朝

歐乡舊夢日雖尋

渺便已漢、香 数×17

秋水誠○冷劍池

吟文泉赫我館 数×14

實際即○○

中庸誠哉、世難能悲非 数×15

○閑推剎啄

紫山荊門雲、夜仙山紫 数×16

江南○月付

二三の、八落

一曲○○人獨釣寒梅花

滄浪、漁歌水仙江 数×17

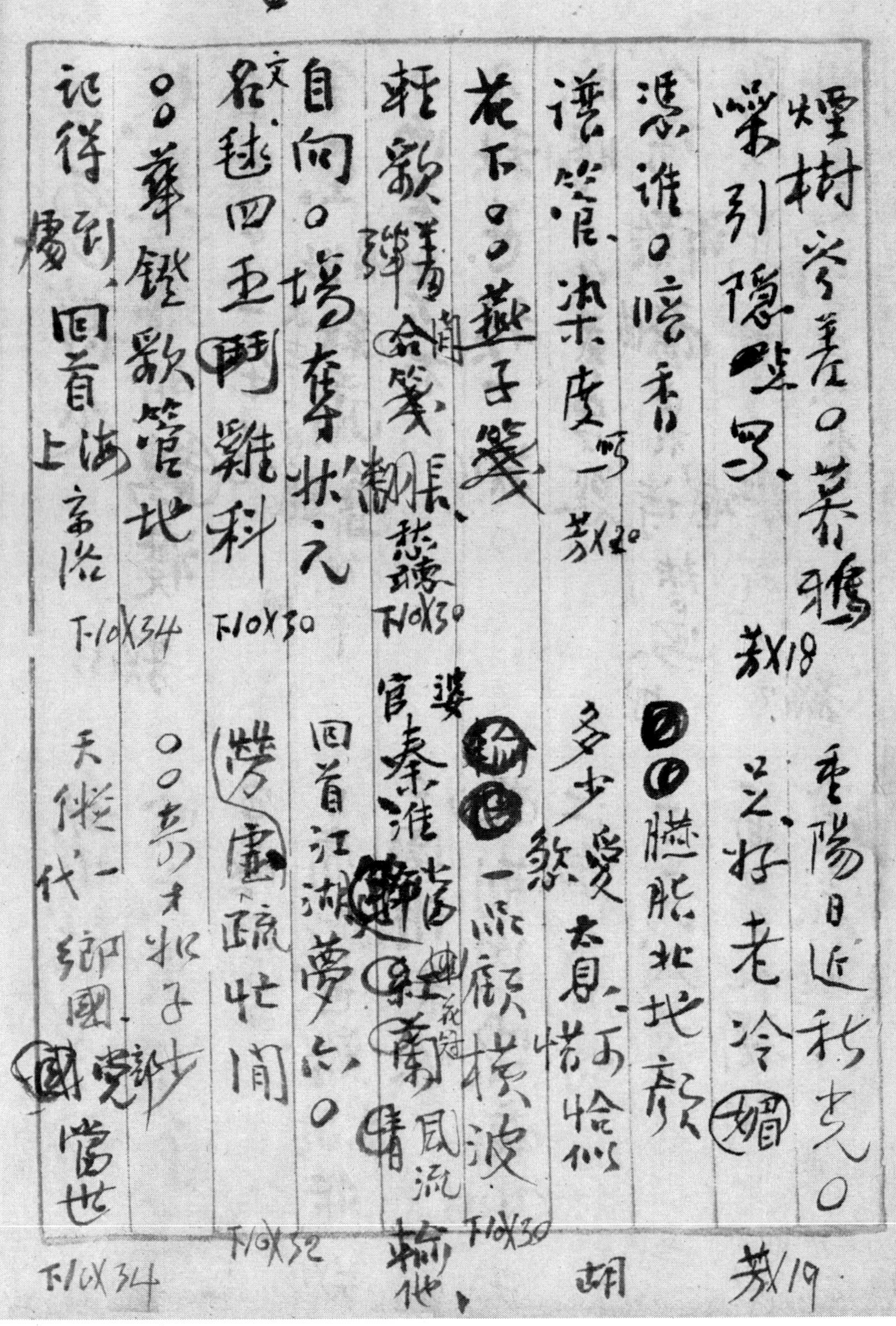

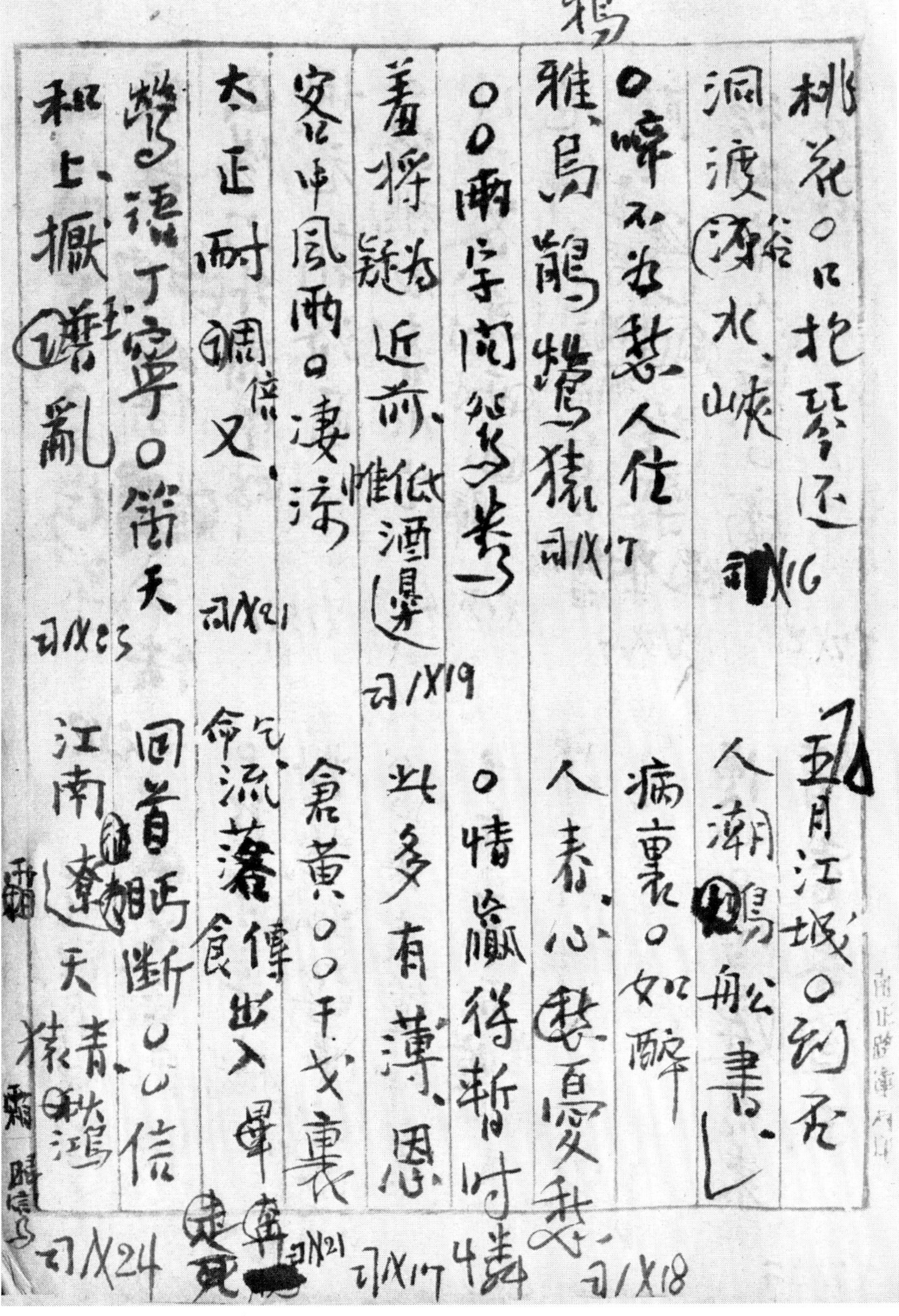

鴉

桃花○○抱琴还 司1X16

洞渡水、峡

○啼不如愁人住

雅鳥鵲鸞猿 司1X17

○○雨字闻

羞将疑近前、帷低酒邊 司1X19

安中風雨○凄凉

太正耐调又 司1X21

鸞語丁寧○箭天

私上撅亂 司1X23

五月江城○到君

人潮鴨舟公書

病裏○如醉

人春心愁憂愁

○情贏得暫时情

此多有薄恩

倉黄○○干戈裏

流落傳出入畢

回首斷○○信

江南天猿青鴻

司1X24 司1X17 司1X18

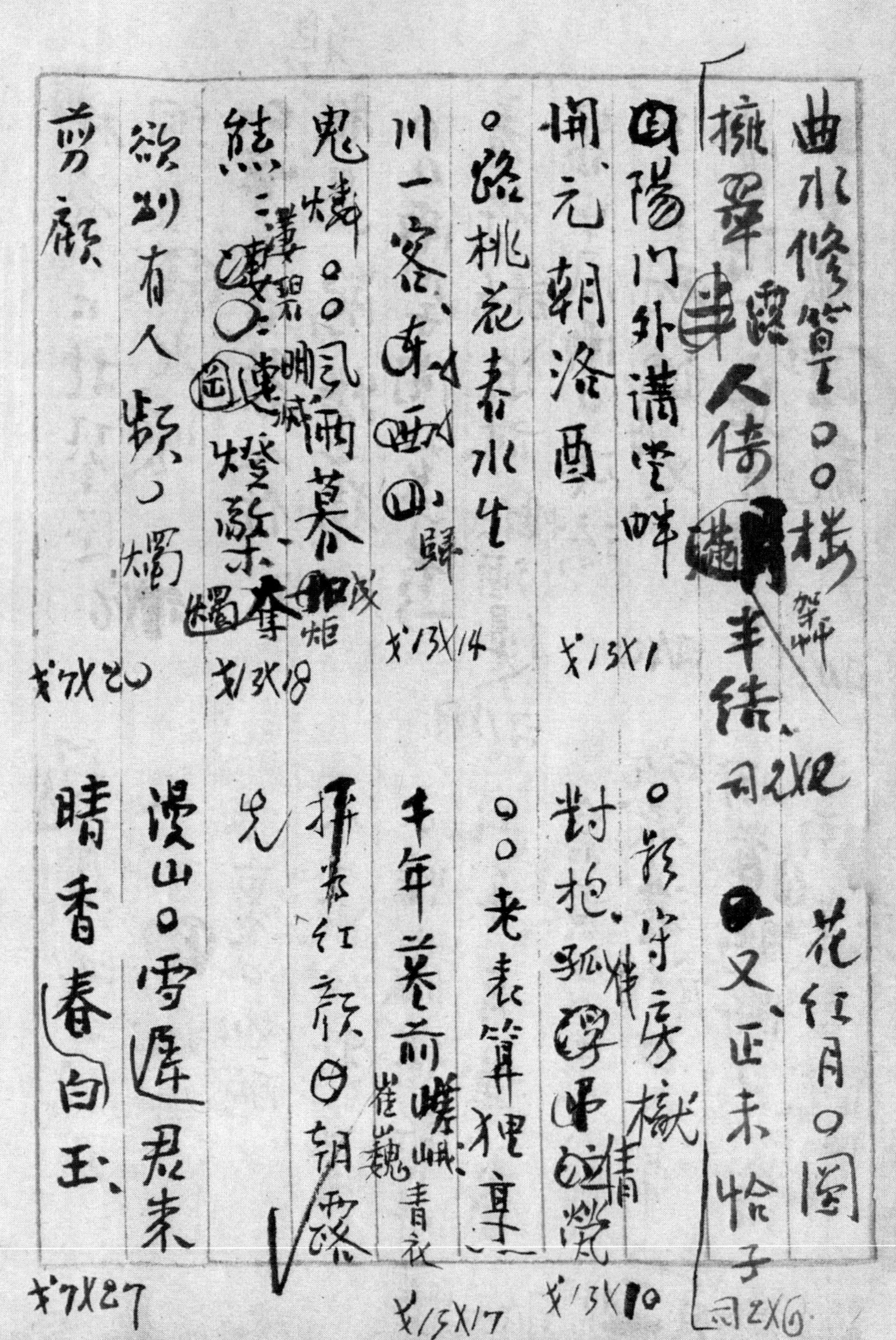

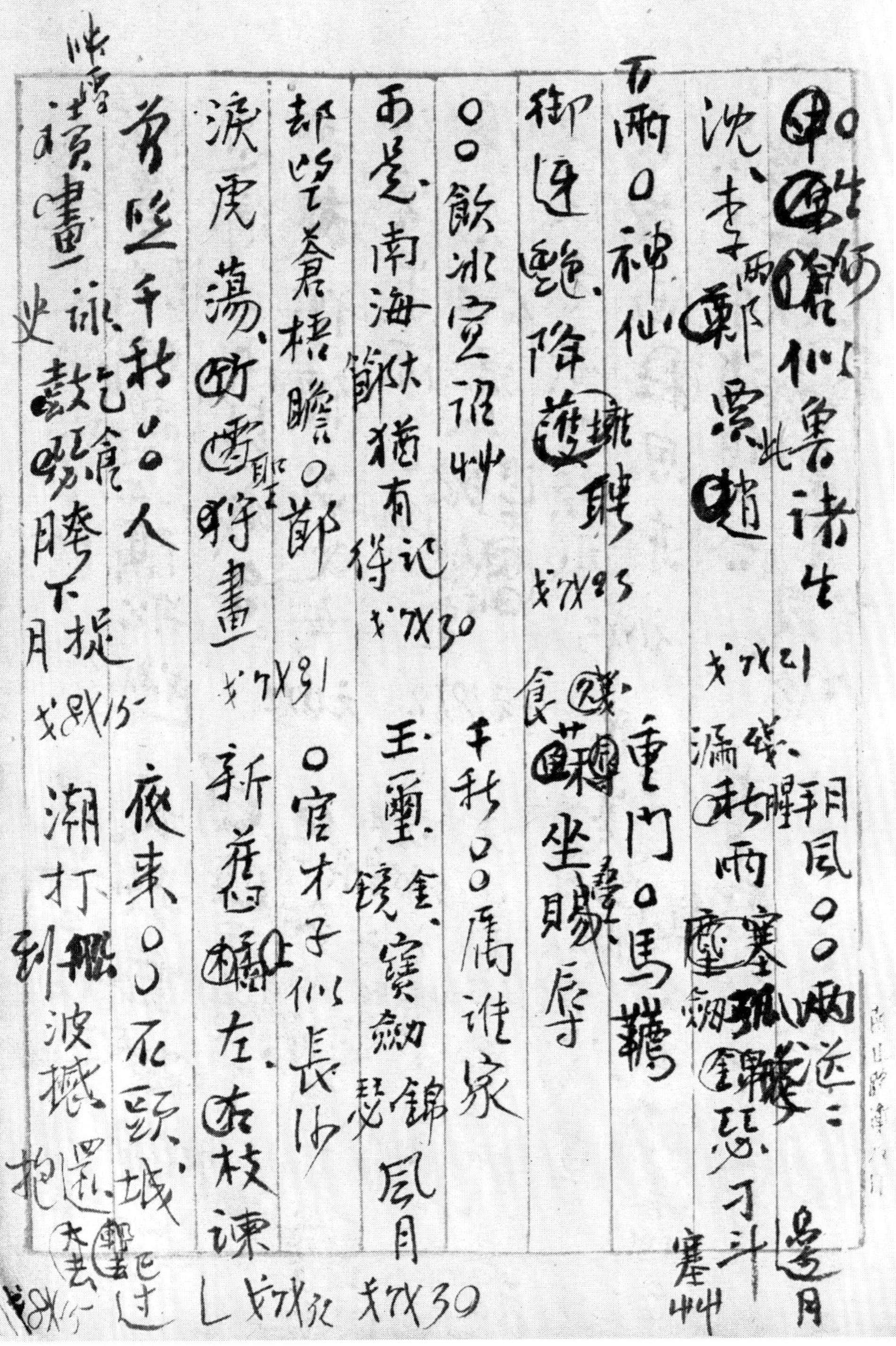

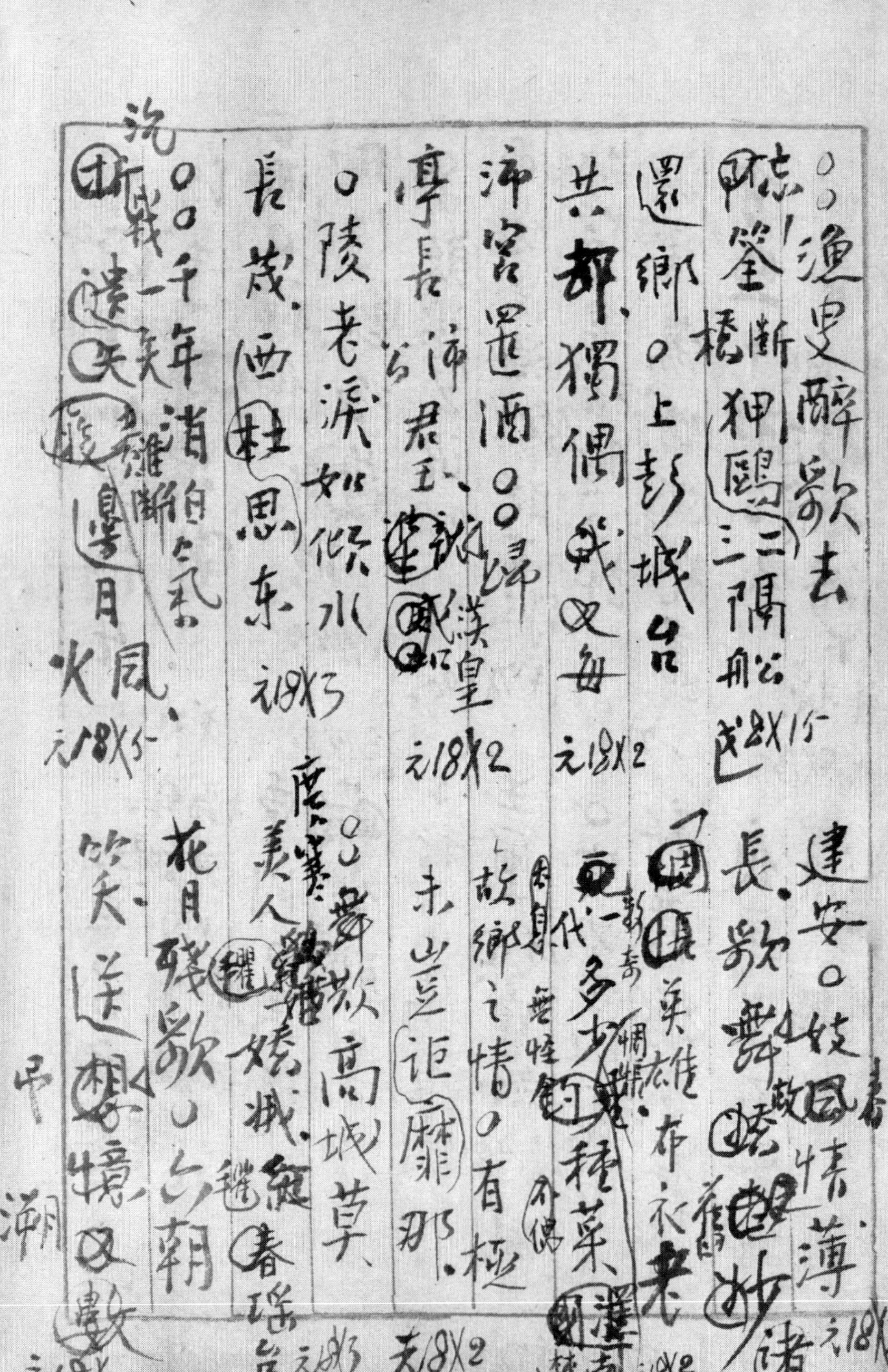

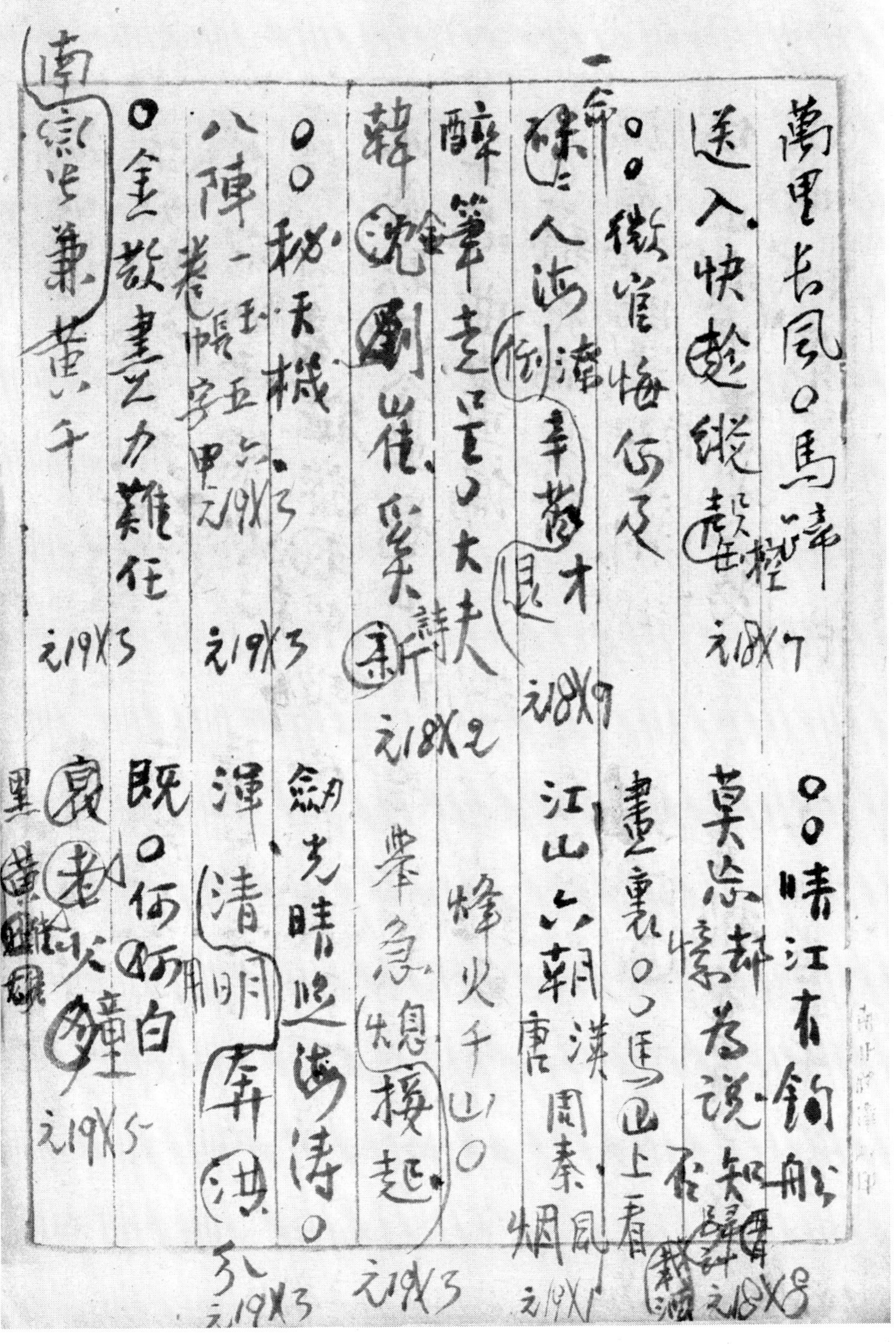

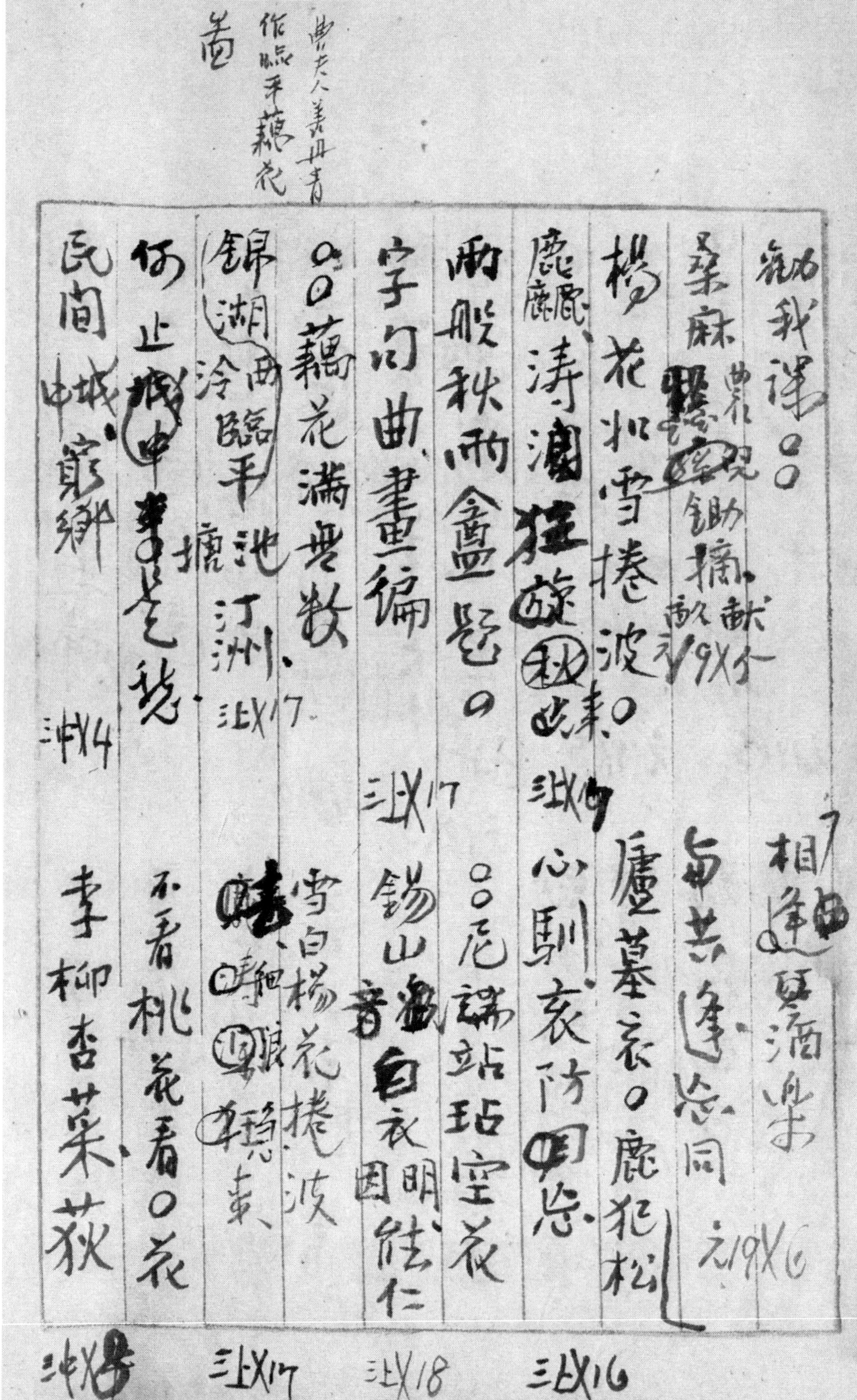

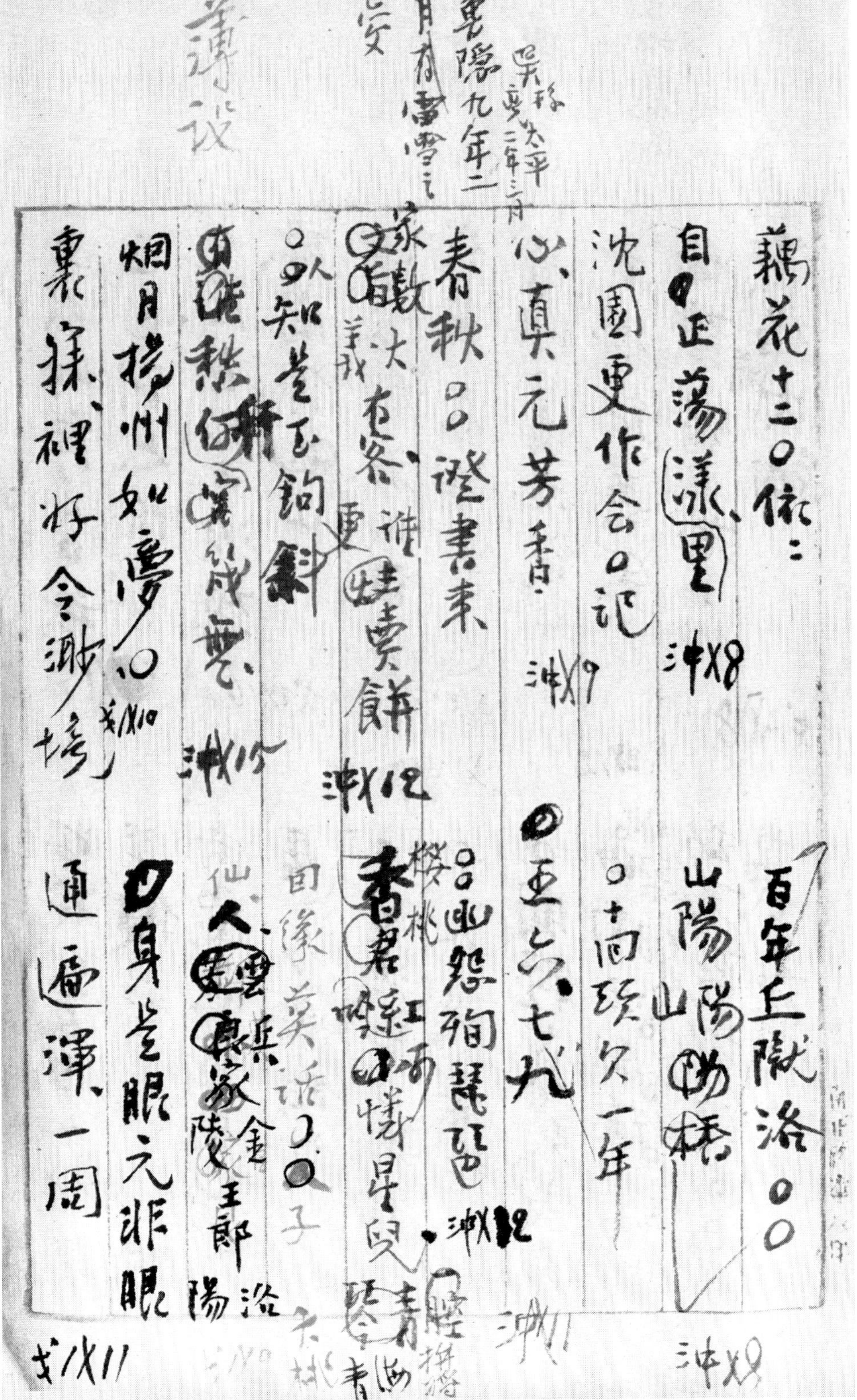

平分时序○中秋 戈1X13
正是到也、恰
○居每作中流想、 戈1X16
識閒獨出山
空谷梅花氏夢
往艹、雁過留異遠 出義○ 戈1X29
看取○家不鏡中
君卿錢吾袁 戈2X12
困韡霜刀掛也怕
衔、捎內納 戈2X18

好撑發白○銀河
笑儗辟言比喻
南飛恨月明○
屢多圖銷斜
干戈滿地○風塵
老各沙苦挹
○園種菜乃戎壘
山西南西閑陶东閑、山梁桃家○書秘佳○
劫末乾坤條○日
十九七五此戊

戈1X13 戈1X18 戈2X4 償戈2X17 戈2X18

悲疾 徐○疾 斷○
慵未粧 驚
大劫水火風
小劫刀鐽疫

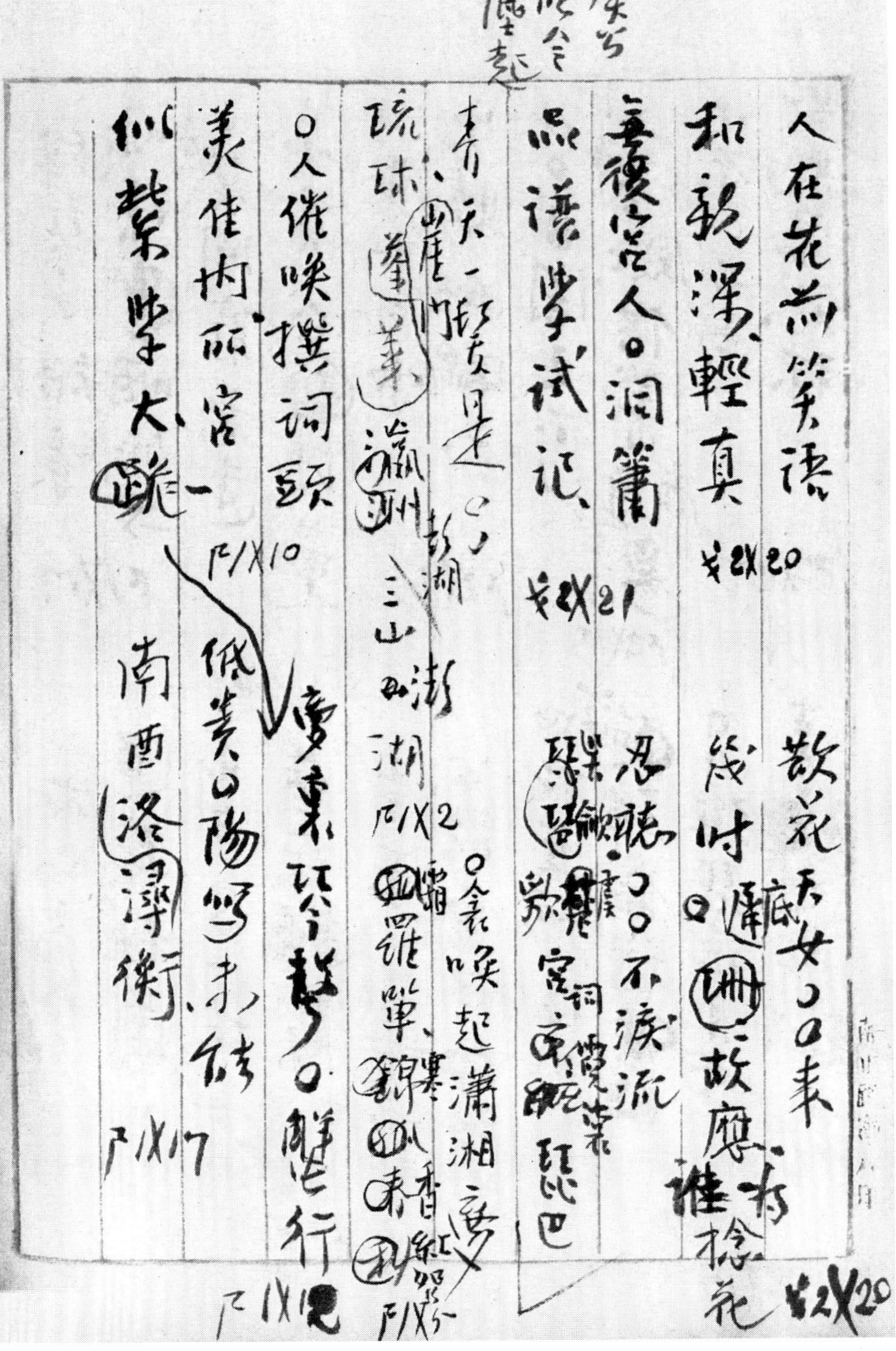

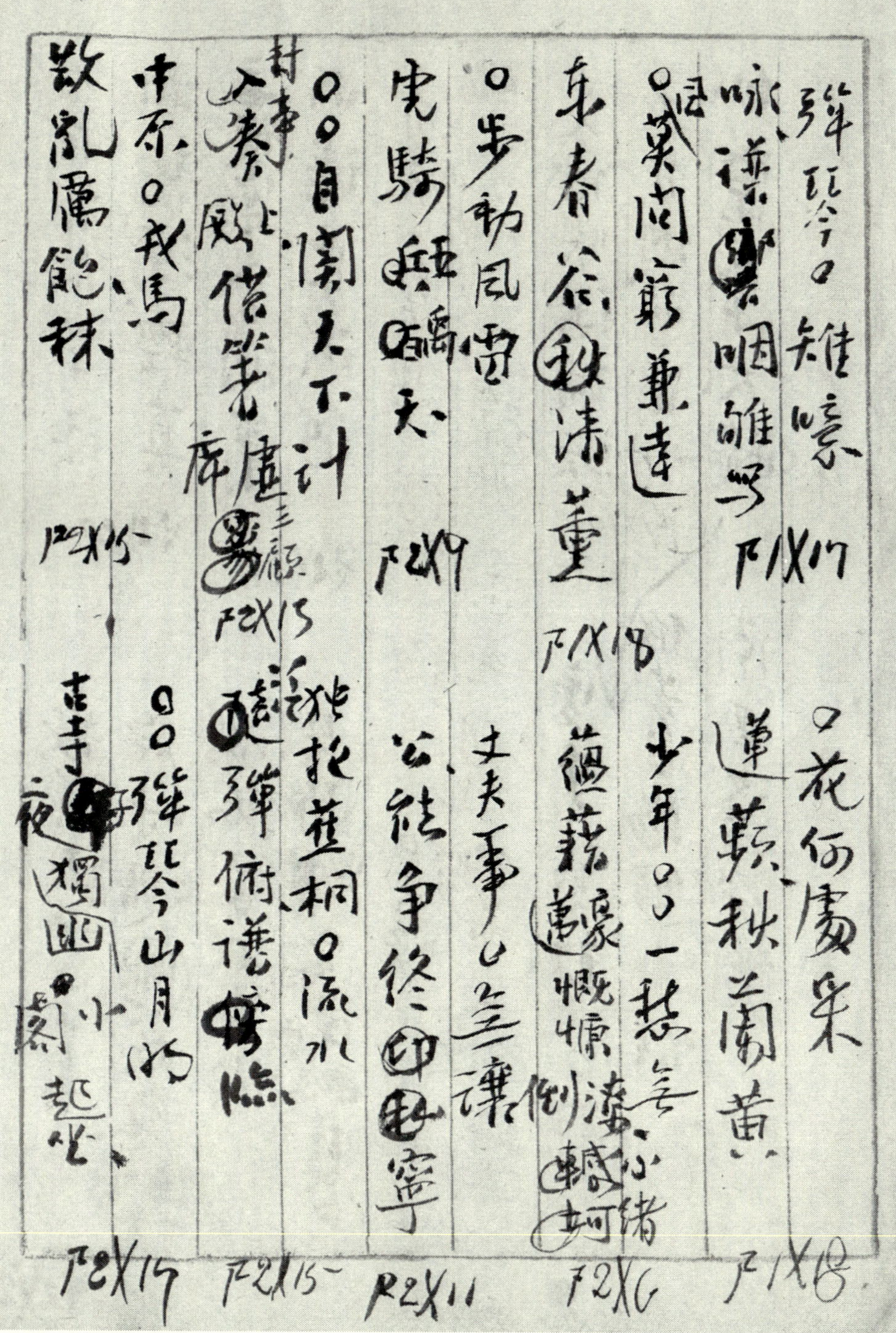

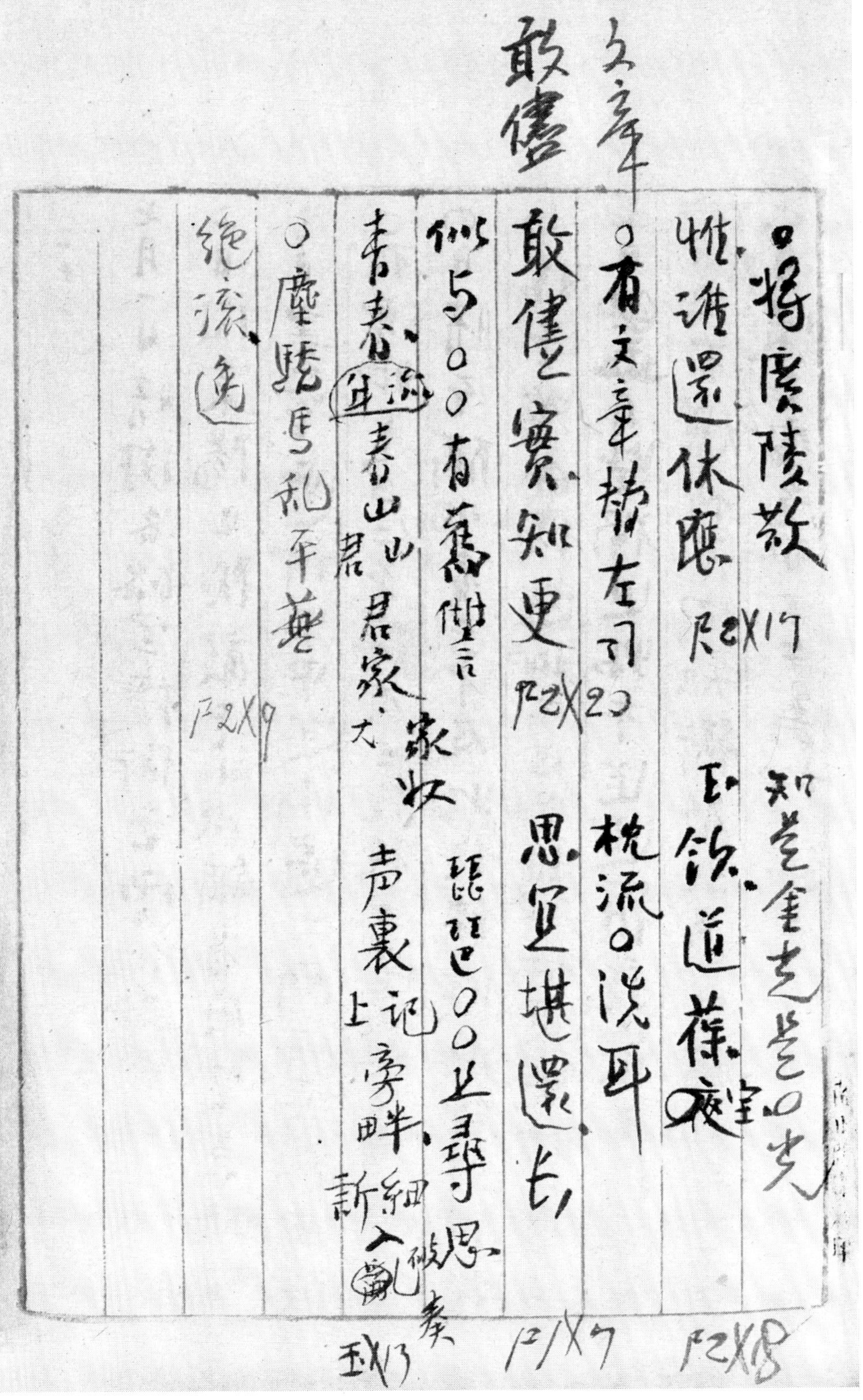

玄樓日記

民國三十二年元月元日晴早起詣會聚餐畢與諸職員共至朱主任家賀年旋至陳副主任家作雀手談下午四赴薛長官之宴共十二席二十人皆長官部同寅與有美國軍官四人女賓四人文官中識者唯蕭委員亮如一人座中有人言近美賓咸余斯在重慶中央大學宴會中見一學女生美而少吻而礼之女生大驚是爲中國女子於稠人廣衆中被吻外賓行吻礼之始昔曾紀澤初使英國英人有請謁其夫人者初不肯見堅請之始出於簾外斂衽一

福爾斯却入以為中國男女相見之礼止此英人莫敢非之自是伏英者因以為例附記言陽侯親穆侯而竊其夫人於是大饗食穆夫人之礼之俗文質循環今古已異何况中西之遠隔重洋哉今方將大同刻化日歐化美化蓋有甚于吻礼者此又周孔之所瞠目結舌而未必之何也返寓已夜途中見火炬游行以慶元旦摩肩轂擊絡不能車行亦西俗之傳乎中國者所謂与民同樂也是日立春為壬午十一月二十五日

二日陰寒去到會小組会停開一次即歸飯後偕淑心過正大至打靶廠訪松園夫婦得三希零陵十一月十七日

書知蔡氏已去费欵至萬五千元之鉅毒蛇噬手
壮夫断腕鲜繫皆周親豕為之三弟其否去泰
来乎旋入城歸寓知宋主任陳副主任鄭股长雷
股长等来賀年夜復三弟書
三日陰晴有令戰區軍人眷屬須離三百里居住
方挈眷来長不一月又當送歸閔征緬將領有載
眷以行者監軍頗以為口實婦人在軍中兵气恐不
揚古人已有言之者下令疏散固正办也晚偕淑心出
飲城南歸已掌灯得桂陽快信并附到蘇州姚老
阍信悼失而蘇產將為人所奪皆不祥消息也

四日晴出城南得朱石禪書一幅學嶧山碑而能運用自如纖嫌弱耳喜其詞故購之價三十金也其詞云人生得李青蓮之才思潘黄门之丰韵范少伯之瀟洒郭汾陽之威重石季倫之富豪交游则緣石知禪師侍兒则綠珠琴操歌伎则紅拂石濤奴隸则崑崙奴一人足讀書萬卷飲酒百鮮斛載米家船乘穆王馬遨游宇内不負花朝之虚夕月以樂天年亦復何恨歸得澤南嶽書

五日晴出城南看地得南大十字路二處尚有風景以價高未決求田問舍乃窮人事有錢人则直購之而已決不

求不得也，傷哉貧矣。歸寓已更定，日來頗有越貨而不殺人者，所謂冬防匪中應有之文耶？

六日　陰晴。傍往十字馬路審視地歷臧否，越白沙嶺過胖路，下天飛塘，略看房子數處，即到中和號款，紅點刺目，為之悔然。有間，歸，將昨作覆去信，饒平及蘇州去黃舜琴去饒平數月，尚未通問也。

七日　陰寒欲雪。飯後段佃戶來，今年徵糧捌石五斗式升，糯亦如之，糯價每石八十元，三成法幣七成糧庫券，稅繳為壹兩六錢。略談田間事，即匆匆出席會報，報會畢，至把芟廠，歸來已暮。是日改李貴隆并匪五百元改劉

基礼閱維克書

八日晴 晨起聞警 一敵機掠空而南 飯後偕淑心至松園家 遇郎陽蔣督粮委員鯤少 午呼入城 閱澤生歸 邱返廣設及開發南嶽事 尚為顧緒云

華盛頓七日電 羅斯福總統對于國会之每年咨文 保證可獲勝利 美陸長史汀生言德在北非洲空戰 時損失幾倍于美 其船隻及設備之損失尤較盟國尤大

九日晴 侍閱 敵機日前轟炸曲江北區 燬房屋若干餘 炸死傷亦眾 故今沙市亦復有日中不市 聞警疏散之令

十日晴 到会 開小組会議 研究限價問題 晚出城南督

地，夜歸

十一日　晴　半起清理積件，平生殊以此為苦，而收心必整齊之後有條不紊，則苦之所者也。

十二日　晴　寒甚　欣悉吾[illegible]國府令云：互尊主權原屬國際之公誼，獨立平等尤為建國之始基，溯自清季以還，因吾國勢之不振，受不平等條約之縛束，蓋已逾一世紀之久，愛國志士呼籲奮鬥，未嘗一日忘此，國父遺囑之昭示，亦視不平等條約之廢除為最短期應從其實現之急務，現本府已與美國及英國政府分訂別簽訂條約，廢除英美在華之治外法及其他有關之特並各廢止一九〇一年九月七日在北京締結之辛丑和約同時英美兩國政府宣佈上海與厦門公共租界内之行政與管轄權應歸吾國租界内之所有權利亦均放棄其與英國之簽訂條約英國政府更放棄天津及廣州租界内之各種權益此外英美兩國復將其在吾國内河與沿海航行之權一概取消上項條約之締結我全國民及文武官吏之不斷努力固開其端而英美兩政府一九四二年十月九日之友好之建議實促厥成其合于吾國四萬萬五千萬同胞一致之願望而足以恢復正義和平之基礎舉世周知今吾國既獲以完全獨立自由平等之地位與維

護和平正義之國家齊驅並進自必益懍其所以待之之艱難淬勵奮發自強不息冀毋負友邦密切合作之期許凡我國民對于各友邦人士應更宏揚其自尊自重之心懇切講信修睦之訓申誠相與務使一切言行悉合國際最高標準藉與友邦共負重奠世界之重責自進人類于永久之和平特將此旨昭告全國咸使知之此令

十三日晴寒　日前吳參謀長逸志有謁文正公墓詩二首中秀張默君和之云江天長仰先人像保衛屯田此教勞志聖希賢遺訓在樹人立法獨功高起衰一代成風尚歸命群流任鑄陶激氣燭霄獅子上還看壓海障狂濤　鈐

韜決勝動神明經國忠猷給遠宏禦侮應先施德化興
邦首要厚民生湘饟勉替天行道倭島終看寇盡平
代有才士回大運五華差可繼龍城

十四日晴 得三弟书

十五日晴 擬和吳詩未就

十六日晴 金副主任陳宏春內調派周寰章為本團
隊長

十七日晴 晚赴周君之宴

十八日晴 公讌陳周二君

十九日晴 得陳石船翁東陽寄詩一首

二十日　晴　得王芸閣重慶書　晚羅澤春來談更定而去

二十一日　雨　訪羅澤春于陶宅　夜雨歸　得三弟電

二十二日　晴　得一中重慶書　和吳詩成　仍有未安處　其詞云　烽烟江閣想人豪（南京曾公祠有畫像懸一小閣中　上書江天小閣坐人豪七字）太息滄桑夢亦勞　萬户侯封徽歎偶　湘軍志作吏名高（王湘綺與黎蒓齋書言曾公事業在湘軍志者殊炳炳　而沅甫以為謗書）精忠又見揮戈魯　活國遥蹤運甓陶　百世依依隆墓祭　東南半壁鎖洪濤　素志惟從澹泊明　外王内聖幾人宏　非敢不肯同涯旦　背德甯甘聽蒯生（時有勸公將兵入京主持大政或扎營雲南者　皆不聽）　叔世斯文天未喪　薪傳遠恨海絳平　[illegible]

皆欲成公之志而未成者　九原此日應呼護好待將軍破虜城

二十三日雨　立議約購造化塘地基交定金五千元以三

星堂任契作保押

二十四日晴　早到会主持小組会議　研討問題為平華新

約

二十五日陰　晚宴客：為毛松圍夫婦謝　夫婦陳壽

丞彭楚珩譚生振威更定婚期

二十六日陰　新幾内亞戰役已結束歷时幾一年

二十七日雪

二十八日雪　得寵窈二妹函及重持來映潭重慶函

二十九日雨　三十日雨　三十一日雨

二月一日　赴会与谢汤二君定租新軍路一百零五號房歸得寵容電言決即赴渝悔不攜小涓來長与殿心榮ゝ若有所失者竟一日夜天作厄我之甚而人情乃真薄于秋雲耶

二日雨閉門不出胡君濟石來少談即去晴後楊妄聊冒雨同出至一茶寮訪胡君及雷李兩太太李太ゝ爲北京人善平劇自言爲厚之ゝゝ姨甥從學崑劇不禁令人回憶燕台花事之遊蹟然神往暮歸寫三本照之齋閣ゝ

三日晴閱越縵堂日記載洪稚存北江詩話云作家
書最難魏文帝典論引里語曰汝家自譽觀汝
作家書常以此觀親友其家之簡淨明潔者
必善為文余謂善作家書者必能理財治事
四日微雨寒甚欲雪晚到会聚餐旋至八角取留聲
機及錶錶已用三十年矣返團年小飲僅余夫婦与澤
生及其拘泥の人守此長久作也改敵湘卿陽又寄示得
五日陰此二癸未正月翔以子正一刻之後立春元同日百年
僅見俗傳為吉利之年微心於立春時立雞蛋盤
中批秘磁吸鐵農家氣候之準有非科學所能盡

其受者。是日政府定為農民節，又於宜佈平等新約。三
天黎明起，盥漱畢，祭祖如儀，與澤生互賀。十分
簡靜，令人念小捐不已，此時當入黔界矣。午後胡濟
四日晴。子震夫婦來少坐去，挽園總隊長湯玄任參謀處
股長等來十餘人來，室隘不能容客，或坐或立，畧談
散去。晚偕淑詣王家致賀，羅卜閩來。
六日晴。王彥虎來，留同午。留同蘇仰吁瑞來，午後偕淑
出詣各處答賀，并至往賀羅母生日，夜歸。
七日晴。飯後毛太太來少坐，偕淑至王家，予赴宋家
之宴，并答同事之拜，夜歸。閱桃花聖解盦日記載桐

事古詳以嗜琴錄之

今年新植梧桐一樹，皮青，五六月間開花，五出，如牽牛花而小，瓣中赤而外微黃，蕊亦黃，結實如豆莢，旋開如瓢，有青子綴瓢邊。按《尔疋》：櫬，梧。注云：今梧桐。又：榮，桐木。注云：即梧桐。段茂堂據《齊民要術》所引，謂郭注「櫬，梧」下當本作「今梧桐」，皮青者，後人刪節之耳。《說文》：梧，梧桐木。一曰櫬。又：榮，桐木也。桐，榮也。自賈思勰《齊民要術》、陶宏景《本艸注》皆分別青桐、白桐，而其說互異。要以賈說為長，蓋結實者為青桐，不實者為白桐。而青桐可專偁梧，亦可偁梧桐，白桐可通称梧桐，不得専称梧也。然白桐亦有花，青桐亦有不花者。月令季春桐始華，夏小正三月拂桐芭，此白桐之花也。其材中琴瑟。羅願尔雅翼謂桐与梧既异，而桐之中又有其數種者是也。青桐南北皆有，白桐南中為多。白桐葉較大，其花未嘗目驗。青桐之花，似今粘譯玩之，乃知陳見桃謂白桐開花如牽牛花，而色白心微赤，實長寸餘，殼内有子片，輕如榆莢者，此誤以青桐之花實為白桐也。郝蘭皋謂青桐四月開小黄花，白桐花紫黄色者，此誤以青桐白桐之花互易言之也。至詩所謂其實離離者，羅氏謂其

子可以取油乃桐之又一種其說良是今桐油南中所出

于未嘗見其樹段氏郝氏謂指青桐因言青桐

亦可單稱桐其說恐非陳氏以作油者為罌桲按

本艸陶注謂罌桲桐子之說又不合矣蓋古今之

艸木之質性有安而終不大相遠其有迴異者多

由誤認如蘩謨誤讀勘學以訂其差譌之比此非

參考群書目驗實詢不能遽定也聊拈出之以為負

識之助

八日晴飯後偕淑心往毛家時有激言根累坐步入

南門至大華看電影為香妃故事光不佳無

足觀返寓，已暮。澤生之大姪女携子女歸寓，夜深二
弟父子去。
九日晴。　十日晴。為小猶改其父映澤去信函三去。
十一日晴暖。是日舊正初七，為先君忌辰，並蔬以
祭，未能全禮矣。午後到會，知零陵被炸甚慘，函問
三弟并答函三，往晤之，暮歸。寓則瑞妹已自桂
陽言小猶母子已於昨日由衡特渝，小猶遂永別
耶？為之終夜不寐。
十二日晴。後晤任也，又致三弟函，蔣科長改鄉長東。
十三日陰雨。遷新軍路一百零五號洋房，吞木，類似南

東大悲巷雍園舊廟何日从頭收拾手晚聞敵

南渡新墙河被擊退

十四日雨 李次卿來言除夕有倭虜越獄被獲割其股

肉以示懲虜亟奪自食之真豺虎性也

十五日陰晴 澤生振威來少坐去 作書致彭步安東陂

十六日晴 飯後訪松園旋遇正大談入股事 晚歸得

曹八藍山書

十六日陰 十七日陰晴 復曹八書

十八日雨寒 蘇軍克卡尒科夫

十九日元宵 雪 夜入城觀劇 飯后往賀曹院長生辰 夜

入城觀湘劇不佳未曲終即歸劇中有白蛇傳以神戲精為界有精彩湘中灯節多演神戲精于街曲花灯亦必以此為勝不解是何意義

二十日陰寒淑心眼痛

二十一日晴

二十二日晴早出步行在一古玩舖見有子昂畫馬并題詩不能辨其真贗歸膺澤生與育仁至育仁別已六年矣避難挈眷走貴陽去年方還住湘鄉留餐細話已不易得矣渠三弟去云零陵處已交替將往衡陽

二十三日晴入訪育仁澤生談至日暮方歸

二十四日晴 澤生省仁來 晚餐後同入城訪吳子箴未
遇 返寓已掌燈矣
二十五日 舊正廿一日 爲 先父誕辰 設魚飧以祭 簡
畧不能備礼矣
二十六日晴 偕省陶 零陵出
二十七日晴陰 偕三弟 零陵出
二十八日晴 至陳家壠看地
三月一日晴 偕三弟 衡陽出 曹八來
二日陰 偕三弟 衡陽出 省仁 鄉湘出 夜入城觀劇
三日雨 上絃理琴 不彈者幾三年矣

四日雨　訪齋陶函撫琴

五日雨寒甚　閉門撫琴

六日陰　澤生來談及苗藥樹皮子事　謂此藥今已無真品　往年有吳老六者善采此藥　其術未嘗以傳人　今采者得野桂及野芭蕉二種　野桂分公母二種　男服公　女服母　能治風痛　芭蕉可治跌打云　留餐而去

七日陰晴　飯后入城訪雲松　約來寓晚餐　爲撫平沙一曲　余真同院千里矣　夜書畫新來　約明日午飲

八日晴　下午赴耀生之宴　晚歸　得三弟電

九日晴　彈琴　晚赴胡燦生之宴　有名票清歌　殊佳　夜歸

十日晴 晚宴客：：为澤生朱生任胡粹夫、尚生任雁股东李玉太太李匡愛暨耀生夫婦 李玉太太邛何玉坊女士为紅豆主人之姨 善皮簧引吭一歌の座獲数夜二更始散

十一日晴 看得水月林地基甚佳 亂世不敢鄉居又未卜能識否耳

十二日晴 購珠玉詞及古事林

二十一日晴 報載克復華容中心为之一安 搖琴是日重過漢敬軍興以來此曲未離戰一彈矣 隔三年矣

二十二日晴 水月林地主促即日成契 心焉疑之 特至市

府調查不得，乃相因走邀李耀星到水月林登高
瞭望，似將不碍，更託耀星轉託管畫人密查之。傍晚
中人吳姓復來，從所契以急當返里，遂攜款往南
出門到鳳僧，雨大至，心念毀產將以閏月亟欲得一
地為裘塗計，冒雨以行，乃地主以風雨阻人，期以明
日。於是連夜還寓，頭痛不堪矣。舊三月十七
二十三日，陰雨。早至市府查圖，以徐蘭堂東慶街地
為合之，適當中正街延長公路之中，急告吳姓中
止其事，耀星亦來言地已街，不可購也矣，甚人
情之鬼域也。又偕耀往洽小吳門外陳家巷譚姓

地以其昆仲涉訟未了不敢妄構旋隨來羣復以
薛州田契來説抵當祇之以劉子奇所有其業
欲賣出亦拒不敢受
二十四日晴　毛松園向來談構地事云劉子奇
地可為擔任夜夢　父倒臥牀上或言病逝數琴可活
余援琴且泣已鼓果蹬目視予與語復閉睛以
節近歸心使然耶
二十五日陰早訪松園以劉切托之即返寓赴会
下午松園來云價或雖定仍切托之勿二去夜夢
父將北行攜稽行李見日記放冊倪某詩集鈔

本數冊：首頁書同治七年の字付三叔在側予問叔同治七年生耶答以非是予曰然則同治年生也又謂三弟曰父親日記為北京清秘閣印本故予用紙廿餘年來皆清秘閣物今不易得當郵購之以慌物遂醒連夢父或死或生三弟近約樊季吾先生至桂陽看地擬遷葬待予歸決之此夢果何兆乎

二十六日陰雨劉性來寫議約其子忽翻價遂決計不購長策求田問舍信非予之所有事也松園來言須千金一方告以不復作此念少談而

别今日竟彈琴不能聲淑心至悲恨中夜失眠謂一切皆空予曰灰色主義千萬未可得此人情之常殊不足怪

二十七日陰

二十八日晴黄克虎来談及塟地事謂其岳母亦擬塟地予因偕往看陳家墳地尚相符遂約合塟

二十九日晴晨起占牙牌数得課云先主當年寸土無還從西蜀建雄都三分天下休嫌少先機

定州廬自去冬卜地首遇此園為繼善堂買得楊家蘇園者也先君還住未少時堂名孳

善後改爲善堂時請村此園既名繼善堂為吾有奔走四閱月仍徘徊及此步課又有三分之説岂荊定耶晚約陳中談訂議約尚無大出入得三弟電促歸

三十日晴　與克虎同向繼善堂訂議約託耀星請測量兵測蔴園地後三弟電即請假

三十一日晴　立契與羅出淑堂分嬉蔴園地羅從二百四十方予從一百一十方共價十萬　千　百之予應派

四月一日晴　嬉地事告一段落預備還里

二日雨阻行入城購說文解字等數種

三日雨滯行大雨又阻病又留不行

四日雨小住遂行徵心艸株桐与鄉居數載庭院方春

依依不捨耀星同伴并攜眷出往晚抵板塘鋪卯

搭南被抵郴已子夜矣坐車詣以待旦

五日陰晴卯搭汽車過桂陽早發夜岩至是日過

郴閱卯往生一兩百忙中往一視之

六日晴曉三弟三弟又往看樊[illegible]吾先生及王

吾函

以後月餘人事擾擾無日記三弟等往數日卯

行择墓亦未结遍余寄一至隅水便道至新塘小憩（會開）前川陰曆四月十二日即陽曆五月十五離北行至耒陽赴三弟之邀周親家楚楊凌烟亦在耒相率至衡陽秋瑞渡三循而偕凌烟与三弟下長沙同庽新軍路以步春月餘凡為三弟續絃事也乃说無所成三弟复偕凌烟返衡余又孑然一身矣

次韵和童玉階前席桂陽感懷诗并贺新長高悦

驚年烽燧到山城不失三餘自課程伐木多情吟古调甘棠ㄙㄙ（桂陽人多就读）訟言詩以遣錦湖散策看秧綠青鶴隨家厭火警（之以厭火災州志以為印洋鴨）闻说朱衣散告畫一聲鞭振阻婦耕

七月一日舊曆五月晦陰雨三弟与湊烟早發始逢六
渡河下鄉處中只余一人獨居矣補錄二詩
火後復寓長沙得齊白石船翁韻詩感步韻酬
七載亂離人九死（用越縵堂句）長沙瓦礫賸桐香（去沙
火後搶桐志宦）讀騷閑處傷曹子（曹纕蘅著有離騷閑世）歌鳳如君
娘楚狂老鶴雄心今亦殺（石船翁歸自重慶曾於衡陽道中遇之老且病矣）
北巖舊雨久維思相期嶽麓楓林裏笑傲烟霞
盡醉觴
松園別墅小集與宋四揚二三弟作別曼青女士寫環史
江南詩見贈感賦

易別難逢送弟兄　辛原十日又行、江南人望江南向
倍使陽關動客情
二日雨　曹伯闓來少談即去　凌振湘來適出未遇　案叔
心女案二弟七税地契自七月一日納款銀行領薪俸等款
共計月得八百元又須到香港勞軍毛巾一方三年毒物今
香港已失些餘矣　一中夫婦自郴來下榻留住畧談渝事
予欲善言夜雨
三日雨　飯后与一中共詣伯闓少坐即相偕至孤兒院下
棋　晚發沈家得家電
四日雨　寄三弟女覆家電作五律一首錄後

嘮楊二絶示三弟

漸漸老知交少來親去不疏何巢君遠邁吳市我

徒居日永橫琴度時危按劍歎桃源尋得否

世外有樵漁

五日陰晴早起嘗桃李味均佳殷老闆來送乾菜一包

一簽而去晚赴瀟湘酒店朱志擎君之宴夜歸

六日雨午淑心來一人獨行千里何其壯也晚赴一

中之宴旋至張家覓定歸湘三弟之夏之

七日晴抗戰六周年矣午後朱君來挑君

夫婦來毛竹村夫人來張太太來團戲竟日甫散

杏即大雨入夜熱甚

八日晴得凌烟書復之寄三妹書

九日雨朱志羣來夜談移時去

十日雨午後晴得舜琴書即復

十一日晴復雨得三弟書黄一鷗夫婦來夜談竟日治表謝我五六子故三十以後不願下棋此技費力不易精不如琴之略調仙弄便有妙趣且不獨樂也夜得三弟書清齋陶書

十二日晴復雨三弟至自衡陽飯後朱羣志曹伯閎譚九思先後至之一中復請園丁貞文女來唱平劇爲近

所未有樂事各度一曲而散夜移住北房以東前房安
置三弟一中夫婦仍住東後房
十三日雨毛竹村丈人和詩云知己重逢似弟兄小園留
飲壯君行應中　江南客醉後揮毫
十四日小晴夏雨舜琴自桂林别年餘笑遠來予家
十五日雨夜尤大
十六日晴偕三弟舜琴暨叔以及一中夫婦步遊至陳家
嶺樵登天心閣西望水色蒼茫洲不數段　惟鷺村
樹小舟兩岸汪嶽林嵐下閣至南門疏散防戒不得入各
喫餛飩一碗以此店為長沙餛飩最顯妄指隔壁

有抬脚者謝無人往此真餛飩專家矣又緣小巷至
安樂社訪陳君及其未婚妻周一中彈琴各度一曲周
亦唱一段以倦步歸適竹村夫人率數小姐日來聽琴
為譜平沙一曲一中復白唱一曲諸小姐唱新歌一曲中有
郭小姐者毛夫人為三弟介紹尚端麗宜人又不下緣系
亦何耳將暮散去夜雨達旦是日得露妹書
十七日晴涼衣覆露妹書牙齦痛服肉桂含人丹稍輕
減
十八日三弟得部電代理湖南大學校長心中為之
一喜而三弟謝以為憂相助無人又未有室家也

十九日晴 与竹村三弟同至市府訪周小兆三弟以為厚
重可取

二十日晴 晚宴客竹村攜其女來安青夫婦偕
邀周君至余鼓琴一曲兩小兆和以新歌夜雨散

二十一日晚宋泝逢攜其女麻姑來求學琴日前
泝逢購得一琴名曰清夜霜鐘明隆慶丁酉年
劉戩王年前南京之約也暢談許久去

二十二日晴 三弟赴南嶽

二十三日晴 零衡等處有空戰

二十四日晴 有空戰

二十五日晴 有空戰 下午晚歸

二十六日晴 報載連日擊落敵機十六架 麻沽沽

昨今晚號外報 慕索里尼下野 為廿次戰役一大關鍵

二十七日晴 義王親政 以巴多格里奧為宰相

二十八日晴 下午微雨 作書寄三弟 得仲桐表叔書并詩

二十九日晴 得二弟書并詩 又得齊陶秉陽書

三十日晴

卅一日晴 得錫侯書并相片

八月一日陰雨 作書寄三弟

二日晴 林主席於昨晚病故 全國誌哀三日 停宴書

三日晴早至陳家墩即入城購一洗臉盆係用夏布製而加漆油者價三十七元追廣方早餐周鶴天來少坐去

四日晴得桂函晚雨

五日晴晚雨電桂擬七日歸

六日晴諸含晚雨

十二日由長沙南旋一昨夫歸自衡陽下車羅琴回桂陽小住日夕興妳不覺兼旬

九月一日晴 执玉詣李石琴旋同廣文談

二日晴 得二弟、憂玉、寓三弟辰谿書

舜琴住至十月始返曲江去才二日 樸園澤生均

有信來

十月十五日陰 遣阿狗赴長沙帶去与雨湯謝三

君書 又致三弟一書 旋得謝玉獨居無俚餘胡謀曲

一首閱梅蘭芳說于上海 紅顏薄命無我蝴雄佳

乃為一歎 日前石船觸燬予詩尚有梅郎新曲誤誰

顧也 作哀梅郎曲一首

十六日陰 得渝郵件寄來瑞妹与甯都李氏訂婚

約、只一依更斂之索、、並潸次昌來圍棋

十七日陰略有雨是夜不成寐挑燈看從漢之儒

林傳一卷

十一月二十三日祖致祭遏沚三伯父[illegible]其詞云

山河既邈鶴唳霜天惻維伯父雲孺遂遷家

入浿泣親友涕漣魂兮去矣我哭祖筵嗟我

太祖本支百世伯与吾父允宗孝弟父以剛摧

伯獨柔濟胡不百年同此長逝天降喪亂板蕩

中原親有弟我愧白猿防不及海痛不欲言竹林

安相一往断魂亂亂未已柁失中流一门羣衆誰啓其
獻伯德如玉吾宗誰儔瞻彼滕水自有千秋行
矣吾伯卜云其吉牛形佳城為伯之室寂寂之夜
台哀哀皎日死别吞声泣祝永逸

十二月五日晴　報載羅邱史会于伊朗之德赫蘭蔣羅
邱会于開羅　常德巷戰自七月二十五日至本月二止已陷
敵二日晨我五十七師已在西北城郊与友軍会合内核
心戰而持為外圍戰

七日晴晴二弟下乡

八日晴。夜夢一友人操琴，迅疾，非川派，多泛音，甚為名曰梅花操，渺曲☐悦耳。与聽，續夢，與合肥遇于某飯店，欲聽予鼓琴，予避不肯彈，乃意☐殷殷，張帷大廳設案以待，予推尋他琴不得，勉取獨幽彈數行即醒。

九日晴。詣陳癯拜十二弟祖母之壽，戰時無屏聯，僅張八弟祝復心先生五十壽聯二，一為清時湘揆參春萱聯文云：一門同德，公卿長三祝；耋福壽男。夏壽田篆文聯云：江口子半用湘人，獨憾先公百戰勛業猶在史；江山餘夏口，那知許事，一官閒坐且吟

詩欽宴書燭而归

十日晴寫字

十一日赴傅晁甫之宴

十二日晴託慶蓮赴長沙責載

十三日晴報載八日已克復常德沅江南岸無敵踪

十五日舜琴自曲江来

二十三日冬至寫三本古世説記

二十七日晴

二十八日寫長沙之電鶴天七

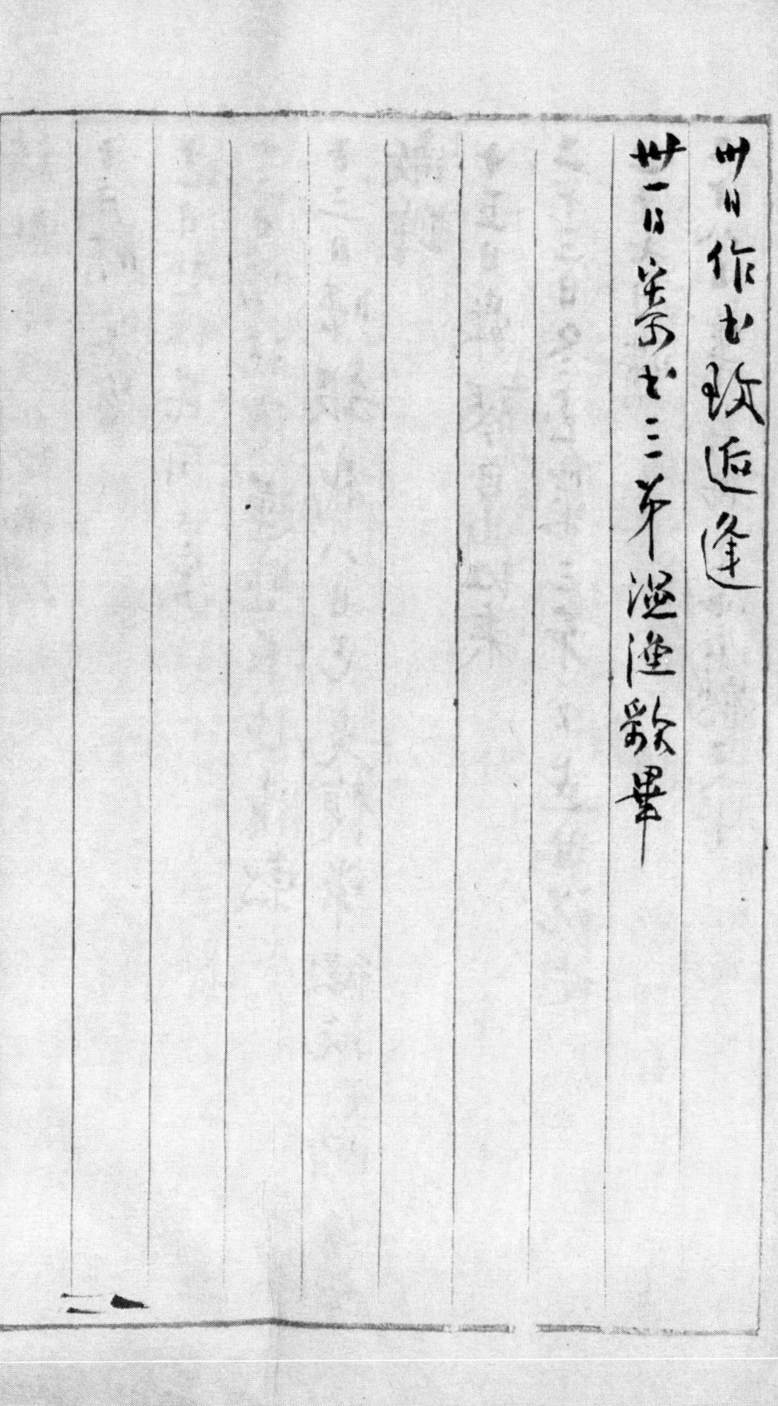

三十三年元月元日　癸未十二月六日也　晴　至蘭笙講舍手談竟日入夜始歸　蘭笙講舍者何筱陸先生之齋也　予年十五時從譚子黃先生讀書于此　今兩先生均早入道山而皆無後　今筱陸先生僅其姪孫昆甫在寄陸軍而退隱　不禁今昔之感　浩三在辰谿也　云日內入蜀

二十四日　癸未十二月廿九日　除夕也　晴暖　已非冬令　竟（早作）田之春堂聯云　一曲珍琴安陋室　幾聲爆竹過新年　家之誤作　一曲琴声安陋室　下聯乃改為千家竹爆過新年　大門聯云　見世嚴正月　斯文致太平　園柱聯云　天

地兵巖巖塵猶偪塞園林春色自清和又黄老伯九十三
岁病歿書挽詞寄華寧云千里生奔孫天臘鼓傷
純孝百年靈逝匪地烽烟哭老氏舜琴於上自得电
由此奔歸也作此寄三弟及璡雅方付郵而得三弟函
慶出洞已一年猶盡夜萬里未歸人矣
二十五日甲申正月初一日陰明食年為甲申而元旦日
食宜有戒也偕淑心出行至各戚友處賀年歸談
通宵雖少杜時之此荒唐是日來賀年亦復紛紛
幾從戰事方亟恬嬉如故矣抗戰七年記陰歷元
旦廿七年獨在漢口而淑心在長沙廿八廿九年同在桂陽

三十年在香花岭 三十一年在桂陽 三十二年在長沙 今年仍在桂陽 所謂兵塵偏塞即此可見一斑 報在英德有秘密媾和之謠

二十六日陰 閉门高臥 晡後始与淑心出賀年 夜雨歸看墨子有云 非獨國有染 士亦有染 其友皆好仁義淳謹畏令 則家日益 身日安 名日榮 處官得其理矣 三十日始發錢 隱居故可交 其友皆好矜奮 創作比周 則家日損 身日危 名日辱 處官失其理矣 則子西易牙豎刁之徒是也 詩曰 必擇所堪 必謹所堪者 此之謂也乎 平不交損友 而益友亦寡 求賢自輔 蓋亦之隙

歔皆然忽忽數十年莫虛度矣

二十七日 陰 彈漁歌

二十八日 陰 至劉家拜年

二十九日 陰 至牛巷口拜年 晚看墨子貴義篇有云參家而學宦家之衣食多用則速亡必亡矣予平生極犯此病非學之足誤之佚然之常引為戒所謂實過未能過而不改太甚之極哉哉哉

三十日 舊曆正初七日 先父忌辰為魚菽之祭宴客

四月二十三日　晴　得三弟辰翁書云校事弄了亦爲欣慰湖大自移辰數年風气大壞三弟繼胡春藻之後幾不能收拾也晡後三叔来劉律師来縱談移時去宴客漏二下始散

六月一日閲四月十一日兩報載敵分三路犯湘北縣府將有
遷至屋拟遷者府于桂陽將石船篇出并和詩
二日晴雨相間報載敵已渡汨羅將費八藍山出
三日晴雨相間阿菊自長沙來云有令疏散者廿五六七
日事閲近數日稍穩住云
四日晴雨相間飲近逢廠陶々入城訪譚仙養民
閒謠詠紛紜避難者亦陸續不絕作々致三弟
五日上午晴下午雨夜大雨是補築圮牆以松針織
避蔔桃架花一鳴李仲昇來同往牛巷口看屋
拟租饒方軒々々者村塾也予小時常讀書其間今

在中心小學旋返寓又入城聞美砲兵一營亦赴長沙作戰又聞平瀏均陷敵步步為營不敢遠往日夕歸劉昭作函介辛趙二君覓屋適維騏來託其前往新塞一看竟日擾擾不遑啟處矣晏七齋陶亦逢

六月二十一日舊五月初一日聞醴潭均失敵距耒只百里十里耒限三日內疏散一空耒者紛紛

二十一日晴雨相見往看蕭滿盛及其子待玖陸玖方從南嶽來也聞醴潭敵退胡宗南克復洛陽

二十二日晴雨相間聞湘北事甚危

二十二日晴，复雨，間去少泉、肖府，嘉運來。

二十四日晴雨相間，肖府、縣府均將代從二弟歸，與羅敬宗、毋自榔至馬往看二次，皆得徑等不至，得二弟七夕詩并饋子六十個，累寄餅子少許，雨。

二十五日，端午節，請客，從滿縣之湘來，元宇來復去，傍晚，松園去歸，及其兩公子至，長矣，德運。

二十六日，疏散行李一部至隴水間衢，先祁來，均危險，且恐亡入箱，精力已大不如去年時，真當園老矣，入松室處行將七載，園已成林，又當舍去，且後顧茫茫，不知何以為生，頗悵悵之。去連日頗

頓行裝一冊在寧在漢日視之丞淚欲哭也

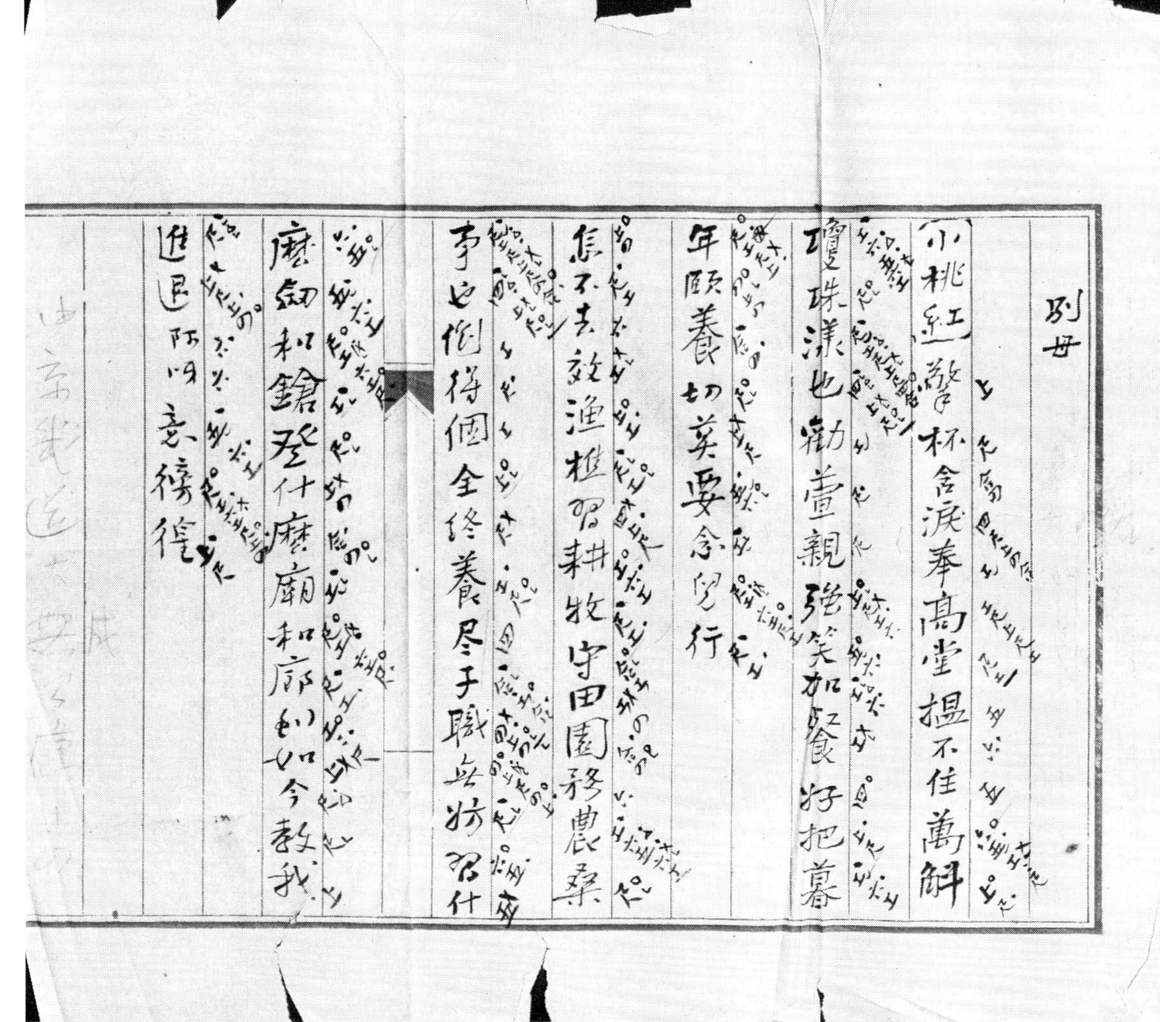

別母

小桃紅

警杯含淚奉高堂揾不住萬斛瓊珠漾也勸萱親強笑加餐好把暮年頤養切莫要念兒行怎不去效漁樵習耕牧守田園務農桑孝也個得個全終養盡子職安妨召什麼劬和鎗登什麼廟和廊如今教我進退阿門意徬徨

二十三

七月一日 晴 聞各路軍援衡者雲集

二日 聞耒陽已陷 敵至小水鋪 省府緊急疏散

三日 妻已空還柳下 中途遇大雨 所備雜冒險

二夜無眠 是日二弟歸 及三侄孫亦還避至柳下

四日 晴 至陽水看二弟及昕侄 傍晚昕侄歸亦抱

曲孫至殯西後返柳下 已另起一灶 夜眠始安

五日 陰雨 月黑 獨返城市 送還羅親家不得 衡入

衡已陷 有人謂聞知 衡敵北退 方慶祝也 下午
飛機府蔣會

六日 晴 各處走動 下午寄柳下函三

玄樓日記

三十四年九月一日 乙酉七月二十五日 晴 予自一月十九日郡城被敵機轟炸挈家避居岩门口凡七月又十二日以昨日遷還銘局街李莊距日政府向中美英蘇四國無條件投降已二十二日八載艱難性命爲全洵天幸也得蘇州正重慶書自去夏湘戰失利郵傳悉阻此爲外埠通郵之第一次

附錄八月十五日我外交部公布日本投降電文

關于日本政八月十日照會接受波茨坦宣言各項規定事及美國貝尔納斯國務卿八月十一日以中美英蘇四

國政府名義答覆事日本政府謹覆通知四國政府
如下(一)關于日本接受波茨坦宣言之各項規定天皇
陛下業已頒布勅令(二)天皇陛下準備受權並保證
日本政府及日本大本營簽定訂實行波茨坦宣言
各項規定之需必條件天皇陛下並準備對日本所
有海陸空軍當局及在各地受其管轄之所有部隊
停止積極行動交出軍械並須發出盟軍統帥所需
執行上述條件之各種命令

蔣委員長令南京日軍駐華最高指揮官岡村甯次將
軍電 八月十五日

銜略(二)日本政府已正式宣布投降之條件投降(三)
該指揮官應即通令所屬日軍停止軍事一切行動
並速派代表至玉山接受中國陸軍何總司令應欽
之命令(三)軍事行動停止後日軍可暫保其武器
及裝備保持現有態勢並維持所在地之秩序及
交通聽候中國陸軍何總司令應欽之命令(四)所有
飛機及船艦應停留現在地但長江內之船艦應集中
宜昌沙昌(五)不得破壞任何設備及物資(六)以上
各項命令之執行該指揮官及所屬官員均應負個
人之責任並迅速答覆為要中國戰區最高統帥蔣。。

新任盟軍最高統帥麥克阿瑟將軍於十五日下令日軍立刻停止開火，並派合格代表至馬尼剌接受投降條件。

二日，晴。歸時騎馬五十餘里，全身痛乏力，往各親友處一視，客來亦不絕。是日日降正式簽字于东京。

三日，晴。定是日為世界勝利紀念日，余賦絶句四首云：一彈原子慶昇平，得意秋高萬歲聲。惟有蓬萊今夜月，娥眉不展暗降旌。（九月三日為農歷七月廿七日，尚娥眉月也。）千架飛機百戰船，四強旗幟蔽倭天。（是日掩護受降入空之飛機二千架，軍艦百餘艘。）馬關正有春帆影，雪耻于今

五十年 乙未馬関和約以春帆樓為會議所 三月三辰九
今馬関被炸春帆樓想已成灰燼矣
月三今閲切腹昔何堪 此次日人集體切腹者已數十人 誰知廿一條前後
後果前因皆盡甘 馬関條約簽字為乙未三月二十三日約共二十及通牒迫袁氏亦為二十一條
薪膽沼吳願不違 八年血戰喜加威 一封說帖應猶
在 枉費婆心李合肥 當馬関議和時日前來殊甚李鴻章嘗與日說帖有云日本之要求
不能杜絶爭端且必令兩國子孫皆成仇敵傳之無窮 美又云日本情其兵力任意需索則中國臣民勢必臥薪嘗
膽力圖復報東方兩國搆戈適來外人之攘奪耳
上月廿一日倫敦電云德人以棺六秘藏新武器圖樣及照、
片板由承办此項整個事件之瓦西博士自行承認否
則無由發覺

四日晴報載周恩來毛澤東已偕美國大使到渝

五日偽滿洲國皇帝溥儀被蘇俄拘捕將作戰犯

六日我以台灣為行省設行政長官隸行政院

七日晴羅亡闇自沙城來言明後將返鄉

八日陰雨午陳藏仲李次晶來少設去藏仲以養復園詩集見贈程頌雲上將所作也詩學漢魏

九日陰入城借報看始知三弟已在沅陵就建設廳長職

十日晴修園中菜圃手編竹籬以防雞得二弟函復二弟風痛服藥三方子

十一日晴　編竹籬竟　種白菜盈畦　縣中校長陳莊來云招待新生の十人　岑治叔来少坐去

十二日晴　报载七日王耀武率第十八軍入長沙　湯恩伯軍入滬　何應欽總司令於八日下午抵首都　皆飞行也

十三日　日軍共死五十一萬人　服藥

十四日　此次日軍共降七百萬人

十五日　九月卌九日上午九時何應欽總司令在首都軍校大礼堂舉行受降簽字典礼　何總令以降書交日總司令岡村寧次郎簽字　既畢　何乃簽字　大為乙未之辱一吐氣　服藥仍風痛

十六日晴　得藍山、張秋塵、王齊陶書，復之。

十七日晴　得三弟沅陵魚電，謂平安，自去秋九月至此始通音息，復三弟電。

十八日晴　报载七日上午七时廿五分（东京时）盟邦最高统帅麦克阿瑟将军偕师团指占领东京。报载美为天皇陆聘广周東拟黄聿芸何昆南先後来去。葉揚國模于其东京使館，此模即珍珠港事件时德國时尚以此釋柏林，亦釋白宮者。宣降東三省改為九省，均以今日就職，紀念九一八即以雪恥也。臨參會鄧主任寶文歸來，談近事甚悉，云將赴長沙，因託其帶書與三弟。

十九日晴　七舅來慶湘來日前內閣總理東條英機
自殺未死新嘉坡日人五百人集體自殺此蓋
我國田橫之餘風也田橫島在今膠州灣与日本隔一
衣帶水橫及其客五百人自殺日人因習聞而慕之
故其武士道者恒以自殺為榮然於國計民生救
亡圖存無益也太史公曰田橫之高節賓客慕義
義而從橫死豈非至賢言不善畫者莫能圖
何哉然則日人今雖自殺者踵相接有田氏風而
後此莫能圖亦正如田氏也
二十日中秋節晴周申如黃聿芸劉天民李鼎三來

少崇畸田莊飛雲根撣揮記　何昆甫夫婦
均宰夫婦以侄夫婦先後來去高天將陳臧仲
來夜賞月，古以見贈機非馭感作古詩一首詞
云明明今已掇六合露清光光能娛人多隱安故
鄉邱園自成趣端幽欸琴觴有機從南來軋軋聲
何揚扶搖穿雲出一往不回翔奄忽萬餘里缺
望在朔方聞是便降去贈渡羽林郎小戍空
樓船徒犨航我欲御風遂昊天高且長心豈驥
伏櫪亦非刀善藏九度中秋月此時此夜狂安得舊
遊地重遊任低昂

二十一日晴飯後至各處謝步晚歸夜大雨

二十二日晴基礼來蓀之稅局七舅來少坐去

二十三日晴手痛出購藥晚飧昆甫家座中多位

長沙復員者

二十四日晴午赴司竹之宴方學蘇廖華紳兩省委

過此赴長也夜雨歸得香慶電

二十五日晴與慶軒宴方廖二委員程總經理湯

縣長周團長全聲司竹少湘表叔等宴畢二委即

發皆有興以行此時郴桂公路橋梁未斷也

二十六日晴熱甚伏中得陸秉剛書

二十七日晴 昨從自鄉至漢春邊維宣韋桂東由

城情形全家平安之喜慰 有日皇裕仁遜

位之說 將由其弟秩父宮攝政 日艦長門逝美展

既恨未能由我出之 不然一雪定遠鎮遠之恥 予留

學横須賀時 每出入車站即見甲午戰役時為日

奪去之鎮遠軍艦 既巍峙港邊 每怵然不

勝其辱也

二十八日晴 二弟來言二日後當著棉衣 方苦秋燥

那得便涼

二十九日晴 並滯次 尚來少浚 去夜大風拔木

三十日陰仍有風而無雨注下衣駝袍二第之三八
果腹飯後二弟下鄉雷靜涵來云擬出游趁步坐去
中央明令豁免今年田賦我於九月十五日接收日艦
興津多良十九日接收鳥田二見勢多熱海
十月一日晴越南政變英法聯合以對抗之
二日晴去秋寓存桐子坪行李八件挑回皆南
京劫餘物喜藏琴尚結留至今日殊出意外
三日晴檢尋得舊稿及照片不勝今昔之感摘錄
若干於次
題東京九段坂上立馬像云昔年二十時縱馬歌

江户背馬立倭皇宫誰知薪膽苦丙午照甲申

題光緒丙午肄業成城學校十九歲好騎馬試

劍時也

題南京勝棋樓前與謝稚洲司令同夫婦

及同儕合影云 公瑾當年謝稚洲小喬神

緣正風流人亡國蹙今何世淒絶勝棋樓

裏樓 二十二年夏照 三十三年請此題時 聞稚洲病逝于四川也

挽劉母張太夫人聯云 憂淒懷雷渠論劍登

堂首拜母慈祥存大義成仁有子果亡秦

霖生以命江户奉母以行余常過存請訓其第道

一以革命見教于長沙皆亡法光緒時事矣

挽夏午詒表叔云鷙鳥不羣兮舊詩猶見英
雄志秋風驚噩夢詒病空留猛虎行旁注庚
子入蜀詒先君詩有鷙鳥不羣兮千里一返歟句何
其壯也去夏函詢問疾承揮書猛虎行便面見詒
意歟傷亂甚矣德之兩世交誼留二詩為起結
痛何如之

在南京日嘗以露鶴別字作小詩登中央日報剪留
一紙因錄存之

小詩　并序　露鶴

偶讀小公園華杰君所作相見雖歡覺文情兼

所髣髴會眞記編影蓋知之者莫不為之希
者莫不惑乃吾國舊式戀愛所不能免之恒情
藕雖斷而絲連信綿綿無盡期也爰成一絶用相
印證

青梅竹馬已纏綿一往情深十七年相見難時
思更切傷心怕讀會眞篇

挽來蓋蓋上將
樞續炳圖彝物豈羣推蘇牧重
軫悲纏部曲 天心終慭甫申年

己未九月朔 獨幽琴照片 于北元

此衡陽程氏家傳王船山琴也，名曰獨幽，就池內刻大
和丁未四字，綠桐之間，鏗有金石，感其雅化，爰存德
音，為之歌曰：維茲雅琴兮，有唐之寶，流離人間兮，
埋之芳艸，欽逢君子兮，取以為好，激逸響于湘江
兮，堪比德于遠老，何今世之浼浼兮，值風塵之擾擾，
集京華以自鳴兮，似出谷之黃鳥，誰為知音兮，哀此
窈窕。

四日　晴　與新田縣長湯澹秋電話，得含貞信，復
之，并函澹秋。午後花一鳴來少坐去。

五日　晴　城隍廟演劇，屬題楹聯，為作二首，又其一

用清宮戲臺上聯云堯舜生湯武淨五霸七雄丑末耳伊尹太公便算一隻耍手其餘拜將封侯不過搖旗吶喊稱奴婢予對云德意虎日本狼大呂暹邏丞盧也盟邦氏古偏有許多奸漢饑彼里謊納粹都束投降請命 城隍又聯云月刊中我民眾儺除波舍鬼香飄桂子城隍雖勾取大和魂波舍鬼者蒙哥馬利將軍詈德人之詞也彼云Boche

七日晴日皇往拜盟帥麥克阿瑟僅談三十餘分鐘語秘不傳又日本黑龍會已解散 九月廿八日 此會為日本之特

務秘書如德之納粹彥之棒喝成立於一九零一年近
領袖日滿山頭予去秋贈蕭震東亨吳詩有云墨
誰何物者指顧便成禽　吳之席彥係兼九戰區
副司令長官　二弟來
八日晴　川康整軍事宜已了結，計裁一師九旅十三團，共
編成三軍六師另二師四團，士兵裁減甚多，自十月一
日起整編部隊一律照新標准部待遇配備。
九日晴　日陸軍航空部總監寺本於上月十五日自殺
本月五日麥帥令飭日政府免其內相山崎巖職，釋
放一切政治犯　日東久邇內閣總辭職，將以幣原喜重

郎男爵繼任幣原年已七十七歲一九年一九年至一九二二年曾任駐美大使一九二四年及一九三〇年間在加藤內閣第一次若槻內閣及濱口內閣中均任外相一九三〇年又任代理首相一九三〇年至一九三一年東省九一八時任第二次若槻內閣外相蓋日本外交家能手號為綿裏藏針外交主交善英美且謂不當以武力侵中國九一八之變嘗戒其國人曰此不啻吞一炸彈不知何時爆發洵不失為遠識之士惜日本少壯派軍人壹意孤行至此果不出老成人所料忽焉削弱我國今仍有幾老資壯之風頗樂目

人惡習而不引為殷鑑耶古語云老者之智少者之勇謀國固不可暴虎憑河也仲尼不與子路者以此哉 各省主席江蘇王懋功浙江黄紹雄安徽李品仙江西曹洪森湖北王东原湖南吳奇偉廣东羅卓英（吳羅皆廣东大埔人）廣西黄旭初福建劉建緒四川張群貴州楊森西康劉文輝雲南盧漢（原任龍雲調軍事參議院院長）青海馬步芳新疆吳忠信甘肅谷正倫陝西祝紹周山西閻錫山河南劉茂恩河北孫連仲山东何思源熱河馮欽哉察省劉多荃寧夏馬鴻逵綏遠傅作義东北九省遼寧徐箴安东高惜冰遼北劉瀚东吉林鄭

道儒松江閣積玉合江吳翰　里有韓駿傑嫩江黃濟
羣興安吳　章漢文章云所與朕共治天下者其
惟良二千石乎故抄錄各省主席姓名中惟閻錫山
自民元作都督迄今三十四年山西未落他人手而東九
省各主席則其人未嘗見經傳豈預儲才
耶　前朝鮮總督阿部行信大將自首　將開中美英
蘇法五巨頭會議
十日晴　舊曆九月初五日　雙十國慶紀念宴客撰樂
平民行故事　遊城隍所繫故事不如小時所慨者之
高而有神於此亦可覘民力之盛也　子慎醉太平

詞祝英十六：尋思舊遊，仍坛月卿，菖垂柳，太多情。年年甲兵，中原山河血腥，復仇還仗儲，任江潮送迎。經謂三民主義，喜重逢太和。作書寄三弟托陳菊泉帶去。

十一日　晴　三弟下鄉。法擬就戰犯名單，以前德元帥倫德斯特為首。美尼米茲元帥凱旋於歡迎會中言，美此後國防線不僅限于各海岸，乃在整個世界。又言須保有美國作戰部隊，俾將來戰爭發生不至猝不及防；並須保有強大海軍，蓋未付登陸戰所需重大代價，而能破日本防線，並壓迫日本，未被遭原子彈轟炸及蘇聯參戰前

而致力於和降者乃海軍之力也云云 蔣萬里云

十二日 晴 日戰犯東條送入大森監獄

十三日 晴 本年月三日我派飛機至日本東京逮捕偽道陳公博林柏生何炳賢陳君慧周隆庠莫國康陳之女秘書等六人解南京 陳妻某以病未起解 周佛海丁默村雖已自首亦交看管 成都市民於八月普選市參議員是為我國民治史上之嚆矢

重慶歡送中共主席毛澤東返延安 初毛澤東周恩來共同來重慶迭經國共會談現已大抵安洽內容即將雙方共同發表予曾聞毛澤東自付

在辛亥革命时彼即有之张之以孙公为總统康
南海为内阁總理梁任公为外交部長之複雜
思想故国共合作今为第三次此毛之力居多
豈真結大同大合者耶毛湘潭人也吾湘較近
政治人才以湘潭为盛如财政部次長李倜君國
庫署署長楊棉仲湖南省政府廳長王鳳喈
胡念遠皆各有所長豈王湘綺先生講學最
久其學所说軼漢轢唐此數君者雖未非出其
門下然流風所被固自不凡毛自言治崇康梁
間以孫後胡適之陈獨秀之说以代梁康

康有為湘綺兩侍弟子冥乎毛之将毋立異
至有今日也湘綺先生嘗謂其門生某詞有
云兩傳弟子比康南海更加憔悴復萧寺負暄
十四日晴重陽憶去年今日嘗萧寺負詩
云滄海横流水餘波撼桂林（時敵已陷耒陽進犯小北鋪）重
陽花匠將八陣石難侵撲亂英雄志扶危仰
牧心里説何物書指斜倚便成翁今年歡樂特
無詩矣飯後至鹿峯访玉章慶軒擬登高
復憚足弱困獨話高處吾當長處真高處
也適覺吾亦約飲之銀行樓上夜雨歸

十五日　晴　竹遊終日　日幣原喜重郎男爵於六日出任首相，外相將任吉田茂，其弟子也。雲南主席龍雲調軍事參議院，以盧漢繼任，昆明曾一度流血。昨同座張秘書實生言：龍雲乃猓猓族人，素有異志。雲南有一山嶺曰龍雲嶺，約方二三萬里，地勢險峻，皆猓猓所盤踞。雲以猓猓組織十五大隊，人眾約一師，悉新式裝備。嶺中產糧外，多種罌粟，故鴉片產量無算，且設廠提煉嗎啡，售銷內地。南以逐利，亦占厚利，因以安南[illegible]式裝以歸，故猓猓既恃據嶺為雲後盾，中樞莫如之何，特雲及

甚裸岳哭烟霞中人不能越滇池一步終於歸
命而其間旋轉之力則雲師周宗嶽[illegible]宗
嶽在雲南一老翰林頗知興廢之數年八十餘
曾官內政部長近調考試院副院長人願西與
師哉嶽宗嶽公則云其結僕全看領手

十六日晴　中共已於十二日宣布國共會談僵局
大要為軍隊國家化政治民主化黨派刻平等
合作組織

十七日晴　得三弟長沙道電約赴慶湘艇均往
先等赴長

十八日晴　早起偕淑心出看陈太太陈六，随至女生寿光住来，略叙后，庆湘来，出电示之，若干交通不便，此时北行颇不易也。予亟欲东行，以长桂均患病住院，惟吴县一处旅人难抵，拟规复耳

十九至廿九　仍未下雨，连日以有本剧，惟观赏以度日耳

三十日晴　各处赴宴，昔去验血压为二十度

三十一日晴

十一月一日晴　离家北行，与第二医院彭院长郑士仕（翔仙）同行，午饷乌石渡，晚至和平墟，遇汤者耘县长

止宿鄉公所

二日陰晴早發午抵白沙与伯翔同来一船訪鄧處

午上南星樓照心夜宿船中雨轉側不成寐昨過界

牌関〻上有趙子龍祠憶四十年前過此有子龍塑

像古偉今像殊渺小非舊制矣戲七律一首廣跋

來安其詞云四十年前曾此過漢関依舊護山河

箭頭白認三分業幟影紅翻五嶺阿太守行椎

陰計左範謂趙將軍服礼戰功多至今祠外森〻柏

猶見參天百尺柯

三日晴午与杉鄭二君赴鄧君之宴夜宿舟中

四日　晴。敵從同行船共十三艘，夜泊衡陽。

五日　舊曆十月初一日，先祖父冥誕。晴。早發衡陽，水淺甚，行不易。午過蔭田墟，夜泊烟洲。烟洲被炸，不存房宇一屋。

六日　晴。早發烟洲，午過牛屎洲，淺甚，覓人扶船以行。夜泊月坡。

七日　晴。夜泊白沙洲。

八日　晴。午抵衡陽，泊財神門外，登岸。萬王一禅主任、戰時中一禅與去冬前同避桂陽之難者，均殷勤周留待車。

九日　晴。搭車無着，座遂止行。十日　晴。無車，各處巡覓，瓦礫不堪，尋小時所寓湯家，不得。甚是灰燼也感吟一絶云：淒絶衡陽劫後來，兒時門巷已成灰。詩書禮立吟如夢（時方舞勺，先父講授詩禮春秋），萬里鶴心酒一杯。

十一月晴，搭川湘公路汽車北發，此車乃校九日在衡山北覆車者，幸九日未成行也。午至覆車處，則系卓人僅一重傷，男子在載之以行，聞一大學女生受傷太重，有一美國人汽車救去，他皆散去，或云死一女生，傷一男生。

十二日晴，夜宿湘潭。衡陽至湘潭境沿公路十室十空。

十三日晴，早發湘潭，午抵長沙，至建設廳晤三弟。及自前年夏長沙別後又二年矣，三弟已債，續玄亦來廳面親。又晤陳伯襄、楊凌烟兩兄，周鰲山親家，聚談甚歡

旋移住留芳里三号三弟寓中明侄六在寓先同卜
来亦出访赵議长（曹孟其）不值访曹雲松共至雲南麵
館点心更獨至南门即返寓
十三日晴　雲松来少坐去　謝子震来　遂烟来　灯後去
十四日晴　午出访子震不值　歸寓手談　是日慶湘航均催先至
十五日雨　十六日雨　十七日雨　寄家書
二十二日　舊歷十月十八日晴　三弟五十一生辰　賀客
盈室　而桂陽俗非六七十不称寿　故了無預備　聚
明是两侄却仍有孩气　大放鞭炮　聚餐盡歡
繼以清唱六亂彈後之一樂也　予贈三弟诗云　兄

弟兩三人栖栖今老大致工書有周橫海識之鄭希聖子同狂學仙子箎叔泰彈琴予書須知甲午東三弟以甲午年生家國殘敗評是日客以羅季楷見來自上海最為遠方贈信論語有朋自遠方來不亦樂乎二語為道破人天性

二十三日陰雨出訪季楷不值至南門買脈望仙館石印本左傳注疏一部尒疋一部山谷刀筆一冊歸

二十四日陰雨作小篆二弟紀石久秘書來暢談去

十二月一日　陰雨　美駐華大使赫尔利辭職，聲明美
國務院外交人士支持中共，致遠東問題不能解決，
堅持辭職也。趙議長舒頎陶來寓，遇予作途，邀往遊忘歸。
二日　雨　美馬歇尔元帥任中國大使宴容
三日　陰
四日　晴　凌烟畫黃山松，烟墨一條，敬山贈的人為
畫鶴鴿圖一幅，柳無似為報也。
五日　晴　借得卡車一部，偕李樵及攸光二作南
行。夜宿湘潭。先作由湘潭赴醴
六日　晴　早與李樵至茶樓吃早點，隨携其戚

李孟陽見邀之，味甚佳，飯後聞東南路殘夜

宿衡陽

七日，雨。渡河，跳板壞，東茂覆，停一日。

八日，晴。到李稽行，夜宿郴州，晤任霞中二弟

歸，以下均平安。去慰任孫女寒妹，且能唱歌

歌，甚疾，有腔無字，令人解頤。

九日，晴。沿途勞頓，休息一日。看羅澤春新家

出示新家所藏字畫，有元倪元路聯，對字甚雄

奇。又從褚畫店見米南宮聯，為平生所未見

信哉手也。

十日　陰晴　乘汽車行抵於橋斷以舟濟夜抵
桂廣
連日酬應并預備移家不勝其煩苦
十六日　得李偶君覆電　得映澤夫婦電
二十一日　得三弟特由安江陳樹人冬電夜飲戴
李韞司令邸中　晚更定歸　得重慶信
二十八日　舊曆十一月十八日冬至微雨
廿三日　祖母冥誕諸　去行禮
廿四日　呈請何總司令發還蘇產
廿五日　呈請王主席發還蘇產并函映澤妹

諭鄭宅飯後入城蟹園仲絢表叔病逝哲趨往
哭臨悲不自勝吾鄉文士挽近推叔為巨擘以
詩而論三四十餘年來於各流中每與爭衡當
仁不讓予竭三十以後始學詩皆受叔董陶
南翔同寓逛均僅作幕僚無酬唱惟叔以詩
人終予將以琴人終惜予與叔同生于濟南僅
故命運略同歸臥不懌竟日夜（本上）買舟將
北發為之郁遲緩期
廿六日晴電三弟商請趙議長胡廳長持艱吳主
席優卹絢表飯後詣陳宅視喪歸作挽聯云

銀逕海共嘗豈徒風誼兼師友縱橫虛抬頑
賴有詩文報國家又代三弟輓云絕學冠南
州湘綺新傳疑是夏多才憂漢室治安
策在哭長沙
二十七日晴覓木匠估計窗戶價格以長沙大火舊
廬為墟三弟擬構小築午詣陳宅妹妹來
之見之復為渠說便道看紱院長少談即歸寫
蔣之序事次未
二十八日晴雨改作一絕挽仲恂表叔次青日原
韻云卅年約賞江南春好聽民間燕語誰識

和詩先有識題銘已與治城叔春日和予詩
有身後銘椎還乞汝英作我是治城人之
二十九日晴至陳宅寫銘椎歸豎工
三十日晴豎工
卅一日晴夜手談戴厲更定方歸待慶湘
信是日謝覺哉來不遇陳宅弔喪

三十五年元月元日　舊曆十一月二十八日　陰　早起赴縣國
旗誌慶　心總不閑　作書贈齊陶政三弟慶弟
子徵　戴廣　赴縣党部宴　夜歸
二日　雨　早起作書復新田譜秋縣長嗣仁表弟看
重慶大公報
卅四年十一月五日　國府命令　兹修正國民政府組織法第二十四條
第五項公布之　此令｜國民政府組織法第二十四條
第五項　五　簡任行政司法官吏及縣市長之任免
日本社會党已於卅四年十一月二日在東京舉行新
党成立大会　該党為日降後最初成立之新党

「日本社会党係標榜社会民主主義，其党之構成是團結舊社会大衆党及日本無産党。以鳩山一郎為中心之日本自由党已於十一月九日舉行結党大會。日政府決裁全國官吏三十万人為十五万人。伯爵有馬頼寧等代表年輕華族請辭退爵。羅斯福圖書館決設于上海」自降後至十月卅一日止政府實發行之公債總額已達二百一十億日元，八月十十月三個月間發行之新公債額如下：八月間九十億日元，九月間百十億日元，十月間七十億日元

十一月十五 我全國鐵路約二萬五千公里，除東北約一萬公里

不計外目前各路被壞約占全長總數十分之一〕

粵漢路武昌至深圳計長一千三百八十一公里連

同七支線在内總長一千三百四十六公里

三日　陰晴　早作書致映澤重慶并託代邀吳縣

午後子從戲廣歸時已下霜寒也

四日　晴　理髮傷耳

五日　晴　病耳鳴也

六日　晴　錄石船詩

七日　晴　鈔石船詩二首未

八日　晴　為臘月六日去冬敵炸桂陽一週年也

適邦叔至回首去年畫室南奔之狀恍如昨日相与惘然

九日晴得慶湘函并省府證章二枚護照一紙

十日晴二年去鈔石船詩东坡生日佳句云於俗多乖人欲殺此才不相國何須似越縵堂越縵自以為清遊寺後身石船其越縵後身初余自以為越縵後身今乃知傷石船也

十一日晴鈔石船詩

十二日晴挽次沉毛夫人云聯抗敵含辛相夫

于功莫大焉 膝下羣兒皆幽器鞠躬盡瘁為
家庭死而後已 閣中同輩更何人
十三日 晴 諧縣府 木工完
十四日 晴 為李仙昂之女孫佩璇之將新郎
六李姓名漢琳 因以禮記百世同姓不婚為
閩道之說 言之
十五日 晴 國內戰已下停戰令 重慶三十四年
十一月二十八日報載毛澤東沁園春詠雪詞云
北國風光 千里冰封 萬里雪飄 看長城內外
惟餘莽莽 大河上下 盡是滔滔 山舞銀蛇 原

馳蠟象欲与天公共比高須晴日看紅裝素裹分外妖嬈江山如此多嬌引無數英雄折腰惜秦皇漢武畧輸文彩唐宗宋祖稍遜風騷一代天驕成吉思汗祗識彎弓射大鵰俱往矣數風流人物還看今朝 又柳亞子和之并注云次韵潤之詠雪之作不盡依原韵也廿載重逢一闋新詞意共雲飄歎青梅酒滯余懷惘惘黄河流濁舉世滔滔鄰笛山陽伯仁由我拔劍難平塊壘高傷心甚哭無雙國士絕代妖嬈才華信美多嬌看千古詞人共折腰算黄州太守猶輸氣概稼軒居士祗解牢騷

更芙胡兒納蘭容若艷　穠情着意雕君与我要

上天下地把握今朝

十六晴　復昌後書北平　洋七角半

十七日晴　派伕運木料至舍人渡

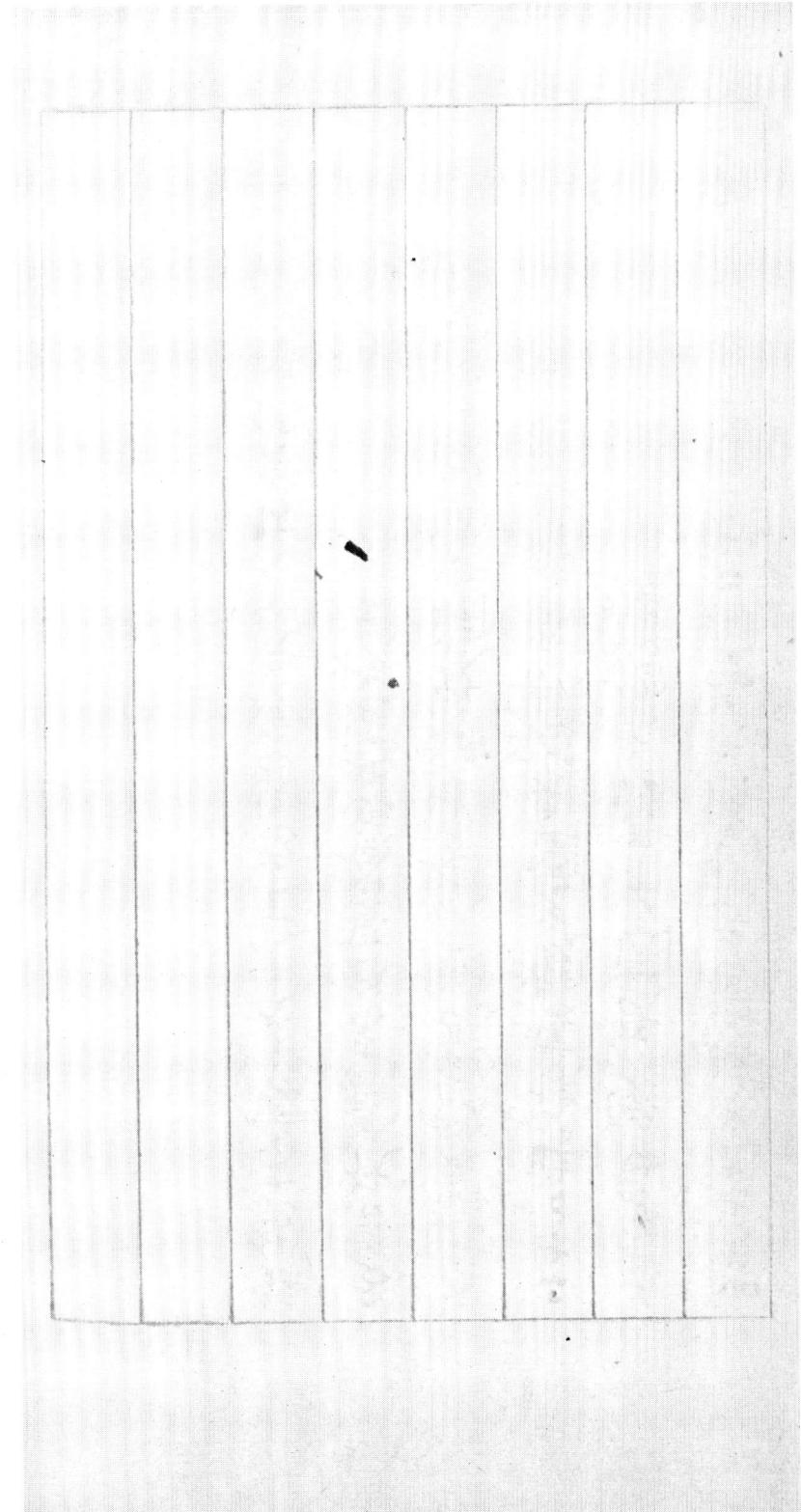

紫[illegible]齋藏板

玄樓日記

三十七年二月五日立春丁亥十二月二十六日昨雪今晴真迴春矣循例參衙列席法規委員會所議為船工機工諸條文憶少時讀攷工記覺周公之纖微靡遺聖功宏遠報載德國毒氣有泰末薩林二種威力在原子彈上念之懍然

六日晴与淑心出挹江門至惠民橋購鐵鍋粗碗歸打點年事今殊不易晚訪王主任少堂歸是日菊生海

午前至醫院檢查健康血壓高二百十度低一百一十度亦以為憂

七日晴得長沙信晚赴彤妹夫婦之宴歸時已起更庚連自蘇寄孺來肉年糕等物將來並攜胭粉來已含苞

八日晴休沐年王主任來談移時始去糾工打灶

九日晴除夕得阜西上海函二弟慶弟桂陽函三弟長沙函午後放假出城買橘子歸書 祖先及灶王神位遼陽戰信不佳晚映澤夫婦及其子女來團年而去一子二女留

十日戊子元晴早起祭祀如儀赴鄰近各處賀春往来竟日紫卿夫婦抱其子来留飧方去夜填點絳唇一闋為迎红梅也其詞云茂苑南枝報春剛到咸平院去年人面比並誰濃淡、雪裏迎来三弄花開遍红如染影疏香暗好作琴書伴

十一日晴偕淑至城南過映潭看電影、片為松花江上那戰時國人被日寇害殊悲苦入夜歸是日船沫來

十二日晴循例參衙出席会議返寓已暮

十三日晴 得二弟家信

十四日陰雨 阜西來談移時去

十五日雨 至城南城外各友處賀春夜雨歸

十六日雨 先考忌日 香燭致哀 不徒不結祭且不結薦矣 作書致沂逢 阜西 齊陶

十七日陰 燕大人來云將赴去持手檢其劳姑遺骸還之蘇州 回為函三弟照料 少坐匆匆去 芸偕來

十八日晴 米至石二百餘萬元 金千三四百萬元 北韓

空布獨立

十九日晴早作赴部宣誓監誓人爲錢卓倫禮成照像桂總司令復致訓言言之痛切晚偕淑赴福社桂宴看美片南國佳人漏盡歸

二十日陰微雨部室不火亦不冷真春和矣夜夢甚奇似與淑共居一華屋中忽有一男子送一布衣紅裙女子也不事鉛華而多姿媚云是新娘將出閣者余疑問何以來此淑云曾貸予黄金五兩古誌備六禮儀

而彼男子者用縠羅抄禮物正以法幣折還黃金謂新郎友人所贈旋至一巨室甚有舊家風主人藏短琴一牀出示殊不類琴予曰此小忽雷耶主人曰非也乃格琴也予曰何謂格琴曰格格詩不云乎格格者琴予曰此何詩乎即詩云琴音耳忽見隔窗內室更有一琴匣約三尺許予堅索一觀主人弗肯曰君有機心矣不能相示予曰平生藏琴如富君琴即絕代佳人亦為所動于中乃引入曲房捧匣

案上雨后匣見青琴黝然欲試絃而醒

二十一日晴　与亡一中并賀其女于歸之喜　聞王某以貪污案被逮將處極刑矣貪夫之殉財也

二十二日晴　得三弟十六日函　覆之　已得玄委　戒其謹慎于不睹不聞時　出游覽宗涼釋義小山詞箋歸

二十三日晴　得葛君函喻次回來　來後去夜退和二弟元旦重逢（甲）花诗云　玄姿霧隱南山巔　且遇春秋據亂年　昔不憂貧如我少　今誰好老起龍眠　始祖一

宜家（郎公塋地名，眠龍出洞）四海推維弟，治國無人嘗小鮮。他縣相思兩花甲，又吟成未及介椒筵。

三月三日寢疾，至二十三日始愈，一病幾殆甚矣。倦已極，中寤夢作題畫詩，有"若愛春風看海棠開甚"

二十四日晴，遊雞鳴寺，求籤得上下。

二十五日晴，晚至曲園一晤周繼健，旋得詢知聽泩就醫上海，尚未愈。旋遇紫卿夫婦，一飯匆匆歸寓。

二十六晴，晨起繼健至，少談去，云即將赴滬特

昆明疲臥竟日枕上看李商隱詩謎一卷其說
甚是蓋錦瑟為之鶯柱鳳送教坊修理之物後
流落外間即歸義山義山以為紀念視同拱璧如大小
忽雷出自大內即為當時所重況錦瑟主人与有一
段好因緣耶所謂錦瑟乃捉弦者則非是如此大漆
物安能从禁中賜人唐宮即邋遢何至明目張膽
乃命夜眠不寐行小東坡數七法久久始合目夢潘芷潛言
將還鄉祭祖予約与同行芷潛曰予當朝服而往

予曰祭時乃服丙舍白祭者大事是焉舍丙予曰役

殘日程曰三日曰至思路若干曰十五里連五十里則至

中巷口曰此二日足矣遂醒向蒼斷的咄咄怪事天尚未明

憶百衲琴之失初不合題銘百身困枕上口占一

絶云百衲无端字百身百身莫贖痛珠沉今朝縱

使聞消息鳳吹碧霄隔外清院 目前自讀言張子謙藏琴蒼海龍吟其佳者

得一林曰碧霄鳳吹卻以讓人後悉抄

音又與滄海龍吟成絶對倘欲悔之

二十七日陰枯臥向損獨出一游遇雨歸

二十八日晴　走訪方叔章不值　晤周紹歐　云方已赴滬就醫　又晤吳君植　偕周共訪宋敬明　命駕同游玄武湖　春正芳菲　餞于虛度　以病後不能久留連　匆匆回寓　雨　別　去年在周家見舊琴二　一有流水斷紋　佳　一名儀鶴　少遜　以價昂未收　紀觀題名下刻光緒七年懶鶴購自天台　因為命名修斷　有小印文曰王印廷瑞　龍池旁又刻夢薇　為余述所夢　夢見一翁操吳音　謂將贈以衛徐琴　翼日有客天台至　持

故人書以琴賜余睬此琴中有字吳門張濬自題夢中所見或此翁歟君寶此三尺桐會輸他日成連逢光緒七年曲園居士題[印]為俞曲隸書張廷瑞蓋吳人修斵二字亦吳誤也

二十九日晴國民代表大會閉幕夜夢張冲和拟演遊園去年嘗於查家聆其度曲清婉絶倫又見其昆明遊園寫真曦扇傳神柔情入化恍疑昭痕重生豈未承迹相使形諸夢寐耶

三十日　晴陰相間。到部閱報數章，歸卧。移日何純貞與鄧礼吾之女來，為作書與胡社長，而去。看詩經本事。

四月十九日晴 國民代表大會以二四三〇票選蔣中正為第中華民國第一任大總統

二十日晴 保衛觀光團來海部參觀 其服飾頗類猺人 有一婦人携幼女同來 賓之 均致詞 由通譯述 今歷史家多言伏羲來自昆侖西北民族 本是同一血統 久則分異 舜為東夷之人 文王為西夷之人 何言保衛我忘其本支已矣 茶點去 歡致一銀鳳皇于總司令而去

二十一日晴 偕舜臣出訪陳籌碩中將 不值 更過趙議長

又不值，退而遇傅樹蒼于門外，始知周鰲山宋姤逢在
趙晴唐，復入晤談。鰲山出王船山手鈔墨書見示，引秀
剛健有如其人，惜未能羅致伴吾獨幽也。午餐而歸。

二十二日　得三弟信，復之。建初、小溪來，手談一局去。

二十三日　晴。午約舜琴、小溪、建初聚餐，談移時散。傍
晚，羅琴參夜与舜琴過訪季良，手談一局歸。是日國
大選舉副總統，李宗仁第一，孫科第二，程潛第三，均不
及半數，明當再選。

二十四日晴午後偕淑搭金陵號赴滬窗外菜花〻
丟多麥亦重實有種稻秧者絲疇盈畔烟水入
畫惜以病出游過遲花信過去耳過蘇不勝感慨
系之予生于濟南長于桂陽誤學于江戶宦隱于
兩京謀終老于吳门不三年而去之今乃棲遲
石城欲歸無所不亦大可哀耶八時抵北站投滄中國
飯店是日報載李宗仁程潛孫科先後弃選尤可
詫者李宗仁昭選委員会登新民報聲明有云有謂李

宗仁當選副總統即將逼宮或三月後迫領袖出國
并種種謠言極盡誣蔑李之声明放弃競選云云其實
若一讀漢高本紀當啞然失笑恍然大悟也
二十五陰涼訪一中夜同至外灘中航公司訪阜如遇吳
蘭生聽收音看電影二鼓而歸是日已移儒祥生飯
店
二十六日晴遊復興公園看農展會夜偕淑與一小兒
至力生至味腴赴阜西之宴旋至中航聽琴至君初

些子梅花已有佳處。漏三下歸寓。

二十七日晴。夜一中邀赴天蟾舞台觀劇，梅畹華已六十，演醉酒，入化出神。回首舊京，那復再得。今非夢耶！數曲終散，歸已加子矣。

二十八日晴。延安撤退事始從報角得来。

二十九日晴。李宗仁以一千四百三十八票當選副總統。午後偕淑返京，抵寓約九時矣。是日三弟亦抵京。

張岱陶菴夢憶云：明成祖為積妃生，馬后抱為己子事太恥。李清三垣筆記云成祖氏北生，劉獻廷廣陽雜記云明成祖非馬后子，其母甕氏蒙古人，以其元順帝之妃，故隱其事。嘗閱西湖南宋雜事詩注，有元順為宋基王北遣服子說，然則趙氏之子孫福祚由元及明也。

三十日　晴。傍晚三弟來，由長沙帶來羊犬豕腊腿各一，云三嫂亦同來，住紅樓。三弟則住六合里斗室，謁居已不能作家，傷哉貧矣。

五月十八日陰曆四月初十為余生辰偕約三弟與聆君
次回晚餐一聚而散是日立法院選孫科為院长
陈立夫為副院長

九月二日　名恥紀念日

二十五日　三弟至自長沙病歸臥養膺中旬餘而愈

遷居中央館店得金君致湛力方能入此室處之

时南京閒房間大不易也　十月廿三兩三弟与傅樹蒼

同赴滬　予擬以晦日行

二十四日　陰　看詩餘偶得一首　夜雨

二十五日　陰晴　天未明而醒為壽余起周作詞一

詩一詞云公瑾當年曾記歷喜英多相逢江户

手刃磨石礪山河　今日壽君六十近，對酒歌，磨石
環城樓外撼滄波老廉頗，以自用詩云：知兵早酷
重白首今猶拾列幕良圖騁及棋負海運功成
還織服國活後閒話不忘樓船杖鄉信久要
歸琴雨此北京風氣今夏余二故曰政治南伐
二十七日閱林詞紀事：趙文字儀可號青山廬
陵人東湖書院山長　疏影：道士朱復古善
彈琴為余言須帶拙音聲若太巧即與箏阮何

余嘗以其言為然

異　詞云寒泉濺雪有珮環隱隱度霜霄月

易水悲歌風寒壯士悲歌關山萬里離別楊花

浩蕩空轉又化作雲鴻霜鶻耿石壕夜久無言

言寂歷如聞幽咽　雲谷山人老矣江雲又歲晚

相對愁絕玉立長身自是仙胎舞我黃庭三疊

人間只慣丁當字妙處在一聲清拙待同朝試拂

菱花老我鬢簪華髮

日記手札
珍稀日記手札文獻叢刊

玄樓日記

上

李靜 撰

國家圖書館出版社

圖書在版編目(CIP)數據

玄樓日記:全二册 / 李静撰.--北京:國家圖書館出版社,2024.9.
ISBN 978-7-5013-8152-4

Ⅰ. I266.5

中國國家版本館 CIP 數據核字第 20246QD537 號

書　　名　玄樓日記(全二册)
著　　者　李　静　撰
責任編輯　張慧霞
責任校對　王明義
封面設計　敬人書籍設計工作室

出版發行　國家圖書館出版社(北京市西城區文津街 7 號　100034)
(原書目文獻出版社　北京圖書館出版社)
010-66114536　63802249　nlcpress@nlc.cn(郵購)
網　　址　http://www.nlcpress.com
印　　裝　河北三河弘翰印務有限公司
版次印次　2024 年 9 月第 1 版　2024 年 9 月第 1 次印刷

開　　本　787×1092　1/16
印　　張　50.75
書　　號　ISBN 978-7-5013-8152-4
定　　價　960.00 圓

序

李静（一八八六—一九四八），字伯仁，别號玄樓主人，又號香雪康客，桂陽縣人。早年就讀於桂陽龍潭書院，光緒年間留學日本海軍學校，在日本期間加入同盟會。清宣統三年（一九一一）回國後在海軍擔任要職，是民國時期著名將領。民國二十七年（一九三八），李静辭去軍職，携家眷從蘇州回到桂陽，歸隱田園。李静崇尚經史典學，寓家習書，日夜不怠，酷愛彈琴和收藏古琴，是一位頗具盛譽的湘籍琴家。李静有記筆記、寫日記的習慣。其内容一爲記録對所讀書中一些生僻、不易理解的字詞的釋義；二爲記録讀書感想以及琴學研究感悟。《玄樓日記》卷首語曰：『予自十五以後即有日記自課，顧常不終歲月。』主要著作有《玄樓讀書雜抄》《烟塵隨録》《玄樓弦外録》等，另有詩文如《净水蘭影庵三味草》《九疑山人楊時百先生葬事記》《贈别桂陽親友呈》《愛晚亭琴集贈南薰諸友》《乙酉元旦》《題後愛吾盧并序》《桂陽炸後避居岩門口奉贈》《題聽琴散記四首》等。現僅存《玄樓讀書雜抄》《玄樓弦外録》《玄樓日記》。

《玄樓日記》共十三册，李静撰，稿本，湖南圖書館藏。本書内容涉及清光緒三十年（一九〇四）至三十一年、民國元年至三年、民國六年至七年、民國十八年至二十年、民國三十一至三十五年、民國三十七年共十六年的日記。其特點是時間跨度長，内容涉及面廣，具有明顯的時代特徵。所記内容既有時事戰況、感想隨筆，亦有日常生活、親友往來，還有對古琴音樂的摯愛與欣賞。作者所處時代歷經清末、辛亥革命、民國戰亂、抗日戰争、解放戰争，身處風雲變幻時代，心憂百姓安危。所以諸多重大歷史事件注入筆端，溢於言表。反映了作者居廟堂則憂其君，處江湖則憂其民的家國情懷。

《玄樓日記》稿本已收入《郴州通典·典籍文獻》（國家圖書館出版社二〇二三年出版），但該叢書卷帙達一百八十六册，規模較大，讀者較難見到，今將之單獨析出影印，頗便學者利用。

曹知法

二〇二四年六月

總目録

上册

玄樓日記（一） 李静 撰 稿本

下册

上册目録

玄樓日記（一） 李静 撰 稿本

李静 撰

玄樓日記（一）

稿本

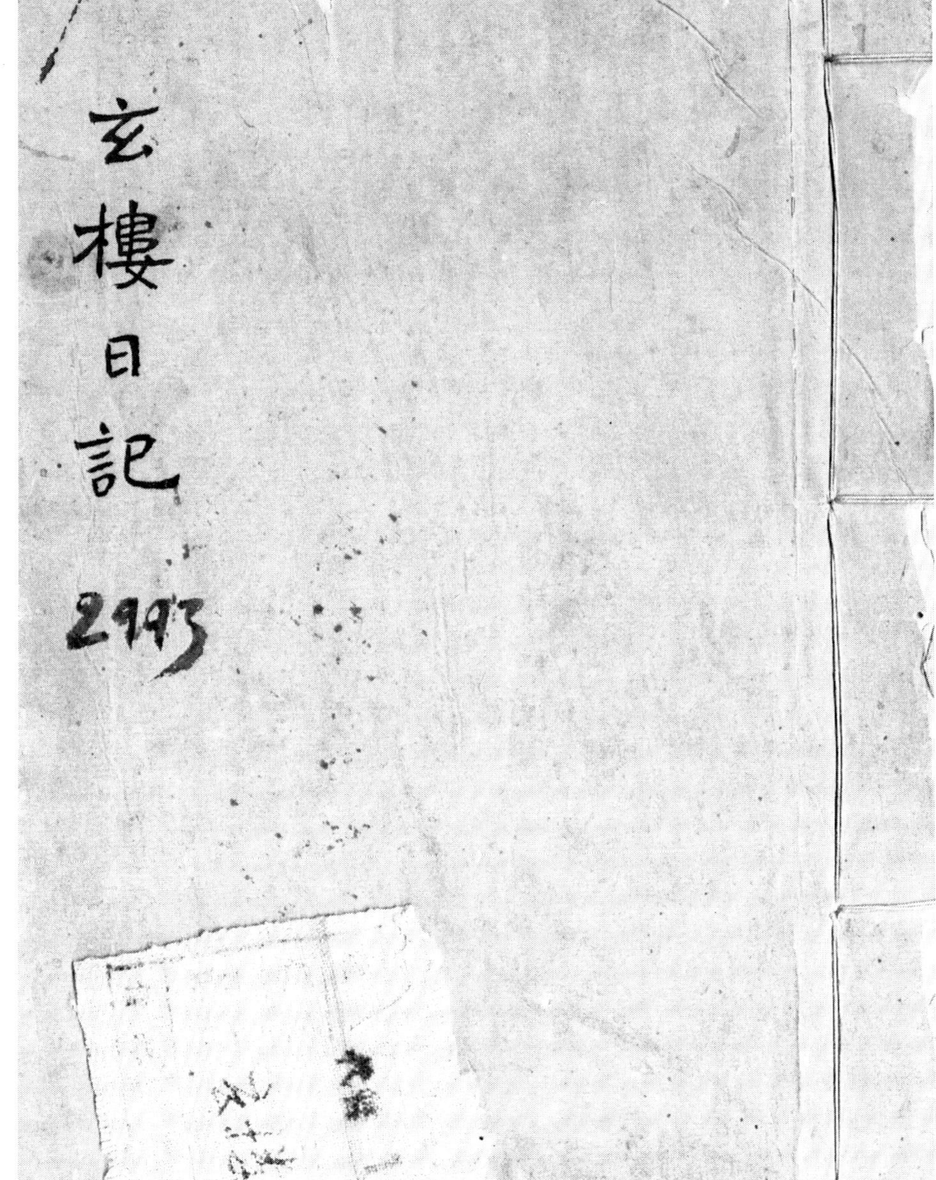
玄樓日記
2993

玄樓日記

予自十五以後即有日記自課顧
常不終歲月無恒之弊今乃畢
成及投筆事戎更習粗迄八年
于外語多寄象而急鷄馳歸
並此亦失之海表嘆李廣之數奇
悲令伯之孤苦撫茲身世縱困嬾
然偶閱舊記徒增慷慨因節取

錄存略見平生及時閑暇繫日以書又不忘書生舊習而非壯夫之所有事也

民國六年丁巳中秋前十日記于小菜園旅次　太玄

甲辰 光緒卅年 時年十有九歲

五月朔日晴熱甚點尚書春秋十餘頁飯後錄湘綺樓史記評自黃帝紀至秦紀午鈔論語訓一頁讀戰國策數千載之下其猶文戰驚動人何怪當向夜讀尚書春秋更次兩晏來談

二日暑氣騰沸逼人點尚書春秋校

秦本紀鈔論語午後赴松花會
宴有言陸泉飲敵三十人者得無
歷倒劉李歸看聊齋長亭傳懸
想其人當亭亭長身玉立故字之
曰長亭石生其仿福以堪此
三日陰涼底峯課期懸將樊噲詩
以十萬兵橫行匈奴余以漢祖多大
言故噲犬而欲之韓信之蓋興將

伍蓋亦職斯之故歟大夫擁兵重
遭明時自當横行海内如未必遂兩
斬也飯後作書致曾蔭青書云握
别來戔恍若三秋迴首郴陽已是糢
糊計人生天壤間直南柯一夢耳
某自歸之後嘗上重怒以不告而遠
游觀表鶴不獲已困守書城用謝
前愆目不窺園足不履户者三日

于兹矣無如賦性不羈抱膝常飲楚囚之泣愁多思獨處無憀托人之憂陶陶此宮廬中誠不知伊于胡底某初以將相王侯人自取之今乃覺之佛所樹立則亦何莫非命人定勝天之說足下幸有以教我 午散步東山

四日 晴 過高碼頭見仁和祥店中章

予以細故憤飲灑水，登時委頓欲死，
予亟令以涼水灌救之，幸免于難，
然去歲遽殤矣。暑秋由鄉還，僦
淋東山，夜雨達旦。
五日，湘人恒以是日投粽祭屈子，桂
陽亦有此習，不過蓉城之是東
方朔，非屈子耳。午自課，印事詩
一首云：良時當仲夏，令節届天中

蹋草荊楚記縷絲風俗通門前
踏藥虎江上走的龍臨流投黍
角印席進菰筒芙拍艾人背舞
試滿劍鋒揮符驅百邪飛白動
清風山中采仙草簷前取守宮
奉賜高堂上開筵謝天公夕點
尚書春秋校秦始皇本紀
六日陰點尚書春秋午馳馬鹿峯

詣牛巷〻省　曾祖母精神至矍鑠

敘家事滔〻不倦晚歸校項羽本

紀及高帝本紀……史記第八卷

也聊堂云漢書第八卷有缺隱其

闕而史記全之然則宋真宗書

中自有玉顏如玉之言徒虛語耳

七日　雨　二弟自江西來信語焉不詳字

亦潦草與書誡之是時父款方在

夏中丞幕府辦陸軍材官學堂
將以練兵洪復湘軍舊觀而召
留日本習陸軍者蔡松坡趙聲
等狀之教練惜我株守未能援
筆以從耳午校呂后孝文紀陳是
時呂氏亂政諸大臣王侯共起而
夷之以功論宜莫及孝文之亦自
來計慮將夫子乃群臣忽折之于

礼而使使奉迎嗟乎天下雖人人之天下亦惟有命者居之耳夕讀戰國策張儀計事恒尚譎詐不畏利害不假仁義吾於其伐蜀不如伐周一事足以概其它乎矣夜翻閱書籍擬應與賢堂課

八日雨午後至東山書舍入幕方晞夜看鏡花緣札平李子松石

所作也迂拘荒唐腫濃夢穀人且孔駭然而嬉

九日風雨淒淒如行秋冷看聊齋白秋傑曰天下事愈急則愈緩愈迎則愈拒誠見道之言持此可以入世

十日陰雨校史記孝景紀至諸侯年表武帝殺少翁對欒大諱之

曰文成食馬肝乎古聖帝明王
亦善人少而惡人多鈎詐語讀國
策夜讀春秋何邵公注祟異必言
徵應未免附會
十一日陰雨晨點春秋及船山史論餘
後校史記讀表至禮書〻〻云禮上
事天下事地尊先祖而隆君師
是禮之三本今人書天地君親師而

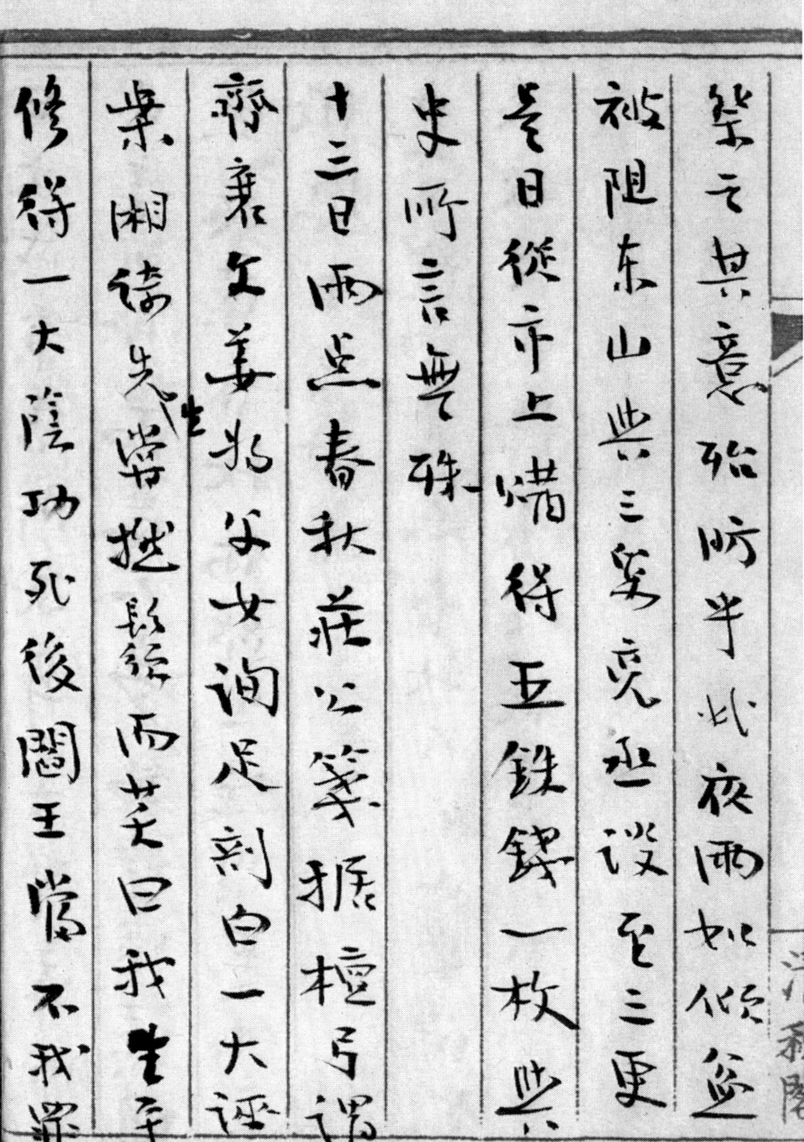

槃之其意殆昉乎此夜雨如絲益
被阻東山與三兄究巫談至三更
是日從市上購得五銖錢一枚與
史所言無殊
十三日雨是春秋莊公篆據檀弓謂
齊襄文姜將女詢足剖白一大謎
業湘儔先生嘗撰戲語而笑曰我生平
修得一大陰功死後閻王嘗不我罪

矣門人請故曰文姜與諸兒淫通
事我兆洗却千古不白之冤夫
非隱功而何蓋檀弓言齊穀王
姬之喪魯莊為之大功或曰外祖母
也故為之服夫王姬既于魯莊為
外祖母則齊襄于魯莊自為外祖
父文姜莊母而襄女其證至明也
飯後校點史記自寫書至午畢晷

魏文侯曰吾端冕而聽古樂則
惟恐臥聽鄭衛之音則不知倦
我則讀經史惟恐臥讀稗官野
史不知倦午飯論語訓晚告至
廢年餘而白過甲元之春故元
侯之苗裔也有少女謂之芋香林
父者瓜葛于元者也介以往芋香者
茗腆腼而前拜如天人衣下咽芳

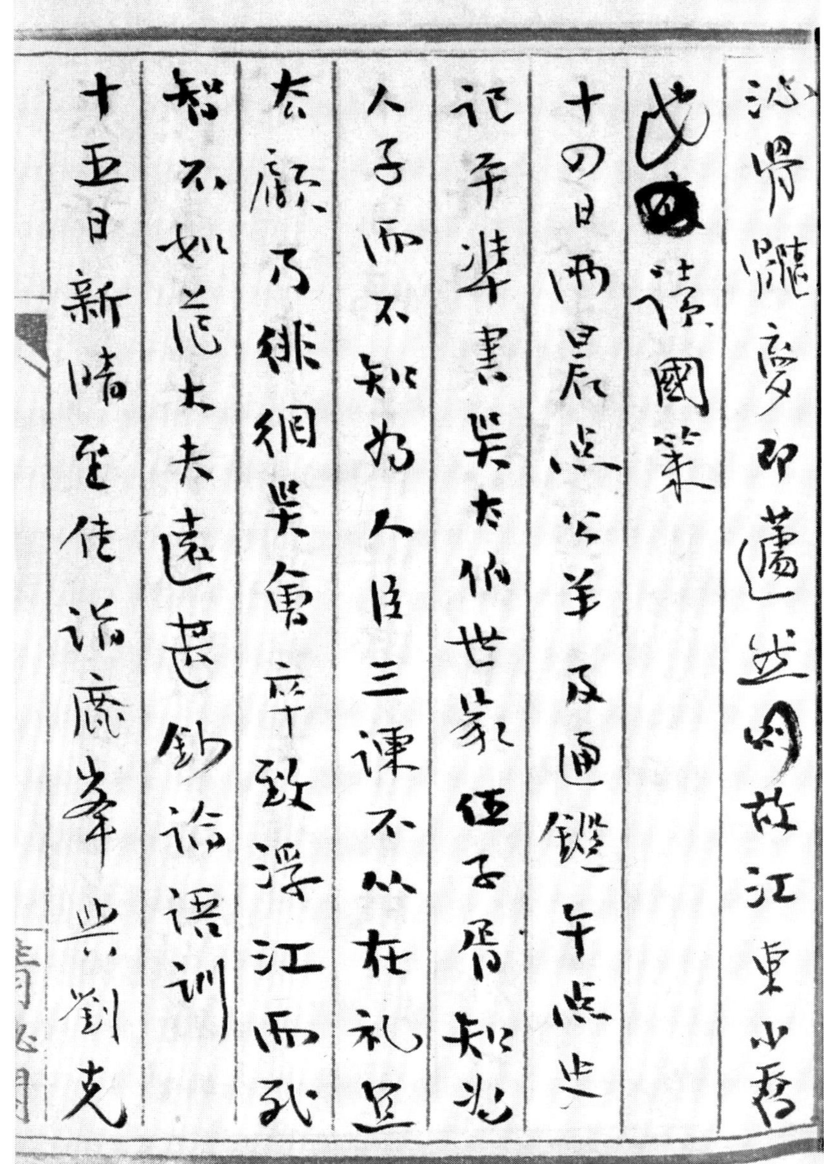
沁骨髓，夢即還此，時故江東小香

戊讀國策

十四日　雨。晨點公羊及通鑑，午點史

記平準書、吳太伯世家、伍子胥知北

人子而不知為人臣，三諫不從在禮豈

忍歟，乃誹詆吳會，卒致浮江而死，

智不如范大夫遠甚。鈔論語訓

十五日　新晴至佳。諸廉峯與劉光

琴抵尼夜谈克琴少青先生之子
读书至愍勤貌䝿而文富敏以
求之不失北桂阳左太冲
十六日晴更两以愿年不能读书
仍归寂夜　父款自江西之祖母书
云三叔出北东洋又見與李海之
函云自愧愚連将復東時　父嘗嘆
曰恨天不生子我于三十年前未及

豈曾左見伯仲更不生我于三十年後遂令長吏傴如長虫驕蹇以豈天之將降大任故欲厲其志而老其才歟

十七日晴　上父親書請出游以廣學識，未卜見許否耳。午至甑峯，黎知州以無才辭卅大府，更令王桐軒來。王雖輩子，然不安雅，聞其先故惠

矣正家人因出窟乃更姓王氏云先是
壬寅之冬以新集州紳李海之譯隙
事劉蔚生諸前輩設桂亭公司于
城西之雷氏宗祠謝辦虎爪山銀卝
卝故宋明以來名山昔州人作其條破
產以採之窮年莫所獲除夕至無酒
肉以饗工作乃自取所蓄狗屠之
典衣市酒集工人語之曰財竭力盡

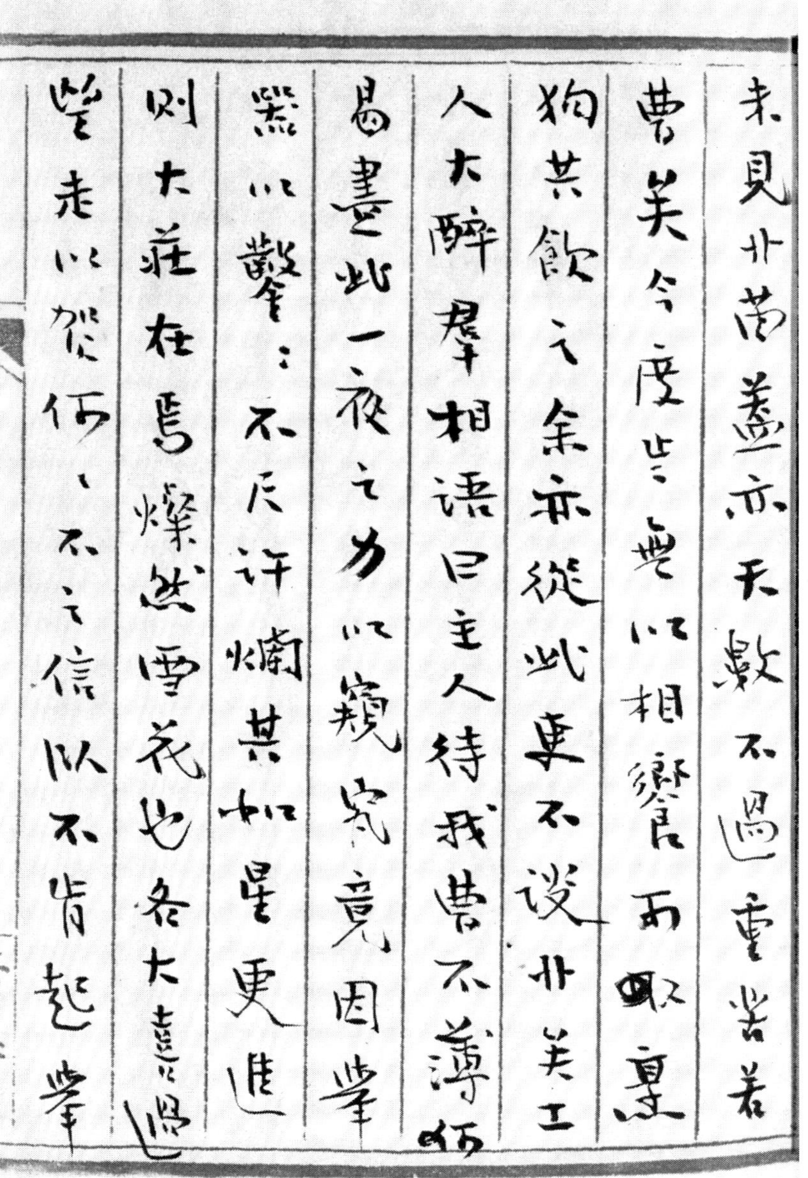

未見卄苗蓋亦天數不過重若
曹笑今度竟無以相饗而取梟
狗共飲之余亦從此更不設卄笑工
人大醉羣相語曰主人待我曹不薄何
爲盡此一夜之力以窺究竟因掌
然以擊之不及許燭其如星更進
則大莊在焉燦然雪花也各大喜過
望走以報何之不之信以不肯起掌

砂示之始躍喜自是日以加多而伺
氏富至鉅萬今桂人辨其者皆祠
伺為神焉乾隆時周王二氏之祖葬
于此土狀掩兩甚二氏人各避走及
雨霽視之則失二柩所在壘二戌
十八墓不知孰為周王後子孫遂濫
祭之故虞亦小又名十八堆因其涉訟
二姓控至京師得上諭封禁遂莫之

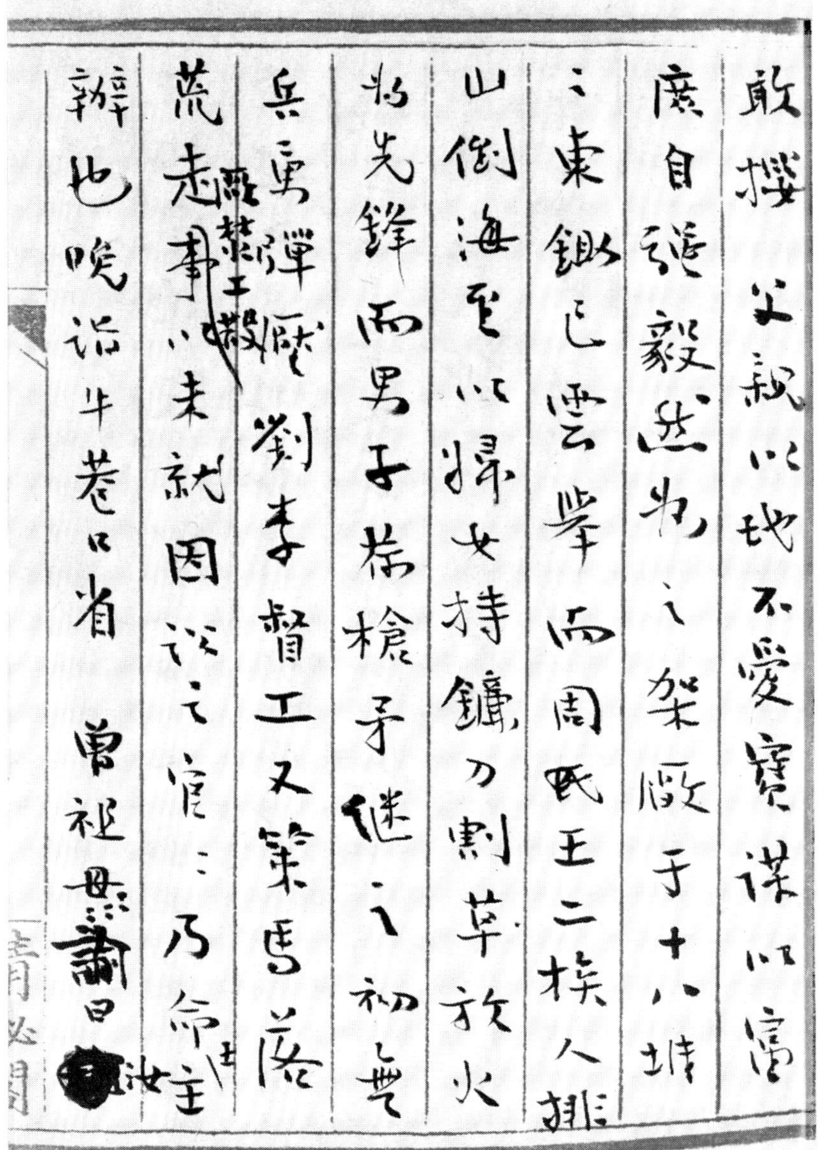
敢攖父叔以地不愛寶謀以富
廣自强毅然以之架廠于十八埠
之東鐵之雲峯而周氏王二族人排
山倒海至以婦女持鐮刀剗草於火
為先鋒而男子荷槍矛繼之初無
兵莫彈壓劉李督工又策馬落
荒走事以未就因議之官乃命汪主
辦也　晚詣牛巷口省曾祖母請日[illegible]

曾祖父壯時性脫略不羈喜交游有
任俠風度與鄉人恆以重與者出
曾祖亦漫時來歸甚或獨處東峪
嶺寺中若重九登高賦詩以衣食
子孫家人但事輒曰汝欲作秦始皇
築萬里長城耶人生幾何之必爾之
陳侍郎徵時讀書處禁峯與交至
密因成姻婭王壬秋先生來游桂陽必

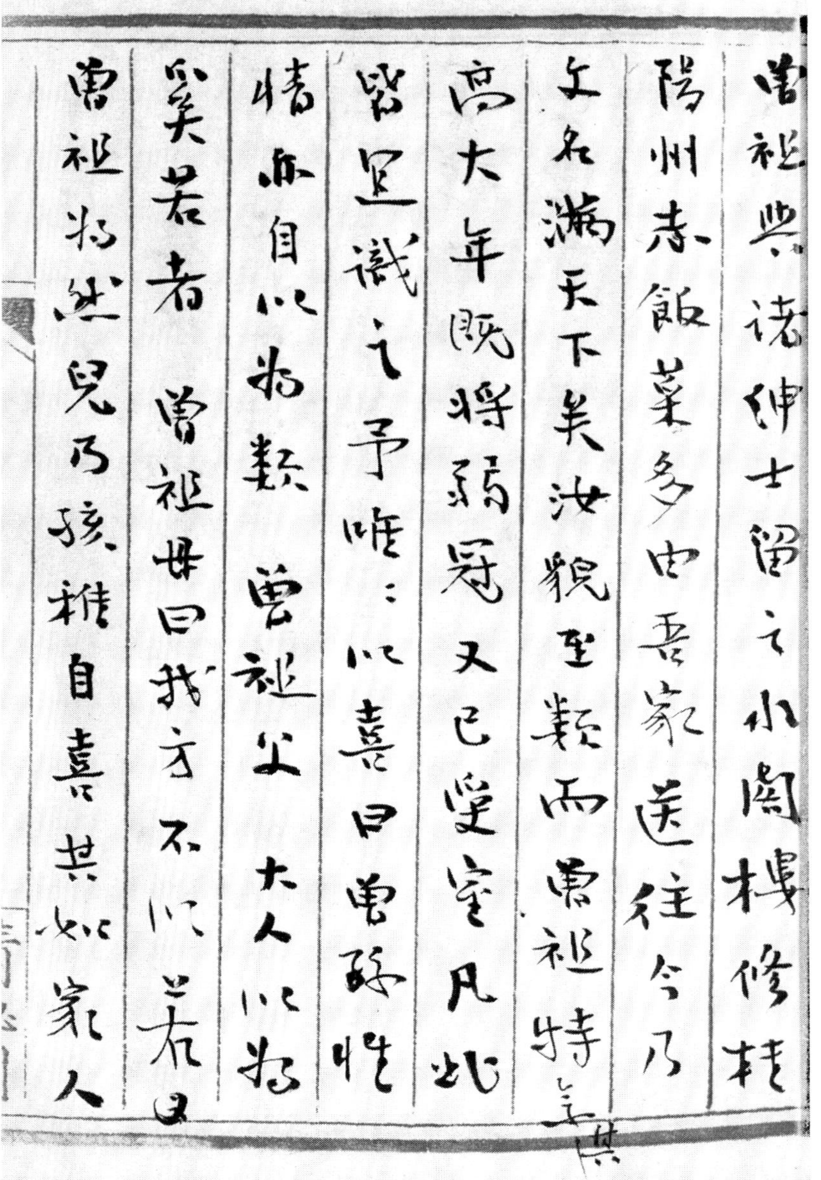
曾祖與諸紳士留之小閣樓修楷
陽州志飯菜多由吾家送往今乃
文名滿天下矣汝覩至欵而曾祖特其
高大年既將弱冠又已受室凡此
皆足識之予唯唯以喜曰曾孫性
情亦自以為欵曾祖父大人以為
奚若者曾祖母曰我方不以是爲又
曾祖將然兒乃孩稚自喜其以家人

記嘗附言李世民日記作文之誤

生產何錢嘗見漢宮祕戲達大度其子孫必皆如宮祕能守成者慎之々々余唯々退院三舅樸留來々舅云今日學堂徒誤人少年必欲讀書宜擇師始終事之予謂未可概論學堂亦自有佳者特吾州非驢非馬耳

十八日 晴 晨點春秋々々天子事點布衣

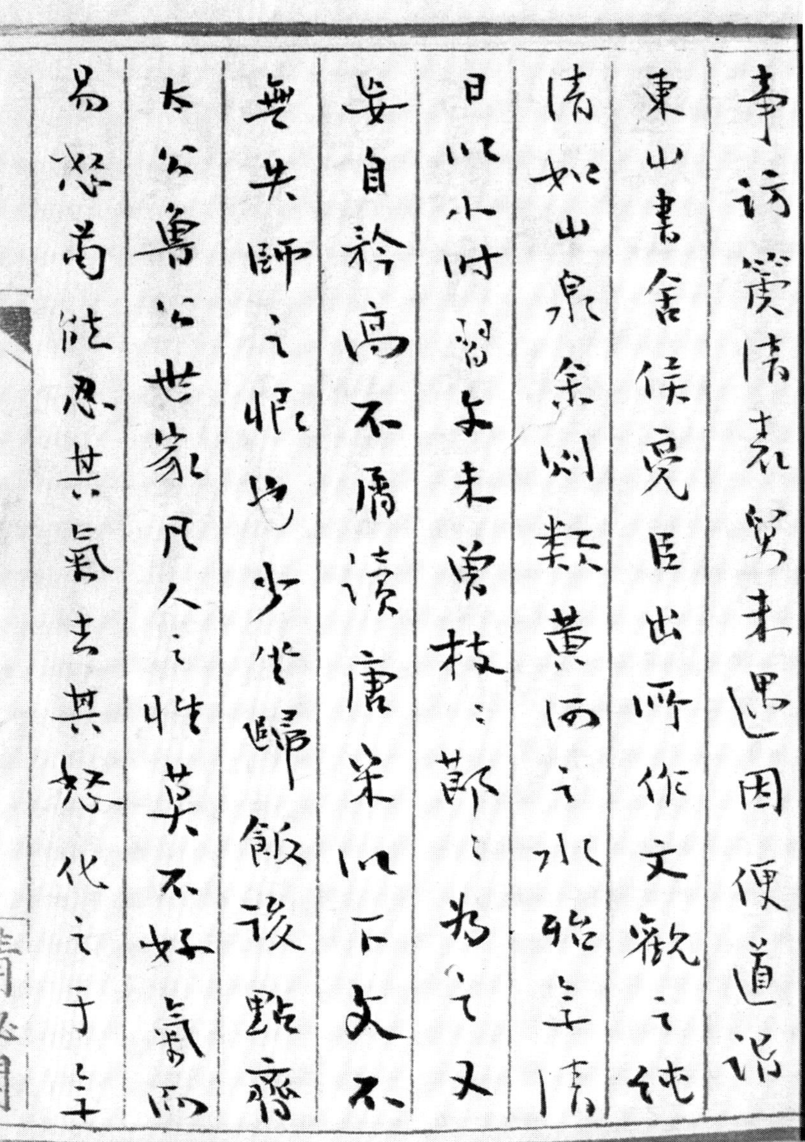
事訪蒙青求賢未遇因便道詣
東山書舍候冕臣出所作文觀之純
清如山泉余則類黃河之水殆乎清
日以小时習文未曾枝枝節節為之又
妄自矜高不屑讀唐宋以下文不
無失師之恨也少從歸飯後點齋
太公魯以世家凡人之性莫不好氣而
為怒尚能忍其氣去其怒代之于乎

何有之鄉而其志百折不撓近乎英
雄矣此其道太公實躬行之而張良
韓信之徒又祖于太公所謂陰謀也
王牧下車傳言王能騎馬舞鎗之重
百餘斤其媳秋某能文好俠出迎董
門觀獅子劇之者以方桌十餘席卯
壘而上高與城齊操之欲墮劇者
盤旋獻技变幻百端了無危懼或

云以千年斤搉符鎮之故能余之𠮷日
神来拔矣晚飧麁羊三量與王
某口角以不可不廣交大不可不慎
交者廣交上至名賢下乃無賴皆
引與游慎交則無毋友不如己者不
知己者三曼近讀水許乃蒹宋公明
之爲人患在廣交而不明師友臣隸
之術且其用能久敬也夜浴即以磨

轉不能成寐。

十九日晨起，點春秋，午前雨，赴寅清之安。

二十日晴。端午以來雨未嘗少霽。月令云：仲夏行秋令，則草木零落，果實早成，民殃于疫。長民者宜有以防患于未然也。修禀上　父親，言恒升店事并及礦事。恒升者，父親集

資之所辦家用常仰給之吳矩堂主其事吾家兼業商務之始與内（其初在同春州鄉美孚主之）

于歸別二月餘矣

二十一日詣東山辭巳薕方歸

二十二日晨點春秋鄭瞻幽來印後世所謂告内計也以徒為亂階於吾立國之道畢矣故傳謂之佞人已刻點陳杞衛世家州吁既殺光自立後

請宋陳蔡鄭段所謂方以類聚
物以群分午看王船山[illegible]詒
二十三日晴暖夢中有報何簌陸
先生病殁未驚起詒蘭管譜管金
訓已移尸于家往祝之狀未歛天不
佑賢京廬悠悠長逝不覺泫然
先生少至聰穎好狄邪惜不修邊幅
有千塲縱博家仍富之概及此諸

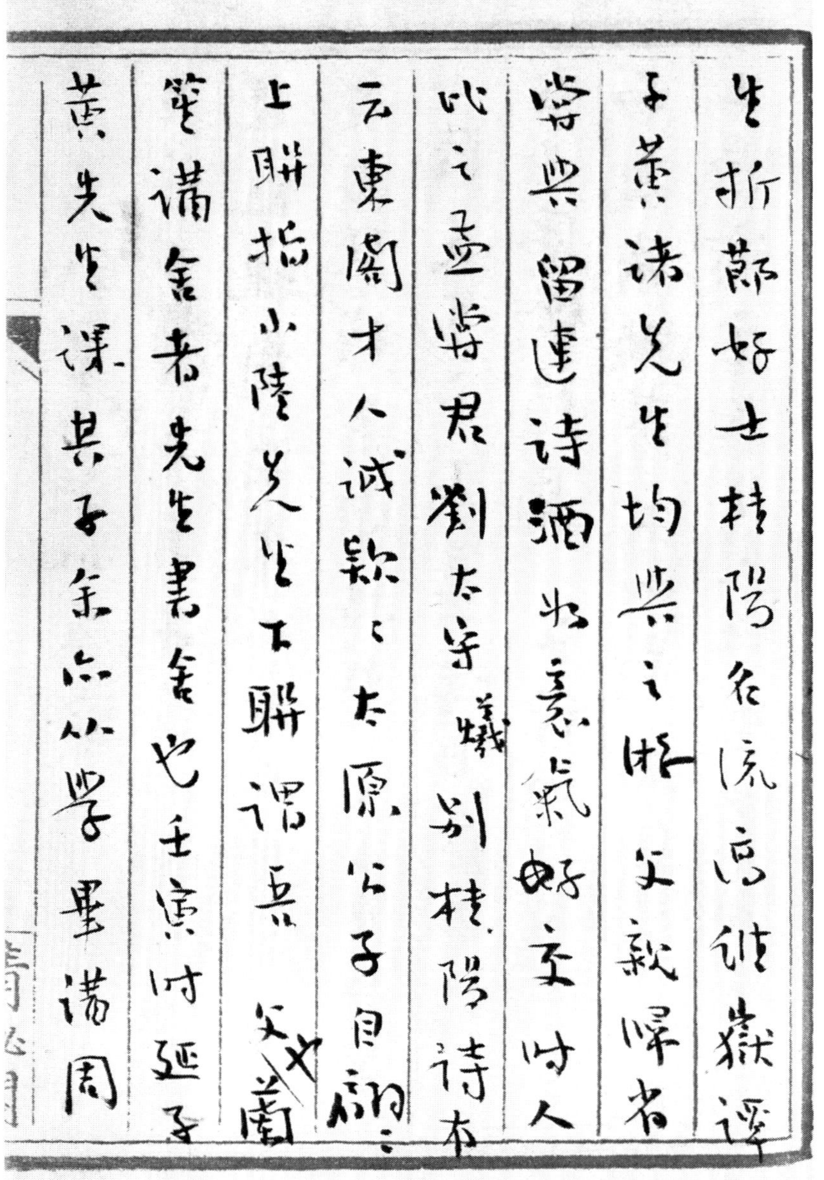

官春秋二者頗以累窺廟美余弃
生讀[書]只此一年耳予黄小陵之先生
課餘輒對奕余亦欲而習之講余
有毛瑟槍余常持擊之一日从中
小陵先生之子益余自庚子侍
父母廣衡陽見父練團於陣圖
而夏翰林芳真入蜀兩粤之師勤
王過衡至足生人仕宦當作執金

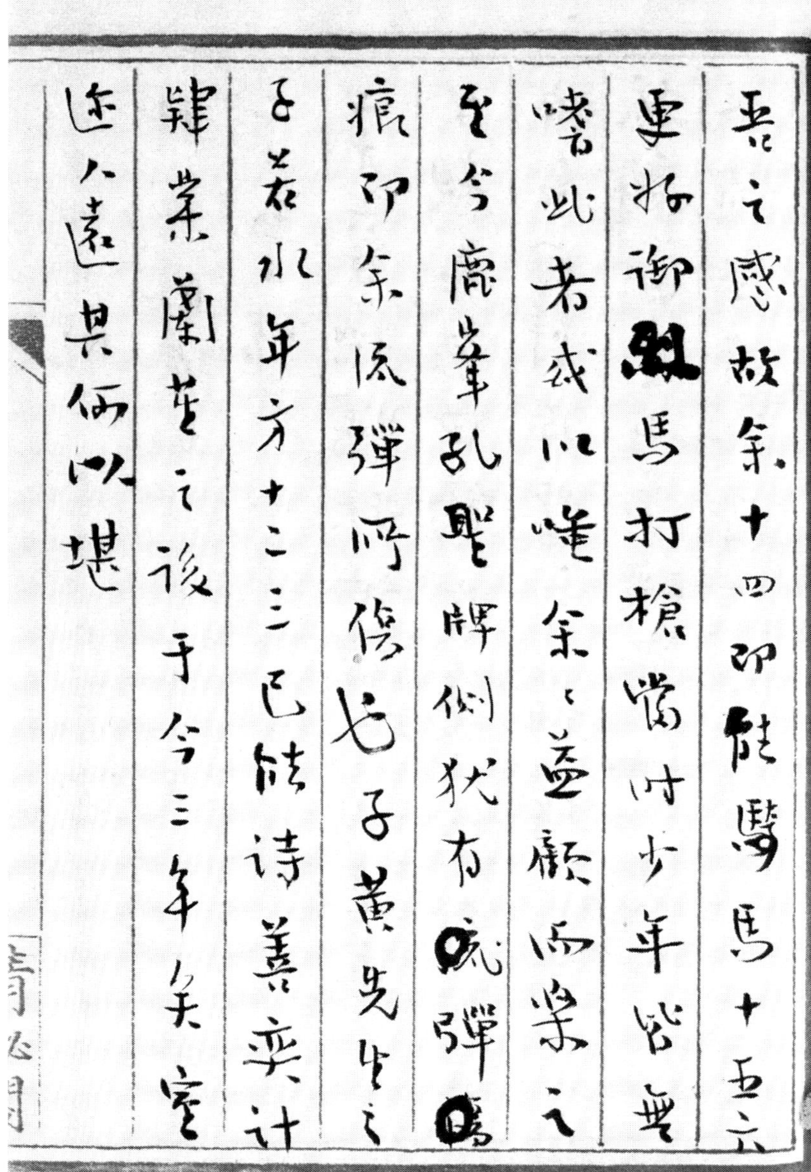
吾之感。故余十四即能騎馬，十五六
更將御[illegible]馬打槍，當時少年皆無
嗜此若戲，以唯余之益歡而樂之
至今鹿峯亂聖牌側犹有疏彈[illegible]
痕，即余係彈所傷也。子黃先生之
子若水年方十二三，已能詩，善奕，計
肄業蘭莊之後，于今三年矣，實
迷人遠甚，何以堪

二十四日晴　王孝廉寧弟萍往邛

拜午晴東山

二十五日晴

二十六日微曙秋納涼東山夜夢

父親名余曰鈞字余曰玄往呰余

自名曰靜原學于龍潭更用派名

毓麟則生山東撫署時先外曾王

父篤亟侍郎所命也幼時自字伯

伯仁不期與周顗同人以為不祥余曰常遇春亦字伯仁固一代元勳何不祥之有

二十七日雨　弔何小陸先生之喪　点史記晉世家

二十八日雨　夜点史記越世家伍子胥畏句踐以其能辛苦　孔子言後生可畏亦以其能辛苦　後生不辛苦

斯亦不足畏
晚日兩点半託春秋及衆傑談、、
皆西人言民權民智其流弊與始
皇之藏[於人而]智獨集大權者咸失其平
非良法也

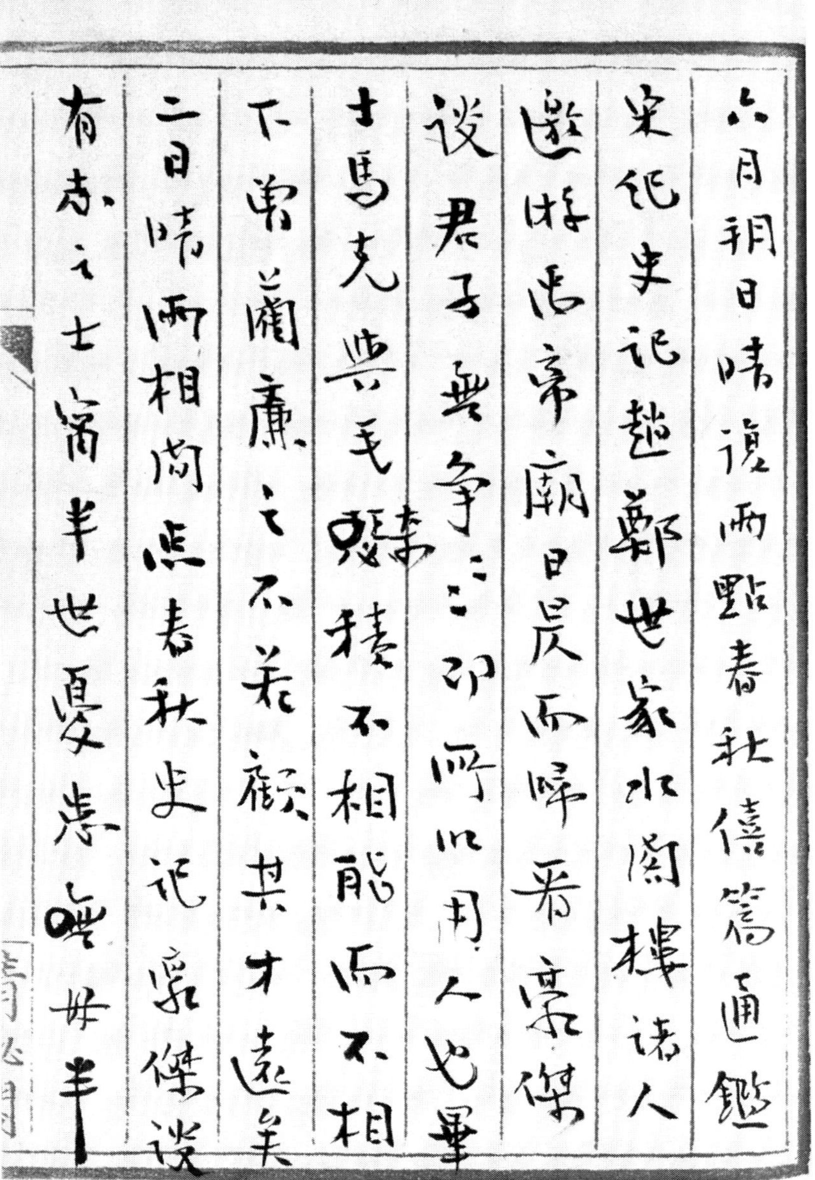

六月朔日晴復雨點春秋僖篇通鑑
宋紀史記趙鄭世家水閣樓諸人
邀游呂帝廟日昃而歸看豪傑
說君子無爭二字所以用人也畢
士馬克與毛嬙積不相能而不相
下劉藺廉之不若歐其才遠矣
二日晴雨相間點春秋史記豪傑說
有志之士窮半世憂患噫毋半

世安樂々衰老而短气憂患增長

閱歷也

三日點春秋史記乘傑設天下[illegible]注々

患廣而傷幸甚患言多憤達使才

適指意暮雨

四日晨點春秋晉滅夏陽而使虞

首惡孔子蓋進知六國將弃于

從設此警々午點史記田敬仲完

世家夜看凉傑設西人務開民智
將來内亂豈可救藥夜雨蕭蕭如
秋
五日雨點春秋晉里克殺其君卓子
及其大夫荀息代及賢日此不日者
奚齊之不正荀息固知之所以守
死弗去者特迫于勢禁于言
故遂欲將義舉歸荀息死於

奚齊死也，乃不孤于奚齊之孤，而又擅立卓子，彼已所立，非獻所立，則不正之甚者也。卓子孤而荀息孤之，則非孤于獻公之命，乃[illegible]而孤耳，君子何賢焉。故不得以[illegible]其不孤其孤矣。奚齊而孤于卓子，孤于卓子，所以書及者，託若孤于奚齊者然。午點史記孔子世家，史公述

書叔梁紇與顏氏野合而生孔子
孔子聖人春秋為賢者諱史公乃
不為聖人諱者孔子道德冠古
今小惡足以加罪猶不極攻而
春秋不為諱纂也且商契吞卵
周稷履跡其事皆屬不經詩書
未為諱言聖人固非小惡所能損
其處毫末也看不顧記樂而不淫非

代才子佳人書所丁氏擬夜共嘆秋
批對談余云人生亂世但須才不必
學某秋云無才者亦不得不學
六日微雨祖母病午後點春秋泓之戰
泓之戰以為文王不偶是春秋先
自治不恃戰而國強戰則正正堂堂
以臨之無不勝之理故曰內不言
戰戰乃敗然此之謂太平世而非

亂世法若夫諸侯相伐夷狄交侵

亦不得不言戰伐討義兵是也

晚省祖母出爇香爐照合粉焚之

老人怡然

七日陰

八日陰齒痛午后點書夜接二

弟寄來西江官報一本

九日作書示二弟

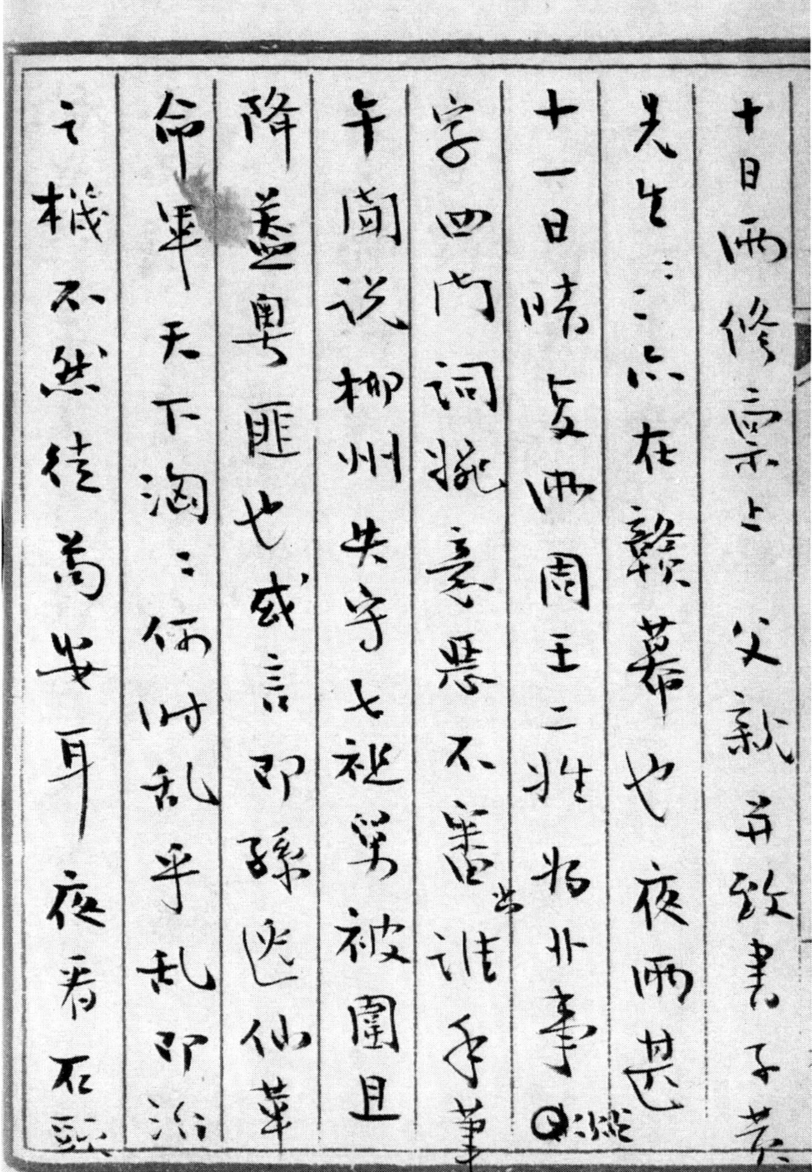

十日雨。修禀上　父親，并致書子英
先生。二點在贛幕也。夜雨甚。
十一日晴，夜雨。閲王二壯將卅事
字四門詞，擬意惡不善，出誰手筆。
午閲說柳州失守，七祖哭被圍且
降。蓋粤匪也。或言即孫逸仙革
命軍。天下洶洶，何時亂乎？亂即治
之機，不然徒爲安耳。夜看石頭

記襄傑設宮之於黛情深意切
固不能依別為嫁娶乃王鳳姐明
詭隨其尚用瞞天過海計以昏于
欽而寶玉僅瘋癲慘然受之夫
闡以孔之爭蓋奪我所欲適掌
亦我所欲初未嘗真能愛黛而
棄欽也及黛既云亡欽亦色哀宮
始慘然肥遁不獨于要氏為不孝

印于欽望亦何嘗有情語謂宝玉為情之聖

十二日雨点春秋僖公篇畢午接二弟函仍是草草

十三日晴與岳丈翁午往弔何東柯先生之喪旋過趙侯祠祠在州城西南二里芙蓉山上山下有蒙泉為桂陽第一今謂之八角井皆陳太守國仲所重

修住持僧蘇庸浙人能佐鐵禪林
善醫目疾尤善烹調素菜今已
死矣三國時猛將如雲獨子龍雲
長民間多為之立廟蓋關公秉
燭護嫂傳為美談子龍亦不受趙
範寡嫂行酒之計故世人重之非徒
以其忠勇也張翼德取良家采樵
女為妻而其廟貌不傳但以莽將

將軍膾炙人口刈皓齒娥眉不獨代
牲之斧兩兕十秋萬歲亦損至行
晚觀落滿漢樓夜看京傑說
十四日雨晨點春秋通鑑晚詣東山
執主家事齟齬男子志在四方安能
鬱鬱家居
十五日雨點春秋通鑑飯後臨鄭文
公碑校史記萬曹及留侯世家

博浪之椎，所以欲藉復韓讐者，名不出，何以不始終於韓。午釣論語訓，夜看康傑設鏡影蕭声。

十六日　晴　接二弟端午函。午釣論語訓：無友不如己者，與才德庸下者說法，若人人不友不如己者，則過己者更誰友己？訓以爲不如己謂才德全無者。

十七日晴晨點春秋午抄語從訓

十八日晴晨點春秋夕課内讀費大家論語

十九日至東山訪寬臣不遇午抄論語訓

二十日嘗新

二十一日點春秋文公篇畢

二十二日晴

二十三日　晴　觀內子踢球戲佳十寺仿錢南有美人之目能足踢十餘云

二十四日　晴

二十五日　晴　接二弟書云三叔出闈外次年餘方歸弟入營務學堂

二十六日　晴　看石頭記柳湘蓮棄老伯嫂從西廂欺辱林先生罪惡妹妹脫胎出來

十七日晴

二十八日晴多雨

晦日晴。點春秋，去肄業龍潭經師

邵竹垣先生。余曰：記言君而弑，而

父不而弑父，天合君臣人合也，故

春秋世子弑父，不曰弑父而曰弑君；

弑君犹而言也，弑父不可言也。先

生見之大驚，曰：此革命語也，汝未

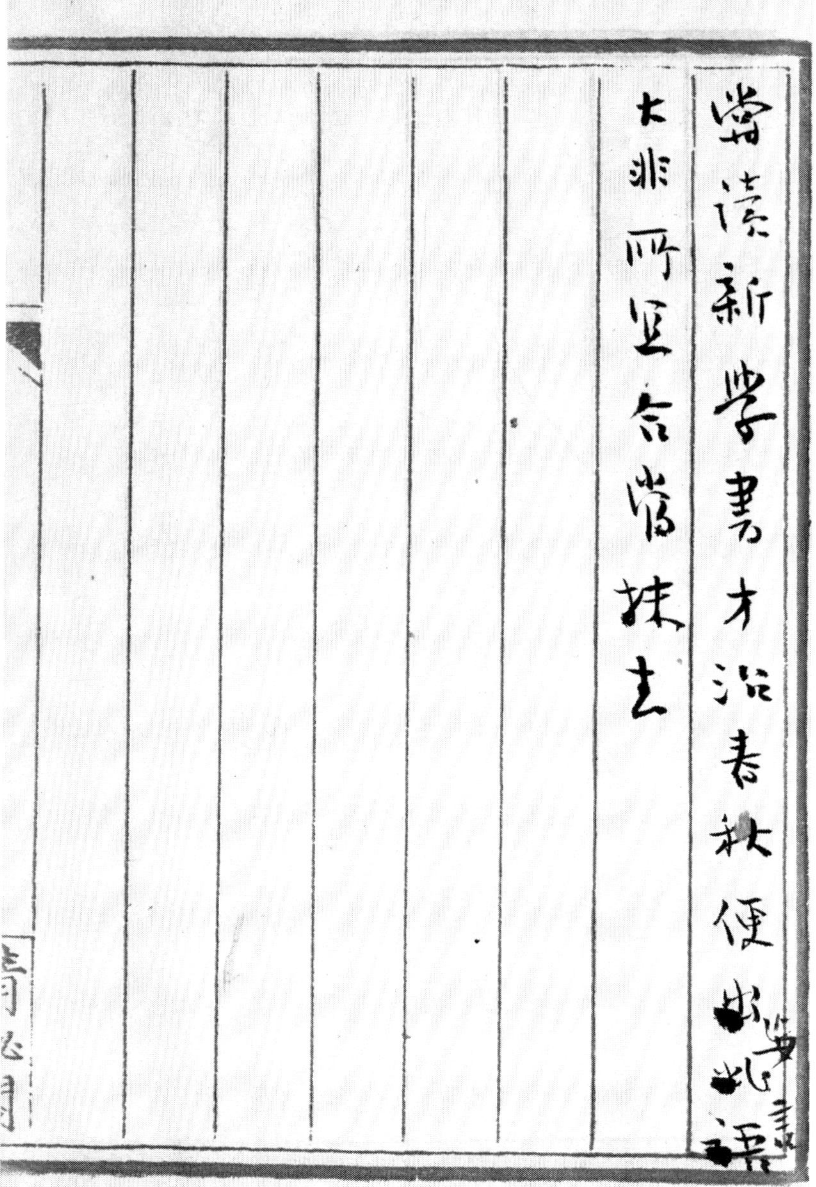

嘗讀新學書，才沿春秋便出（按：旁改"此"）語，大非所宜，合嘗抹去。

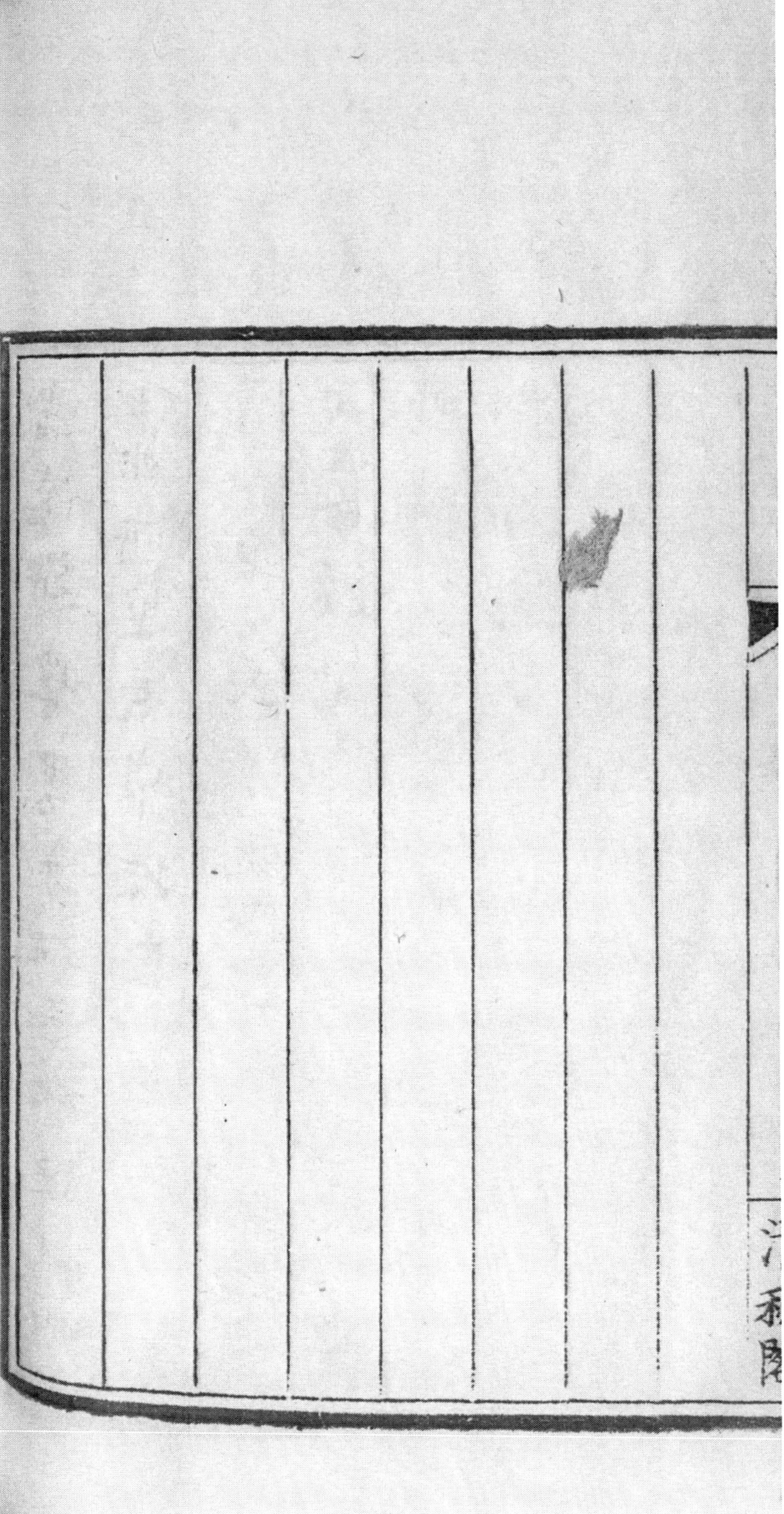

秋七月朔日晴晨点春秋宣公篇畢

午点史记五宗三王世家夜读春

秋國策看水滸

二日晴点春秋史记

三日晴点春秋史记天下事至不

得已时惟有死与之耳中生还

身伍伯伍员是也

四日晴点春秋史记五日晴点春秋史记

六日晴。看紅樓夢金陵十二釵，凡稱謂冠氏之外，多冠名或行，獨於黛玉，姐姐妹妹姑娘丫頭時喚，皆冠氏而不冠名，蓋紅樓以黛玉爲主人翁，亦若春秋之託王于魯公而不系也。

七日晴。點春秋成公，暮畢。點史記張儀傳。夜赴顧宅聽蕭劉崑曲

九日風雨凄凄大有秋意夜奉

父親江西示云八月將回湘募兵

十日陰郵寄家書江西

十一日陰晴夜夢騎牛共行如飛又

能人言其物老子乎光武乎山中

之牧人乎

十二日晴看通鑑紅樓趙普之忌

秦王廷美諷李符上言廷美怨

皆既而恐符浅言坐以他事陷之

王熙鳳之殺尤二姐初使人訟諸官

及事成即陰殺訟者千古奸雄無

殊呂女

十三日雨看史記通鑑

十四日点春秋史記午大雨烈風看通

鑑夜雨尤甚

十五日晴看演武亭驗尸

十六日　雨。点春秋、史記、通鑑。庚伯熙、
来。
十七日　雨。点春秋、史記、通鑑。看小説
有同業商者甲乙二人，甲妻國色，乙
陰好之。同游于江湖，戕甲舟中，歸而
呼甲之妻曰：三娘子，某某未歸乎？後
事發，判詞有云：開口便呼三娘子，
早知房中無丈夫。此與王船山論

趙普對太宗言陛下一誤不可再
誤，此不期自發其隱，同一用意，老
儒者卑陋別具卓識
十八日兩點半託通鑑三叔由日本來
函云已入學法政，並盛稱日本政
治之說，令人神注。二弟江西來函，
云日俄交綏，俄大將薩哈者陣亡
十九日晴夜閲七叔祖有來電邀

父親參贊軍務

二十日

晦日点春秋畢春秋見世講究吏

治數言盜螺是也治世得良吏

則無事不峯更無亂日

八月朔日晴　夏吉興来三哭客气
东山書舍
二日陰雨
三日陰雨
四日陰晴　吉興赴郴

乙巳春偕何叔霞譚君奇蕭暖秋諸人赴衡州攷南路師範學堂榜久不下更闻長沙有招攷出洋事独與二弟君表北行才登舟報榜發取入而游興方濃揚帆以去為逆風所阻抵長沙則游學考已試畢僅恂表叔紫無資用見贈四元因買舟詣岳州省公則又適南旋八舅祖留

住向日謁魯肅與小喬余有聯云芳魂似歸銅雀春深鎖不住大江東去白楊秋恨知有誰登岳陽望洞庭胸次爲一開時三叔在鄂因搭輪往游而蹤黃鶴樓以瞰長江益覺吾湘褊小旋仍返由岳而湘而衡而桂已仲夏矣時嗣屬姚書擬湘徵南路二十五州縣各一人赴日本留學余亦與焉六月叩辭曾祖母 祖母 母親去桂將

以遠行涉異國悲泣以送　曾祖母
已逾八十尤視兒長別昔人有言英雄
豈無淚不灑離別間余惟以壽享
期歐相慰策馬以行耳則執手與
子章周文軒送至舍人度二弟赴衡
讀書同行數日抵衡病痔不甚右
臀月十一寓祖考醫治旋愈忽忽
北發連帆瀟湘大布十八學士登瀛

洲之致與余共舟者兆桂東李鐵民堂
山鄧衡甫臨武周鵬卿嘉禾曾雨人
郴州肖吟甫劉鳳笙安仁李炳衡
桂陽唐蘭九同徵諸人，或先或後刻期
抵省，遍謁三司及諸前輩。余侍
父鹿白馬巷之鴻達棧，盤桓旬餘，搭
船赴鄂，共謁張南皮、梁鼎芬及
南學諸同鄉，遂相率東下，由上海

東海船渡日就業鴨弘文書院習師範

羣呼萬歲者三奏軍樂禮畢 變文而賀朝儀
簡儉真共和氣象迥異寓中西旅館
二日晴代海軍同志上大總統書
三日下午一時與湯司令還滬留葉君駐甯
四日謁表各部總次長海軍部總長黃鍾
瑛次長湯薌銘海軍九江反正之後黃為第
一艦隊司令領海籌江貞復皖湯為第二艦
隊司令領海容海琛湖鶚援鄂皆以功洽也
陳子復奉大總統命來迎海軍總長次長

六日與陳子英送湯次長赴甯謁總統總統授委任狀

十日黃總長到甯

十一日大總統命湯次長為北伐海軍總司令長寧海容海琛南琛三艦護陸軍北伐

十二日晴偕湯君還滬葉子沛因病留甯凌壯華姚秋岱同行羅季騶歸財政部亦同行赴滬王澤生遲刻來至夜抵滬登海容晤杜慎臣艦長言十四日北發閩外都督蔭

天蔚偕艦隊同往北方從營東三省旋上岸訪羅宿新舉旅館

十三日摒擋征裝完寫書數通夜深登舟送我行者惟羅季稭一人耳

十四日上午三時藍天蔚至侍以將士數十人王澤生亦從至海陸軍將雲集一舟不似援鄂時寂寞矣六時解纜出吳淞口向芝罘進發此中華民國北伐之始也今艦海容次海琛次南琛隊形成長蛇正正堂堂有若王

者之師惜滿清海上無寸黯耳　是日雨雪

旋復晴朗

十六日下午二時抵芝罘港南口見舞鳳澄海

二舟張五色旗出迎東山各砲台咸整隊歡呼

我艦隊下令鳴砲答礼　三時入港之内泊外國

軍艦二艘其一日本之音羽其一美國之Cincinnati

也又有日艦常磐者亦同航入港先是山東

宣布獨立既復取消獨烟台能抗拒說者皆謂

司令王傳烱之功云　王傳烱者海軍之人舞

鳳艦長也是日英領事伴商各界人來艦
歡迎旋畫地言之謁從使營管帶謝取送
東西小舍炮之柵至防漢奸也
十七日有寒意小冰挑雪積晚晴吟倒映海
中玲瓏可愛玩上午八時日艦常磐砲術長
木次中尉横田來訪言日内當往秦皇島
北兵有步兵三聯隊野砲二十門騎兵一大隊豐
踞其近云渴候司令病甚聘常磐軍艦來訪
晡後余偕壯華詣常磐訪謝謁其艦長之

非高木名七太郎海軍大佐必木次砲術長
後邀往士官室與諸大尉談環周革命
事剌剌不休又出油魚正宗酒相餉日本人
將出戰必先食燒油魚與酒酒半酣辭歸
晚得登州電稱已克復派南琛往
十八日上午十時日艦常盤艦長來援「パブロフ」
條約第五条有清政府如未得俄政府之
許可不得派遣軍隊入隣地之文厥民軍如
欲用兵務宜導守條約藍都督出與周旋

帆然而去晡後登岸散步

十月二十九日去歲革命戰爭漢鎮失守余與王時澤余際唐等十人由日本横須賀海軍砲術學校逃歸赴難之日也歲月如流瞬息周年而諸人雲散皆無成就我東飄泊京都沈淪下僚當日雄心奔期一死不圖不幸而生〻而不免于洴澼纊也夜十時與劉黄小酌韓園余不能善飲陶然而似恍惚中見一垂髮童子引襟招余曰奉某十八宮〻主之命敬迓先生余隨之入宮殿嵯峨樓閣和園而清淨靜若古刹童子指

一洞房曰此宮主以房先生獨入吾神去七余排闥直入一麗人仙衣倩裳握手歡迎從容致詞曰共知告成民國統一我輩亦當共享太平何用牢騷乃爾今夜天假之緣願與君一話良宵何如余怯之否之心搖之如懸旌而室主芬芳之韻靄然不歎不覺魂銷而已一聯贈之云我寧誤夢以某日誰共擇綢繆仙鄉雞聲驚起方知是夢

十一月廿二日海軍部任石瑛為廠(?)間(?)官

十二月一日，得王澤生書，云越日來京。

四日，洪翼昇之父病歿，訃至，余以無(匹)贈輓詞一聯。夜訪姜。

五日，得吳梓儀書。上海電訃海軍總司令黃鍾瑛於昨夜病歿，庸人令終，當念其于九原也。黃閩人，初為海籌艦長，海軍九江反正，群推為第一艦隊司令。當是時，程璧光羈遲海外，薩鎮冰新敗，故南京政府遂以為海軍總長。閱數月，一無所建白，統一告成，遂為海軍總司令，任官

全中將功無可紀，才不足稱，是亦謂之民國元
勳耶。夜王澤生及葉一吾夫人自上海來，示
茶園作家余宴，酒醉而往。湖北馬伯援亦同
來，云將赴美洲，伯年邀澤生同寓愛吾廬暢談
至雞鳴。

六日　買梅花十盆置室中。

七日　江蘇史久光來，見楊士驤如姬像，楚不絕口，
云姬美而楊妻妒，楊死時，其母有輓聯云：平生
愛讀游俠傳，到死不離羅衣香。

八日三叔之事來書交言破急生財之計奈何〻

九日任命薩鎮冰為海軍上將沈壽堃為中將

程璧光為少將

三十一日晴部收假二月並領二月俸晚劉錫成

邀飲李典午集同州人團年有夏午詒劉曙

初雷子翔萬子興周敬菴夏子復雷季和俱廣州人

招京者不過如人也宴樂之極至于徹歌罷筵

余下徵兵令召萬里紅李雲秋〻不至紅先至

最後又借王子茹王蕙之甲京都高歌一曲令

我慷慨以悲知我者謂我心憂不知我者謂

我何求伯仁〻〻狂乎痛乎

二年

元月元日晴　春新如錦我愁似秋～～～～

～～～～午宴劉曙初處夜與諸老敘遊作于長樂意

與同鄉六皆酩酊大醉茶園至慶余長春

與小樹縮一佩中美人見盼其有意乎其亡

意乎擇妻身以愛余乎抑持道以玩世乎余

有以知世之人皆若小樹而成小樹之不若也

二日夜飲萬紅樓益復無聊借酒澆愁而

愁愈深大千世界何處是吾棲息地乎

三日偕早與夏惺言乘京漢車南旋羅春
航王澤生送至路旁別意淒然
四日下午過漢口南鐵橋，有三郎出口起義
時第二艦隊攻而未斷者也職是之故遂有今
日述而戕以封戕不免于滿辭纏綿以又何也
夜抵漢寓暑假賓館邇鄰揚定武囊從
四宇而狀欲呼向嗚呼中華民國之海軍
五日過江訪徐達明不遇徐辛亥戰友也為
從直抒義武昌軍中發難徐功最多而海

軍之戰尤勁勞尤甚近以軍功擢中將還遇范銀槎

六日訪徐遇于西湖書院相見大喜戰後別一

年矣同王文錦吳勤芳訪王為憲兵司令

而吳已於二次革命時槍斃徐王吳皆曩

时海陸軍事參政院也

七日諸徐永邀飲軍務司長吳醒儂處飲

同蔡濟民亦在坐夜與蔡還漢口

八日颶到小輪不渡江適遇蔡遂乘其輪

往至武昌依王文錦永旋偕徐王謁黎

觀之，然狀都督也。余陳說海軍事，黎亦
無如何。繼述曰：辛亥海軍之戰，湯薌銘
新為司令，亦有所不行，事為參謀籌畫，一
切舊孔督戰，湯名為司令，而實事之力也。
黎曰：可將履歷來，當為函告參謀部。嗟
乎！漢陽失守，武昌垂亡，苟且講和，幸而有漢，
何功之足云。然中華民國之功人又何其濫之
也。

九日 晴 王來訪，適余他出，未遇

十日過江訪徐王黎談滬海部

十一日乘華丰南旋，臥室即五年前與二木過鄂印此舟，且以此室中懷當時與二木聯句一首，句句皆成讖語，今讀之不覺令我痛哭也。其辭云：洞庭八百水邑秋，（仁）长天皓月送孤舟。（悲）今日獨歸萬條（印是此第）寶塔州頭灘河白，（悲）赤壁夜半鬼声愁。鬼愁人如客愁深。（仁）二句悲慘，欲哭數年之內外祖父、二叔、四弟相繼病没，而父喪此詩非讖而何。波光月影別離声，（悲）江山如舊人已去，悵望（悲）長沙家何處。（悲）壯士空倚長鋏吟，長吟歸來引復起。（仁）此次歸來僅單刀

（悲）是时舉家遷[illegible]長沙，去世後此次歸來[illegible]

一柄何势天不得骞风飘泊恨无穷富贵浮云何
不出
足羲(熙)此去生今年吾叶伯虔与叔齐兄弟操
蹤遂西山西(作)二弟三弟承父志辨榔碌段手絶蹤与夷齐采薇西山无異又清之漢興之兆
生既同胞死同穴何必湖海各栖之(作)辛亥革命余郑战之後卽从艇
隋(作)代二弟浪迹郑中各无所成识困之指臂之助遂失权利之机
十二日抵岳州北滘撰木船二人纵坐以待旦
十四日抵长沙觉之惨然怳悟鹿舍名家铺至
阜康公司三叔瞰袖蓬髪伏案而书相见悲
喜交集叔云钦镂已与傅罗三股合办■

吴矩堂病以抹上至大吉羊巷晤静安吉祥巷

話與吾遇之事去沙市井較往年繁盛而找

以保來已無從矣旋與吾曾譚都督譚

因光文丁酉同年深相默勞

十五日訪蕭龔鯤同遇舊友也訪劉由青何樹

榮周午軒不遇

十六日訪羅勵堂李華甫不遇

十七日

二十日李吟秋請酒因病未往晤容安由州至

相見不相識矣

二十一日訪李華甫別六年矣初留學日本因辛亥憑不得應海軍試華甫亦慨然相假辛亥華甫李筱毅永助軍餉眞義士也至第一師範學校訪唐君平（未遇）唐李皆所識同學也唐由高等卒業歸聰明寡儔德學兼優誠中國不可多得之教育家

二十二乘車至涞州二都歸泊舟候趁北風正起席帆上駛

二十四日抵衡州，十五年前舊游，艤舟次新碼頭登岸，訪劉魚奚未遇，入城謁十一舅祖，別八年矣。乙巳南路徵選二十五人游學日本，舅祖薦余往，十年歸來，依然故我，何謂無面見江東父老也。又見祖舅母及其如夫人陶氏，回憶曩時鄰居陶家巷，恍如昨日，而今則兩面一泉落矣。又謁六祖舅，訪仲詢表叔，皆不遇。

二十五日，六祖舅邀談隱菴，詢及海中事，以余勢在陶又無巨款，對祖舅謂閩粵滾海

較吾湘尤余作岳武語答之曰兵
之有嚴用之何如耳日本
二十六日重修第二艦隊革命戰記段
二十七日泊秋田墟
二十八日早過衡陽登岸謁璞掘表妹弄訪
其女香雲妹姪等而香雲將衛未歸悵然
還舟先是余將滬學南寧留楚善嘗南余
有表妹程氏聰明能文顏知之召余曰儂窮鄉而
僻居桂陽以未聞化名湖南何有此表妹昨過

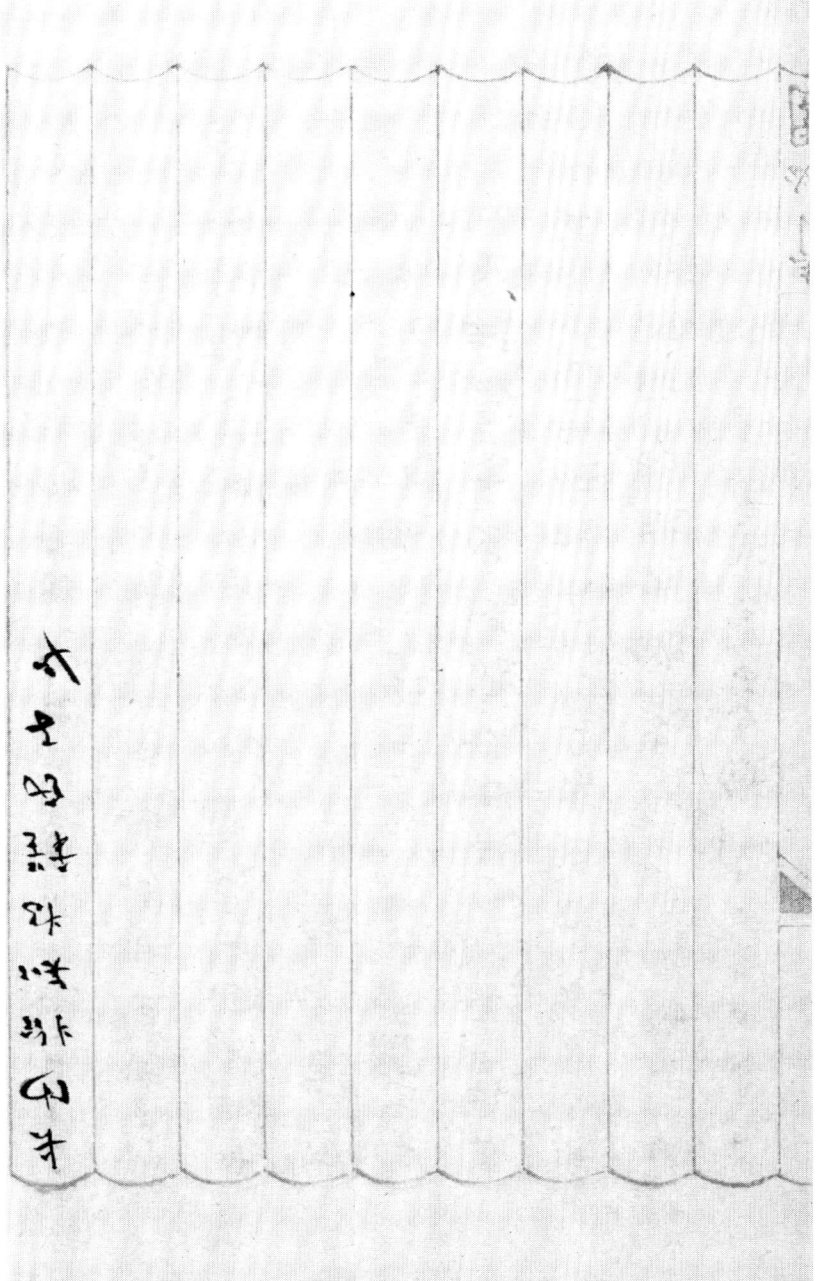

五月廿七日病愈寓書北京

廿八日雨張仲曦來偕入都督府譚督言彭力田已拘押軍事廳之長程頌雲亦言業已諒承彭是犯人余力說應歸軍事裁判出府與君岑等計議致電參眾兩院託鍾才宏彭與吾等贊助

廿九日陶成叔病託代理某女學校教習余以不倫且病後憊甚轉薦君岑自代

三十日接北京葉一吾電出南門省母

三十一日致羅葉函。晚賀雪三招飲甘泉，余乃決

桂春輕舟蕪湖逢陳韋芳，詢次帆郝哲徽等

六月一日晴，寄二弟書

四日遷居黃道門外社壇，欲二弟來函云，晦日下省

八日訪廣蘭九，見其處及其仲經二、八

十九日乘船渡湖

二十一日抵漢

二十二日乘火車北上

二十三日抵京，由湘至京計舟車總息僅五

十四小時半進大西旅館
二十四日還居山西街去此舊宅至海軍部
報到轉於逆旅非本意矣
二十六日訪湯薌銘
二十八日赴鐘百毅寓于致美堂之北京
菜館最佳者在觀音寺
二十九日王澤生之妻范氏病沒澤生奉令
謀部令出海調查軍港未歸而范氏以賢
良稱諸友爲集金營殯焉

七月一日寄書長沙并匯百元與勝五處

二日與程子鴻書

三日致君素書

五日湘人密謀元奧人饒樾山等謀舉事武昌以爲北京事覺皆逃黎副總統下令大索

六日晚赴綠昌飯店李燮和之宴聞剿袁時有兵變夜偕育仁瀚樓遊長春亭君日持二人舞風度翩翩亦夏所人

牧一回，桃子一回，少女子二橋柔善舞，特微

嫌眼病，桃更肥艷。

十日，衆議院提議彈劾劉冠雄、王譯生、陳羅衍。

往唁人情，天賦亦儀，情生恩，有以慰藉之

而不能也。

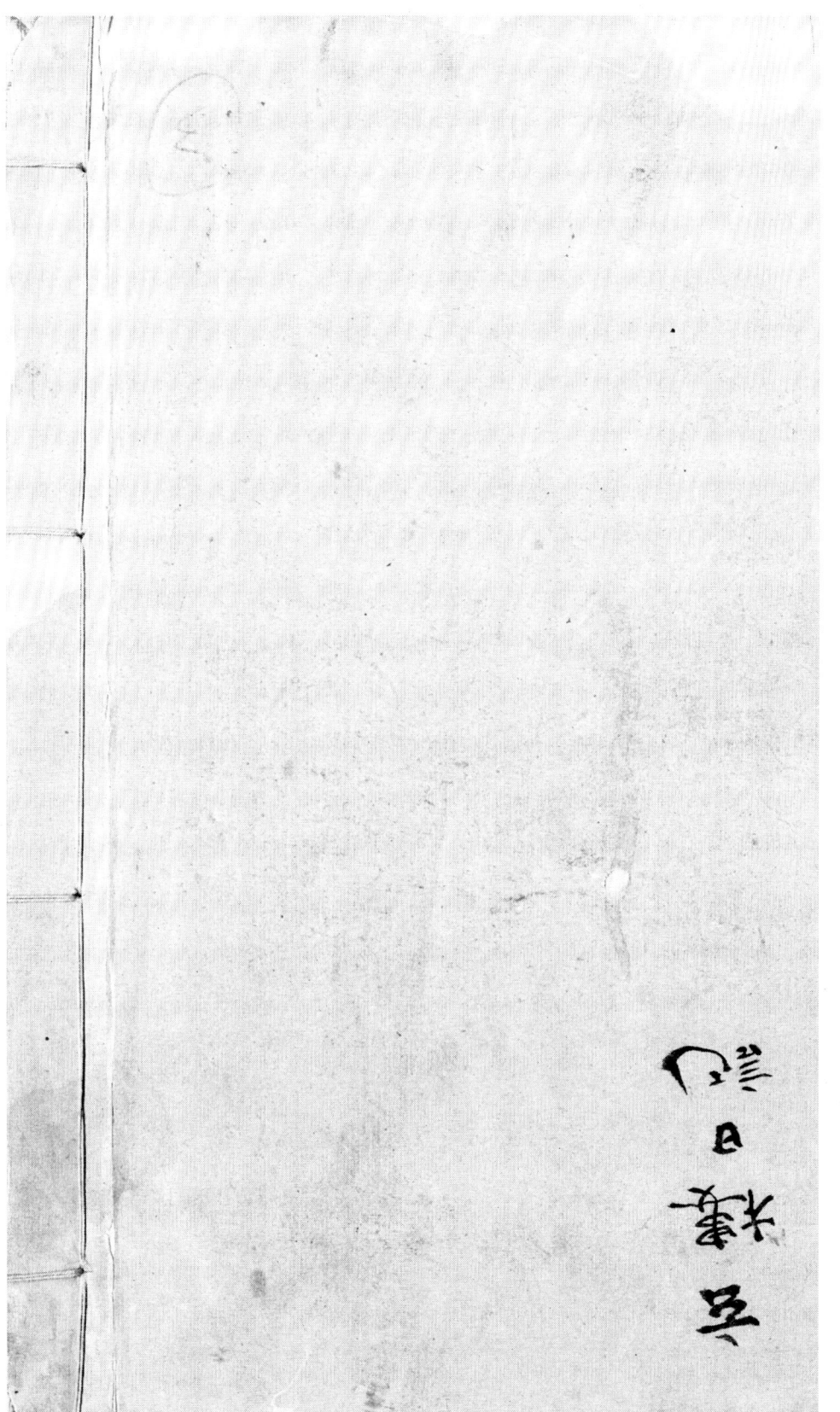
玄樓日記

玄樓日記

三年三月卅一日送　湘綺先生來沙市遇鄭

同行四十餘人

四月朔日過岳陽舟中遇君芸僧

二日抵鄂寓大旅館

四日大風

五日鄂督段芝貴來拜　湘綺先生訪君芸

僧不遇。其夫人新婚未及文明扣花非

但齊眉亦足偕老矣晚呈僧邀怡園觀

劇劉劍侯宴客三分畢

六日湘綺先生和玉韶菴詩三首

闕雲出岫了無意為渡重湖一賞春

千里岳岑如舊雨百年蓬轉慨吟身

雪中印爪蹤留迹漢上題襟尚有人

莫向後湖尋往夢而今滄海又揚

塵

扁舟昨夜過金陵重訪婆羅是劫

餘江漢有情人物老東南無事力

雖付漢皋垂柳，依然綠玉笛倚梅邊

漸遠。幸得分題鸚去恨，洞庭波遠

渺愁予。（一）暮春觴詠兼弦管，走入花叢

信有緣。俱樂新成癸丑部，屬兵猶

記甲寅年。曾編畢志書無隱，敢説名

山史可傳。明日驅車便千里，思君回首

五雲邊。

七日乘車北上，鄧偉生同行，長途殊苦，七〻吐，復

陡乏。

十八日早晨過石家莊吳禄貞遇刺于此道購藥

有洋式飯食亭午抵京湘綺先生住惠功衛

余等寓西安客寓乘月訪澤生瀛槎

十四日大總統延覲湘綺先生相見長揖

是時已定覲見禮獨于湘綺謂之延覲

也

慈三月

十五日詣惠功衛請問見大總統作何語

云政體不宜。總統謂司法多弊是亦曾與

梁卓如書痛言之又云總統不呼年伯崖

新學若此耶 昔人謂鄉年誼者無出息但年先輩可不鄉鄉之年伯是無文也余謂總統比尊称以表先生是以師禮待太師師與天地君親同其尊不愈于年伯乎大美又識閣表何如人言英雄則不雄奸雄則不奸未知其將何如人也余曰亦謹厚者耳

三月十六日 湯督復電言三葉罪狀約千言湖係

先生曰昔黃祖殺禰衡不著一字無乃詞費詩不復不遇 三慶園觀劇遇革十八容之盈盈一水間脈脈不得語 夜飲湯記歲乳

十七日晴早赴十一舅祖李銑福之宴遇孫
靜軒夜飯王宅
十八日晴偕榮戢傳袁伯夔卓夫先生邀湘
綺法源寺賞牡丹余侍行僧引衡陽人寺
即明憫忠寺史思明偽降處有枯槐一株相傳
是唐槐
十九日晴大風揚塵目不能張俗以人世為紅塵
蓋因指北方風塵而言若長江西湖山明水媚
則與仙境又何殊正午隨湘綺先生賞牡

丹棠致寺，寺中牡丹數十種，惜含苞未放，平
南方牡丹非盆花不開花，此間乃系種地上，因
悟西廂記觸損牡丹芽語。觀智朴和尚紅杏
青松圖，樹德先生見方畢谿有八十四字題
字，亦題數語，極小行楷，少方一字也。甲寅三月十四
曾國藩曾題一絕，其詞云：春花猶是去年
紅，緩燭繁枝照碧空。定是東逆人二十一事
獨依松下聽清風。垂老云：壯某中所要
歸與春舫選物，兵馬司攝下質某而慨

二十日晴 訪雷子翔

四月十六日 大總統電湘督救葉德輝先是湘人連電保葉湘電督長電力言其罪湘紳先生曰若黃祖殺禰衡不著一字此電數百言葉必不死矣

十八日李肖人邀飲萬福居郭保生邀飲先哲祠晚柳嘿初邀飲四海

十九日偕陳白路星洲一遊萬牲園今改為農業試驗場矣楊柳成陰士女如雲樓

園台樹木飾以樹皮木枝為
飾設西菜加非頗具山莊風味幽閒則
較上海愚園俗不堪耐矣登鵝觀樓傳
是西太后臨幸處西后御畫甚多
梅花最佳金枝玉葉神韵富麗民間未嘗
一觀也沈壽繡畫大佳設色之工疑是仙
品房中懸一宮妝美人亦沈繡亭亭玉立
呼之欲出過豐春堂丹朱宮式花木甚
盛宋教仁退職曾寓此中觀前狀

築有宋塔記念也晚歸與斗山吾陶到

韓潭訪得風雲擬靜定入

廿日致湘哲書并電夜得二本函復一

函

日與陳劉曾畢二王共杖過頤和園

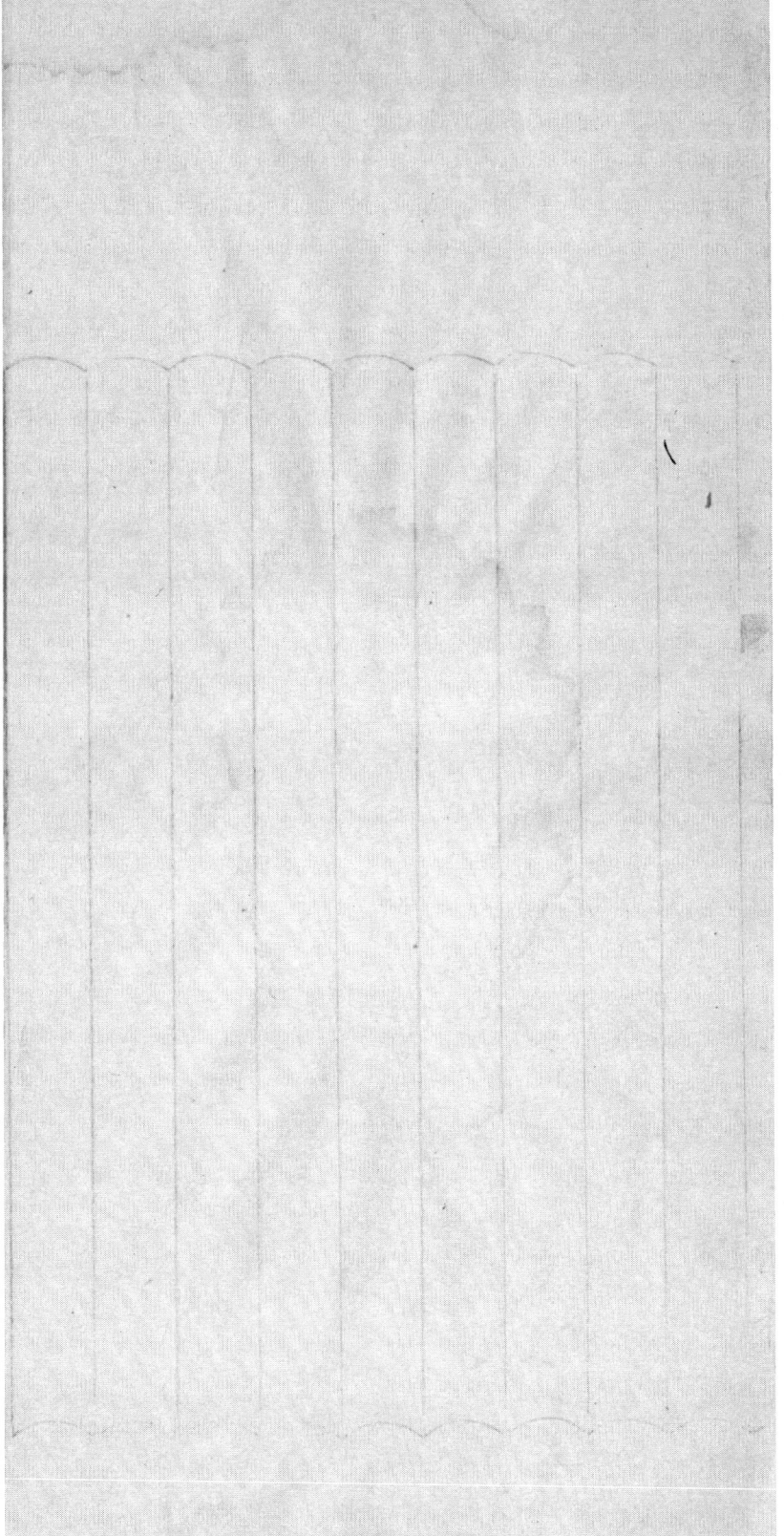

五月一日，以徐世昌為國務卿，廢內閣制，行總統制也。

二日，徐世昌表辭國務卿，袁大總統手諭留之。授相國湯化龍為教育總長。

八日，湘綺先生受館長任命狀。十一篤祉為平政院評事，錢傳袁伯為肅政史。夜宴杏花春，談及辛亥事，歎。

十五日，與陳向皆、劉綱、吳畢斗山、呂伯超遊三海，由典論者引以新華代入一小舟來逛泛太

液海即南而北湖波光蕩漾髣髴西湖傍瀛台
岸岸一朱亭、欽書虛抱爽三字、從此到一小
室、藉黃陂暮僚所居、稱秘書者、皆先生
門下也、聯將鄉黨入涵元門、畫棟雕梁朱
丹滿目、嵯峨北峙者、將涵元殿、西曰廣業
殿、東曰慶雲殿、有二閣、曰藻韻、曰綺思、皆
清德宗居涵元殿、禁絕內外、居五非西太后
親信莫得到此、時時黃陂、偕義我、黎合、武昌、戚
偕義我、于遊出而不入、居涵元今黃陂住此、我輩皆

無以游覽也。曲折出殿後，繞行香扆殿。殿之近
太液。樓横額瀛台二字。其下牡丹甚多，已謝矣。東
曰春明樓，西曰湛虛樓，皆以盤卷作門，未能登
眺。南過石橋，入迎薰亭。亭有石刻松梁詩，乾隆
與諸詞臣聯句也。有石屏，以花石綱及大理石
為之，刻鐫極工。上一横額，御書對時育物。木
御詩數首，記其三絕云。池上有亭。西繞春明
樓下，北入石山洞，中邐迤西行，過待月軒、臨牣
魚亭。亭八角，左右兩曲橋，琉璃爲欄，碧

紫波映亭上題乾隆御詩無算尚不如恃
江南小說中詩之傳真是大好河山■■腥羶
滿地也時記其■絕云池上牧亭號拗魚曲
檻欄步佛憑請陸思大雅雲台什不覺
悄然覺悒如癡癸未首夏亭之北又一小亭曰鏡
光亭御詩云臨水茶亭號鏡光湖風不動液
池滄岸倚人柳非夢柳[illegible]岸乃幻知句是
第午[illegible]耀秘景處[illegible]出汽舟出新華門
卯宮元戲異妃所駐元年改門出入至團城子入昭景門登永光

殿殿前有玉笋洗大而美甚鏤海馬式
龍孫龍螺精諸物具東一古松亭亭如蓋
斑欄蒼翠又如鳳尾乾隆時曾枯死因封為
都督便復活云殿暫改為政治會議場扁
額猶存西太后書聯云七寶莊嚴開玉鏡萬年
福壽護金甌樓額曰大圓寶鏡觀者皆言大
字極佳咸豐亦曾有聯云九陌紅塵飛不到
十洲清氣曉來多勝乃祖遠矣旋由景
過積翠堆云之橋
昭門入永安寺一銅佛在祀而飾金佛殿

曰法輪殿，殿後仰望白塔，高入雲漢，拾級登
階。又一朱坊曰龍光，左右兩亭竪碑，其白塔山總
記一碑，乾隆製也，更譯以滿、蒙、藏文，因成
四方碑。記言白塔山金時名瓊華島，遼曰瑤
嶼，元曰萬歲山，今亦呼萬壽山。山半有正覺
殿，有普安殿。殿後亦階七十級，其上則銅殿也。
銅殿之中置銅佛，獰惡如鬼，以三十六足六
十四手。又其上則白塔也。舊置午炮，或曰
朝炮記數云，是信砲，今亦無矣。循塔下出

月門下石洞，洞側有堂曰酣古堂，東梯下也

洞中黑暗，如地獄也。出洞轉見精舍，曰湖光山色船[illegible]

嵐精舍。之北為看畫廊，附石山堂曰[illegible]

畫也。舍切危梯扶闌而下，即到臨湖堂。

濱湖長廊繞之，迴望承露盤，銅人兩

手持盤，手頂夜深見露，疑是仙過分涼

樹。登閱古樓，觀三希堂帖，乃東舟渡過湖

而西入[illegible]福寺，[illegible]殿，堅千足千手觀音一座，高

殿甚壯[illegible]，佛首捐右餘，初以其年久將傾圮

視他佛皆右斜如此大佛不知所由來也極樂世界
在湖之皆無佛像萬佛樓小銅佛萬尊亦
無存者余於瓦礫中檢得一小佛頭又泥而
非銅無以贈焉大夫同游者之痛罵清室
子孫不肖毀其餘如大慈真如寶殿
有銅塔二柱皆楠木七佛塔皆殘欲不堪力甚聯
半入英法已刻印如此是不待國亡而有黍
離之感矣游意頗倦遂泛舟日中到黎光
樓下遵湖出園而歸畢斗山新任教育部

秘書邀飲于同和居，數日前到此，小酌還，偕擷
畇、王福庵、徽行、髯、鼎彝、笑龕、狀存、洒
樓牛也晚到吉祥樓聽戲，余振庭唱鐵
公山，姜武之氣溢于台，誠不愧海內第一
武生，譚鑫培唱四郎探母，絕似過雲峯
止，端詳蓋以梅蘭芳扮宮主，陳德霖扮蕭
后，龔雲甫扮佘婆，陳六十餘，尚唱青衣，狀愈于梅，眞成
絕調矣。

十一日　鈞座還鄴

十二日獲陶、成叔書

十四日詣菲戟傳表伯

二十一日午餐羅鐸森處，午言而舊度

支部曹幣荏帶玖匯來華談，移時不

勝故國之痛

二十三日詣湘綺太師辭行，從僧子翔東卑

赴津，寓中國旅館，晚到茂林春觀劇，傳聞

劉喜奎是坤角第一人，樓坐邊隅，未得窺

真相也

二十四日早詣津閣道署訪樾仲與陳白沿
相率到蔵林春正劉喜奎演蝴蝶杯明眸皓
齒如花如花詢不愧第一流人才經此漢瑩孫
一清以劉方之竟復雲泥務已指袁家子萬
金買去劉閣有異○入謀○羅致已便避地青
島春風斯不復追勝游而豫亦退之出
久羅風塵毋乃負負，夜游女閣遇舊妓萬
里紅異地相逢倍覺情深殷殷閣京寓何
處電話幾號惜我浮萍無定蹤耳

選一揭牧若次忽有褰全花者簾入似曾相識細詢之則前歲杭滬時邂逅者舊名玉雅仙邇甚豔今已成人玉立矣風度如故艷無存識當握手一長嘆也

廿五日 陰月初五 晚偕伴魯邀飲薈芳樓訪花得蓉仙杭人蘇語神似嘉奎而嫺雅過之而老謂其目光太露相法不永年

廿六日 子翔來黙云曹雲伯任國史秘書午乘車東歸 昨夜微雨一塵不驚夜

宿山海關。長城聯雲，詢是天險，天下第一
關尤雄奇。蠻人足乎？西史家以大帝號
始皇也。關內外甚冷落，城中有都統、警兵
鐵路兵，散布日兵，然則險何足恃。
廿七日早發山海關，晚抵奉天。平原萬里，襟
懷爲之一暢。夜入城觀劇，遠遜京津。梨園猶步
花叢，得蘇伎珊珊，直是塞外遇昭君矣。宿
華昌飯店。滿民粗悍，屋小[illegible]大車陋。日本
人築忠魂碑于驛道旁，外指保礮一尊

指向瀋城，其意果安在哉。北京至此二五〇·二九英里。

廿八日出城，搭車南下，下午三時四十分過鳳凰城。鳳凰山中有忽必烈紀念塔，往日時曾駐兵于此也。五時十五分抵安東，下車就驛檢視行李。茶亭飽餐，更乘入韓車南行，六時三十分經鴨綠江鐵橋，長三千尺，綠波蕩漾，倒映鐵馬，亦東方佳境也。四十分過新義州。

廿九日午一時過平壤，高麗舊都，惜昏黑不能

一晚風景。晨八时抵南大门，京城南门也。下車，訪
總督府博館，步入崇禮門，縱觀[illegible][illegible]，舊爐臺與代
門而延曙，高而參雲，無紅者二。二參歸總督府
專賣館，白磐亦多。內日人居其通衢。是日商盤
振，電車如梭，警察虎視，殘與東京無異。惟
陋巷而居者，倘佯于市者，荷鋤而耕者，猶是
高顴而巴，男子衣冠，髮鬚服儀，氣[齊]修秀弱，
大類中國書生。婦女長裙曳地，短衣露乳，仁
髻垂肩，靑顏如漫玉，雖不及姑蘇而遠過江

衫色尚白亦有着淺紅淡綠者時已仲夏皆
蟬翼輕縠飄飄欲仙也晩晴後復乘電車
觀漢江鐵橋游人如雲方競渡龍舟始知
是端午因口占一絕云漢江細雨鬥龍舟兩岸
紅衫亂翠流祭罷靈均哭箕子誰歌黍離
閔宗周晩七時五十分發京城車站人有以余
為高麗人者告警吏吏詰余是往內地否
余答是華人便不復置問否蓋韓人入日
日亦須護照遠游外國取締嘗甚密

矣
卅日早抵釜山舍車登舟過對馬海峽計海
里一百二十八里半晚七時十分由下關乘急
車東行
卅一日早七時三十一分過九時十七分過京都
晚八時三十分抵新橋去日三年歸來如歸
故鄉矣寓花家旅館訪羅季楷抵足談
通宵
六月一日致陳白崖王譯生書晚邀季楷出

游小濱，召藝妓四人歌舞，有小鍋者頗修美，雲鬟千萬作高髻，風韵幽逸，舞亦佳妙。

二日 訪李次山，晤曹世品。

三日 會陸公侠澗生，浙人，年未四十，頗有官氣。晴

四日 後赴上野遊博覽會，途中驅馳花車數乘，或扮古事，或檻假虎，電光輝煌，目為之眩。一車載奇花一株，高七公尺，襲人香色不變，名曰不枯，蓋產于銀山，而移植谷峯者也。購券入會，營假礦山，縱覽各館，陳設頗富

乘空中索車過不忍池，車容數人，以鐵繩空懸柱上，兩繫兩岸，轆轆然緣繩馳，更以樂車往來鼓吹，天半笙歌，水際新荷，飄飄欲仙矣。晚大風

四日　晴　遊第一會場，繁富勝明治時（明治卅九年曾開）博覽會于上野，規模當不及此。是時尚預定四十五年開萬國博覽會于青山之說，余言當以此時重遊日本萬國博覽會，今果重來，乃僅有大正博覽會而已。然而粉飾太平，亦云甚矣。會有栝樓佛一座，云是達摩高弟，本江西物，革命時竊攜

來者有美人島亦傚石山挑選美女子隱匿其中利用鏡光電氣幻出無數美人曰火焰美人明火焚亂而巧笑如怛曰美人或女王西服貴装端居深宮但有時掩頭弄姿流露碧玉故態耳曰洞天美人曰洞上千霄漢一女子揮扇微笑曰水中美人金魚細草環繞玉肌恍若水晶宮主曰迷雲美人曰古代美人曰無髮美人皆皎好佳麗盡此次博覽會一切執事佚役悉以女

之女之揀選日本全國少女無業者點綴
其中不種美人島已也故余謂大正博覽
會當名大正美人博覽會而大和三島即可
謂之美人島矣進演藝館藝妓歌舞
處也裝束若一戲曲若一舞狀若一大似
以兵法部勒者日本以兵立國而歌舞
亦有兵意新蓓劇繪場撥骸人覩國者
以為不祥云夜致湯督書
五日午後訪李樹忽命欲歸留之遂至新橋

余謂李楷曰辛亥秋歸君曾送我于此々
時熱血滿腔了無別意今日不禁依々未
審何故李楷曰來去匆々惜未能相與暢游
余曰他年當與君同游東京但恐人是物非
耳晚宿車中鼾聲不能成寐
六日早九時抵神戶搭郵船三河丸西行回首
東望頗為感別因綴詩一律寄讀李
習詩云十年十渡太平洋書劍無成猶楚
狂碧海青天容放浪新蒲細柳費思量

西京燈火疑佳夢（辛亥秋，嘗追君至神戶，余夜走西京，夜游）江戶櫻花留異香。昨夜波平明月好，依〻意外斷人腸。

七日午過門司

八日過玄海，大霧，晚晴

九日大霧，停輪徹夜

十日早十時抵仁川，與同舟人〻日立川雲平登岸游覽，頗復冷落。甲午以前國人多商於此，今悉日本人矣。尚存鋪戶數家，漁船民艘高，狀辮髮如故也。高砂人僻居山麓，別成部落，而倭政如虎，儕輩恒頤指氣使，稍不如意，呵打隨之。嗟嗟乎！冀其子孫奮共我同胞推原厥由，誰之過歟？游日本公園，登東洋軒，購白鶴羽扇一柄，專一郵寄與二弟。遂歸舟，即解纜渡朝鮮海。立川購有高麗美人象，為題詩於上，口占一絕云：不是百花爭放朝，誰家姊妹鬥妖嬈。一幅翠綃襯紅袖，絕似江東大小喬。初過京城，偶遇一

絶未成因續之云漢城兒女洪家紫髯笑騰畔出教坊愛煞短裙齊抹亂無緣斗酒醉愁腸

十一日下午抵大連外有三山島疑即所謂蓬萊三山風景絶佳北方商港此爲最之大

玄樓日記

玄樓日記

六年 訂

十月四日卯舊曆八月十九日晴陳枚老祝

祖母壽詩一首其詞云誰家綵舞

服翩翩一片琅璈奏錦筵東閣梅

開十一月西池桃熟八千年縣將愛

日春常滿拜向慈雲壽不騫旱

日含飴今食報文孫高豈以雲天

仲冬十九日爲祖母七旬晉一壽辰初以時方多艱天災人禍遍于南北而三十無子官未及將肇不宜以壽吾祖母既思俟河之清人壽幾何天下自亂吾心自治且老人多壽即子孫之大慶一己福祿何足介介因博徵詩文自黄河南北以及于揚子珠江英倫大和　祖母聞之必大喜也程肅

政夏内史陈秘书三家表叔伯均已见
後各赠寿序一首晚撲客陈子頊
應中
二十五日晴微冷雨衣絮晨从王澤生
偕伯書極西譚訪錢碩甫，乃不遇，飯
後往吉祥園聽風箏誤，郝色為陈
德霖梅蘭芳李壽山姜妙香等演
日下名角腔调推陈李为最李次

之梅又次之余按譜尋聲一字不
誤唯姜唱江兒水一折眉眼過于流
動鶵殊欠大雅家人來呼動樂而樂
作李以手示之又酒羅引新人歸洞
房了鬟不知手燭前導亦陳指
示之蓋北京重黃皮凡戲表歸
一人配角隨意罷之崑曲則一角
失當全局減色也然江耀傲之檮杌

入畫大有明清遞时風味不谓金戈鐵風聲聲嘅喉之中不復喘觀此
二十一日　晴步詣劉贄卿張足樵手談數局午後訪陳龍人遇于途中迴車上湖南館與楊一輿清談移时始歸飧後撲客曹膺負十籌錢硯甫伯年祝祖母壽詩一首有云羅曾遨翰林智不愧鬢眉又云樓船新開閣盤藻

舊書詩

二十二日　晴　二弟来書云族中修譜遺錄多誤，因訂正之。

二十三日　晴　草先父行述畢，叙少时云性好騎射，亮拔不羈，鄉中人莫能爲之師者。叙湘綺先生初見語云：李某即不讀書，亦自加人一等。此小时侍曾祖母側聞之三叔者。叙特科事云以拔貢保試經濟特科取

甲第某大吏密摺言湘粵廉特科者
多新党因自一名以下皆覆試黜之
先君更以才氣縱橫不容于時初試楊皙
子第一覆試擬梁士詒第一西后見密摺因易他人而湘粵多見黜叙拒俄云
俄促君來粵日人惡懷而討不義之
君懷之謀連東南各督懷湘軍三
十萬出關救俄朝議非之計不果
沂十餘年來海內豪傑如雲莫

敢與外人言戰矣叔材官學堂云自
趙聲蔡鍔以下皆非所羅致而今
日江西驍將如林虎諸人皆出其門
下自係散非海陸軍者不可勝計
叔歸隱語云恨天不生我于三十年前
未及與曹左見伯仲更不生我于三
十年後遂令白頭僂伏長此騃蹇
今夫何言吾其非范大夫乎叔礦事

云數年之間直銷行武漢奏准專
利物張南皮所忌禁不得行至今
湘礦遂無出洞庭者洪湖南北界
以此深重先君之明乃更集資本
設阜安鉛鑛阜成錫鑛各公司
洪江之金新化之銻桂陽之銀均
經試辦卒以財力不逮未能竟業
蓋是時湘北靡不假官勢借外債

而先君恒以獨力出之其不給尚
且致富也如此然自時厥後鄉人
無士農稍稍兼業至今以起家
鉅萬者不可勝計則又先君已
欲立而立人己欲達而達人之
（乙巳湘撫徵南路廿五州縣各一人赴日留學[illegible]與焉）
本志也叙學訓云先君命之曰今之
出洋者非學師範即習法政皆皮毛也
外人唯以理化機械見強而兵學次之

愼自擇焉及改取海軍竊自喜以振
先君之志曰此數者非福相隨來
印領一軍亦不過陳吳已耳辛亥奉
葉皮黎以命以參謀帮陣艦隊中
血戰自餘是役也取將相者凡數人
而己屢為妒功害能之徒所忌抑卒
如先君所言叙成[illegible]二弟習師範
曰性不近其所學之必非其所用不如

其已从我為非蘇風不悟堅請卒業

今乃仍僕〻非塲尋找先君遺規

日以北部署十分而未得其一端

矣叙病中云過衡山得赤鯉鼠鬚

鼓張若龍 先君嘆曰此神物也

無風雲之變遂為吾獲豈非天哉

又曰今世梟雄惟袁慰廷耳天下

其歸袁乎顧不學無術未見其結

久乎叙没後云訃聞族人三百餘家
相聚太息親戚比慶賀鄰里成
歌舞後若數世ゝ厶厶从湘綺先
生遊京師先生猶謂厶厶曰君父
有大將才惜未用而卒聞之不禁
泫然以泣而自慚莫以繼先君也
積六千餘言而不能盡先人生平志
行未傳于樊ゝ山恐名士未遽脫稿

也夜訪劉慕農
二十四日雨邀植菊五十本于廂東小院
共百株矣计邀圃名半
二十六日[九]晴
十日國慶俗以雙十節早晴晚雨
獨游中央公園車騎萬東士女如雲
至松本取祖母照片訪陳道一不
遇

十一日晴從相館中攜李雲谿畫關羽象一幅按刀盤馬奕奕如生
十二日晴會飲萬牲園
十三日報言王某取衡山
十四日雨
十五日晴海部同寅贈祖母壽屏十二幅一序一詩詞旨華博
十六日晴劉蓂農等贈祖母壽詩一

一首饒有韻味其词云青青女貞樹皎

皎霜雪姿託根在桂泠叢藻映湘

湄上枝承鸞皇下枝結鳳儀羽翼

絢朝陽容色自葳蕤丹崖一何高

緑蔭被天墀老幹耀冬榮新

枝郁春菲蔚為邦國楨濟作舟

楫資移植來上林灼灼振芳徽秋

風扇微涼艸木多變衰珍樹暖以

蒼華星耀其輝餘光照繡廛
清芬滿庭閫懿茲含飴樂陳情
復何辭
廿七日晴土耳其帝蒙其總理及陸軍
大臣均被刺
十八日晴二弟圉孫湘謀去盛將奉
世居漢因政于廿八在京中選祝祖母
之壽

十九日晴　電請　毋入都，爲内子製礼服一襲，作之未。

廿五日接二弟函，云將奉　毋入京，計日不及事，因改用陰歷九月十九陽歷十月三日。陽月合陰日，合又歉。竟以日請介長生也。

廿七日早，接二弟石家莊電，晚詣站迎　毋，已逾十二時矣。

十一月一日製成于夷叔壽言金屏
計八幅，為趙世駿所書，褚體至工。
二日 僕運客帖畢，部署粗定，就
小菜園廳所架棚築臺，燈彩燦
然，屏聯稱是。夜行暖壽禮，客有
圍叙達旦者。
三日 晴。家人次第就壽堂行禮，
余戎服偕二弟侍堂答客禮，辰

刻合宅攝影紀念。午後富連成社長俗劇演喜劇，參部同寅。贈尚小雲演《趕三關》，又贈俗女士演《朱沙痣》，掌燈揚觶宴客。男女凡二百餘人，觥酬交錯，殊極一時之盛。夜深風寒，始曲終人散。吾祖母數十年苦節，今乃得播傳，亦華風示天下，雖烽火隔絕，未及

郎覽斯圖要亦足遲慰慈心于
萬一矣昔某某家貧不能榷其
節母乃博徵海內詩文以表孝思適母
吾謫以散吏貴莫繳權拙宦
於貧亦如之今茲之舉未將毋同

七年

一月一日晴　曉夢乘肩輿遇

先父于東街裡名吾里　玄掛素袍顏

至慈藹不似平時威嚴，亦若久別作

逢初不憶　父之既沒亟下輿拜迎道

左輿輿以歸所廳炊陋若京若桂

子廿數輩群欲呼祖父雖家風儒

素，而一堂融融勝于平生　醒來猶疑

是真也譯生作之慶予子請先後

去。晚飲耕字廉家，夜深始歸。

二日晴。答王宋諸友之拜，并發各

處賀片。

三日晴。何小建來，夜侍母雀戲。

四日晴。早習字，將孟本說文講論

讀說文背畢，不遺一字，而習算至

鈍，孟本算并課，往往九十分而畢，不成

誦性之所近亦莫能強晚訪旨仁
爲作書致林生

五日　晴早視銀樓之病已能行動然東三之張軍民分治一電數千言非今日所能舉也余辛亥在東京章太炎臨別贈言云爲我寄語宋卿以武昌爲度未能傾覆清室宜以聯邦之

判號召天下則各省督撫應雲

會響應及抵武昌莫暇及此共

和既布斯說遂泯然所謂分久

必合合久必分固逆知其有今日

特省區雖殊靡克自立斷長

補短則爭難語讓以小事大則

民不必果以天命是欽法遠美以聯邦主

畧裁指以適應勢所不能也夠

習春秋嘗謂南陝為治之說一相處
內春王垂象大一統之教當不
獨文致太平而已以今準之似
足徵此夫西南之與北洋固已隱
若敵國今既建和議則不如以
西南歸西南主之東北歸北洋
主之同一政府分地而治是亦一法也共舉總統拱手
無為是春王也責任總理宰茲

百僚是內相也以孔氏之良法彌

中華之內亂然後十年生聚十

年教訓或不至與印度猶太同

年語也

日湘軍程潛趙恒惕等奪取岳

州總統赫然有出征之說

日讀詩經節南山一章恰與今

時相似所謂赫赫師尹所謂則無膴

仕所謂駕四不禁，今以三漢，而駕彼
四牡，牡牡項領，我瞻四方，蹙蹙靡所
騁。方茂爾惡，相爾矛矣。既夷既懌，如
相醻矣。尤不喜物，總說此世寫照，
遠勝千百心言振也。是日出巡
日颺說至自樺埠
三十一日下午攻兵
二月一日晴。夜飲尹倬菴家

二月二日晴

青松閣

玄樓讀書隨草

詩經

說文詩字 也是也

賦 荀卿宋玉之作託物隱語漢以後用

為諷諫之文

比 離騷之類體大文多後分爲七

客難連珠之類原焉

興 隨事興詠若舜之首伊尹薄（？）子

考孔子龜山及枚乘蘇武以後五七言
詩是也
以上三者与風殊體而同意雅頌与風異
意而同體
詩經所録唯風雅頌之同體其異體之
嗟比興別備之得失之迹既備無取兼收
也
以父母之親而狀曰茂諫所以防讒之不祥也

故友數斯踈君數數斯辱子輿氏好惡凝
異于聖人且有貴戚異姓之殊漢帝好
求直言敢諫以徒務虛名諫在言之見聽耳
但事激切失言以設譽於忠孝乎何有也
所以主文譎諫言者無罪聞者足戒賢
于面折庭爭者遠矣

風　一國之事繫一人之本　諸國

雅　言天下之事形四方之風也　王國

王政行天下
王一身一事也

頌　美盛德之形容以其成功告神明

（始至刺化至化下）

四始　水木火金

五際

関雎

凡詩言山川不越國境

凡詩言者正意所在

?

葛 喻宗族

卷耳 喻賢才可備寀位

崔嵬 喻高位

岨 喻危難

僕 喻大臣

葛藟 喻併妾宗族

南 喻君位 樛木喻后妃

蚣蝑不妒受氣而生即虴蜢也以喻后（不妒 毛說）

桃〻　喻貴女之有容色者來偶者

兔　喻士初仕

設罝　喻治民廣外政

武夫　賢大夫　詩之稱賢曰孔武

王賁　又名王瓜　今之無花果　喻取女不以

容化求生子

香木　喻賢女

召南

薪蒿 喻下國 楚 喻下國君也不從政令者

楚木 喻君 蔞草 喻臣

父母 喻君臣

後漢周磐 誦汝墳而就孝廉

南山 喻高位 薇蕨豆苗以芼豕鉶

采蘋 喻學婦礼

天地間

舊聲

海上移情樓鈔選

王融

臨高臺

游人欲騁望積步上高臺井蓮當夏吐窗桂逐秋開花飛低不入鳥散遠時來還看棟雲影含月共徘徊

詠幔

幸得與珠綴冪歷君之楹月映不辭卷風來

輒自輕每聚金鑪气時駐玉琴聲但願置

尊蘭（酒）釭當夜明

春詩　王儉

風光承露照霧色點蘭暉青䓤結翠㚢

黄鳥弄春飛

玄樓日記

十八年一月元日余自十八年後新曆元日悉在
東南北三京皆首都也今年獨在瀋陽嚴
寒逼人了無春意豈清福都盡耶宗阿
素函括蘇向日之消息疑雲復生余常言
情之不測有如風雲不足怪也餔後诣慶予
賀生雀戰大捷深夜歸寓三址時在小北關大
井沿一三五號

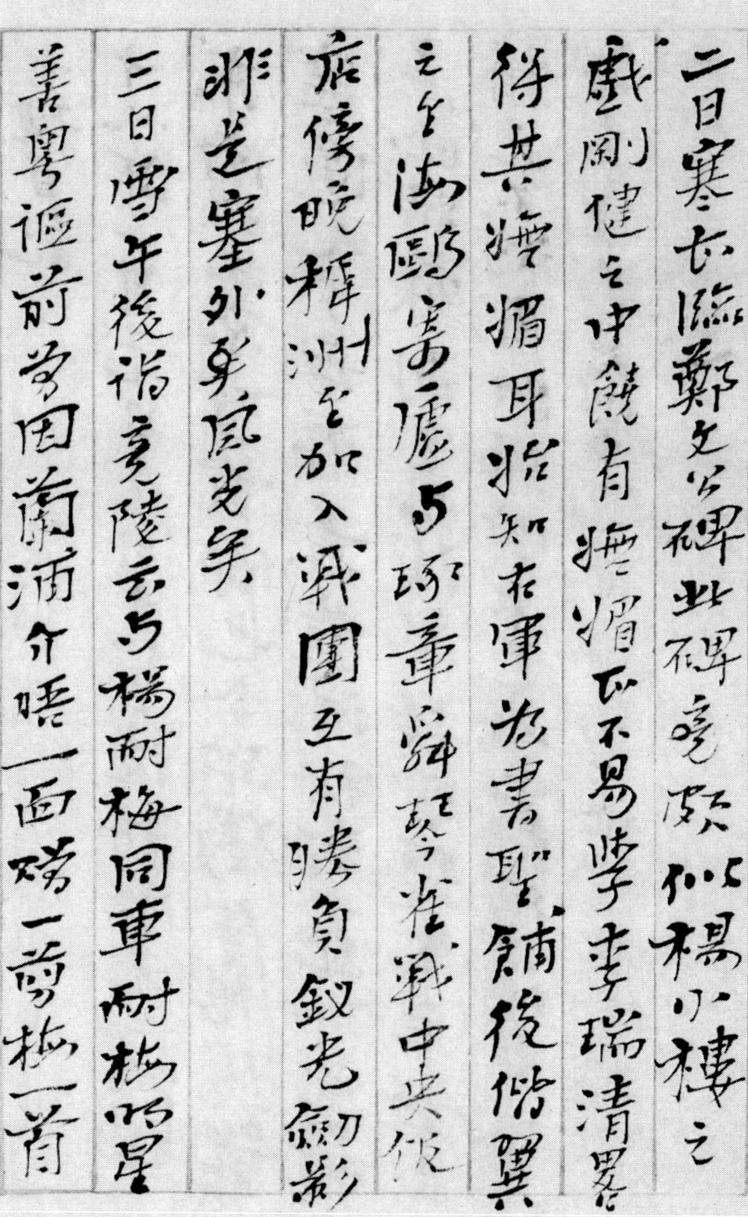

二日寒甚臨鄭文公碑此碑竟欲以楊小樓之戲剛健之中饒有嫵媚正不易學李瑞清略得其嫵媚耳始知右軍於書聖猶後僧翼之至海鷗寄廬與琢章舜琴旌戰中央作夜倚晚稀洲至加入戰團互有勝負釵光劍影非是塞外多風光矣

三日雪午後偕竟陵云與楊耐梅同車耐梅昭星善粵謳前曾因蘭酒介晤一面殆一尋梅一首

方自哈埠南旋過奉天據社務吳佑生舜琴稱洲琢章先後又獲一個大捷歸局得家電祖母跌傷佳均急欲南行是日常約林哈魯衛由北平得孫女大字二張

四日　晴　電告假不准夜整行裝

五日　辭職待發得三弟冬至書內有照片一紙復之晚獨坐無聊偶翻書篋得明人嚴調御琴述一首詞旨幽奇如洛神賦如辛秘祥記

洵為善談琴者。琴名一天秋，為陶元霄斲花，不知何如，吾獨遜也。

六日，晴暖。定大連丸船券二等四十二元，十日開行，八日即赴大連，擬搭行李。韵林云章髯叟仙近有贈劉惠農虞美人四首，其一云：石頭王氣銷沉盡，潮打空城冷。如今冠蓋滿京華，聞道畫船烟水可為家。（自都金陵，四方輻輳，有秦淮花船住家者）其二云：過江名士多如鯽，誰識劉賓客。知君懷古赴金陵，惟有六朝

青山相對親章本善詞又拈崑曲故有聲調也夜赴慶餘家宴雀戰小勝歸來得六亟喜甚

七日雪寄二弟書長沙赴鼓樓買藥餌鹿膠二斤石柱參十兩參糖二合瀋陽參茸以慶泰號為最佳有㊎字商標余平生不嗜服藥如吾祖母聊買此為土產耳

九日早作至海鷗寄廬訪舜琴琢章皆高臥未起就談移時還寓寄北平家信晚亥陵

约飲交通飯店新聘浙江馮君家穆爲編纂置酒歡迎也八时半搭南滿車赴大連信臣明晨胥寒相送車中臥榻太適夜半汽停少寒微嫌被短日人矮小故用被較短他如房宇门户皆卑狹也

十日晴早七时抵大連逕至大連丸住二十號看李清照詞一過水東日記謂易安詞爲不祥之物正惟其不祥故爾名家夜看莊子天下篇無

錫麒賓所疏釋數有見解湘綺先生嘗言
熟讀莊子天下篇而作文之法自備蓋莊子
之有此篇猶史記之自序皆極意經緯之文
而提綱挈領有條不紊也餐宿長適
十一日晴暖早七時半抵青島登岸乘洋車四
訪友人不遇再至海署始見李玄伯高維
舟李八漁諸人略談與辭維舟八漁送船便道
一遊公園枯木萬樹別具寒林風味憶癸亥初

從青島亦正是此境，從茲六年髣髴若夢，不謂今以孤鶴謫籠遼天，孽緣自造，罰不来生，啜其泣矣，何嗟及矣。夜看世界大海戰史，自彼斯、希臘迄于羅馬、加爾他、我

十二日晨有霧，旋開，看海戰史，閲日本報，有スピルミン及オーフオリン者，人生哀樂恒由此作，機以汽動，燈因電明，將去汽以動機，欲止電而明燈，返乎太樸，蕭然自得，知哀非苦境

樂無美趣而生理之從窮癡愈之團解要
非此道孰克臻此午后二時半抵滬廣大
東一五號晚遇學瀞霞峯二別近十八年相
見不相識矣方從事於商局故常爲長粵警
廳改官復貧聚從移此知同學留申者尚
有十五人
十三日晚霞峯邀飲新雅樓皆同學也要
光滄生於十八年闊久別者不期爲之大醉然

猶他雀戰
十四日寄阿六書。歷訪諸友，或遇或不遇，或索地址不得。夜，吳杲卿、羅少達約飲大東之文姬廳。更箋傳花，觥酬交錯，不覺申江春色。今十八年矣，余所命都紺曰夢花文秀可觀，又遠天仙化人。相面所謂菱清女士是也，謂余結以春方之運，然運豈其然乎。夜，雀戰，轉敗爲勝。

十五日晴午偕學瀞搭火車赴蘇沿途水色山光十分明媚雖隆冬猶遠勝塞外春日憑窗領畧如歸故里下午二時半抵蘇素孃盈盈没裝迎于道左小別遠來歡發心苗轉覺無語可道其母亦自人叢中迎出即喜吾之果能如期而至即驅車舍于蘇州飯店行色畧定共入城至松鶴樓晚餐學瀞不能飲素既歸蘇習尚爲之一定則不飲亦不食因畧之

飢渴即步至敦仁里素和寓之半樓清朗

別一天地時學灘國詩友辭去遂作髭留繼轉

之情飄渺之境疑是人間天上平生快意事

莫此為最也擬作新體詩云燈耀芙蓉妹

香閨合歡被寒重玉體輕入懷心欲醉又云

卿是吳江雲我為遼水悠悠萬里来締此

白頭約

十六日陰早起雨妹奉湯進巾復出早點殷勤有

礼視我如賓，翻令不安，切意謝之，曰願勿自外
此，如家也。至蘇州飯店與澥之、支巳、至曰、田煥
章，亦海客也，從事蘇之水警，假從未幾，阿
亦踵至，四人同往留園遊覽。是日舊歷臘月
初八之生日，適與攝有照相具，為拍一照，取
景于九曲橋之上。余集樊山詩為之壽，其詞云：漉
似梅花見喜神，雲英纔現掌中身。銀潢
欲渡思填鵲，一笑嫣然籬落春。又與其人小

亭合取一影詩云萬里風烟書壯遊特尋幽勝

上之蘇州可人雪意縈花艸寫景波光漾宇

樓隱語心期三反手欣逢琴侶一天秋琴名留

園亭裏留雙影記取生生到白頭又獨拍

一照詩云平江烟水異湘瀟別有溫柔斷客

腸花步名園花名花步里今再涉十年荷影憶

紅塘憶十年前携叟泉偕游市至此共酒一

影有六月荷花映水紅紅向時荷方盛開

今晚見蚊蟲不禁今昔之感又共遊西園首羅漢、往酒皆無恙也旋返敦仁里夜寒欲雪把臂籠袖喁喁小窗不覺漏永

十七日與學瀞冒雨訪田夜六治酒小宴都不能飲一憾事也

十八日偕孫學瀞遊虎邱梅蕊未放遊人無幾學瀞為余在鐵華巖劍池湧海軒各拍一照此間風景余最喜劍池相傳吳王墓也

由池畔穴道以進殉葬之劍三千皆沉池中十年前到此曾題詩云

回頭仁里過六友馬氏姊妹長日荷香身欣目羨儀態可人留共雀戲殊破岑寂

十九日學瀚返申余為六所強留餞昨約雀戰入夜始罷

二十日雪對坐小語不覺竟日真成痴人矣

二十一日雨復雀戰六大勝晚共至新舞台觀劇

殊淺陋不終曲而歸寒雨凄其彌覺溫柔
二十二日雨雪交加促膝言笑竟日爲諸卿齋
數公亦長于畫眉也
廿三日雪雖別若不勝情六丙三丁寧曰臘除夕
以前歸好同度歲也余勉應之而勢實無及
信誓旦旦謂之何哉車遲至下午四鐘始行幸
陸六送車不然殊苦人也抵滬已八時仍寓大東旅
何不過酣然就寢

二十四日雨，早訪滄生、霞舉，均高臥，過學劭同至
粵飯館早餐，北四川路粵人最多，過商務印書館，非十年前
江口矣。更與訪阿蕭，病去，自言已愈，然神毀骨
立，恐不免也。雨後訪滄生，出披裘跌足坐床中，去矣。
上海之晝夜殊常，已同至大東，入夜小酌，復飛箋
召花，遇一學士曼妙姑，歌為飛燕之苗裔，字
曰韻蘭，博涉書史，尤嗜小說，論紅樓夢，獨推
重史湘雲，以為與今代美人同風，如黛玉之孤[illegible]

王之幽宗欽之好宋琴之貴皆不足重也見余行李題有名刺笑曰卿是藥師誰為紅拂耶余方眷眷于此未能答也

二十五日小雨定購鄱陽票赴漢蘭來為理行裝衣勸飲入夜樓五來學海邀飲南園更深雪飄相送登舟蘭醉未醒猶自依依也初何樓名天仙化人從相蘭曰是必言君走桃花運余曰君方交何運曰妄自著李花耳風雅有致正不易求然何以對

阿六郎

二十六日早起碇同艙者為廣東林君夜雨過鎮江

二十七日雨早過金陵々々既定為首都或當恢復六朝之盛而論者每謂北都則形勢之説以在德不在險今之立國又人力所結為而政治不修則金城湯池亦自墮耳

二十八日雲雨岸膛々一望靡涯長江之勢殊覺洪蕩洵大觀也過小孤山適讀唐人詩次其韻云不究

梅邊與柳邊，迎春白雪蔽江天。陰曆廿三立春日小孤山上無人影，幾點寒鴉送客船。過郴州唐淵泉

二十九日大雪，在黃州下游攝影二張，取雪岸茅屋之景，必可觀也。是日抵漢，寓福昌旅館，適逢劉子任赴平，云祖母疾稍愈，去慰安各處信，并謝韵蘭詩二絕云：雪滿中江夜未央，千枝電炬照紅妝。春風一曲寒銷盡，不是韋娘是蘭娘。其二：鬧市鐘聲度九華，驚迴好夢又天涯。不知相見

當何日足煞猶言帶李花其二

三十日過江由徐家棚搭車歲暮歸客甚衆行

李山積遲至四點半方開此爲特別快車定期本

三點半也幸雪停尚無雨水之苦同室共四人其二

人均由岳州下車遂得伸足酣臥

三十一日早八時抵長沙之車站運行李無手車一一

負荷歷時甚久曉風侵人不勝其寒而行李山積

警丁禁衛密斯立如堵余不能耐趨入行李室中

着先取出急令脚夫挑行至麓云里舊宅則家人猶未起床惟三弟已出門外方見其辛勤琥姪在樓上聞聲亟下呼大耶已長大如成人矣昭姪方六齡亦起出相迎不復識我強之而三姪大耶略假詞色便應答如流詢佳兒亡祖母时住多福里五號急率琥姪往省余歡呼不異兒時祖母喜極欲泣余言祖母气色正佳祖母曰目已不識人足瘦骨痛不謂猶能見汝也余極

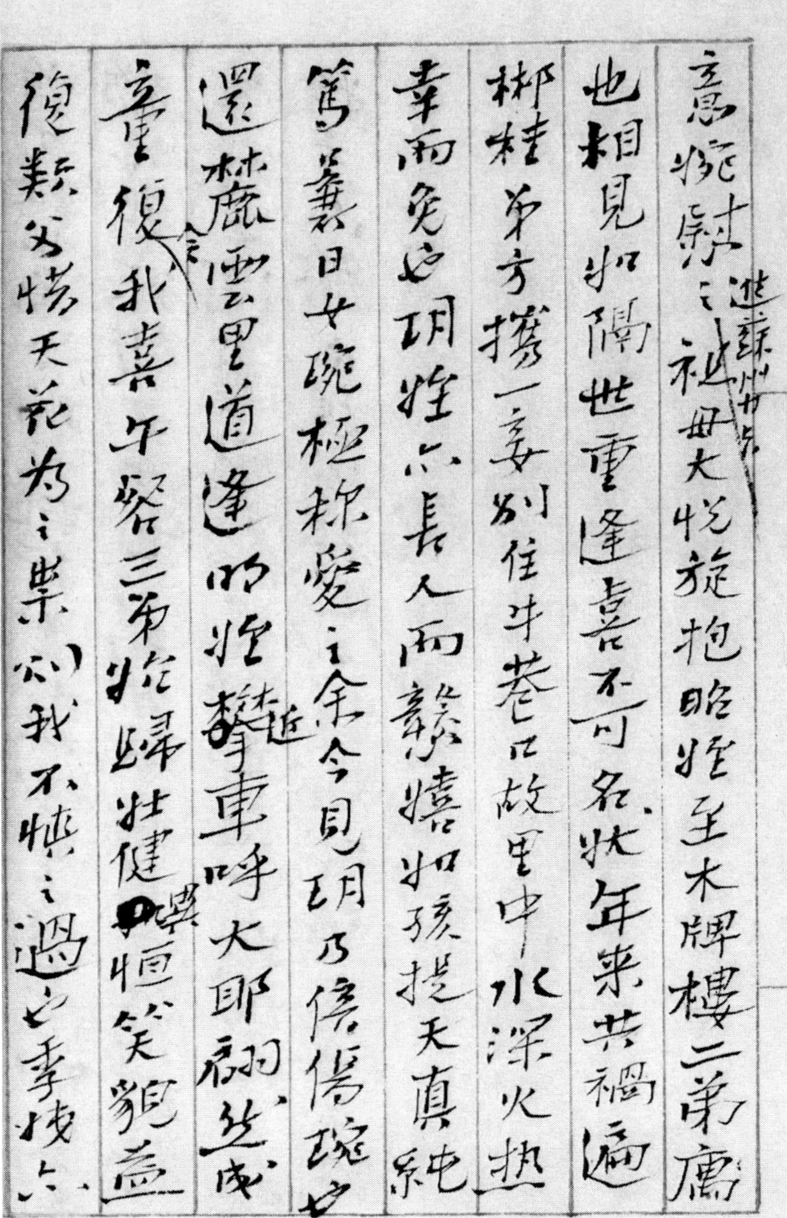
意姪尉之進蘇州祖母大悅旋抱貽姪至木牌樓二弟廣
也相見如隔世重逢喜不可名狀年來共禍適
郴桂弟方携一妾別住斗巷口故里中水深火熱
幸而免也玥姪亦長人而嬉嬉如孩提天真純係
篤慕日女琬極稱愛之余今見玥乃信傳琬也
還藏雲里道逢明姪近攀車呼大耶翻然成
童復我喜午祭三弟於歸壯健異恒笑貌益
復數公恃天節為之祟以我不快之過也季棧亦

在六號三家異居翻譯和濁知張百歲家之處僻幽不足為訓上樓視獨幽歸昌均無恙樓為余所監修又十餘年矣尚完好遂下榻焉

二月一日檢物事分贈家人均第一書册妹尼瑚以三姪各一墨合昭姪問曰何我獨無余笑曰我離家時汝方在襁褓不度汝今已能讀書寫字也昭曰姪不嘗有函上大人耶且彤姪之亦與姪同時幼之何彼有而我無余為之語塞大喜吻之

多与糖果猶嘵嘵不已謂必將置一墨合与彤

姑姑等余遂允之始嬉跳以去是日 祖母復病

二日為舊曆廿四在禁蘸雲里過小年極家人

團聚之樂惜 祖母以病未能盡歡耳

三日訪李次山伍家井因留棋飲

四日 祖母病勢極危改進燕窩電促 三叔歸

五日訪樸園過存應元二孫

五日 祖母病少差初為添劑所誤燕窩之力也聚

宴三叔家中訪彭祉卿琴友也

六日作葉子戲夜為班淮講史記班淮啟祛勤學惜無師耳時方肄業藝芳女校

七日二弟邀往木犀樓二弟堅守礦業而三弟勤于黨務礦為父創而黨以余為之倡皆二十餘年前事也吾父既不克享遐齡余復一官拓落不復言黨幸弟輩之有志或有所成就乎

八日晴除二弟集家人團年飲宴俗以廿四過小年除
夕過大年而吾鄉尤重之是日得趙子昂琴
謀之五六年矣紋為流水斷聲音清越池畔漆下隱
現道光丁亥四字右粟里冉冶陶鎔珍玩八字重
修者隸書萬壑松風以為名而萬字上尚隱露
一蒼居字書法與陶氏等字同池內刻趙子昂
家製五字與之百金二弟習書而爭買以書法
非趙子昂手筆減去十金然以琴者乃重總余之

亦不能確定其琴之是否趙氏物，就斷紋觀之

似非唐宋時物不至此境，琴家固不重之明也

九日舊曆己巳正月一日也，拜祭家祭一如舊儀，是

日為二弟四十初度，戚友聚祭約數十人，亦頗極一時

之盛

十日雪，口授臨經唐詩琅琅成誦，夜宴李家

十一日赴樸園之宴，因留談止宿

十二日

十三日彭祉卿來彈普庵咒余以平沙和之

十四日至六安家

十五日　先考忌辰設祭宴客即以是日析產

不禁泫然自民元以來吾家生產冀贊之力惟

二弟獨多而取產獨少余久宦損產而取之獨

優余之不才也甚矣

十六日晴本擬印行因季楷至為留一日戲竹葉

至夜深而罷大睡

九日　往多福里省　祖母　祖母謂余曰昨夜夢家人送汝行因亦起出送汝見車馬甚盛汝或當貴耶感泣而醒汝宜多留長沙時日勿遽去也余泣不能仰本屬家人勿語余行期何精神通于神明乃使老人形諸夢寐耶余正當要密陳情之年而報劉未往僕僕風霜何以自解是日三弟瑞璋明璋怡璋送車站極欲隨行昵余太甚後覺非事實嗚呼嗚呼不應矣而

長崇次丈亦至車久停未發送者悲歸惘然若
失最後二弟至云因至羅家為明經從辦事
是以遲遲又云兄在可將家眷送北平回長沙
較在北平有人照料及車既行而余淚下如雨矣
此行二弟為余籌千金壯行色自以為風雅可
傲惟余自涉世以來無事而不失敗而窮尤甚故自
不將不宜情欲減半此世人之所以稀稀自擾余病
未能也

余去湘後舟行至寧即向湘耕作桂系逐湘主席魯滌平也入城晤朱石夫畧談新都亭又言海軍國防當繁廢今艦重整旗鼓偉以偉矣其如不自我斬伐何午車赴蘇阿六歡迎有如家人為之信宿堅約同赴上海余慨允之而終以非乎人情失于任情性我比俠不足以當之三日獨先返蘇至敦仁意欲承將行李遷滬北發斷此妄念徘徊

之際見小毛，茶水亦飲，不忍捨去。後至車站迎六六，時適歸，反相怨望，亦笑罷之。初早車，車中遇淩王黃三委員，因自作毛遂之請，咸欣允電遂行，正本時日心中為一定，然猶未決也。

其明日滄生夫婦及其小姨來蘇，李有鄧尉之約也。廖孫元、張茀然亦同至，共遊虎邱各名勝之區。余攝琴獨劍池、虎邱碑下獨攝一影，系之詩云：真劍池邊假虎邱，毫端一樣見風流膝上名琴僥清韵，弹罷梅花弄未休。劍池碑為顏真卿書，虎邱碑為唐伯虎所摹，邱壟言真劍池假處也。

又同在冷香閣前共攝二影。

次日雇一汽划，同游鄧尉山。歐、廖、張、蕭彌大小、梁四共九人至光福鎮（太湖），乘轎入山，萬樹梅花，有如仙境。訪晉柏，柏有四，俗名清奇古怪，或曰清帝乾隆所命名也。僧茶少坐，即往香雪海，山阿梅花如雪也。乾隆有香雪海歌。

勒石亭畔余等約取一影阿六賞花若醉紅顏
煥發小梁饒覺精神天真流露隨余至還
元閣看紅梅太湖在望春風蕩人信飄飄
欲仙有句云此山真箇是吾家宜種桑栽豆
種茶別有天真開畫境兩紅顏映萬梅
花園中有一蒲團外萬梅花園故云還元
閣在馬甲山又名吾家山歸時爲二人折梅
無數過靈巖日將夕矣、瀟灑

游興未盡，復登吳故宮遺址，湖光山色歷歷如畫，始知蘇州山水之佳也。余獨至西施琴台，低徊久之。久待笑謂余曰：待見西施否？惜未攜琴來，不然無歸矣。時已燈火熒然，攜之歸。至敦仁，供花盈室，願而樂之，曰：妾他生願作梅花也。又曰：願君作梅樹，我作梅花，聰明未昧，真欲因花悟禪矣。

次日因廖趾元識李劍右〻〻為趾元有所介紹

方与六有誤會一分〻〻[illegible]盖鑄成大錯

中後与秩羣至蘇一次齊陶六自申至五光十

色不結自解矣

三月十九日晨与舜琴至蘇一次舜琴向不後

至六許邨余曰寡不敵矣

四月一日納王姬于花園飯店命曰望春

三日回滬應遠來

自後居轉廣中央教以及廣州汕頭旅半月而還

文元坊而青島為諸金輝還至春稱不得事理堅

不肯行亦不給事吾未嘗一日使我歡和未嘗一日忘

秋也一日舜琴至文元坊謂余彷彿阿亦何至此

耶余聞之泣下沾襟因以函探近狀越日回

信至上縣某之先生下不署名並將其五月

寄大東折回之函封面封內皆知其曲在我翔

以大人不宜有今日之惡報耶嗚呼傷已

舊曆四月初七送王氏至蘇隱令大歸也我奔閶門從拔平門上車怏怏初不識我衷曲吾亦自怨自艾而不以大人也至德馨三號既見阿六有如夢寐六自云戰戰栗栗不知悲喜之所從也余轉無一語嗒然若喪六自轉向余頭何事復知有妾余亦無詞以對会其女友蔣秀娥妹至成局雀戲流連入夜八日下榻蘇州飯店九日邀六等晚餐於時方擬與六共攝影者嬉摩紙牌桌後共雀戲十日為余生辰贈

置酒自壽，觴六四，曰不謂今日獨與卿飲，可盡一杯。六辭以不勝，因告之故，六立盡一觴，曰幾忘之矣，以為初四也，胡不早諭。對此岑寂，余曰得卿為壽，勝過萬馬千軍矣。相與酩大醉，余乘興本事以告，不諱，六痛哭失聲。余曰已為卿絕去，勿復過傷，此我之誤也。慰藉久之，始歡笑如初。

十一日　擬同滬同過花園飯店，邀近仁同行。（是日與張勳夫及其長孫孫妻並蕭近仁張珊伯曾慕胡某獻在此拍攝一影）二三點東道，堅留，復止宿。滿花聲鳥影，不負蘭

後遊滄浪亭

期江南美景何可多得依依之懷未能自已此行為第八次入蘇
十二日晌午搭車回滬十四日六点邀往大东为我盘桓者
後三日汁南北去何可重说者不如歸去一行遂於十六夜
搭江船擬西上夜闌上船送我者惟六人耳月色江
聲不禁淒然人未負我我自負人耳天將明船未開深
轉念此舉不近人情又將行李移應無東夜
深些海深至詩曰何復至此豈未行耶余告
之故曰君何以對阿六余神為之奪送其既去即

命駕搭江船赴漢，卅日已加丑矣，其卅夜抵鎮江
病甚，又一轉念，復離船搭車登岸，舍館小息，
天明搭車回滬，過蘇州時幾欲痛哭也。及抵滬
廬于源源，又三返而搭奉天輪北發，臨行尚獲
六書，人生至此，天道寧論，一腔悲憤，將誰訴
耶？凡此種種，非人負我，乃我負人，非人誤我，乃
我自誤，而舉世之人皆要知我之心與我之窮
者，此仲尼之所以掩袂反面涕沾袍也。嗚呼傷

已今而後吾將矯然介然獨為一離塵絕世之人矣與彼之生毋寧曰死之生之義於是乎明而其真皮囊之軀殼遂為所謂威權者迫而竄竄夫機貉吾之精靈或不昧乎哉翩翩蕩蕩而翱翔於神明之域乎豈一死以至日不可復生乎抑須臾而永離乎吾乃如喪家之犬失毋之嬰悵悵乎不自知其所之皇皇乎不自知其所守一切天合人合之途皆將絕以俱盡

也善哉〻〻

八月一日舊曆六月念六也未曉而醒明鐙看西洋史一卷復昏昏以睡夢至長沙聞母在簾內与二弟计議家事殊怪三弟不善應酬坐失機宜又出綿布鞋鞋未完工者一筐遣侍女問余何時出游鞋鞋大小奚若意復怪余不面訓也醒後惝然不謂母没六載猶時相警戒布鞋示余儉宜自悔矣與魏志蘭亭樂遊旋与稷家信匡共詣沈翁翁八十餘矣精神殊健方課孫也云

有七十初度壽詩在朱雲濤許數握余手原為
付梓老人情重所謂赤子之心人情之最薄者惟
當中年耳故悍老雖罪不加刑亦緣情制也少
坐與辭回局王念劬適至云此次俄牒外交部以王
正廷未歸擱不電遼々人方謂倭人好謠謂俄
無牒使真用兵當笑話矣得二弟長沙書述
言切諫使我寃無由白然非二弟以骨肉之際無
肯為此言者其實我便不應住北京至十六七年

之久久不應出關之者糊口耳孰知適得其反

哉今知蛛網之已無術自脫傷哉伯仁汝道窮

而汝祿終矣夫復何言亦復何辯夜穉洲来約明

日至部從太平洋國際調查会事潘守之来楊昌後自病

院移住局中

二日早至部有王子文者来從太平洋國交研究会

事

三日早与稷家至醫大客宿舍集会者約十餘人

皆各省積學之士有女子三人挪不悉其姓氏余報
告渤海灣領海權事蓋渤海灣口最狹處由
登北城隍山至老鐵山有二十三海里已超過碇
行習慣法規十海里之數日人處稱此灣除灘岸三海
里領海外餘悉為公海其實英之Hudson之為
五十海里法之Cancale為十七海里挪威之Varan-
ger fiord為三十二海里均過十海里也櫻家根告
收回威海衛事摘淺緣由互有討論使即辭出座中

曾遇馬伯援言庚次肯有為其國裁軍之計擬送
炮廢艦若干于中國交換利益此仍當年用破船
換新鐵故智幸其未入閣也馬伯援者日本東
京青年會會員廿餘年前舊識也辛亥革命余
自橫須賀軍港返歸武昌以收用海軍順流下規金
陵々從々黎元洪々々不能用及海容海琛海籌等艦
投降北江提督薩鎮冰逃黎始遣伯援追余
漢口遂與惠州葉匡組織第二艦隊轉戰陽夏者

向時湯薌銘為司令，以功致次長、官中將。余大隱
朝市之間十餘年，至今而葉君憤走南洋，為以討
龍濟光之役，嘔血死。龍因封王，湯亦嘗名冠八俊，
今皆何如矣。十五年秋，黃與伯援過于長沙舟次，
向辛亥黃與予手槍猶存否。余答云以殊負此槍，酬
以一詩，有何事橫海泛樓船之句。不謂今復邂逅
塞外，茲聞其已走東京，青年去幹事，所謂有
恆者已大可為我之無恆者戒。

四日朱石夫至自南京以中俄事部派孫查國防之稱

洲邀飲其家得雨田書復之信臣同平託寄環書查

五日稚憩七月一日宴實六一書看松波仁一郎海法

六日得學海書余所編世界列強之海軍力出版

夜雨達旦夢祖母嚴訓謂何不肯讀書

七日大雨晚与戒三字之敬甫昌後合宴石夫執羣

稱洲慶子稷家主客之勢之均力敵然無祛飲

者夜寄書二弟臥看西史

八日陰雨早入浴癬疾愈日〻診視敷藥且二月使曾文正能治癬如我則清室何至衰弱以亡或言曾是癩龍轉世故遍體着癬至以九五之尊貴不可言云云魏志魏氏春秋曰爽既經兵曰我不失作富家翁桓範哭曰曹子真佳人生汝兄弟犢耳然即聽範言遂亦非仲達敵遲速畧異無救于亡也与書楊樸元長沙鄭蘇盦北平臥看范雎蔡澤傳雎久不用王稽固早知其必倖事卒

爲犧牲所累是感情不能勝理智也然犧〻之所敢于要脅者見其馬食須要知此匪之怨必報者一飯之德必償也不然何不早自言必待須要來索後耶

九日晴早劉經自哈至云商船公學校已放假人心頗洶〻俄在綏芬發砲百餘落下飛機一架中有俄人四華人一哈埠僅留江通一艦餘悉據三江口江亨艦長尹健厂慶電請戰健厂自是猛將惜

無以盡其才耳點三國志太初的是可人故不能自免以神自況初非狂也許士宗妻阮氏幾乎聖矣天下那得有如此指歸阮氏之不能救其夫与太初之不能自免皆是看得准切處知無所逃于天地之間孔子必欲撥亂反正是則其道高美冠絕古今也与書鄭穎孫北平寄萬壑風雲影片一紙柏因社枯柏一寸柏因社者鄧尉山司徒廟中有古柏四株曰清奇古怪相傳為清高宗賜

名柏烱不知其為何朝代余以其木色類唐以上琴材因取一段歸以与琴材古者相印證頗蓄好琴復多佳品什襲之余取此材時素讓在側曰紅梅方開為何嗜此余曰欲以自壽耳因折最高嫩枝梅花簪之羣写一影惜失之旅次佳會何可多得耶臥看史記屈賈傳兩一為楚懷王死一為梁懷王死亦異事也

十日　湖迷國際聯盟送于非戰公約文脫稿

七日舊巧節興致索然擬作小詞小詩一無所
成得二弟書云有病又云三弟此時當在印度
洋上越島南枝又動歸思作書復之
十二日郵寄黃魚肚長汀呈　祖母禃食
十三日得瑑女書翼之至自葫蘆島夜看小
說江都李涵秋為名近出小說名家而詞旨卑褻
殊無足觀徐樹錚又錚見殺也王式通挽之云危枝
蟬在嗟還局低地牛羊感舊思擬寫詩

十四日得胡經書云祖母失足我不能侍養重闈而潦倒天涯誠有愧令伯且余今共下與令伯陳情之年同也遠遊胡將乎夜王金吾邀飲同光

十五日得兩田書復之夜邀曷後金吾摆家爨之午酒三光日人小兒謂飯為ママ與吾鄉兒語媽媽音同蓋餓則呼媽媽遂以媽媽為飯也歸胥孫叔通傳賞日官攝影與今同乃知聖人之術不可入世而亂也亦不宜于聖人

十六日得二弟書

十七日晨後還葫島居湘自葫島至方從亮日夜得二弟書直言切諫豈我真至此境耶坐以滌宦孫孫十餘年故重若吾弟此大罪也今惟弟為結念吾之念亦惟弟為結言吾之過吾將何以自處哉又得舜琴書復為我閔以六事此之朋輩之中友我為我有如二弟者也吾事之不諧又何以對舜琴哉中心展轉徹夜不寐

十八日代舜琴擬理正公祠堂記一首寫遞並覆函有云此所謂不進則退也進為中策退為下策不進不退是為無策午得芷澥書

十九日中元看小說聽稷家說科舉遺逸事杭州貢院極聯有云下筆千言正桂子香時槐花黃後出門一笑看西湖月滿東浙潮來得阿六舊十一日書報之聞中俄已發生小戰一在滿州里一在綏芬一在齊齊哈爾俄謀三路進取衝要而從路事而我皆以靜鎮二字

應之，聞C.T.始以恃俄不能戰，果戰矣，以訴諸非戰公
約，訴而從也，以求之國際聯盟，初不計畫軍事
何如也。日方以漢人自居，美人以嘖蒙滿北圖書肆
爲之一驚，得毋釀成美日之戰乎？國人不能同體
方爲鬪構之謀，將求一保全東南大局之張香濤而
不可得，學術之足以比人國也，其鋒利乃十倍於矢在槍
砲，以今之所謂元老先覺者，蓋不能辭其咎。而
衰之之憂之又孰有與同其死生於心，所謂危奈何之之

二十日　今二弟書　俄侵龍江　蹈東寧　為我軍擊退　知事在逃　城鎮屠洗而終之者　尤以不宣而戰自欺欺人甚

西史千七百年至千八百七十年間戰事　其正式宣戰者　唯法德戰爭一八七〇年而已　如歐戰之宣而後戰者　其例殆鮮　而先戰後宣之例　不得畧言也

一、一千七百一十八年　英將Byng擊滅西班牙艦隊　實在宣戰六月以前

二、西班牙軍以一千七百二十七年包圍Gibraltar

又一千七百四十四年侵略英國為英巡艦所發見

待以准備皆未經宣戰即已開釁也

三、一千七百五十六年 minorca 急襲

四、七年戰役之初普王 Frederick 帥師七萬五千

人侵入 Saxony

五、一千七百九十二年英人急襲荷蘭領殖民地一千

八百七年英人攻丁抹首都 Copenhagen 一千八百

十二年英美之戰

六、一千八百二十七年 Navarino 海戰 一千八百六十年

Garibaldi 定坡 Sicily

以上皆不宣而戰者也

二十二日 吳石生來夜宴晏敬甫家看鈿俠傳

二十三日 得胡思聞俄人海軍砲擊江亭莘艦得六

影二幀平江觀西柳村拍寄者一青紗窄袖

時下妝金鐲隱藏雙乳若現一海岸浴妝

曼態紅巾繫環肥玉臣真欲驚心動魄出入太

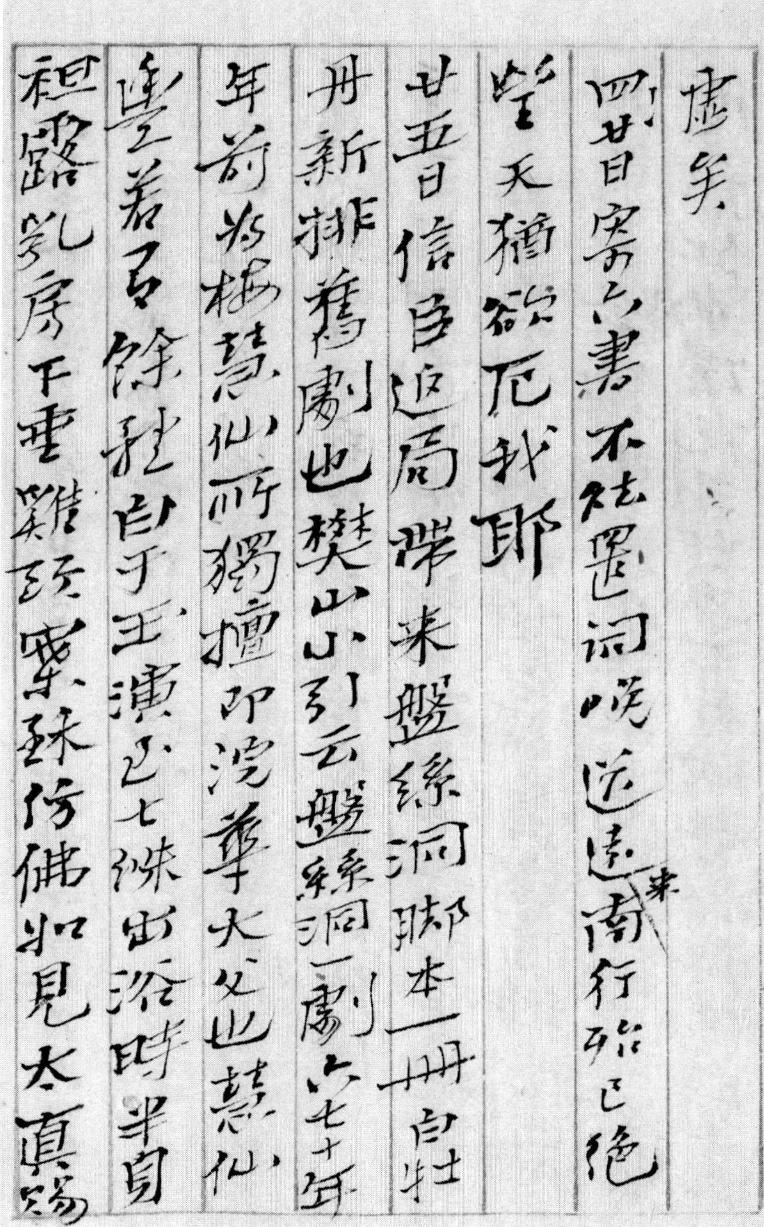
虛矣。
四廿日寄六書，不欲還詞，嘆送遠，南行殆已絕
望，天猶欲厄我耶？
廿五日，信自遣局帶來《盤絲洞》腳本一冊，白牡
丹新排舊劇也。樊山引云：《盤絲洞》一劇，六七十年
年前為梅慧仙所獨擅，即浣華大父也。慧仙
嘗着百餘金于王瑤正七絲出浴時半身
袒露，乳房下垂，雞頭宴珠，彷彿如見太真端

浴華清池之此劇一年僅演一次演必座為之滿余入者十餘年始獲一觀尔時慧仙年近不惑而豐肥玉白如故亦從此齣遂成絕響今慧生吾友重排舊本改弋腔為二黃不日登台獻技吾知二慧之婉美于五十年間都人士必空巷来觀余又將如慧若者慧仙盤絲洞時歷十餘年始得佔一座也然果伏十餘年後慧生仍演此齣余亦依然聽如此君等却老之術余有不

死之旁天下太平可知矣書至此不禁大笑

廿六日看落紅何棄壤之類也吾其為乎

廿七日看三國志袁紹劉表皆以病死不然操之為操未可知也又令人輒贊服操才智以為革命大家操誠才智矣然非革命大家也且世俗之所謂書操已失其本來面貌甚之者誤會其說謬以千里矣

廿八日

廿九日育仁自長山島至魯衛歸同寓之大少

三十日得智生書復之念劬踏飲水詞一卷為白湖老人輯校壽詩付梓並前錢傳

卅一日東北邊防軍出師禦俄市民送者十餘万人蕭紉銅來訪九江人也云有致公信託爲茶轉竟未接得

九月一日，得立先給諫書，復之。又得舜琴書。夜飲敬甫家。歸，得二弟書，言祖母精神不佳，憂甚。

二日，復二弟書。二弟病多，余亦覺精力日減，垂垂老矣。夜彈胡笳，尚能至十段，不撫絲桐又已月餘矣。學琴之不易，十年以來，猶此伎倆，自娛亦不足，邈乎無意於此。故學琴當先修道也。復舜琴書。夜宴客。信臣言少時鄉試有同號老秀才者，且七十矣，書一聯于楹云：七十些諸生冀艮辛未已一百年不死老子尚來科舉時塲屢屢困人可想。

四日天未明而醒，開灯看書，倦極復寐，夢與人促膝對坐，清談娓娓，亦諧亦莊。余向卿出閣將何之？曰：欲隨將軍殺賊耳。余曰：余非將軍，卿殆誤矣。曰：豈必手綰兵符者乃稱將軍耶？飛機已駕就，與偕行。余雄心勃起，立上飛機，不人為馭，凌空北發，首不昧，俄忽聞炮聲，不人曰：至矣。余俯而視

之初三江口至河水洋三江亭等艦正與俄艦交鋒

我健兒仰見余至大呼曰事急矣急擊勿失

余以五千磅炸彈投俄隊轟然一聲鐵血四濺余與

碎人亦隨之飛墜江心碎人凌波而逝笑謝余曰大

功成請從此辭余方惘然似一夢也吾前所貫

翊傳翊為三公孫權笑知寧相之重德望不專事

智計也然翊之洞識兵機有若神明非遇魏武更不

不知復事若干董卓呂布李傕郭汜張濟段煨

張肅之事，自為此步，不復為人世論，少少即是此耳。夜彈琴讀文選。得六函，以示信。徑徑曰：何莽莽乃爾眩紛紛。香傳于塞外，不禁神為之奪。秋夜無寐，為之詩云：客舍邊城又繁霜，秋窗窺月倍淒涼。感情惆悵有蘇州信，字裏行間雜粉香。

五日　得二弟書，云病猶未愈，復陳所聞，即函約林北平來之。并復弟書，並寄與張範，請為傳致紙張，書慶維自南江歸，約飲嘉興樓。

六日　為石夫序後，寄州子佩書。

七日　寄編遣區各員履歷于上海，并與舜琴書

夜荅六函讀文選知漢文之美非後世所可企及以
非天才莫能肖一二曲麥倉皇避難以佃戰家友
人家中為其眷屬所拒併見晉君維衛樓上瞥
睥淚然下就余語粃之遇途何其神也.
八日擢家來局云偉章家中昨夜見劫衣服饰物
擢取略盡共往唁之并訪金謝
九日看清史稿儒林傳文苑傳阮元以為周公尚
文而以礼為範孔子明道而以孝為教案六書

十日道遠至屬其作書謝吳霜雲并示以意有
緣近不能合而以手無像乎夜看清史夢祖母
送余桂陽舊宅大門痛哭而醒
十一日看清史儒林傳　陳立字卓人句容人師儀
徵劉文淇受公羊春秋文淇嘗謂漢儒之學
經唐人作疏其義益晦徐彥之疏公羊空
言無當近人如曲阜孔氏武進劉氏謹守何
氏之說詳義例而略典禮訓詁乃博稽載籍凡

唐以前公羊古義及國朝諸儒說公羊者左右采獲擇語精詳草創三十年長編甫畢南歸後乃整齊排比融會貫通成公羊義疏七十六卷初治公羊也因及漢儒說經師法謂莫于白虎通先為疏證以條舉舊聞暢隱扶微爲主而不事辨駁成白虎通疏證十二卷

十二日看華卅書院講畫燕王起兵一章建文之失二于耿炳文李景隆盛庸三大將軍出以不殺燕將

二遍。夜夢毋言避難而歸，余曰毋毋想也，天下指塵空耳。毋意猶未解議，他從豈亂平未已耶。

十三日。點魏志王琰傳，植妻衣繡，祖以違制命賜死，豈治家如治兵耶？曹氏好立威，故家法不得不嚴耳。代擬家姬人答詩一首，云：邊書最喜是平安，珍重秋風易早寒，但得一心同皓首，讓他明月自團欒。次原韻也。改論生書。夜彈胡笳一遍。

十四日。早雨旋霽。點魏志崔毛徐奕新萬美不足

懽夜彈秋鴻江不及此曲又五年矣以胡翁太悲也其實秋鴻亦是悲調不如胡翁之合耳是日得王念劬信復之

十五日看美不足懽送遠啄章先後至與共啖月餅喫日本茶夜寐未明而醒輾轉愁苦爲白湖老人輓題壽詩集一律無可喜語惟以追陶雲寄蔣蒼一語差強而蔣蒼字面又不切以壽人也

十六日得陸女函看赤稻及世說新語阮瞻王澄謝胡

毋輔之之徒皆祖述籍，謂得大道之本，故去衣巾幘，脫衣服，露醜惡，同禽獸，甚者名之為通，次者名之為達。以是言道德不能一成不變，又籍輩之徒也。故孔融、禰衡遂為罪人。夜月甚佳，彈秋鴻。

十七日　舊曆中秋。晨得九疑山人書，即裁答。看世界地理風俗大系阿剌士加篇，美人以於一八六七年以九千萬元從俄人購得阿剌士加，面積一五三萬平方粁，約日本二倍。至一九二三年僅產出鮭、金、銅、皮革類已至二十二億元，較原值已贏百五十倍矣。

夜偕與信臣、穉家三人留高閑話，望月無聊，繼以聯句共得二首。穉家別作一律，信臣亦更製二絕，余方彈琴寫憂，更殊無興致，就寢後枕上次信臣韵口占一律，淒然欲涕矣。其詞云：琴心三疊奈愁何，譜出谿聲哭當歌。人在江南同悵望，一穿秋水怨姮娥。

十八日　與昌後書，述鞭後春生事，吾與為畢豹爭。看世界地理大系墨西哥篇及東方雜志世界小說、赤禍等書，真可謂無書不讀矣，亦莫以為哉。

十九日得阿六中秋前四日函云為郵寄月餅卅二瓜子十觔

夜病

二十日病甚請趙彼澂為開一方服之假寐竟日入夜

頭痛如刺雷電大雨電

二十一日晴熱甚病少瘥得六函並前函復之

二十二日得魯陶陶狀南京來信云其兒已赴贛病愈

後雅覽書報慶予歸自同江言一日俄飛機方回

翔空中三江口駐軍則以為來襲亂開大炮焉

忽見一鷹大如飛機逐俄機而上〻其勢甚猛諸軍大喜曰我飛機逐走俄機矣

玄樓日記

十八年十月一日早彈秋鴻色輕而色重佳佳如屬馬
登高隱艮艮如縱馬注峻岐非心令領神會不易辨
北郭載九月廿九日：前內閣總理田中義一暴亡即去年
皇姑屯案主謀人也
二日天未明展轉不復成寐看六祖壇經恍惚攜一舊
僕至某市購物道遇兩女隨余同歸至河岸余先登
舟：梳坑繫巨繩凡登彼岸者必手繩以躍余自

玄樓

覺力竟無身手逡巡欲返或曰但得一人過去即引船着岸不必一一手縋躍也須臾果着岸縴攏而上入一候車室中坐僕忽報曰大小姐尚未渡必欲來方號泣大哭且奈何余即走沿河畔一水渺茫瑤女鬘髻在烟霧中余招手大呼而醒嗟呼吾女亡逾年矣死時不及一面今乃相逢夢中嗟呼吾女遂竟死耶

三日　舊九月朔也。得九疑先生書，云：夢余鮮衣跣足見訪，醒而張僕送萬壑松風雲往，亦一奇也。夜彈胡笳一過。

四日　翻與古齋閱六祖壇經，皆不能了徹。晚飧，忽有電話至，詢之，不言姓氏，審其音，知爲足吾，云方與仲超自胡盧島至，在第一村用膳，因與信臣同往，旋共至遼寧飯店，送遠琢章均在座，少談獨歸，彈秋鴻，倦極而卧，夢中亦在彈琴，幺絃

中斷驚跳以醒夢以非琴無絃何斷心神不
寧故自亂耳
五日寄書二弟前來信云已回桂陽同此僕僕皆自
苦也晡後得平江函惠然肯來豈夢凶者兆吉
耶即以原片裁答夜嗣洲邀飲交通飯店宴
日本軍令部原田課長也原田蓋東鄉大將子婿中佐
而男爵者彼謂之貴族气味略近華人且結背
誦李杜詩又非糾糾可比宴畢攜日妓續飲于

粹山山者日妓寮而市酒來以妓名百合子年
十七歲有儀態江戶人一名柳子短而艷羣以為
美則仙台人也皆能弦歌二詞極婉戀回憶二
十年前江戶風月如昨日也薄醉而歸居然潤世見翻
翻儒將風流自我傳能讀孫吳吟李杜端人合取尹公賢
無邊落木響清秋絕塞弦歌隔外愁鬢髩縱前江戶夜每從風月不勝情
六日陰涼以雨雖星期不敢出門彈琴竟日
七日晉作彈秋鴻晚閱汎歐羅巴
八日約仲起足吾到局午餐夜赴敬甫家宴歸

已覺有倦意不能彈琴擁衾看桃花扇昏昏
睡去夢中囈語念不愛江山愛美人句更不復
成寐明鐙看清史稿李成自國號大順建元永
昌又清初入關定山東東巡撫奏准新除各官仍用
紗帽圓領
九日慶餘西家借米不足權并以新出版二種贈之
譯潛窺鏡符齋陶書後之
十日星期節早彈秋鴻始悟玄法其勢為將前

且郤又須兩手着力停匀也晡後齒痛出覓醫中途痛止乃往看己巳書畫展覽會遊人擁擠殊無興賞玩出步公園中秋花已謝有菊不芳忽見牆腳有小舍二即而察之一為胡仙堂內供胡老爺胡三太爺等牌位皆清人衣冠其一則僅一牌上書青臉貝子之神位園為清宮故址不知何以獨供此等神位如南中路邊土地也更至博物館即清宮正殿所在入大清門登崇政

殿上鳳皇樓繼游關雎永寧等宮皆陳列清時舊物有四琴三瑟其製均短瑟是乾隆十八年製琴置放遠不能逼視其他羽葆干戚金鼓法駕甲冑寶座不可勝計然非北京故宮之壯麗未所得擬其万一也歷代帝后畫像亦非真本惟清太祖騎馬圖略具英姿耳匆匆旋扃得九疑山人函云張蔭農死劉夢嵒將就東北大學之聘皆琴友消息也又

為題萬壑松風無以報之茶笋乾南棗各一瓶
美人之貽以答名士得毋重于千金乎

附錄琴題　前月廿七夜半余夢李君伯仁自溧陽過我次日李君匹送萬壑松風来康寧定余即以夢告並謂琴佳法當破岑寂於昔之夜寞李君神来非我神往少陵夢太白詩魂来楓林青魂返關塞黑是也因書原委刻琴陰仍寄李君若其愛女琴愛女批此　己巳九月初五日楊宗稷識於空南舊月仙館

十一日重九節彈秋鴻至第九段聚談終日聯詩二首夜仍未能熟睡感賦二絕贈九疑山人其一云久謫邊城些月催已過重九第三回登高不見江鄉影一片秋声

白雁来其二云十里平沙萬里天數枝寒菊着霜前錦琴無限傷心事頼有歸魂皈佛蓮

十二日夜彈胡笳一過以犄梔之曲含殺伐之音心甚異之謂同社曰琴意不佳遮莫凶危不知何許當大戦也。就寢加子信侶歸言西北已擧兵君言殆驗

十三日同社六人共遊北陵〻〻者清太宗皇太極之墓也闢為公園遊蒼松如雲作林成陰為此間勝景余坐櫻桃樹下攝影家為寫一照櫻桃為

陵山巔土墳上有一樹，相傳葬後所生云。旋
至东北大學，過黄浩然便飯。歸以小病，聞俄海
軍犯同江，飛機六架擲炸，我艦共死五六百人，沉
三艦，傷一艦，我亦毁彼三艦，是為甲午而後我海
軍与人争戰之始。得舜岑信，復之。
十四日 病加劇，頭痛畏寒，服藥一劑。劉琢章来言
同江之役（即三江口）我艦沉者為江平、江泰、利捷，傷為利
綏、東乙，乙臨時用拖駁所改製，較江亨先回宿

錦州被炸傷五人彼我兵力為十三對一其實彼有
空軍我尚不及十三之一也夜臥不寧蒙含初少汗
十五日仍畏寒頭痛又服一帖
十六日得六弟允遵渝而北中心偶愉病乃霍已
十七日覆書平江又作擬事夜聞尹張范三人生還
為之一喜又聞李陸隊長陣亡為之一悲
十八日傳聞三江口之役我軍擊斃俄極東司令官
已往伯弟聞追悼會

十九日得三叔書，又得九疑山人及夜光書。

二十日過汾琅、琅章雲濤，濤善跳舞，會翁生以從俄人學步，同往參觀，相率加入，所謂近硃者赤，近墨者墨也。

二十一日過處子，適翁明自哈至，言戰事頗詳，因草一文紀其事。夜學步。

二十二日彈秋過，得三叔書，復之。看吳三桂傳畢。其孫樹璟在桂陽卬德

二十三日看洪秀全傳畢。羅天綱主張北伐，秀全不聽，故至致于敗；安坐金陵，遂以為天下已定者，此其殿

玄樓

鑑矣李秀成智勇而忠其才氣殊非曾國藩所可比假惜所事非英主耳然咸豐同治又何嘗能与太平王同日而語成敗之數豈非天哉

二十四日得金致淇書云天津慶生社崑曲甚佳

二十五日張研生自同江談及三江口事不禁神爲之移乃知知兵之不易而談兵者更与用兵為二事

二十六日看史記淮南王傳長力能扛鼎而安善哉

琴夜夢抱一佳兒臂發異香香君明眸低眉來接

此兒殆如身在燕寢怡情圖中也

二十七　偕禹田臥看桃花扇畢此書廿年前在東京曾閲過彼时欲以侯方域自命今乃如錢牧齋矣看房偕声宣里一園

二十八日　偕六懷西去署備衣物便卬非發回重函申友重托之事須十年萬苦千磨百折而成者方有意思此之謂人間世也夜彈秋鴻終曲其俗

十一日　泛言乃有京劇法门寺丑旦所腔調太史公言

自雅欲聲興則已好鄭衛之音〻〻所從來久人情
之所感遠俗則懷故古樂不若今樂〻不知倦也
二十九日挽李泗亭聯云遠恨滿三江徇難無慚真
國士遺書十二紙傷心最是未婚妻其未婚妻為
金秘書女弟年二十九始納采李君已有吉日李君
殉國閱戰前數日猶得李君十二紙遺信云也
三十日挽同江陣亡將士聯云駭浪拂長天松
悵素悲江影平沙列萬葦戍壘角低昂記

國憐言又云東去大江空餘月影流寒夜激成交織早覺琴聲動殺機又集杜句云健兒寧鬥死邊月少光輝

三十一日得禹田函復之

十一月一日即舊曆十月初一日　先祖考冥誕日禁琴一日

二日和雪与同社共租東宣里一百二十七號為宿舍月金二百元高樓臨大路四圍有園林為滬瀆所不多得庭院植松亦多因名之曰松園有一小亭以

名曰慨亭斷取杜詩老慨萬里心之義也

三日晴張叔和自粵返得二弟書已卧牛巷

口矣而三弟乃在非洲骨肉遠隔一聚不易即作書

寄之由遼寧至桂陽信半月即達俟航空暢通

又不遠矣是日移住松園

四日得九疑山人書並相片又得學海書

五日得瀟湘書松園彈琴佳吟猱綽注聲聲入耳然終不若

曩昔由桂陽下長沙過十八灘時所彈竟詞之妙故琴

宜山林石泉也。近吾自長山島電索追悼陣亡將士挽
聯，後為作三首，其一云：取大將頭如探囊物，指三江水誓
報國讎。其二云：誤在外非戰師，當絃弭戰，禍從天降。
江防一著失，空防。其三云：遠略無功，於今又遠，陸虜
根敵，惟為勝此役，差強甲午年。青島六案挽詞後
二付云：一往無前，結為國家征戰死；從此多事，其如門
戶洞開何。逝者如斯，千秋遺恨三江水；負結教，臥一彈
真匹推上將頭。

六日得九疑山人書云琴毯已为刻好作書謝之夜夢
父擬填八月圓詞向譜安在余樓尋不獲以問信臣〻〻
檢八月圓詞一函共四本內繪人物山水如詩畫舫余更折
紅櫻桃一株天津梨子一顆并以奉 父〻手刀削梨未
竟罷案上余取削〻以進適 母至正包裹高力乡云
是 父自北京燭託朱某寄呈 祖母者俄聞犬吠而醒
七日得繇下書云有病函託波澂視之夜至大陸跳
舞傳聞行將禁止云

八日聞官錦失守江亭沉
九日得平江信復之
十日看中國評論云中國外交由懼外媚外抗外而至敵外
十一日小病
十二日病愈
十三日得九疑小人信并寄萬壑松風搨片
十四日得孫女函云病已化愈不解所謂及波澂自北平
至杭述對口癰初勢甚危得某醫生用法化

之怡消愈吾女誠多厄也快信慰問之

十五日 晴 得爾田函云已得六信定十九日大連丸來大連丸三字乃去也六歸时親送之其东站六接之而淚下如雨不謂竟能乘此船来也

十六日 代魯衡教授講武堂高等研究班海軍學功課是為余執教鞭之始 夜夢一日人來家中蓋只講琅女書畫者俄而家人持一扇摺出言日人余索觀之見扇骨刻一仕女長身玉立身着絳色宮袍而不

類婉女書用扇袱，袱扇面字畫亦多，左角有一半身美人倭髻朱衣，眉目天然，確為吾女手筆，因憶其已死，遽以真跡與外人，豈不可惜。注神思之，不覺痛哭，醒後猶淚涔涔也。

十七日　得三弟長沙函，云自非洲歸，且將有南昌之行。

十八日　得舜琴扈田巧電，云六已搭大連丸，于明日首途。復三弟書。

十九日　上滿武堂課，教講航空母艦。夜夢友人持一

瓶花相贈細瓣飄紛落僅留緋色大瓣二片如雙掌也

二十日夜乘火車赴大連

二十一日早抵連午後一点三十分大連丸入港六波斗蓬瀛

檞先見余以遠鏡探索其母同至護送者李僕

也少選扶引登岸萬里相投又非紅拂所可比擬矣

余寓大和館房二二五號入夜始搭車回奉

二十二日早八時半抵瀋直至松園略加整頓居然春滿

洞房夜半同舍呼開以雨復興共持紅燭入房燭

市舍書千家春不遠，夜萬里月連霄之句，又一風光
也。

二十三日　稷家贈詩云：萬里姻緣一線通，松園喜氣自
葱葱。玉台赤簡成新詠，我是催妝第一功。初移
松園時尚爲我先擕玉台新詠至也。余和之云：遼
海平江一葦通，風華萬里鬱青葱。美人初至添妝
未，夜吟到玉台不記功。

二十四日　信臣贈詩云：燭上花生筆底風，詩成字字

狀元紅只應今夕胭脂墨付與三郎作守宮 和之云
天桃花發二南風映掩松園簇錦紅多謝催粧詩
句好付與來絃譜譜宮信陵又贈我一律和一
絶有云 紅粧萬初來夜最愛松前月似梳原
詩有中宵送夜娶人三鼓萬里催粧月一梳之夜
安答

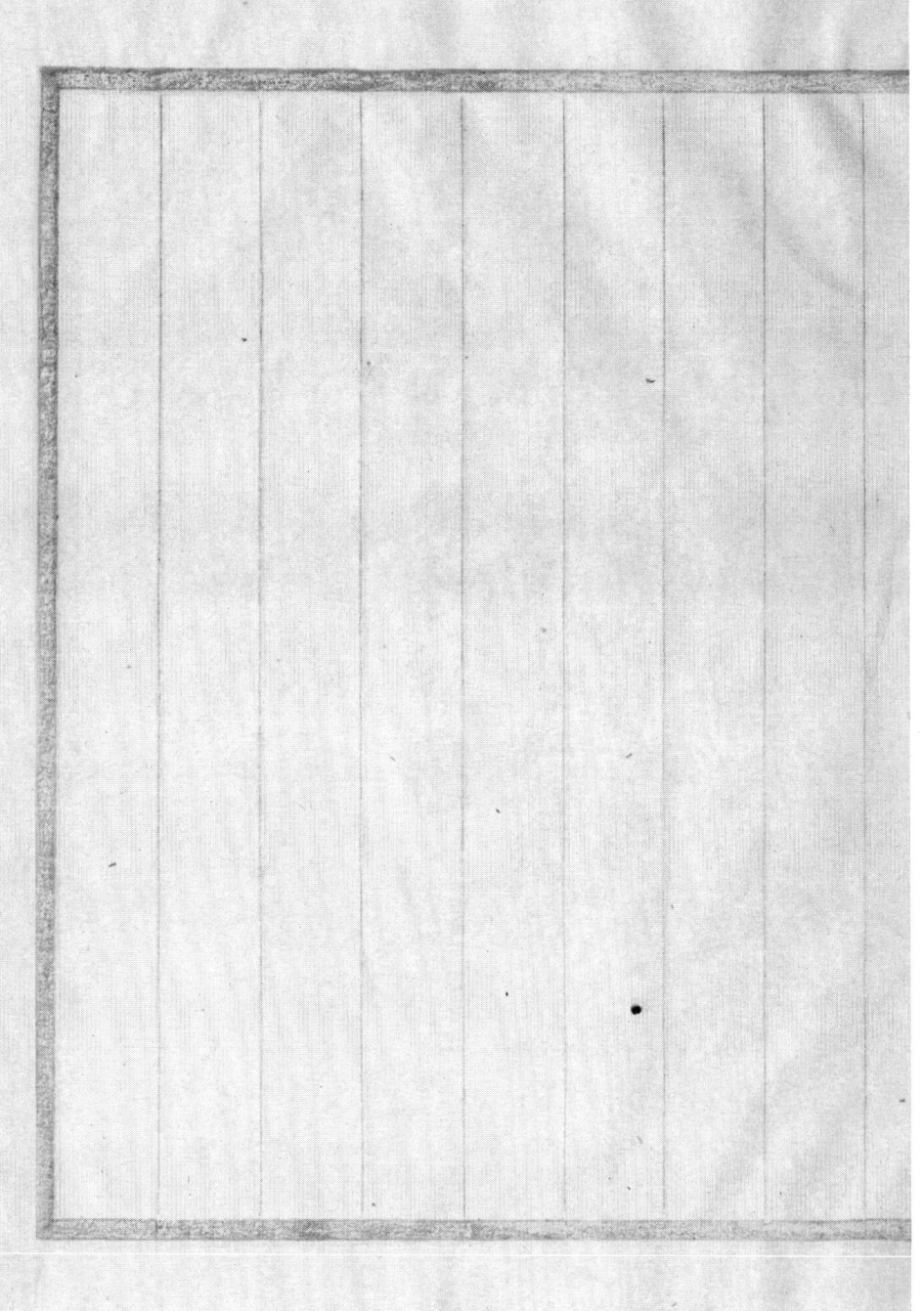

十九年日記

一月一日政府廢陰歷已十八年而朝野猶習用故禁歷書不得載陰歷改正朔為得与民更革之事其鷄猶若此他可知矣琢章來与同車歷拜諸友此亦當廢者也

二日到向年片較去年為少暫可於隱斯為可喜訪僔魚、刘壁琢章亦至因命車召心恒共為雀戲、牛鍋、谨、脯徽意、行樂

三日

四日

五日霞三弟書次稷家姪人寄蜜餞果葯一首

云寄来蜜餞果想見甜頭情願學邯鄲步

同儕亦我聊未向教為儒家所誹不解平等〃

説也標王蘭生四十壽聯云強吾清郎從容帷

幄樓船名倒冠冕江淮

玄樓日記

十九年夏五八日舊歷初十余生辰也作書寄二弟長沙携心滙至燕京館與相過南市上拖鞋往崛江醫院醫齒遇大雨畧晴偕其行歸松園松園者石城陶氏別墅去冬分租一齋以著新人園松最多故名之曰松四園蒼翠如在林中園有一亭而無名因取杜詩老鶴萬里心之意名之曰鶴心而自署為鶴心亭長半載以來別成天地不復知有人間世罷

我知我更何足計故曰人生行樂耳須富貴何時晚

臨時約三數友人喫麵打脚翻不若去年在蘇

州飯店過生別致枕上得詩一首云僕僕人間世悲歡不

向年懶心輕萬里意眷南天 客 赤上帖陵陳情表吹吟出塞篇西風黑水 何時東海靖

九日雨霽涼古高臥過年鋪畢卯彼小極往治

齒入夜怯寒早眠枕上看紅樓夢前年思製一

聯為螃蟹不成乃瀟湘妃子咏菊詩有云滿紙自憐

題素怨片言誰解訴秋心因補題 集中得球廿四

十日晴和早到局檢書取萬有文庫第十八包回園艸

軍艦製造費論畢至江岯看齒檢攜素心赴敵

甫宴省戲深夜始歸得居湘哈爾濱覆信

十一日晴喫仿膳齋點心亦佳仿膳齋者為清帝御

廚所設舊在北京北海公園近始移濤垣窩々

頭火燒黃條豆糕為尤美

十二日晴晨起涉園亭影如畫踞石閱書紅袖帽

依々自是佳境匡遠時忌也餔後宋慶餘黃子劍

朱運陶至傑錫、城信臣及心雅同遊北陵清太宗墓也江陵胄浩然爲東道主人陵後綠葉翠松則有勝致步繞一周重入正門登陵城松勢如龍湧張無塵翠鬣高處大可巢居迴車至胄君齋開其如夫人親治具調肴佳酒各盡興而歸賦詩云塞外春歸晚清和野趣多沙平堪試馬松老自成波酒味酣遊興書聲雜牧歌陵園蒼翠色留與壯山河十三日晴大風午後為心源治齒敬甫夫婦抱其幼女小五來同赴哈粵衡家宴雀戲八川歸園即寢昨詩信臣見和有云龍沙平地浪紅水漫天波工句也

十四日晴晚慶予招飲李竹方至自灤江

十五日晴粵衡翊城均次北陵詩韻見和約竹方飲

十六日晴海友七人公宴忠信堂主人不至者三是日心源右上齒被一金冠醫技極佳觀之不倦

十七日晴微風王蘭生來松園爲攝數影以爲記念

十八日晴早攜兒往治齒以銀箔填補右上齒二

午後送入西田醫院劉蕙農戴 招飲大陸春

皆湖南人也遇章行嚴謝尹安華劉戴同至松園夜

宿院中

十九日晴院醫施手術迷以蒙藥數一二三四至四十

使無聲不忍正視不一時即醒知人生之苦斯為最
大又宜與衣食住行相提並重者也而世人多諱之
何其愚也歸松園得毓鈞結婚照片余自三叔將
後便未嘗參與家中喜事三十餘年矣今三叔之
子又已成婚將居未參與猶得片影以科舉文明之
進步也又得孫女寄賸肉一方云以壽吾生辰者甚覺
二十日天未明即醒燈下看石頭記薛寶釵云詩從
胡說來　嘗披批杜詩不佳者曰胡說是適

逕見杜〻詰詩而　爲不解詩也晨刻詒扁托若君
爲取花香襲人不至殊用悵惘函鄭禹田上海
滙百金託寄蘇州梃至會蘭亭沐浴夜宿醫院
二十一日晴早過梅園喫牛乳打聽赴哈連票價目
云二等共金十七元九十五錢因換日幣五十圓約現洋
八十二元金高銀低國民生活將日以窘迫奈何〻〻
回松園午餐寄書二弟錄詩示之并題生日詩送
片〻嘗舜琹蔽甫各一幀袁一册許至遼寧館

店回看張秉文云蔣軍已得蘭封曩從印返
醫院小動管否一夜為之不安臥看紅樓夢第
回乃余八九歲時初看小說處也爾時便覺
別有天地會心自今觀之髣髴一夢是日哈李見訪未晤
二十二日晴午回園檢點行李看杜詩有云稻粱求
未足薏苡謗何頻今日之謂矣余平生友愛
君子而痛惡小人天下小人多於君子故毋往而不
失點夜宿西田是日錫城見訪

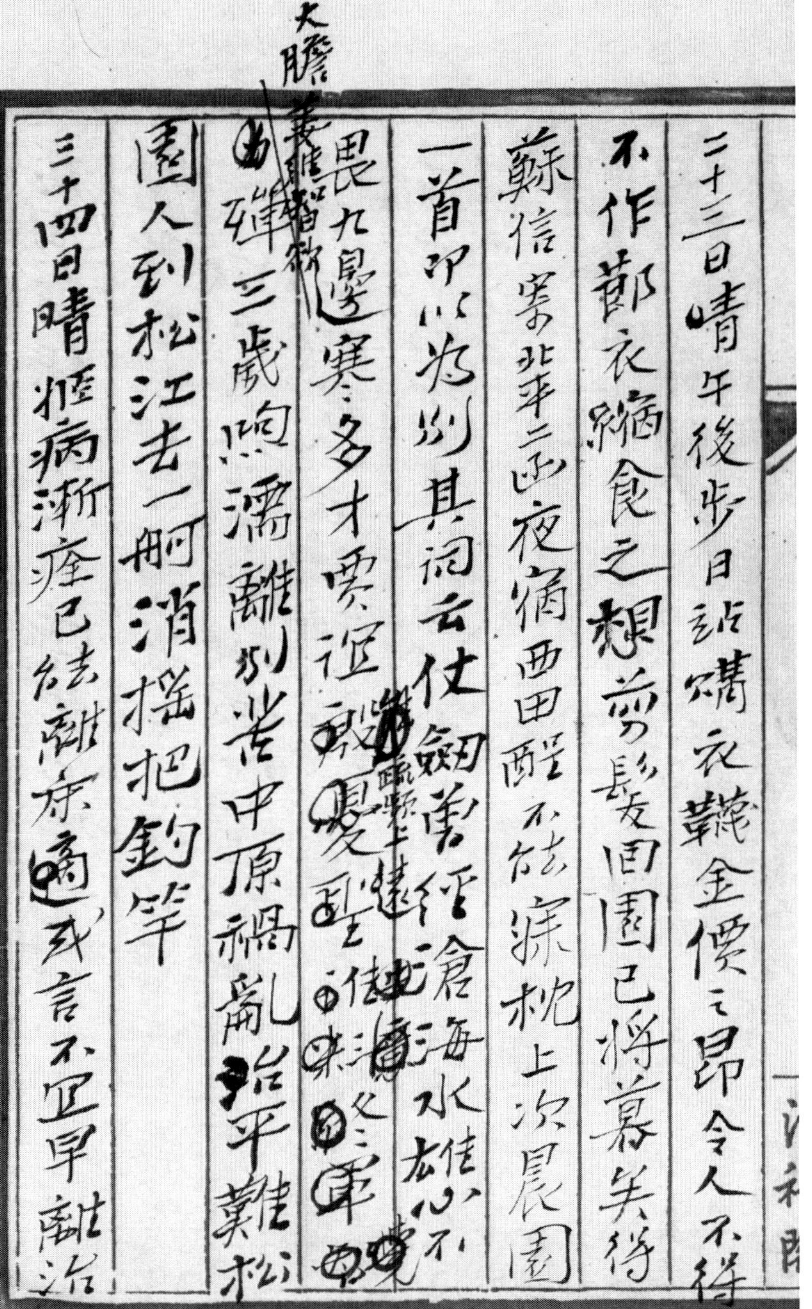
二十三日晴午後步日詣嫧衣韈金價〻昂令人不得
不作節衣縮食之想夢影同園已將暮矣得
蘇信寄聯二函夜宿西田醒不能寐枕上次晨園
一首印以為别其詞云仗劍曾經滄海水佳人心不[illegible]
畏九邊寒多才要證[illegible]
彈三歲煦濡離別苦中原禍亂治平難松
園人到松江去一舸消搖把釣竿
三十四日晴瘧病漸痊已能獻赤適或言不宜早獻治

病不佳姜善之難佳耳午詣松園啟翼之爲帶胡

世安伴至衣箱石南德四姊果二十七八晚赴忠信堂劉之

宴同座為兩湖人散後回園劉菓農戴子展

止病困谿從移夜

二十五日晴吾作到西田看病琢章至與同往看

秋桐不遇回松園見蕙農詒詩云聞道松江

煙水濶遲君四月已消寒未妨容裏溫柔老

煩覺尊前慷慨彈吹皺絲波風有態笑

清秘閣

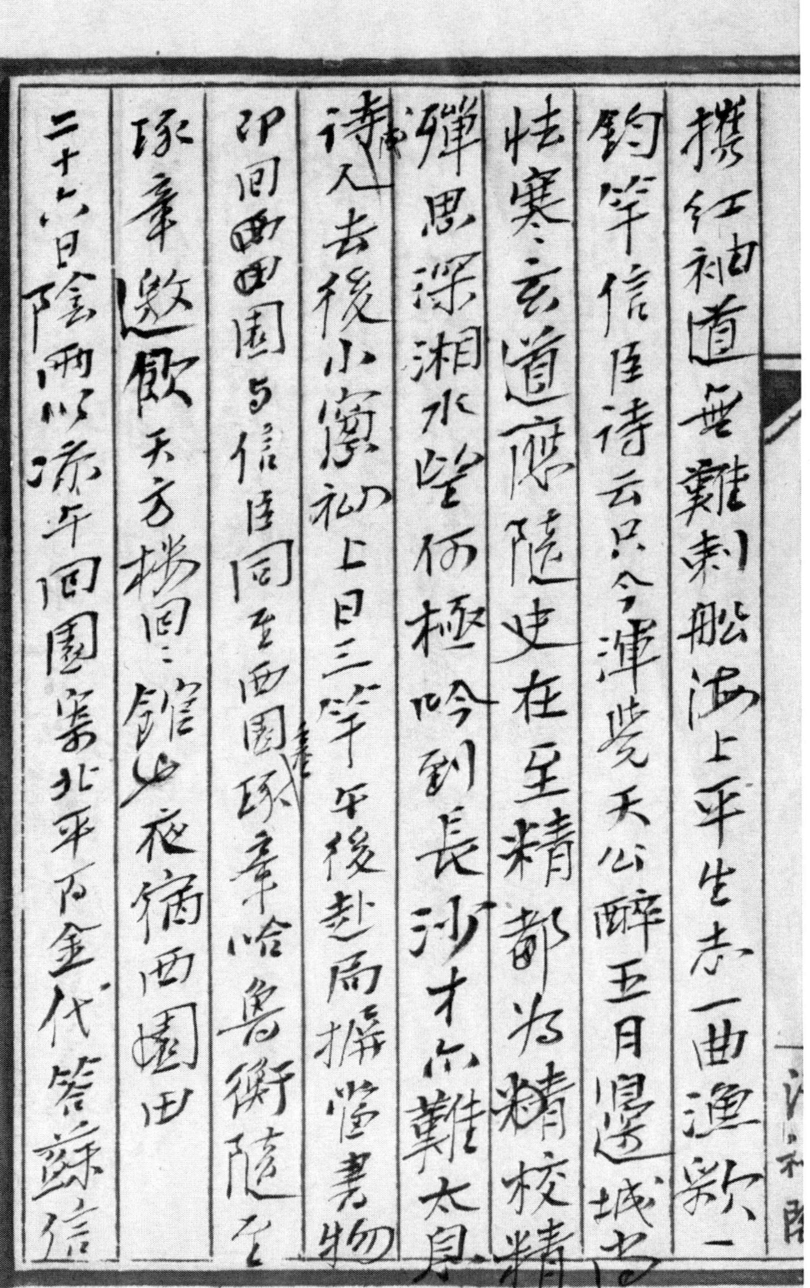

攜紅袖道無難刺船海上平生志一曲漁歌一
釣竿信侄詩云只今渾覺天公醉五月還城也
怯寒玄道應隨史在至精都為精校精
彈思深湘水望何極吟到長沙才亦難太息
詩人去後小窗秋上日三竿午後赴局探嘗書物
印回西園與信侄同至西園琢章哈魯衡隨至
琢章邀飲天方樓回館已夜宿西園田
二十六日陰雨以廠午回園寫北平百金代答蘇信

收拾行李約十三の件夜宿西園田

二十七日晴回園見芍藥已開惜未能与小姬共賞

耳頭眩欲病晚至西田徹夜汗出是日得居湘回

信

二十八日晴早起頭痛而無燒看護婦梁木君授以粉

藥少臥即瘥回園午飯收拾行李取些件零蘇

州二張晚折藥芍數枚返西田贈小姬二已能行動飲

食小恒惟氣弱未復原耳夜大雨雷電

二十九日晴早起雨服粉藥頭痛稍已回園得蕙農北陵函改荷詩為熱損綠華春有怨笑攜紅袖拂道無雖豈亦畏文字獄耶出東門購書去些見肆中有杜律啓蒙今估去矣似是袁子才著過敵甫家購得家片至儀古與隸書少卧飽餐

卯往西園

三十日晴早起散步日結金價又漲至五八矣午得九疑山人函云擬刻廣陵散譜

三十一日粵衡和詩送別夜雨是日錫城餞宴公記
七月一日端午僅食一雞四粽子仍次前韵答粵衡
云一番風義流吟韵獨於柏松見歲寒遠謫由來因
倭起掛冠無計為材彈不同雞鶩群爭食何憚鼠
狐故作難回首南天千萬里銷魂最是汨羅竿
二日晴心疴已祛出遊復至堀江看盡飲冰雖多利
亞過舜臣信臣冀之守之云方從西田來旋與舜臣
守之五人共過柵澤家湯浴古適殺雞將柔話

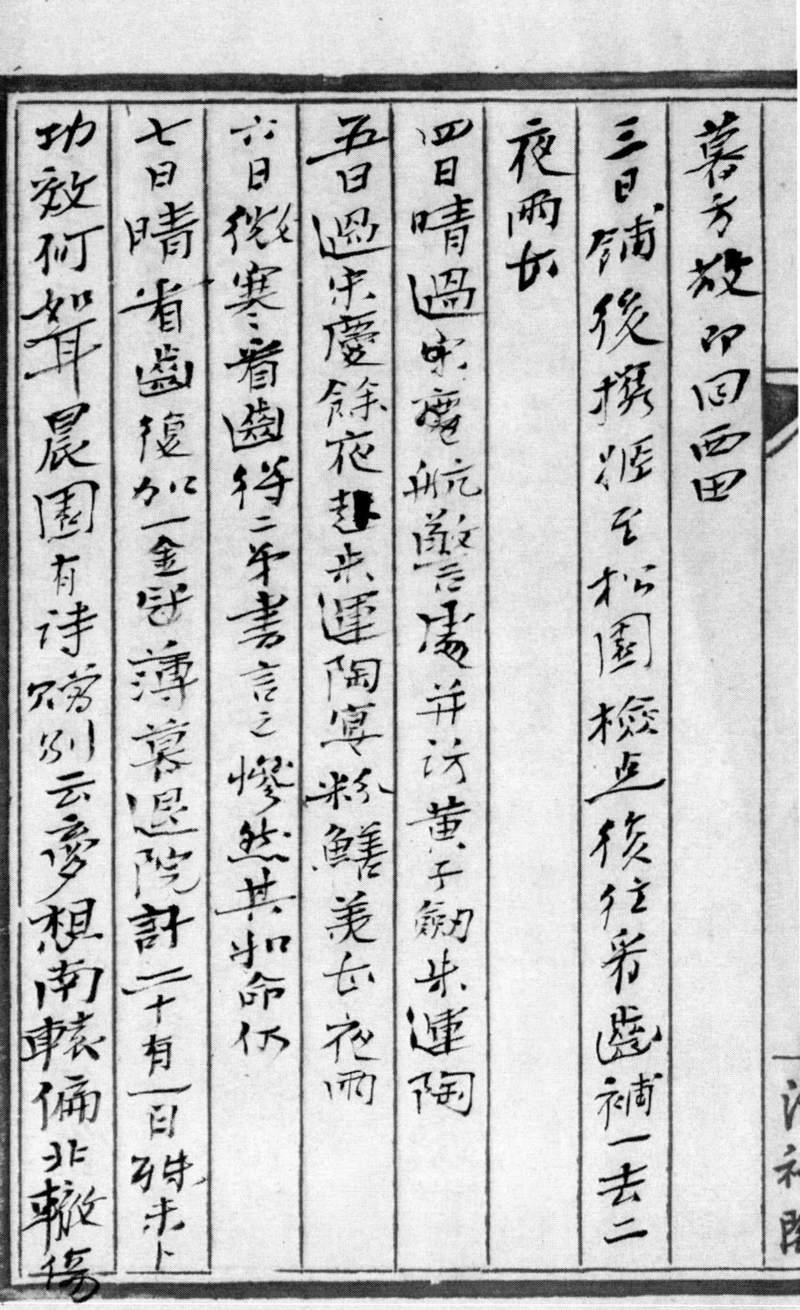

暮方被印回西田

三日補後撰經至松園檢查後往看盧補一去二

夜雨大

四日晴過宋廣航徵言處并訪黃子劍未遇陶

五日過宋廣餘夜赴未遇陶宴彩鐥美大夜雨

六日微寒看盧得二弟書言之燮然其如命何

七日晴看盧復加一金賢薄暮還院計二十有一日踟未卜

功效何如耳晨園有詩留別云夢想南轅偏北轍傷

心共是浪遊中遥知別後思鄉意松水松園兩處同子
咸從邊塞韵將贈答云

八日晴涼午尋琴錢宴寧格飯店夜次晨園韵云紅鸞不堪風雨後征鴻最苦別離中松江月近湘江遠幾待鄉心萬里同

九日晴下午三時五十分車離奉攜心娫及一琴二簫行李共十五件金價五五至磅費三十二金元合銀六十

餘元，送以車票四十餘金，元費共銀二百餘元矣。送
行者爲劉鐵城、黃辭臣、王蘭生、童琢章、李信
臣、鄧亞尚、黃七人，此後依依不能忘情。松園忍者以爲金
屋極妾鎖之，些些謂楚琴去，懷大愁，風景然
余嘆，正燕入夏以來，松園青繩太多，更名之曰青
園矣。夜九時抵長春，換中東車，十一時發長春，對
榻適然，無復遷謫之苦。
十日，晴。早八時抵哈爾濱，生敬甫、劉詒迎接，行抵北歸

暫寓新開界64號，即從小雅説謝家橋洲夫婦猶
高臥未起，留以隆泉畫竹，即過澤生家，其子女
均已長大成立，饒有父風。敬甫夫婦亦寓此，約
同過江北赴邢瑞章之宴，水淺未能往，盡
用輪渡，遂用划子，淺處且須拉行。江北即罷讌，
江境風景頗似揚子江，惟人以稀耳。澤生所辦東
北商船學校規模太鉅，園林之勝，冠于隱居
回旅舍，見王勵堂尹託之，王治湘名刺，即答王尹之

拜庭湘往送熏，今日南行矣。又訪范毅菴夫
婦，晤耦洲、視敬市，邀飲新世界。
十日晴，早過送熏，俄國人國民飯店訪庭湘，
攜一妾一婢居之，安余，因定四十六號，月租哈洋
七十五元，庭湘邀至玉芳餐午餐，隨与敬甫過
毅丁竹戲，晚飯，夜回旅舍，大雨。
十二日晴，早茶後即移住俄館，喜其清潔也，乃
夜以時異出儀，儀又一劫矣。

初涉邊地略有酬酢至十八日而止、脛復入住日院云是腹膜炎寢饋其間者旬餘迄七月二日少瘥以金價過高退院日往診視數エキホス痛遂止而腫不消令人厭念趑彼澂也

七日　得二弟長沙、三弟上海、瑹女北平函

八日　得信臣遼寧、禹田上海、礎猩長沙函

九日　復最近各函

十日　改常約林函、健厂約其來兌書迄官也

十一日

十二日遊公園

十三日看電影是日看病遇長田舊醫生本多

十四日健ㄏ來往真笠原夜同往范大家看跳舞

十五日大風雨

十六日風雨竟日健ㄏ辛棚澤等十餘人往富錦

拯江寫去年中俄之役所說也

十七日小雨後雲得二弟書偕居湘往送外甥

印歸

十八日得二弟函

廿六日閏六月初一日

八月一日報載長沙於廿九日為紅軍彭懷德所佔領

日英領事館被焚城内火数起不知是遭何劫數

使不折城當不至此祖母耄年尤堪憂念亟發函詢

二弟似此横沴又不知奚書耶沉浮何狀也夜三起不寐

二日函三叔問家人平安与否聞避難北行未可信

人其慘狀可想今日擁兵大員只知做官不解事理並無一人有裕國爲民之心者坐是民不聊生亂機用起安得爲胡左羅之徒挽此水深火熱耶重閱九尾龜畢余元年旅滬不解吳儂語卽以此中蘇白自課故稍結耐儂今取戲与胡娌消暑亦峇中尋樂之一法也此書初無結構收局更散漫無味僅得一陳文仙秉媚可人猶落寇志之只有一陳不聊也故自五卷而後便可擲縱事章秋谷籍任陶思澄秘書余

在長沙曲園嘗與同席其人南人北相頗粗黑並非美士故其說首重工架而面首次之至其論女劇重蘇抑揚州與余說略同亦時尚也

三日晴　始譯世界海軍史去春應南京大華飯店嘗譯一章旋次失之今更着筆亦無聊之至也閱世界大勢土耳其無論矣印波斯內政亦賢于中國遠矣

四日雨　得遼寧三函復之

五日雨　看穆天子傳　報云長沙已克復

六日晴　報云長沙方在激戰中　徐二弟七月廿九日函已於廿五日赴桂　又不幸之幸也　携少姬避南園之高廠　多洋屋　富商巨紳及外人居之　純俄式也

七日晴　報云何健於五日奪回長沙　或云激戰四時仍為紅軍所得　湘中無大將　亦無大兵　故得任此猖狂　昆瑞猶知駐重兵岳州以固兩湖　而今人并此眼光無之　豈不可嘆　閱穆天子傳畢　是書為束晳

雁云升校本同治辛未周荇農以贈王湘綺先生

生手加批點卷末朱筆记云往与張孝達論宋本不

如校本周自菴因以贈此編張叔平嘗以列女傳〻以与

女婦以贈嫁獨存此本入手鈔書箱二十五年矣偶閱

〻乃未畢之從來多不完〻業因取勘畢而更加

評釋五六二卷朱筆是新益也論盧姬蓋有感乙

未夏至日记所谓有感乃先生新喪莫姬也余得

此書又十年矣為先生〻孫吝陶所贈署在北京見

書肆有穆天子傳地理今釋一書，迹譯失之，及
出閱，見譯高有日人小川琢治所著支那歷史地理
研究，言穆天子傳地理甚悉，因攜來，令市將細閱
焉。夜大雨雷電。
八日 閏月十四日 立秋。晴。午後大雨，旋霽。報言長沙已
克復。心中欣喜，攜心姬至松江影館看哈埠俄人
所辦歌舞女校，時學生新舞，玉肌呈皓，婉體競妍，
如戲水魚群，翔空燕侶，洵大觀也。

九日得三弟上海函云其婦攜瓏明昭三侄女避難鄉源祖母及二弟夫婦猶不卜生死吉凶兩日内均夜復三弟函時何軍已攜省垣矣然無城可守時時可危

十日得三弟上海函云三叔攜均弟逃漢二弟於事前本擬回桂料理商務因祖母在省復事急因留侍護長沙賊陷後被殺四千餘人擄去二千餘人家信渺然憂驚數醒强起挑燈作書不能自安作書慰問二弟

十一日電長沙問消息

十二日　函玥姪長沙向消息報載棲谷和尚圓寂棲
谷法名廣覺蘇州正覺寺住持其師曰枯木禪師傳西
銘琴著有枯木禪師琴譜棲谷傳其衣缽并得
琴法余庚申〻夏余遊姑蘇晤琴友葉璋伯与訪
棲谷寺中曾為余撫胡笳一段其明日見訪寓中旅
館余出小紅琴飞泉為鼓胡笳一遍棲谷大喜報以
釋禪章佛號偈〻神采〻移這今十載傳聞物
化悵去此九次入蘇未重訪也

十三日雨復晴聞長沙復危柰何柰何載馮玉祥詩
正悲小鳥云此一家雀彼一灰鳥鳥鳥遇也啣着小鳥不
好好今又拋落同是鳥禽如此殘酷目擊心傷義
憤滿腔忿起拾磚石擊彼灰鳥慌乎未中強暴
逃了
十四日晴雨相間待銘城函
十五日雨看張耳陳餘傳獨寫貫高及趙王那為出
色真是烘雲托月之筆也啓湘從商君書津津入徵

要為商君第二知己余閱其說且十餘年世無用之者
誨人不倦或化日有門弟子得此以貽者取其十之
一二足以取威定霸亦未可知也以居湘又今日之文中子也
致九疑山人書天津

十六日晝晴晚雨

十七日寄書三弟夜携心涯看大廢王琳丁丁作此絕句

十八日晴雨相間譯出學兵器一章畢寄遼

十九日晴雨相間報載陳德霖病亡從此皮黃青衫遂成

廣陵散矣。余於京戲獨喜楊小樓及陳其次則侯喜瑞。

二十日　晴，午雨。午得二弟五九十日三函，皆寄自長沙者，祖母以下幸無恙，洵天佑矣。因函二弟勸其北來。又得三弟上海函、齊陶南京函，皆言湘事而不得其詳。

二十一日　晴。答三弟、齊陶、錫城書。夜夢中驚醒，老母撫翁。看范雎蔡澤傳，張祿既貴，不用王稽、鄭安平，似知此二人不足用也，後果以用之而敗，是頗足

之難矣

二十二日雨竟日足不出户点魏春蒋洛劉兹傳講红楼夢

二十三日雨得二弟十三日書云長沙謠言四起即日回桂祖母盛暑不能行獨留省城恨不能飛歸一省也

二十四日雨午晴八遒来少坐即去致三弟書

二十五日晴得二弟三弟各一函復之午後謝稱洲夫人来見夕飧未具邀至其家便携心雁同往稱洲留飲

其夫人湘齋同官北京時，謝夫人嘗從先母游，爲言母德之美，令人至今不忘。又喜詼諧，嘗至其家飲宴，問是何廚菜，至佳，曰瑞記。母初到京，不辨，曰瑞蚨祥耶。客相與大笑。念如昨日，不覺垂二十年也。聞之無任感愴。飯畢，復同至馬路看電影，歸寓十一時矣。是日得斐澥書。

二十六日　雨。以照片造像，成，共往看范毅厂夫人之病，解已愈，因留參雀戲，十時歸寓，已覺夜涼。是日得石船電

二十四日晴早起看湘綺樓日記云宇文泰与高歡
終身不敢謀帝位又皆不居京師此曹公之故事
非人俗模于南劉裕諸人不能也今之吳馮閻皆
不敢居北京作首領而孫蔣則趨猶未定即登大位
豈真南北人之性不相若耶 夜看七重天
二十八日看史記酷吏傳南陽有梅免白政楚有
殷中杜少齊有徐勃燕趙之間有堅盧范生之
屬大群至數千人擅自號攻城邑取庫兵釋

死罪傳尋郡太守都尉殺二千石於擾告縣趣
具食小羣盜以百數掠虜鄉里者不可勝
數也今日南中亂象乃又如焉
二十九日晴得九疑先生書夜夢祖母在縣室哭醒
三十日晴舊俗七夕因与小姬共攝一影以七夕嫁
於桂陽故特重之飲于馬迭爾夢二弟云先祖
光徑尚無嗣母親已為做佛事祈之可視神龕
視之則中書某氏歷代先祖考妣之神位寫書

予婦姓名左多余名在右下静字之争作争而
人二畫為銀泥所書上刻墨書一胡字光雅有之
光字亦有銀光在右肩一道殊奇離也
三十一日晴小病旋愈
~~卅十日晴~~澤生來午後謝家伯晚留英往
雀戲十二時歸來過隊部送來在舩約林球女名
一函球女函云已改取兩級技初中三年級
二日晴早過北京旅館訪劉松生適胡某來信云明

德校長胡子靖遇害，今世官不可做，學亦不可
亦也。晚与素心共往江畔，風景绝似長江，長橋臥
波，翠鳥棲水，洵佳境也。
三日　晴。得三弟函，云長沙復危。
四日　晴。得玥姪長沙函，雖云祖母平安，而不知今
日之危。諸姪男女四人獨遠此，女在省，念之滋懼。
五日　晴。復三弟書。
六日　得錫城書，云省局咸悟端環衣兩衣

七日晴 慈中元日亡，得三弟十一日上海函，云長沙自
祖母以下挈南行，今所虞者惟獨幽矣。夜雨
八日早雨後晴。至江匯處訪尹社〻不遇，晤陳公
度、少從，返寓
九日晴 改豁掛為西短外套，以賜素心，掛袖窄且不適
用。因其今婧〻嵩陡三万條金塞外裝束固宜，出此
文姬歸漢時，得毋有人笑柳如是雉尾入石城為
昭君出塞耶

十日晴。夜聚澤生庸捕雀圍棋，二更即歸。是日得孫正叔函云，又頌取兩級女中高三，為寄學費五十元。又得九疑山人書云，紅豆館主任清華學校中樂系，邀其教琴，琴界一喜也。

十一日晴雨相間。傍晚劉松生來聽琴，為撫平沙一過。松生言黃勉之之琴，琴之妙，今世已無其人。楊時百猶有火氣，然火氣自火氣，而毫無俗氣，然屬正復不少，特不若勉之之化耳。黃已云亡，楊時

並世無兩矣張蔭農用工矣而失之俗此道之難殆
非局外人所能知也松生嘗從兹學而未成欲邀
余同住重理之余又嘗追遠若張兩珊自號洞
緣琴亦有緣也然松生故是知音今之知音又
有幾人哉又言新游滿洲里於漢草肥别一天地也
興安嶺不峻而大氣行其中不知是山但覺坡起
伏耳松生去後閒擅胡笳十餘拍以當神游心遊
伴琴刺繡真是天地一家春風融還隨逆旅之

苦

十二日　晴　澂盟甫事范毅安来邀往五芳齋午餐下午共夫人復至傅素心往道外余略至中央大街遊歡復往從之一捷獨坐如有所失也晚飯謝家得瑜書云已入兩級女校忘一個在稱洲函鎮校長瑜書又云三弟已到平〃有政府問仕歸不是月九日閻錫山就新府主席職晚南京寧國府北匯曰榮國府以紅樓夢卜之主權必將

歸榮國府甚以爲錫山是賈寶玉汪精衛是[illegible]

新近風此時戰事緊張正是賈赦要討賈母時

個[illegible][illegible]之二相情願大似賈赦也或曰閣外大官是何

人曰檻外人妙玉也不然賈寶玉能乞得紅梅去否

故傳作義斐然學劉老老之徒歟　是大西子

美夜書還寓

十四日晴以七夕照片郵寄南田并系以詩云朝朝暮暮七

夕天天河七夕倍纏綿偶逢龍部憶鐵頭語為寫雙

謝真寄禺田　初余以小雅週刊登京私上一聯殊不佳下聯云蓬龍還轉吉人月水團圓禺田後南北行撲伐經波折始取於于以禺田居上海旋被捉嚇之力爲多禺田名龍翔信有救那及遊花江引翫引茲謝時庚午七夕也花松花松花江俗稱滿洲諺謂之北言天河之故余詩云云

十五日晴

十六日得樸園漢口書　寄信臣書

十七日振鐵湘匪竄退長沙少安

十八日晴宴謝范劉三家于五芳齋夜看羅刹公主

十九日薩拉來斯戰記兩章脫稿投郵寄書局

二十日晴，得錫城書，健厂歸自富錦，約飲其家，夜深回寓。是日報載僞民通電下野，東省擁護中央，南北大戰當不久可告結束，或蘇民團也。去留不定，猶豫兩日，始决回滬之計。

三十日赴尹託之，范繩武、尹健厂家辭行，健厂設餞五箸，與居湘與其男女大小一座共九人，宴畢，余同約往巴拉士看出宅尋寶後，至金山飯店看跳舞，在一洞地，裝点華麗，輝煌洋溢，洵歐風也，宵半叩

歸
十月一日　晴　買時拱付三尾素產而微製者
二日　晴　稱洲夫婦設的餞竹戲至夜深始歸
三日　晴　毅厂夫人稱洲夫人各贈壽銀相架一　居湘北夫
人贈衣料一襲　夜登馬迭斯看沙場戰犬　健厂生女
四日　居湘設餞三枚　日來擇播行李已不足調　夜居
湘照餐一飯　千金計之　當救千金矣　惜我非淮陰
侯耳　是日復購时拱付一尾　欲攜未能　奈何奈何

五日　晴。夜搭十時四十分車赴瀋，送車者有謝稚洲夫婦、王君湘及其如君、范毅厂夫婦、尹健厂、兩如夫人、王澤生、吳郁軒、張菊明、嚴彬等十二人。行色匆匆，乃遺失以車票及南滿車票，倉皇無以為計，各醵金另購票。二未登車，毅厂曰：得毋誤置汗衫中耶？因索之，乃前票均在背心內口袋中，遂還錫金登車。余笑謂毅厂曰：今日大似莊鄉佬飲宴，使非趙子龍，得北軍護都閣令鄒筱洲、孫夫人殘不能回荊州矣。居湘同君必

欲自尋其妃夫人故如許之孫夫人百般維護在其

上也相与大笑而別

六日晴早八時半三十分日站啓由長春換乘南滿鐵車

下午二時三十二分抵瀋仍住松園

七日檢點行李

八日訪敬甫慶餘戒三字之子劍蘭甫

九日作書寄哈謝諸友

十日雙十節舊曆爲八月十九新舊曆皆与

武昌首義日同又今年六月與辛亥同六異数
之竄唐遼東，無家可歸，國無有慶，民不聊
生矣
十一日涼風颼颼，木落蕭蕭，秋之為气，何其肅之蘭
南來仍飲餛飩周
十六日搭車赴平，心雅送車，依依。此第一次别離也，友人惟信臣昆仲送車
十七日早十時半抵平，下車即至西昇平園沐浴，行李僅
手提皮箱，即寄存園，擾起車至丞相胡同訪九

疑山人〻相見大喜云明早即赴津又云何不早來敘日趕上第七集北海琴会一作從何許唔琴友數人蘇州小姐管仲康亦至三年不見矣仲康蘇州人其父某善工繪事清時供奉如意館者傳其術于仲康青于出藍大善仕女